教育部人文社会科学规划基金项目
"文学观念的历史转型与现代文学史书写模式变迁研究"
（项目编号：11YJA751022）最终成果

文学观念的历史转型与现代文学史书写模式的变迁

胡希东 著

中国社会科学出版社

图书在版编目（CIP）数据

文学观念的历史转型与现代文学史书写模式的变迁/胡希东著.
—北京：中国社会科学出版社，2016.6
ISBN 978-7-5161-8448-6

Ⅰ.①文… Ⅱ.①胡… Ⅲ.①中国文学—现代文学史—研究 Ⅳ.①I209.6

中国版本图书馆 CIP 数据核字（2016）第 138219 号

出 版 人	赵剑英
责任编辑	刘志兵
特约编辑	张翠萍等
责任校对	李　斌
责任印制	李寡寡

出	版	中国社会科学出版社
社	址	北京鼓楼西大街甲 158 号
邮	编	100720
网	址	http://www.csspw.cn
发 行 部		010-84083685
门 市 部		010-84029450
经	销	新华书店及其他书店

印刷装订	三河市君旺印务有限公司
版　　次	2016 年 6 月第 1 版
印　　次	2016 年 6 月第 1 次印刷

开　　本	710×1000　1/16
印　　张	16.25
插　　页	2
字　　数	280 千字
定　　价	58.00 元

凡购买中国社会科学出版社图书，如有质量问题请与本社营销中心联系调换
电话：010-84083683
版权所有　侵权必究

目　录

序论 ……………………………………………………………… (1)
 一　文学观念与文学史叙述模式 ………………………………… (1)
 二　文学观念的历史转型与20世纪中国文学史叙述的律动 …… (5)

第一章　现代文学观念的确立与初期新文学史叙述 ……………… (1)
 第一节　文学的"进化"观念与新文学史叙述 ………………… (1)
  一　"进化论"与现代文学观念的确立 ………………………… (1)
  二　"进化论"与新文学史叙述 ………………………………… (5)
 第二节　新文学观念与新文学史叙述 …………………………… (10)
  一　新文学观念与新文学史叙述 ……………………………… (10)
  二　文学"写实"观念与新文学史叙述 ………………………… (16)
 第三节　初期新文学史叙述模式的雏形 ………………………… (28)
  一　"社会型"文学史叙述 ……………………………………… (29)
  二　"文体型"文学史叙述 ……………………………………… (36)

第二章　毛泽东文艺思想与新文学史叙述 ………………………… (49)
 第一节　毛泽东文艺思想与文学史叙述新模式的开启 ………… (49)
  一　毛泽东文艺思想与新文学史观 …………………………… (50)
  二　新文学史叙述新型模式的开启与毛泽东文艺思想 ……… (54)
 第二节　文学审美意识与政治意识形态的张力
    ——王瑶的新文学史叙述 ……………………………… (56)
  一　"绪论"的设置与主流意识形态 …………………………… (57)
  二　"文体型"文学史叙述模式 ………………………………… (64)

第三章 主流意识形态与新文学史叙述的"现代"转型 …… (73)
第一节 "中国现代文学史"的"现代"内涵 …… (73)
第二节 "社会主义现实主义"与现代文学的历史建构 …… (83)
一 "社会主义现实主义"话语的形成 …… (83)
二 "社会主义现实主义"的文学史建构 …… (87)
第三节 "集体"对"个人"的疏离 …… (92)
一 "个人"走向"集体"的历史必然 …… (92)
二 "以论带史""以论代史"与现代文学史叙述 …… (97)
三 "阶级分析"与"作家型"文学史叙述模式 …… (110)

第四章 现代文学史叙述的"西方"想象与"民族"追求 …… (119)
第一节 现代文学史叙述的"西方"想象
——夏志清的文学史叙述 …… (119)
一 "道德意味""宗教意识"与文学史建构 …… (121)
二 文学史叙述的现代性悖论 …… (131)
第二节 民族文化认同与新文学史叙述
——司马长风新文学史叙述的民族追求 …… (146)

第五章 "20世纪中国文学"与文学史叙述 …… (157)
第一节 "20世纪中国文学"观念的形成 …… (157)
第二节 "20世纪中国文学"意识形态悖论
——"20世纪中国文学"的"时间"维度与
文学史叙述 …… (159)
一 "20世纪中国文学"的"时间"维度 …… (159)
二 "20世纪中国文学"与意识形态 …… (162)
第三节 民族、国家与20世纪中国文学版图
——"20世纪中国文学"的"空间"维度与
文学史叙述 …… (164)
一 "20世纪中国文学"的"空间"维度 …… (165)
二 民族、国家与"20世纪中国文学" …… (169)
三 "20世纪中国文学"与国家意识形态 …… (172)

第四节 "20世纪中国文学"的文学维度与文学史叙述 …………（177）
　　一 文学观念的"新""旧"冲突与对立:旧体文学入史问题 …（179）
　　二 文学观念的"雅""俗"对峙与转化:通俗文学入史问题 …（186）
　　三 "现代性"乌托邦与文学史叙述 ………………………（195）

第六章 文学的"人学"观念与文学史叙述 ……………………（204）
　第一节 "人学"观与中国现代文学的内在律动 ………………（204）
　第二节 文学的"人学"思想与现代文学史叙述 ………………（208）
　　一 "进化论"核心:立人 …………………………………（209）
　　二 "新民主主义"文学史观的核心:人民大众 ……………（212）
　　三 "20世纪中国文学":"人"的启蒙与现代化 ……………（215）
　第三节 "人学"思想与文学史精神承续 ………………………（219）
　　一 "人学"观念与文学史根据 ……………………………（219）
　　二 "人学"思想的时空延伸与文学史精神承续 ……………（221）

结语 回归"文学本体"的文学史叙述 ……………………………（226）
参考文献 ……………………………………………………………（236）
后记 …………………………………………………………………（241）

序　论

一　文学观念与文学史叙述模式

文学史叙述的历史是文学观念的演变与发展史。文学观念常常左右文学史叙述，而成为文学史叙述背后的潜在支配力量，这是造成不同时代、不同政治地域下中国现代文学史叙述模式差异与变迁的潜在原因。朱栋霖先生在谈及文学史经典形成时指出，文学经典呈不断流动的状态，而文学观念的嬗变是推动文学经典流动的潜在原因，文学观念的变化，文学经典的遴选标准也随之变化，不同的文学观念遴选出不同的文学经典。[①] 文学史叙述过程实际也是文学经典的辨别与遴选过程，以及文学史叙述模式的最终形成过程，文学观念的历史转型，将带来文学经典的流变，最终带来文学史叙述模式的变迁。本论著在具体实施中主要以20世纪近百年为时间段，探讨文学观念的历史转型所带来的现代文学史叙述模式的历史演绎与变迁。

新中国成立之前，除任访秋把自己的新文学史著称为《中国现代文学史》之外，这个时段的新文学史叙述都称为"新文学史"，如朱自清在清华大学讲授《中国新文学研究纲要》，王哲甫著有《中国新文学运动史》，吴文祺有《新文学概要》，李一鸣有《中国新文学史讲话》，等等；赵家璧则主编了《中国新文学大系》来总结第一个十年文学发展的历史，周扬在延安也曾讲授《新文学运动史讲义提纲》。这种"新文学史"的称谓一直延续到新中国成立，如王瑶《中国新文学史稿》、蔡仪《中国新文学史讲话》、张毕来《新文学史纲要》，以及刘绶松《中国新文学史初稿》等，他们都把"文学革命"以来新文学发展的历史称为"新文学史"。与

[①] 参见朱栋霖《经典的流动》，《中国现代文学研究丛刊》2000年第4期。

此不同的是丁易，他开始把自己书写的文学史称为《中国现代文学史略》，到20世纪50年代中期，人们开始把"新文学史"改称为"现代文学史"，如50年代开始的学生文学史集体叙述，以及唐弢主编《中国现代文学史》等，这种名称的改变与"中国现代文学"对应"新民主主义"时期的文学，"中国当代文学"对应"社会主义时期"的文学有重要关系。与此相对照的是台湾、香港地区及海外等的文学史叙述，他们则表现出各不相同的称谓，如夏志清有《中国现代小说史》，李辉英有《中国现代文学史》，刘心皇有《现代中国文学史话》，尹雪曼主编有《中华民国文艺史》，苏雪林有《中国二三十年代作家》，但周锦与司马长风还是把这段文学史称为"新文学史"，并各写有《中国新文学史》等。而到了80年代中期，钱理群等著有《中国现代文学三十年》指称"文学革命"到新中国成立这段时期文学的历史；紧随其后，黄子平、钱理群、陈平原提出"20世纪中国文学"来整合"中国现代文学"与"中国当代文学"的历史，与此相应和的是孔范今主编《二十世纪中国文学史》、黄修己主编《20世纪中国文学史》。与此不同的是朱栋霖先生，他还是把"文学革命"以来新文学发展的历史指称为"现代文学史"，并主编《中国现代文学史》。本论著既是为论题命名的方便，更是为避免不同时期、不同地域称谓差异在本论著中造成的混乱，无论其称谓"新文学史""现代中国文学史""20世纪中国文学史"等，本论著均把20世纪初期自"文学革命"以来新文学发展的历史，都特指称为"现代文学史"，并把这段时期的新文学史叙述都概称为"现代文学史叙述"。

　　本论著探讨的正是以上不同时期、不同地域由文学观念的历史转型所带来的现代文学史叙述模式的演绎变迁，在具体实施中主要选择以上不同时期最具代表性的现代文学史文本为对象，分析文学史叙述中各种影响因素，揭示文学史叙述与特定时期、特定地域政治意识形态、社会文化、审美因素等错综复杂的关联，探讨中国现代文学史叙述模式形成与转型背后文学观念的潜在支配，以及文学观念的历史转型怎样推动中国现代文学史叙述模式的演绎变迁，这无疑有其独特价值与意义。中国现代文学史叙述自新文学诞生以来就开始其历程，并逐渐活跃，一次又一次地将文学史叙述推向高潮，且这种浪潮在不同时期、不同地域文学观念的支配下还将持续下去。随着20世纪悄然逝去，对近百年现代文学史叙述模式探讨的时机已经成熟！特别是站在21世纪的高度，探讨文学观念与文学史叙述的相互关系，探讨文学史叙述模式形成的潜在支配力量，探讨合理的、科学的文学史叙述模式，并追问与反思现代文学史叙述的历史得失，这使该论题的实施尤显迫切，对今后文学史叙述无疑有重要参考价值与启示意义！

本论题的实施有两个重要关键词：文学观念与文学史叙述模式。所谓文学观念，主要指人们对文学的基本认识与看法，包括对文学自身的内在"本体"特征，以及文学与外部关系的外在特征的认识与看法，等等。比如，对文学的内涵、文学的本质、文学的价值、文学创作、文学评论、文学的社会作用等的认识与看法。在不同历史时期、不同社会语境下，人们对文学的认识与看法各不相同。比如，一个历史时期人们偏向于文学自身的内在"本体"特征，另一个历史时期则倾向于文学与外部关系的外在特征，等等，这些使文学观念具有历史流动变化的特征。童庆炳先生指出："文学观念属于历史的范畴，它是流动着的、变化着的，世界上没有一种文学观念是永恒不变的。"[①] 而时代社会的变化发展，则是推动文学观念变化的根本原因。刘勰在《文心雕龙》中指出："时运交移，质文代变"，"故知歌谣文理，与世推移，风动于上，而波震于下者"。[②] 即时代社会的风尚影响文学的变化发展，也影响文学观念的演绎变迁。因此，童庆炳先生也指出："社会历史的变迁，时代的变化发展，是文学观念更替的根本原因。"[③] 文学观念影响文学史叙述，不同的文学观念影响文学史叙述者对文学史事件，以及作家、作品的偏向、选择、吸收、评价，等等，并进而影响著者的文学史观念，而文学史观念则直接支配文学史叙述的看法与主张等，并最终制约着文学史叙述模式的形成。

文学史叙述模式是文学史具体组织结构的呈现，它是文学史叙述者在建构文学史过程中，对文学史事件、作家、作品的选择取舍，以及对文学史具体叙述过程中所采取的方法、原则，而这些方法、原则支配组织着文学史的内在结构。本论题中文学史叙述模式中的"模式"（Paradigm）启示于托马斯·库恩有关"范式"的论述与进一步引申。托马斯·库恩曾述及"范式"的内涵："'范式'一词有两种意义不同的使用方式。一方面，它代表着一个特定共同体的成员所共有的信念、价值、技术等等构成

[①] 童庆炳：《童庆炳谈文学观念》，河南大学出版社2008年版，第1页。
[②] 刘勰：《文心雕龙》，范文澜注，人民文学出版社1958年版，第671页。
[③] 童庆炳：《童庆炳谈文学观念》，河南大学出版社2008年版，第33页。

的整体。另一方面，它指称着那个整体的一种元素，即具体的谜题解答；把它们当作模型和范例，可以取代明确的规则以作为常规科学中其他谜题解答的基础。"[1] 在这里，库恩称谓的"特定共同体"主要指一个学科专业的学者或科学家组成的团体，即库恩所指的"科学共同体"，对此他有如下论述："一个科学共同体在一种绝大多数其他领域无法比拟的程度上，他们都经受过近似的教育和专业训练；在这个过程中，他们都钻研过同样的技术文献，并从中获取许多同样的教益。通常这种标准文献的范围标出了一个科学学科的界限，每个科学共同体一般有一个它自己的主题。"[2] 而库恩指称的"范式"就是指这个"科学共同体"进行科学探究所运用与遵循的"模型和范例"。因此，有学者把"范式"理解为科学发展的结构、模式，并认为，每一个科学发展阶段都有其特殊的内在结构，而体现这种结构的模型即为"范式"。范式常通过具体的科学理论成为范例，它是一个科学发展阶段的模式。[3] 由以上叙述可看出，"范式"作为库恩叙述科学历史发展的重要关键词，可以看作科学发展的结构、模式，主要指"科学共同体"（即我们称之为从事共同学科、专业的学术团队等）在特定历史阶段从事某一学科活动共同遵循的公认的"模型和范例"，它包括从事该学科共有的理论、方法、原则等。在当下，有关"范式"的理论早已超出了库恩所赋予"范式"的具体内涵，它被描述为一种学科模式、结构、思维方式、理论模型、价值标准等，并广泛用于各个学科领域。可以说，"范式"是库恩历史主义科学哲学叙述科学历史发展最频繁使用的词汇。在他看来，科学的发展实际就是新的"范式"取代旧的"范式"，而其重要表现就是科学革命。科学革命"是指科学发展中的非累积性事件，其中旧范式全部或部分地为一个与其完全不能并立的崭新范式所取代"。[4]

本论著中的文学史叙述模式，即是对库恩"范式"理论的借用。文学史叙述者在文学史叙述过程中，对文学史事件、作家、作品的选择取

---

[1] [美]托马斯·库恩：《科学革命的结构》，金吾伦、胡新和译，北京大学出版社2003年版，第157页。

[2] 同上书，第159页。

[3] 参见赵敦华《现代西方哲学新编》，北京大学出版社2001年版，第206页。

[4] [美]托马斯·库恩：《科学革命的结构》，金吾伦、胡新和译，北京大学出版社2003年版，第85页。

舍，以及在文学史具体叙述过程中采取一定的方法、原则，而这些方法、原则支配组织着文学史内在结构的形成，即形成文学史叙述模式。而文学观念是支配文学史叙述的潜在力量，尤其是在社会、历史转型时期，文学观念的变化将推动文学史叙述模式的变化。因此，在中国现代文学史叙述中，在一定历史时期、共同政治地域以及相同的社会语境下，其文学史叙述模式都具有一定的类同性；而在不同历史时期、不同政治地域、不同社会文化语境中，文学史叙述往往呈现出不同的模式特征。其潜在原因主要是文学观念，以及由此带来的文学史观念的差异。比如，在不同历史时期、不同社会文化语境下文学观念的变化、差异，必定带来文学史观念的变化，也必定带来文学史叙述模式的改变，而由文学观念的历史转型所带来的现代文学史叙述模式的更替就是其明显表现。

二 文学观念的历史转型与20世纪中国文学史叙述的律动

20世纪是中国文学发展最特殊、最关键的历史时期，这不仅表现在传统中国文学开始向现代文学的真正转化，它还是现代文学史叙述的重要历史时期。伴随新文学的诞生、发展、成长，它开始了中国现代文学历史的叙述历程！而在20世纪发展历程中，人们怎样认识这段文学发展的历史？人们对这段文学史有怎样的接受过程？为何不同时代、不同政治地域下对该时段文学史叙述呈现出不同的模式特征？文学史叙述常呈不稳定状态，在不同历史时期、不同地域、不同社会文化语境，以及不同文学理论框架中，不同著者对同一时段的文学史、同一文学史现象、同一文学史事件的文学史叙述往往呈现出不同的形态特征。这些都是文学观念的潜在支配与推动导致的，由于急剧而频繁的社会变迁，这一现象在20世纪的中国现代文学史叙述中尤显突出！

具有一定规模的文学史叙述的出现，是文学史叙述模式形成的基础和前提；文学史叙述模式的更替是文学观念变化的潜在推动。传统中国文学源远流长，有学者曾将传统文学史叙述体例概括如下：（1）题辞体，如《汉书·艺文志》《四库全书总目提要》等，其特点是以作品为评价对象，通过对其评价、考订，以揭示一代或几代作品的大旨和源流关系；（2）传记体，如《唐才子传》《文苑传》等，它们主要以作家为中心，有重点地评价作家的文学活动与创作；（3）时序体，如《文心雕龙·时序》《诗源辩体》《诗薮》等，它主要以时代为序，对作家、作品，以及每一时代的文学风貌给予叙述评析;(4)品评体,如钟嵘《诗品》,它主要将作家分成上、中、下三品给予评析;(5)派别体,如《中晚唐诗人主客图》《江西诗人宗派图录》等,其特点是以流派论文,重在表述派系承传关系;(6)选录体,如《唐诗纪事》《宋诗纪事》等,其特点是虽然也以人物为中心,但辑录了有关本事或略加品评,其特点是每人都辑录了一些代表作品。①

事实上,以上六种体例只是中国文学史叙述模式的雏形,真正具现代品质的文学史叙述却是在传统文学观念的现代转型之后。鸦片战争后,传统国门打开,特别是五四新文化运动后,西方文学观念冲击着传统中国文学,使传统文学观念开始转变并发生现代转型。这表现在人们对文学本体的认识,以及文体结构、语言媒介等逐渐改变上。如对文学的理解由原来的杂文学观念开始向纯文学观念转变;文体结构上,传统文学多以散文、诗歌为正宗,而小说、戏剧被排斥的局面得到改变,诗歌、小说、戏剧、散文成为文学的四大文体;在语言上,以白话代替文言。传统文学观念的改变与现代转型对中国文学史叙述模式有明显重要的影响。刚刚开始的文学史叙述,由于著者文学观念的驳杂,写出的文学史多是文化史、学术史。如形成于20世纪初林传甲的《中国文学史》作为京师大学堂讲义就是受日本中国文学史叙述的刺激与推动,著者明确说该文学史是模仿日本早稻田大学中国文学史讲义而采用纪事本末体编撰而成。② 由于支配著者的主要是传统文学观念,该文学史主要叙述的是文字、音韵、训诂、骈文等的演绎与变迁,而戏曲、小说被视为"淫辞邪说",因此,"林著名为《中国文学史》,实则是一部中国古代散文史"。③ 而与此同时,由黄人编写《中国文学史》开始,以及其后谢无量的《中国大文学史》、顾实的《中国文学史大纲》这些文学史叙述的虽是传统文学,但却有文学现代观念的烛照;而胡适的《白话文学史》、赵景深的《中国文学小史》、谭正璧的《中国文学进化史》、郑振铎的《插图本中国文学史》、刘大杰的《中国文学发展史》等,更是以文学的现代观念来叙述传统文学,其文学史开宗明义即是他们文学观念的表达,如对"文学"的界定,他们常将

---

① 参见黄霖《中国文学批评通史·近代卷》,上海古籍出版社1996年版,第754—755页。
② 参见林传甲《中国文学史》,武林谋新室印行发行宣统二年六月朔校正再版,第24页。
③ 黄霖:《中国文学批评通史·近代卷》,上海古籍出版社1996年版,第784页。

当时中、西有关"文学"的界定结合起来观照文学，而文学的"进化"观念则是他们文学史叙述的重要理论基础，谭正璧更把他的文学史直接命名为《中国文学进化史》。正是文学观念的现代转型，带来了中国文学史叙述模式的改变，也形成了中国文学史叙述的繁荣与热潮。

新文学不同于传统文学，它是在对传统文学的否定与叛离中不断发展，并逐渐走向兴盛与壮大的。相对于传统文学而言，新文学的历史发展较为短暂，最初新文学历史叙述其表现之一即是对传统文学史的依附，其重要表现就是文学史家在描绘传统文学史的同时，都在其后以一定章节描绘新文学短暂的历史。比如，赵景深《中国文学小史》写有"近十年来的中国文学"一章，谭正璧《中国文学进化史》写有"新时代的文学"一章，陈子展《中国近代文学之变迁》写有"十年以来的文学革命运动"一节，胡云翼《中国文学史》写有"当代文学：最近十余年的中国文坛"一节，胡行之《中国文学史讲话》写有"民国以来的国语文学"和"最近革命文学之趋势"两节，陆侃如、冯沅君《中国文学史简编》写有"文学与革命"一节，等等。随着新文学历史的发展，新文学观念逐渐明确，各种文学史事件渐趋清晰明了，新文学史的独立叙述渐渐起步，特别是在一些大学里，新文学历史被搬进课堂，开始设置新文学史课程，这使新文学史作为独立叙述形态逐渐形成。较有代表性的是朱自清的《中国新文学研究纲要》、吴文祺的《新文学概要》、王哲甫的《中国新文学运动史》、李一鸣的《中国新文学史讲话》、李何林的《近二十年中国文学思潮》、蓝海的《中国抗战文艺史》等。著者开始以独著的形式叙写新文学发生及发展的历史，虽然其历史短暂，只有短短的十年或二十年，但新文学史叙述渐渐形成一个小小的高潮。总观此时期的新文学史叙述，著者对文学的认识，特别是对新文学的具体认识，以及文学的"进化"观念作为新文学合法性、独立性的潜在根据，这些成为新文学史叙述的支配力量，"社会型""文体型"文学史叙述模式雏形成为此时期现代文学史叙述模式的重要表现。

1950—1980年是20世纪中国现代文学史叙述模式转型的重要历史时期。1949年10月，中华人民共和国成立，新的国家制度带来社会的巨大转型，这也使文学观念发生巨大改变。其中，文学服务于新的国家制度，以及现代文学史叙述服务于新的国家体制是其重要表现。而作为新中国的缔造者毛泽东的文艺思想成为文学史叙述模式的潜在基础。最为明显的表现是新中国教育体制的参与。新中国成立后，教育部将新文学史作为课程设置，并请王瑶、蔡仪、李何林、老舍编制《〈中国新文学史〉教学大纲》，其主要意图是要编制符合新生的中华人民共和国身份以及体现其主流意识形态的文学史，这种文学史叙述成为新中国成立后整整三十年中国文学史叙述的主流模式，即文学服务于新的国家体制，服务于现实政治成为现代文学史叙述绝对的支配力量。此时，最早出现的新文学史是王瑶的《中国新文学史稿》，著者在"绪论"部分尽力彰显毛泽东文艺思想，但却与文学史叙述的主体部分所表现的文学审美意识，以及文学史叙述的"文体型"文学史叙述模式发生了张力。紧接其后的是刘绶松的《中国新文学史初稿》、丁易的《中国现代文学史略》，他们的文学史叙述能较好地将毛泽东文艺思想，特别是现实政治融合于文学史叙述中，新中国文坛为配合新的政治任务而提出了"社会主义现实主义"，于是丁易、刘绶松的文学史叙述则成了"社会主义现实主义"的图解模式，但即使如此，他们的文学史叙述却难以适应急速变化的现实政治，于是新文学史"个人叙述"被"集体叙述"所取代。最具代表性的是成书最为长久的唐弢、严家炎主编的《中国现代文学史》，这是文学史"集体叙述"的代表，现实政治照样反射于文学史叙述中，如文学的阶级分析、"以论带史"等存在其文学史叙述中，并形成了"作家型"文学史叙述模式。

与此同时，不同于内地的政治空间，港台地区、海外一些学者也撰写了新文学的历史，最具代表性的有夏志清的《中国现代小说史》、司马长风的《中国新文学史》、周锦的《中国新文学史》、苏雪林的《中国二三十年代作家》等。不同的政治地域、不同的社会文化语境是该时期文学史叙述的外在条件。而不同的文学观念、不同的文学史观是他们文学史叙述模式产生差异的根本原因。周锦的文学史叙述是典型的文学史政治文本，它体现了台湾当时的政治意识形态；苏雪林的文学史叙述表现出浓厚的"纯文学"观念，但其文学史叙述照样是著者政治意识形态的明显折射，无论是周锦还是苏雪林，其文学史叙述都采用了"文体型"文学史叙述模式。事实上，港台地区、海外众多文学史叙述中，夏志清与司马长风的文学史叙述最具典型，成就最高；夏志清先生文学史叙述依托于西方政治语境与文化背景，其文学史叙述具有浓厚的"西方"想象与现代性追求；不同于夏志清的文学史叙述，身处香港殖民化语境，"民族认同"与"民族文化"的归属之感，对政治异化的排斥，这使司马长风的文学史叙述更具"民族"想象与纯文学追求。夏志清与司马长风的文学史叙述,各代表两种不同于内地的文学史叙述模式。正是因为这样,1950—1980年这段时期,在政治意识形态差异下,在民族、国家支配下,该时段内地、港台地区以及海外的文学史叙述呈不同的地理特征。[①] 该时期不同的文学观念、不同的文学史观,以及由此形成的不同的文学史叙述模式,它们相互钳制、相互制约、相互刺激,这对20世纪80年代后中国内地现代文学史叙述模式的转型有重要影响与作用。

20世纪80年代后,中国内地对"文化大革命"的反思,特别是改革开放,社会的转型,西方文化观念、文学观念冲击当时的中国文坛,这些带来了文学观念的巨大改变。此时期的文学史叙述是在"20世纪中国文学"观念与"重写文学史"的牵引推动下展开的,对政治的疏离,向文学审美本体的回归,以及文学史叙述的"现代性"追求等成为一段时期文学史叙述的主导模式,这从根本上挑战了文学的政治意识形态对文学史叙述的主宰与规范。与之同时,解构主义、新历史主义等文化思潮进一步使文学史叙述趋于多元形态。该时段有代表性的文学史是钱理群先生等撰写的《中国现代文学三十年》、孔范今先生主编的《二十世纪中国文学史》、朱栋霖先生主编的《中国现代文学史(1917—2000)》等。他们的文学史叙述成为此时期文学史叙述新的重要模式。在此时的文学史叙述中,由"20世纪中国文学"所带来的文学的"现代性",文学的"新与旧""雅与俗",以及"人的文学"观念,等等,支配着此时期的文学史叙述。

以上是20世纪以来文学观念的历史转型所带来的文学史叙述模式变迁的大致情形。文学史首先是"文学"的历史,由于特定历史、特定地域等外在因素的影响,人们对文学的看法表现出独特的历史差异与地域差异等,这势必反映在文学史叙述模式上,因此,就文学观念的演绎与转型来探讨20世纪以来中国现代文学史叙述模式的变迁是本论著实施的主要着眼点。王瑶先生曾说:"文学史作为一门文艺科学,它也不同于文艺理论和文学批评;它要求讲文学的历史发展过程,讲重要文学现象上下左右的历史联系。确认文学史具有'文艺学'的性质,首先是对长期存在的

---

① 参见胡希东《民族·国家与文学史地理——1950—1980中国现代文学史叙述形态》,人民出版社2013年版,第1—3页。

'以政治鉴定代替文学评价'的庸俗社会学倾向的一个否定；并由此明确了文学史应该以创作成果为主要研究对象。即衡量一个作家对文学史的贡献，确定其历史地位，主要看他的作品的质量和数量；面对作品质量的评价则应该坚持思想与艺术的统一，注意文学艺术本身的规律和特点。"[1]从王瑶先生的论述可看出，文学自身的本体特征是著者进行文学史叙述的根本，而著者的文学观念在文学史叙述中起重要的支配作用。文学观念是不同时期、不同地域文学史叙述的潜在基础。由于影响文学史叙述外在因素的多样性，尤其是主流意识形态的干扰，这势必渗透到著者的文学观念中，并最终在文学史叙述模式上表现出来，这也使文学史叙述表现出迁延性特征，即同一段新文学的历史，在不同的地域中，在不同的历史语境下，而表现出不同的模式特征。因此，文学史叙述研究必须回到文学观念，尤其是应回到对"文学本体"的认识上。

本论著在具体的操作中，主要对20世纪以来不同时期、不同地域有代表性的中国现代文学史著进行实证考察，这不乏对文学史文本、文学史事件等的细腻解读，探寻支撑文学史叙述背后的运作的原始动力——文学观念；同时，也不乏文学史叙述的外在因素：体制权力——政治体制、文化体制、教育体制等所体现的权力对文学史书写的规范、干预的考察与探讨，但一个时代有一个时代的文学，一个时代有一个时代的文学观念，这是支配文学史叙述的原动力或根本。由于本论著涉及的时间与地域，以及文学史文本较为宽泛，因此，在具体操作中尽量突破大量文学史文本、具体的文学史文本、具体的文学史事件等繁杂因素的束缚，尽量回避蜻蜓点水般的泛泛而谈，努力做到研究视野的张弛有致，在研究视域上努力做到能大能小。小，只是一文学史文本、一文学流派、一作家、一诗人、一作品；大，从纵向看，是20世纪初以来不同历史时期的不同文学史文本，前后百年的文学史叙述历史，从横向看，涉及内地、台港，甚至"海外"的现代文学史叙述；大处能做到视野开阔，小处也能做到文本的细腻解读，并将之完美融合而落实到具体问题的研究上。在方法上，尽量回避过去文学史研究中有史无论，或有论无史，而是做到有史有论、史论结合、论从史出。在史的方面，运用考证与文学史文本的细腻解读，让具体问题落在实处；在论的方面，涉及具体的文学理论（包括特定时期的文学观

---

[1] 《王瑶全集》第5卷，河北教育出版社2000年版，第144页。

念)、美学观念、文学史观的运用,以及当今的前沿理论,如新历史主义、后殖民主义理论、叙事学、阐释学、结构主义、解构主义等的运用,这也是本论著具体实施的解剖刀,只有将这些完美融合才能做到史论结合。在研究对象与视角上,主要是对20世纪初以来已经存在的有代表性的中国现代文学史文本进行考察研究,文学史著述繁多,涉及的范围较广,但在具体的操作过程中只选择不同时代、不同地域有代表性的文学史文本,并将不同时代的文学观念作为研究的视角与窗口,做到"以一斑而窥全豹",尽量向纵深处开拓。

第一章

现代文学观念的确立与初期新文学史叙述

文学革命以摧枯拉朽的力量对传统文学发出了强烈冲击，在与封建复古势力的交锋中，最终完成了文学革命的历史使命。文学革命就某种角度看，就是传统文学观念的变化与现代转化的重要手段，而其中文学的"进化"观念无疑起到重要的历史推动作用。新文学诞生伊始，它的力量虽较弱小，但还是开始其蹒跚历程，在其发展过程中逐渐站稳脚跟，并走向兴盛。而一些新文学先驱，则尝试进行新文学史叙述，并试图寻找新文学的合法性、独立性，文学的"进化"观念是其重要的理论基础。所谓新文学，都是在"进化论"的规范下，在新与旧、传统与现代的对立矛盾中彰显文学历史的演化过程。可以说，20世纪50年代之前的新文学史叙述就是在文学的"进化"观念潜在支配下进行的，它对50年代后现代文学史叙述造成了潜在而深远的影响。[①]

第一节 文学的"进化"观念与新文学史叙述

一 "进化论"与现代文学观念的确立

进化论，英语为 evolutionism，从语义看，它源自拉丁文 evolutio；进化论又称达尔文主义，即 Darwinism，它源自达尔文的《物种起源》，意指生物通过物竞天择和遗传变异达到渐进的演变过程。进化论不仅对自然科学的发展产生深远影响，且一些学者将之用来阐释人类社会的进程，并延及社会学、文学、艺术等领域，而用进化论阐释文学的发展，以及文学

[①] 鉴于20世纪50年代之前的文学史叙述模式不成熟，本书中把50年代之前的文学史叙述统称为初期新文学史叙述。

史叙述等,有着广泛而深入的表现,这突出表现在 20 世纪 50 年代之前中国新文学史叙述中。

进化论自严复翻译《天演论》始,它就开始成为影响近、现代中国知识分子的重要学说,以及思想启蒙与救亡图存的利器,其中梁启超即是其代表,他指出:

> 前人以为黄金世界在于昔时,而末世日以堕落;自达尔文出,然后知地球人类,乃至一切事物,皆循进化之公理,日赴于文明。前人以为天赋人权,人生而皆有自然应得之权利;及达尔文出,然后知物竞天择,优胜劣败,非图自强,则决不足以自立。达尔文者,实举十九世纪以后之思想,彻底而一新之者也。是故凡人类智识所能见之现象,无一不可以进化之大理贯通之。政治法制之变迁,进化也;宗教道德之发达,进化也;风俗习惯之移易,进化也。数千年之历史,进化之历史;数万里之世界也,进化之世界也。故进化论出,而前者宗门迷信之论,尽失所据。①

此外,梁启超曾先后撰写《天演学初祖达尔文之学说及其传略》《进化论革命者颉德之学说》等文章,都带有思想启蒙、救亡图存的进化"立人"思想;他之所以提倡文学上的"诗界革命""文界革命""小说界革命",是因为文学妨碍了思想启蒙。他的《小说与群治之关系》把小说力量强调到决定一切的地步,而进化"立人"思想是其核心:"欲新一国之民,不可不先新一国之小说。故欲新道德,必新小说;欲新宗教,必新小说;欲新政治,必新小说;欲新风俗,必新小说;欲新学术,必新小说;乃至欲新人心,欲新人格,必新小说。何以故,小说有不可思议之力。"② 而与梁启超思想启蒙相联系的是裘廷梁,他在《论白话为维新之本》中认为传统文言妨碍了思想启蒙,提出了"崇白话而废文言"的口号。③ 可以说,进化论进入中国一开始即成为反击传统以及思想启蒙的利

---

① 《梁启超选集》(上),中国文联出版社 2006 年版,第 295 页。
② 梁启超:《饮冰室文集全编》第 2 卷,上海广益书局 1948 年版,第 148 页。
③ 参见裘廷梁《论白话为维新之本》,载邬国平、黄霖《中国文论选·近代卷》,江苏文艺出版社 1996 年版,第 27 页。

器，有学者指出："西方的进化论学说的传入，从根本上破除了传统的封建主义的'天不变道亦不变'的思想观念。"① 由进化论带来的文学作为维新以及思想启蒙的工具彻底动摇了传统文学观念，这为新文化运动以及文学革命奠定了深厚基础。

新文化运动先驱，以及文学革命先驱就是在"进化论"熏陶下成长起来的一代知识分子。鲁迅南京求学时因读严复的《天演论》而震撼，他在《人之历史》中言及进化论在当时之盛况："中国迩日，进化之语，几成常言，喜新者凭以丽其辞，而笃故者则病侪人类于婉猴，辄沮遏以全力。"②《人之历史》是鲁迅"立人"思想的滥觞，他到日本留学选择学医，之后"弃医从文"的"立人"思想，多为进化论的驱使。

新文化运动是一场救亡图存的思想启蒙运动，它承袭了进化论思想，看《青年》杂志创刊词：

> 青年之于社会，犹新鲜活泼细胞之在人身。新陈代谢，陈腐朽败者无时不在天然淘汰之途，与新鲜活泼者以空间之位置及时间之生命。人身遵新陈代谢之道则健康，陈腐朽败之细胞充塞人身则人身死；社会遵新陈代谢之道则隆盛，陈腐朽败之分子充塞社会则社会亡。③

该文对青年提出了六点希望，更是掷地有声，体现出"除旧布新"的精神。《青年》杂志后更名为《新青年》继续遵循"进化论"思想，看《新青年宣言》即知：

> 我们相信世界各国政治上、道德上、经济上因袭的旧观念中，有许多阻碍进化而且不合情理的部分。我们想求社会进化，不得不打破"天经地义"、"自古如斯"的成见，决计一面抛弃此等旧观念，一面综合前代贤哲、当代贤哲和我们自己所想的，创造政治上、道德上、

---

① 敏泽主编：《中国文学思想史》下卷，湖南教育出版社2004年版，第659—660页。
② 鲁迅：《人之历史》，载《坟》，人民文学出版社1956年版，第4页。
③ 陈独秀：《敬告青年》，《青年杂志》第1卷第1号，1915年9月15日。

经济上的新观念，树立新时代的精神，适应新社会的环境。①

文学革命是新文化运动的重要内容，其理论武器就是"进化论"，其中表现最为典型的是胡适。胡适以"进化论"来论证新文学诞生、文学革命的历史必然性，以及新文学诞生的合法性。他在《文学改良刍议》中说："文学者，随时代而变迁者也。一时代有一时代之文学……此非吾一人之私言，乃文明进化之公理也。""凡此诸时代，各因时势风会而变，各有其特长，吾辈以历史进化之眼光观之，决不可谓古人之文学皆胜于今人也。""逆天背时，违进化之迹，故不能工也。""既明文学进化之理，然后可言吾所谓'不摹仿古人'之说。今日之中国，当造今日之文学，不必摹仿唐宋，亦不必摹仿周秦也。"胡适的主要意图就是要确立"白话文学"的文学史地位："吾每谓今日之文学，其足与世界'第一流'文学比较而无愧色者，独有白话小说一项。"②为进一步论证"白话文学"的合法性，他还撰写了《白话文学史》："白话文学史就是中国文学史的中心部分。中国文学史若去掉了白话文学的进化史，就不成中国文学史了，只可叫做'古文传统史'罢了……"他还指出："这一千多年中国文学史是古文学的末路史，是白话文学的发达史。"③显然，胡适的"白话文学"观念，是为新文学的存在寻找其合法根据。他在阐述应该讲白话文学史的原因时说："我要人人都知道国语文学乃是一千几百年历史进化的产儿。国语文学若没有这一千几百年的历史，若不是历史进化的结果，这几年来的运动决不会有那样的容易，决不能在那么短的时期内变成一种全国的运动，决不能在三五年内引起那么多的人的响应与赞助。"④他还说："现在研究这一二千年的白话文学史，正是要我们明白这个历史进化的趋势。"⑤在《五十年来之中国文学》讲演中，他明确说："胡适对于文学的态度，始终只是一个历史进化的态度"，他还将《文学改良刍议》的要点概括如下："文学者，随时代而变迁者也。一时代有一时代之文学……因时进化，不能自止。……逆天背时，违进化之迹，故不能工也……以今世

---

① 陈独秀：《新青年宣言》，《新青年》第7卷第1号，1919年12月1日。
② 胡适：《文学改良刍议》，《新青年》第2卷第5号，1917年1月1日。
③ 胡适：《白话文学史》，东方出版社1996年版，第2—3页。
④ 同上书，第1页。
⑤ 同上书，第2页。

历史进化的眼光观之，则白话文学之为中国文学之正宗，又为将来文学必用之利器，可断言也。"①

周作人"人的文学"观念的思想基础照样也是进化论，他指出，"从动物进化的人类"包含两个要点：（1）"从动物"进化的；（2）从动物"进化"的。显然，周作人所谓的从动物进化的"人"，主要指"神性"与"兽性"统一的"灵肉一致"，包含了丰富人性的"人"。② 这种由"动物"进化为丰富"人性"的"人"，其推动力就是进化论。

后来，有学者指出，"五四"时期文学最重要的成果是引进了两个观念："一是人的文学的观念，这种观念打击了封建文学代圣贤立言的代言体文学（教化文学）格局，使文学走上了一条'人的'道路，成为真正的自言体的抒情表意的文学；二是进化的观念，扫除了过去退化的文学观念，承认了文学是发展的、进化的、新的比旧的好、进步的比落后的好，而不是恰好相反，从而为白话文学的诞生，为文学革命的发生、发展提供了理论基础。"③ 可以说，无论是胡适的"白话文学"观念，还是周作人的"人的文学"观念，都体现了文学的"进化论"思想，这是新文学取得合法性、独立性的理论基础。事实上，文学革命所体现的进化思想相当普遍，茅盾指出："我以为新文学就是进化的文学，进化的文学有三件要素：一是普遍的性质；二是有表现人生、指导人生的能力；三是为平民的非为一般特殊阶级的人的。"④ 可以说，进化论成了文学革命的理论武器，现代文学观念，以及新文学合法性由此确立，它也成为新文学史叙述的潜在根据。

二 "进化论"与新文学史叙述

自进化论传入中国始，它也成为人们认识历史与历史叙述的重要利器。梁启超曾指出历史研究的新方法：第一，历史者，叙述进化之现象也；第二，历史者，叙述人群进化之现象也；第三，历史者，叙述人群进化之现象，而求得其公理公例者也。⑤ 这种历史叙述的进化观念也体现在

---

① 胡适：《五十年来之中国文学》，上海申报馆1924年版，第80页。
② 参见周作人《人的文学》，《新青年》第5卷第6号，1918年12月7日。
③ 葛红兵、温潘亚：《文学史形态学》，上海大学出版社2001年版，第51页。
④ 沈雁冰：《新旧文学平议之评议》，《小说月报》第11卷第1号，1920年1月26日。
⑤ 参见梁启超《中国历史研究法五种》，台北里仁书局1982年版，第10—13页。

人们对文学发展的认识上，当时有人就指出："中国小说之发达与剧曲同，皆循天演之轨线，由浑而之画，由质而之文，由简单而之复杂……其发达之迹，历历可寻。"①可以说，这种以进化论观念来认识文学发展的方法更体现在文学史叙述中，后来有人将此作如下归纳：用"物竞天择，适者生存"的规律，以及物种"初生—兴盛—衰亡"的生命过程来类比文学的发展和演进，其基本原则是：（1）承认文学是一种客观的历史现象；它从繁荣到衰落，由衰落再到新的繁荣，是不可逆转的历史趋势。（2）文学的兴衰包蕴于社会历史发展之中，文学演进的动因在于人类生活的发展。（3）文学史进化的过程是直线式前进，后起的文学必然全面否定、超越原先的文学。②刚刚开始的新文学史叙述多以此作为立论的根据。

谭正璧《中国文学进化史》是以"进化论"来叙述文学史的典型版本，该文学史指出："文学史所叙述的文学是进化的文学，所指示的途径是进化的途径，能够合于这原则的是好的文学史，否则便违反定义，内容纵是特出或丰富，绝非名实相符的佳作。"③按照进化论观念，文学革命"实际上是白话文学革了古文学的命"。④在他看来，西方文学经历了古典主义、浪漫主义、写实主义、新浪漫主义，以及新现实主义这样的递进过程。⑤依照进化论演进轨迹，凡是新出现的文学都是好的高级的文学样式，因此，他把当时的新写实主义，即普罗列塔利亚文学当作最有希望的文学⑥，而这正是中国新文学之发展方向；在他看来："苍白幽暗的神秘主义，神经衰弱的浪漫主义，妄自独断的印象主义，个人独立的写实主义，以及朦胧不明的象征主义，现在是都过去了，正在到来的是新写实主义。他是没有国别的，没有颜色的，而且是男性的、勇敢的、唯物的、乐观的、现实的文学，他是新时代最进步、最有生命的世界文学。最近的中

---

① 披发生：《〈红泪影〉序》，载黄霖、韩同文《中国历代小说论著选》（下），江西人民出版社1985年版，第325页。
② 参见任天石主编《中国现代文学史学发展史》，江苏文艺出版社2002年版，第15页。
③ 谭正璧：《中国文学进化史》，上海光明书局1929年版，第10页。
④ 同上书，第335页。
⑤ 同上书，第338页。
⑥ 同上书，第391页。

国文学，也正对准着这个方向，毫不畏缩的前进！前进！"①

这种以进化论来阐释传统文学向新文学的演进，文学革命的产生，新文学的合法性、独立性，主要表现为以下形态：文学的发展类乎生物的进化演进，强调各种社会因素对文学发展的外在决定，遵循文学的诞生、成长、发展过程的叙述模式，文学发展时代因素的强调，各种文体形式的发生、发展、蜕变，等等。陈子展讲近代文学变迁从"戊戌维新"运动讲起就带有文学进化论思想，他指出："这种政治上的革新运动，实在是中国从古未有的大变动，也就是中国由旧的时代走入新的时代的第一步。"②这种"进化论"文学史观还体现在他对文学革命的叙述上，他认为文学革命为文学发展的自然趋势，是时代的反映："文学为时代精神最高之表现。一时代有一时代之精神，故一时代有一时代之文学。文学离开时代便失其生命失其价值。而且一代之文沿袭已久，不容人人皆蹈此语，诗文有不得不代变者……"③ 吴文祺亦指出："文学之进化有一大关键，即由古语之文学，变为俗语之文学是也。"④ 有关诗歌的论述，他也指出："我们若用历史进化的眼光来看中国诗的变迁，便可看出自三百篇到现在，诗的进化没有一回不是跟着诗体的进化来的。"⑤

20世纪50年代之前，具独立形态的新文学史叙述多遵循进化论观念。王哲甫的《中国新文学运动史》是第一部独立形态的新文学史，在该文学史中，新文学的发生、发展较典型地体现了"进化"观念。该文学史将胡适的《文学改良刍议》、陈独秀的《文学革命论》作为新文学的开始，而在分期上以"五卅"为界分为两个时期：前期为文学革命的开始到五卅运动，即新文学运动时期；后期为五卅运动到成书为止的革命文学时期。之所以以"五卅"为界，是因为"五卅"时期新文坛发生了前后剧烈的变化。⑥ 在具体叙述新文学发生时，该文学史把它置于各种远因与近因交织的语境下论述。该文学史指出："世界上每一种运动的兴起，不论是政治的，社会的，经济的，宗教的……革命运动，必定有一定的背

---

① 谭正璧：《中国文学进化史》，上海光明书局1929年版，第392页。
② 陈子展：《中国近代文学之变迁》，上海书店1931年版，第3页。
③ 同上书，第164页。
④ 吴文祺：《新文学概要》，中国文化服务社1936年版，第5页。
⑤ 同上书，第83页。
⑥ 参见王哲甫《中国新文学运动史》，北平杰成印书局1933年版，第95页。

景与原因,新文学革命运动,当然也不能例外。我们若翻阅中外文学史、文化史,便知道新时代的造成,必有潜伏的势力,久远的源流,促成它的勃兴,决非一朝一夕之故所能发动者。"① 有关新文学运动产生的远因,主要有民间文学的演进、佛教之传入、海禁开放后外来之刺激、科举的废除等;有关其近因,主要有西洋文化之输入、国语统一运动、留学生的派遣、外国书籍的翻译等,正是这些原因,刺激了文学革命的产生。有关民间文学的叙述,该文学史指出:"真正的文学是时常进化的,创造的,不是退化的,模仿古人的。我们若回过头来看中国数千年的文学,虽然每一个时代,总有几个自命为渊博古雅的先生们,苦心孤诣地保守模仿古人的作品,甚至有'文非两汉以前之文不读,诗非唐代以前之诗不作'的成见,还有科举制度,束缚文人的思想,阻碍民间文学的发展,然而民间的文学仍在那里不声不响的继续发展。"② 在文体的叙述上,该文学史亦体现了"进化论"观念。就诗歌而言,该文学史指出:"我们若用历史的眼光来考察文学便可知道它从古以来常在进化之中。即以诗而论,周秦以前的《诗经》,战国的楚辞,汉朝的赋及乐府,唐朝的律诗,宋朝的词,元朝的曲,都有演变的痕迹,决不是偶然产生的。新诗的创作,也是顺着文学进化的观念而提倡起来的。"③ 在该文学史看来,新文学运动,新文学发展,直至革命文学的产生、发展,都潜在地体现了文学的进化论观念。按照进化论观念,新文学发展总是向好的、高级的方向发展,因此,从文学革命向革命文学的演进,这是文学向更高方向发展。该文学史对革命文学有如下叙述:"革命文学是循历史进化的原则,随着经济社会的变迁,而产生的一种新的文学,以无产阶级的思想与意识形态为它的内容,以无产阶级的大众生活,为描写的对象,而能领导无产群众,向着最后的方向进行的文学。"④ 再看该文学史对文学革命的总结,对革命文学的评价,以及对未来文学发展的预示:"在好的一方面是'五四'时代的新文学运动不过是一种对于文学本身的改革,当时的作家,多半是人道主义派的小资产阶级。'五卅'以后由'文学革命'一变而为'革命文学';由小资

---

① 王哲甫:《中国新文学运动史》,北平杰成印书局1933年版,第17页。
② 同上书,第18页。
③ 同上书,第96页。
④ 同上书,第85页。

产阶级的文学一变而为无产阶级的文学，在意识上表现了飞突的进步。至于将来的文学向哪方面发展呢？我们虽不敢遂下断语，但按着目下中国社会状况，以及世界潮流的趋向而论，似应向无产大众的文学方面发展下去，我们可拭目以观其后吧！"①

以上王哲甫《中国新文学运动史》对新文学发生、发展的历史叙述，是以进化论作为潜在理论基础来叙述新文学历史的典型文本。这种文学史叙述还渗透于《中国新文学大系》对第一个十年新文学历史框架的确立、朱自清《中国新文学研究纲要》对新文学的讲解以及李一鸣《中国新文学史讲话》等对新文学历史的描绘中。以上叙述看出，文学的进化观念，以及它作为文学革命的理论武器，它对新文学反对传统文学，新文学合法性、独立性，以及文学史框架的大致确立有重要历史意义。后来有人指出："随着进化论在中国的传播，进化论的文学发展观已经成为20世纪国人文学史治史思维的主潮，它使我们相信文学史流变是一个类似于物界一样的物竞天择、新陈代谢的过程，'诗文代变'的历史就是以新换旧、以优淘劣的历史，每一个文学史断代都可以作为文学史向着更高层次迈进的必然阶段来认识，因为每一个文学史断代都是文学整体演变的统一体中的一个必然部分"。② 一个时代、一个社会、一个民族的文学确实有它诞生、成长、发展的历史土壤，而文学史是文学时空结构的演绎与变化，把文学当成一有生命现象的物质来比附有其合理性。同样，用进化论来阐释20世纪50年代之前的新文学史应该有其合理性的一面。事实上，由于进化论的参与，新文学的合法性与独立性，新文学起始点的确立，新文学史时期的划分，新文学史框架的确立，人们所谓的新文学与旧文学，传统文学与现代文学的二元观念，等等，这对人们认识该时段文学史以及该时段文学史叙述都有重要影响，这甚至成为50年代后，人们认识20世纪中国文学，以及20世纪中国文学史叙述的潜在支配力，有学者指出："以进化论为思想背景的中国现代文学史观构成了现有的中国现代文学史的主要格局，进化论作为一种文学史的思想观照方法，它为中国现代文学史的叙述提供了文学史所赖以依据的思想武器。"③ 由此可见，进化论思想是文

---

① 王哲甫：《中国新文学运动史》，北平杰成印书局1933年版，第94页。
② 葛红兵、温潘亚：《文学史形态学》，上海大学出版社2001年版，第47页。
③ 谢应光：《进化论思想与中国现代文学史观》，《社会科学研究》2004年第4期。

学史叙述的生命力。比如，司马长风在有关新文学史分期中指出："文学史有她自然的年轮和客观的轨迹。"① 而在他的新文学史叙述中，他把1917年至1965年的文学史划分为诞生期（1917—1921）、成长期（1921—1928）、收获期（1929—1937）、风暴期（1938—1949）和沉滞期（1950—1965），明显有进化论的潜在影响。

因此，文学的进化论观念对50年代之前文学史的叙述，甚至50年代之后的文学史叙述都有潜在的支配作用，特别是对新文学史叙述的合法性、独立性的确立有其独特贡献。但必须清醒地认识到，进化论主要源于生物学研究，更为重要的是，这一自然科学的方法是否适应我们对复杂文学的认识？是否适应对复杂文学历史发展的阐释？有学者指出："文学现象毕竟不同于生物现象，无论是狭义进化论的生物学发展模式，还是广义进化论的社会学发展观念都不能完全涵盖文学史运动的多样性与丰富性。"② 因此，用进化论思想进行文学史叙述，实在让我们进一步反思与质疑。

第二节 新文学观念与新文学史叙述

文学史是文学的历史，新文学历史叙述凝聚了当时著者对新文学的理解与认识，对新文学史事件的认识、选择与吸收等。文学史叙述者都有自己潜在的文学观念，正如钱基博先生所指出："治文学史，不可不知何谓文学，而欲知何谓文学，不可不先知何谓文。"③ 这种潜在的文学观念是文学史叙述的基础，20世纪50年代之前的新文学史叙述者也都有自己的新文学观念，这对新文学史叙述模式具有潜在的支配作用。

一 新文学观念与新文学史叙述

当新文学最终脱胎于传统文学而成为独立的文学艺术门类时，新文学史叙述也逐渐开始了。20世纪30年代中期，胡适在撰写《中国新文学大系·建设理论集·导言》时曾说：

---

① 司马长风：《中国新文学史》上册，昭明出版社1975年版，第8页。
② 葛红兵、温潘亚：《文学史形态学》，上海大学出版社2001年版，第268页。
③ 钱基博：《现代中国文学史》，上海世界书局1935年版，第1页。

中国新文学运动的历史，我们至今还不能有一种整个的叙述。为什么呢？第一，因为时间太逼近了，我们的记载与论断都免不了带着一点主观情感的成分，不容易得着客观的，严格的史的记录。第二，在这短短二十年里，这个文学运动的各个方面的发展是不很平均的，有些方面发展的很快，有些方面发展的稍迟；如散文和短篇小说就比长篇小说和戏剧发展的早多了。一个文学运动的历史的估价，必须包括它的出产品的估价。单有理论的接受，一般影响的普遍，都不够证实那个文学运动的成功。所以在今日新文学的各方面都还不会有大数量的作品可以供史家评量的时候，这部历史是写不成的。①

胡适当时对文学史叙述以及对新文学史事件的认识与描绘显示出一定合理性，这也是第一个十年《中国新文学大系》编辑的主要原因。可事实上，随着新文学的诞生、发展，并经过新文学历史的大浪淘沙，一些文学现象、文学事件渐渐沉淀、结晶出来，并渐渐显出新文学发展的脉络与轨迹。因此，从20世纪20年代开始，一些著者开始以一定的章节尝试叙述新文学的短暂历史，且一些著作显示出文学史的系统化与科学化。如胡适的《五十年来之中国文学》，周作人的《中国新文学的源流》，陈子展的《中国近代文学之变迁》《最近三十年中国文学史》，钱基博的《现代中国文学史》等开始以一定的章节撰写新文学短暂的历史。

（一）初期新文学观念

初期新文学史的叙述者都有自己的文学观念，以及他们对新文学的认识，这些构成了新文学史叙述的潜在基础。比如，胡适的《五十年来之中国文学》所叙述的实际是古文的没落史和"白话文学"的中兴史，他将自己与陈独秀的文学革命的最终目的归结为五个字，那就是要建设"国语的文学"。② 周作人的《中国新文学的源流》也有自己的文学观念，比如对文学的定义："文学是用美妙的形式，将作者独特思想和感情传达出来，使看的人能因而得到愉快的一种东西。"③ 他认为中国文学的发展

---

① 胡适：《导言》，载胡适《中国新文学大系·建设理论集》，上海良友图书公司1935年版，第1页。
② 参见胡适《五十年来之中国文学》，上海申报馆1924年版，第83页。
③ 周作人：《中国新文学的源流》，上海书店1988年版，第10页。

体现了"载道"与"言志"的循环轨迹，而他认为的新文学是"白话文学"，刚走上"言志"之路①，而其立论基础则是"人的文学"观念。钱基博的文学史也有他的文学观念，他认为文学有广义、狭义之分，其狭义的文学专指"美的文学"，而所谓"美的文学者，论内容，则情感丰富，而不必合义理；论形式，则音韵铿锵，而或出于整比；可以被弦诵，可以动欣赏。"而他的广义文学泛指："述作之总称，用以会通众心，互纳群想，而表诸文章，兼发智情：其中有偏于发智者，如论辩，序跋，传记等是也。有偏于抒情者，如诗歌，吸取，小说等是也。大抵知在启悟，情主感兴。"②而文学革命以后的文学则主要指胡适为代表的"白话文学"。在该著中，他认为文学史叙述应持客观、真实、公正的立场与态度："持中以记事也；中者，不偏之谓。"③因此，他认为胡适的《五十年来之中国文学》不是文学史："何也？盖褒谈古今，好为议论，大致主于扬白话而贬文言；成见太深而记载欠翔实也。"但他的《现代中国文学史》多记载古文学，洋洋449页的篇幅，文学革命以来近二十年的文学史只占25页的篇幅，而这25页篇幅中又主要叙述胡适的文学革命思想，真正对文学革命以来新文学的叙述仅占2页的篇幅。④该文学史体现了钱基博"扬文言而抑白话"的文学观念。从30年代开始，以专著的形式对新文学史叙述开始有规模地形成，较为有代表性的是吴文祺的《新文学概要》、王哲甫的《中国新文学运动史》、李一鸣的《中国新文学史讲话》、李何林的《近二十年中国文学思潮》、蓝海的《中国抗战文艺史》等。在这些新文学史著中，著者都有他们自己的文学观念、独立的新文学观，以及新文学史观。

新文学史是脱胎于传统文学的历史，新文学不同于传统文学，而新文学观念正是在文学先驱对传统文学的破坏中张显其特征与内涵的，胡适在《文学改良刍议》中针对传统文学的弊端而提出文学改良的"八事"主张，在他看来，"此八事皆文学上根本问题，一一有研究之价值"。并从历史的进化观念指出："白话文学之为中国文学之正宗，又为将来文学必

---

① 参见周作人《中国新文学的源流》，上海书店1988年版，第103页。
② 钱基博：《现代中国文学史》，上海世界书局1935年版，第1—3页。
③ 同上书，第4页。
④ 以上统计数据参见钱基博《现代中国文学史》，上海世界书局1935年版，第448—449页。

用之利器，可断言也。"① 他在《历史的文学观念论》中指出："今日之文学，当以白话文学为正宗。"② 而他在《建设的文学革命论》中指出："我们所提倡的文学革命，只是要替中国创造一种国语的文学。"③ 与此同时，陈独秀在《文学革命论》中提出要建设——平易的抒情的国民文学，新鲜的立诚的写实文学，明了的通俗的社会文学④；此外，周作人在《人的文学》中则指出："我们现在应该提倡的新文学，简单的说一句，是'人的文学'，应该排斥的，便是反对的非人的文学。"⑤ 也有不同于以上的新文学观念。作为早期中国共产党创始人之一的李大钊提出他的新文学观念："我的意思以为刚是用白话作的文章，算不得新文学；刚是介绍点新学说、新事实，叙述点新人物，罗列点新名辞，也算不得新文学。"在他看来："我们所要求的新文学，是为社会写实的文学，不是为个人造名的文学；是以博爱心为基础的文学，不是以好名心为基础的文学；是为文学而创作的文学，不是为文学本身以外的什么东西而创作的文学。"他进一步阐述道："宏深的思想、学理，坚信的主义，优美的文艺，博爱的精神，就是新文学新运动的土壤、根基。"⑥ 显然，李大钊称谓的"宏深的思想、学理，坚信的主义"主要指马克思主义，这预示了新文学观念的另一向度，这为第二个十年"无产阶级文学"的兴起奠定了基础。可以说，胡适主要着眼于"语言"的白话文学观念，连同陈独秀"三大主义"中的国民文学、写实文学、社会文学观念，以及周作人的"人的文学"观念，李大钊的马克思主义文学观念，等等，这些共同构成新文学的基本观念。

（二）初期新文学史叙述

新文学就是在新文学先驱的文学观念支配下发生、发展的，且这些观

---

① 胡适：《文学改良刍议》，载《中国新文学大系·建设理论集》，上海良友图书公司1935年版，第43页。

② 胡适：《历史的文学观念论》，载《中国新文学大系·建设理论集》，上海良友图书公司1935年版，第57页。

③ 胡适：《建设的文学革命论》，载《中国新文学大系·建设理论集》，上海良友图书公司1935年版，第128页。

④ 参见陈独秀《文学革命论》，载《中国新文学大系·建设理论集》，上海良友图书公司1935年版，第44页。

⑤ 周作人：《人的文学》，《新青年》第5卷第6号，1918年12月15日。

⑥ 《李大钊全集》第3卷，人民出版社2006年版，第129—130页。

念也成为20世纪50年代之前新文学史叙述直接的或潜在的支配力量。最典型的莫过于王哲甫的《中国新文学运动史》,该著首先即从"什么是新文学"入手来叙述新文学史。他认为:"新文学的取义,不过是对于昔日传统的旧文学而言,是中国文学上的一种革命运动。"① 在他看来,新文学与旧文学并不存在严格的分界,且新旧文学的差异不是体现在形式上,而着重从内容方面加以体现,因此,白话文不一定是新文学,文言文也不一定是旧文学:"白话文固然是新文学达意表情的工具,但必须有优美的思想,情感,想象为它的内容,方可为美妙的作品。"他分别以文言文中林纾翻译的《茶花女逸事》,沈复的《浮生六记》以及传统文学中的《诗经》《楚辞》,李白、白居易的诗,李后主的词,王实甫的《西厢记》,等等,以及当时书店销售的缺乏独创风格与新颖题材的小说为正反事例,而指出"新文学与旧文学的区别,决不是只在白话文言的不同,乃在他们所含的内容本质的不同"。② 为更准确地阐释"新文学"内涵,他选用了当时几位新文学先驱对新文学的具体定义。他首先引用胡适的新文学观念,在《历史的文学观念论》一文中,他特别强调胡适,"居今日而言文学改良,当注重'历史的文学观念',一言以蔽之曰:一时代有一时代之文学"③;而在《建设的文学革命论》中则强调胡适:"'建设新文学论'的唯一宗旨,只有十个大字'国语的文学,文学的国语。'我们所提倡的文学革命,只是要替中国创造一种国语的文学。""中国若想有活文学,必须用白话,必须用国语,必须做国语的文学。"这就是胡适历史的文学观念论与国语文学观。其次,他以陈独秀的《文学革命论》所提倡的"三大主义"而将陈独秀的"新文学"观念概括为国民文学、写实文学以及社会文学。④ 除引用胡适、陈独秀的文学观念外,他还引用了周作人、成仿吾、郭沫若等的文学观念。有关周作人"人的文学"观念,他引《人的文学》一文:"我们现在应该提倡的新文学,简单地说一句,是'人的文学',应该排斥的,便是反对的非人的文学。……我们所说的人,不是世间所谓'天地之性最贵',或'圆颅方趾'的人。乃是说,'从动

---

① 王哲甫:《中国新文学运动史》,北平杰成印书局1933年版,第1页。
② 同上书,第2页。
③ 同上书,第3页。
④ 同上书,第4页。

物进化的人类'。其中有两个要点,(一)'从动物'进化的,(二)从动物'进化'的。"① 至于"平民文学",他认为:"平民文学与贵族文学不同的地方,不在形式上,而是在内容的。平民文学并非说专讲平民的生活,给平民看,或是平民自己做的,不过是说文学的精神的区别,指他普遍与否,真挚与否的区别。"② 他引周作人的话说,"平民文学"应该注重与贵族文学相反的地方,是内容充实,就是普遍与真实两件事:"第一,平民文学应以普通的文体,写普遍的思想与事实。""第二,平民文学应以真挚的文体,记真挚的思想与事实。"③ 有关成仿吾的文学使命观念,主要有三种:对于时代的使命,对于国语的使命,对于文学本身的使命。有关时代的使命,他引成仿吾的话说,文学"对于现代负有重大的使命。现代的生活他的样式,他的内容,我们要取严肃的态度,加以精密的观察与公正的批评。对于他的不公的组织与因袭的罪恶,我们要加以严厉的声讨"。对于国语的使命,"我们的新文学运动,自从爆发以来,即是一个国语的运动。……我们要在我们的语言创造些新的丰富的表现"。对于文学本身的使命:"文学是我们的精神生活的粮食,我们由文学可以感到多少生的欢喜,可以感到多少生的跳跃。我们要追求文学的全,我们要追求文学的美。"④ 对郭沫若文学观念,他注重郭沫若的革命文学观,他以郭沫若的《文学与革命》为例,指出:"文学是永远革命的,真正的文学,是只有革命文学的一种。所以真正的文学,永远是革命的前驱。"⑤

以上是王哲甫列举的几种新文学观念,在他阐明新文学的含义时常将文学的社会功用——文学的工具、时代社会使命等联系起来,就其以上所列举的文学观念可将其归纳为:(1)国语(白话)文学;(2)人的文学;(3)平民文学;(4)社会写实文学;(5)时代文学;(6)革命文学,等等。前面四种是文学革命时较普遍的文学观念,而后两种(包括第四种),注重文学的社会功用、时代社会的使命,则是革命文学时期普遍的表现。在此基础上,他从六个方面提出了自己的新文学观念:第一,文学没有新旧之别,所谓新文学的"新"字,乃是重新估定价值的新;

---

① 王哲甫:《中国新文学运动史》,北平杰成印书局1933年版,第6—7页。
② 同上书,第7页。
③ 同上书,第8页。
④ 同上书,第10—11页。
⑤ 同上书,第12页。

新文学在时间性上说，它是时代的先驱，超越于普通社会的思想而有永久性。第二，新文学在空间上说，它是为大多数人所能享受的很普遍的作品。第三，新文学在纵的一方面，要搜求研究中国固有的文学书籍，重新整理、分析、考证、标点而估定它的价值；在横的一方面要介绍翻译欧美的杰作，与本国的作品的比较、参考，以资借鉴。第四，在外形上，新文学要用明显优美的文字、艺术的组织、自然的声韵表现出来；在内容上，要有真挚的情感、丰富的想象、超乎时代的思想和反抗腐旧社会的精神。第五，新文学取材的广泛性。第六，在体裁上，可分诗歌（Poetry）、小说（Novel）、戏曲（Drama）、散文（Prose）等数种。①

王哲甫以上所列举的几种新文学观念，以及王哲甫自己的新文学观念是他文学史叙述的基础，此文学史著写作的框架与模式，对文学史料的选择，文学思潮、文学运动、文学流派以及作家、作品等的选择与编排都是以此为根据的。由以上的叙述可看出著者新文学史叙述力求表现文学的本体特征，对文体的注重，并力求全面、客观地反映新文学史原貌，这也是他将传统文学的整理，以及国外文学的翻译都要写入文学史的重要原因。

其他的新文学史著，如吴文祺的《新文学概要》、李一鸣的《中国新文学史讲话》、李何林的《近二十年中国文学思潮》等，有关新文学观念虽然没有像王哲甫的《中国新文学运动史》那样在文学史具体叙述中表现得那样直接、明确，但新文学的具体观念却是其文学史叙述的潜在支配力量。

二 文学"写实"观念与新文学史叙述

文学史叙述有其潜在支配力量，它根源于著者所处时代的文学观念与美学理念，它影响甚至左右一个时代文学创作与读者的接受，并成为文学史叙述的潜在支配力量。前面叙及胡适的白话文学观念、陈独秀的"三大主义"、周作人"人的文学"、成仿吾的文学使命说，以及郭沫若的"革命文学"等，都蕴含着文学的"写实"精神，连同与此相关的写实主义，这既是新文学作家创作潜在的文学观念，也影响到新文学史的叙述，甚至成为20世纪中国文学创作，以及中国现代文学史叙述的潜在支配力量。

---

① 参见王哲甫《中国新文学运动史》，北平杰成印书局1933年版，第13—14页。

（一）文学"写实"观念

本论著中之所以把"写实"的文学观念作为一重要问题提出并给予探讨，主要意指它潜藏于新文学创作，并潜存于新文学史叙述中，成为文学史叙述中一股潜在的支配力量。其具体表现为文学史叙述者对写实主义的偏嗜，即对客观写实的文学事件、文学现象以及作家作品特别重视；而非客观写实的文学事件、文学现象则被压抑，常被当作"他者""异端""边缘"出现于文学史或被排斥于文学史之列等。

客观写实在我国文学史上源远流长，从《诗经》开始就蕴含了正视现实、关注现实的潜在"母题"，并成为传统文学发展的重要支配力量。由于内忧外患的客观现实，这一特征在中国现代文学的表现尤其明显。因此，文学革命后，流行于欧美与俄罗斯的十七八世纪的现实主义成为新文学先驱们特别青睐的对象。温儒敏先生说："现实主义可以看作是一种正视现实的创作精神，或理解为一种如实反映生活的创作方法，也有的用来指一种特定的文学思潮。"[①] 就这样，这种关注现实、正视现实的精神与具悠久文学传统的"写实"精神交融在一起成为20世纪中国文学的发展的潜在支配力量，并在不同历史时期分别以现实主义、革命现实主义、社会主义现实主义、新写实主义等形态表现出来，并影响、制约着20世纪中国文学的发展，这也成为文学史叙述的潜在支配力量。

新文学是在晚清以来的文学变革以及对西方文学的大量翻译等多种因素刺激下文学水到渠成的自然发展，一些学者将五四新文化运动的源流推溯于晚清，陈万雄就说："作为五四新文化运动的重要内容，无论是反传统思想、白话文的倡导、西方文学理论的介绍等等，都可在晚清追溯到其渊源，而五四新文化运动之与前此的辛亥革命运动在革新思想上更有一脉相承的条理。"[②] 而就文学运动而言，"戊戌维新派文学活动更直接是五四新文学的源头"。[③] 茅盾也说，"清末的翻译西方文学和各地出现的白话小报，都是'五四'新文学运动的前驱"。[④] 晚清文学与新文学的精神联系，其最重要的表现就与其写实主义在此时期的重要表现有重要关联。鸦片战

[①] 温儒敏：《新文学现实主义的流变》，北京大学出版社1988年版，第2页。
[②] 陈万雄：《五四新文化的源流》，北京三联书店1997年版，第3页。
[③] 同上书，第132页。
[④] 茅盾：《中国现代文学史的另一种编写方法——致节公同志》，《社会科学战线》1980年2月号。

争后，内忧外患的中国现实为写实主义提供了滋生的"温床"，因此，此时期出现的政治小说、政治诗歌、谴责小说、黑幕小说表现出揭露现实、关注现实的思想皆具有强烈的批判现实主义倾向；林纾翻译的各类西欧小说，特注重其写实主义取向。鲁迅在论述晚清小说时说：

> 光绪庚子（一九〇〇）后，谴责小说之出特盛。盖嘉庆以来，虽屡平内乱（白莲教，太平天国，捻，回），亦屡挫于外敌（英、法、日本），细民暗昧，尚啜茗听平逆武功，有识者则已翻然思改革，凭敌忾之心，呼维新与爱国，而于"富强"尤致意焉。戊戌变政既不成，越二年即庚子岁而有义和团之变，群乃知政府不足以图治，顿有掊击之意矣。其在小说，则揭发伏藏，显起弊恶，而于时政，严加纠弹，或更扩充，并及风俗。虽命意在于匡世，似与讽刺小说同伦，而辞气浮露，笔无藏锋，甚且过甚其辞，以合时人嗜好，则其度量技术之相去亦远矣，故别谓之谴责小说。①

显然鲁迅小说史的写作有时代、环境对文学的影响，而所论述的谴责小说，则带有批判现实主义的特色。晚清以来，批判现实的精神与来自西方的现实主义交汇在一起，成为文学革命后新文学发展的潜在支配力量，它制约与钳制着20世纪初浪漫主义与现代主义在中国的发展，并影响到文学史事件的接受，以及文学史叙述。在20世纪之初有以下现象："最初十年，文学界是特别瞩目于西方浪漫主义的，这时不但有许多浪漫派作家如拜伦、雪莱、雨果、歌德、尼采等人的作品译介到中国，甚至已经出现有像苏曼殊的《〈潮音集〉·自序》、鲁迅的《魔罗诗力说》等对西方浪漫派极赞赏的文章。西方浪漫派一开始似乎就比现实主义影响更大，可以在中国捷足先登了。但从创作和整个文坛的实际反响来看，浪漫主义也还是未能在当时中国形成独立的文学思潮，顶多还只是鲁迅等个别作家用以观测文坛现状的一个参照系。"② 这一情形还表现在20世纪20年代的中国文坛，当文学研究会所倡导的现实主义几乎一统天下的时候，作为异军突起的创造社以对峙的形态出现于现代中国文坛上，但这前所未有的冲

---

① 《鲁迅全集》第9卷，人民文学出版社1981年版，第282页。
② 温儒敏：《新文学现实主义的流变》，北京大学出版社1988年版，第6页。

击力量并未持续多久，后来，它慢慢被写实主义同化，提倡表同情于下层无产阶级"血泪"的革命写实文学。郭沫若表现相当典型，他曾著文写道："青年！青年！……你们不要以为多饮得两杯酒便是甚么浪漫的精神多诌得几句歪诗便是甚么天才的作者，你们要把自己的生活坚实起来，你们要把文艺的主潮认定！你们应该到兵间去，民间去，工厂间去，革命的漩涡中去，你们要晓得我们所要求的文学是表同情于无产阶级的社会主义的写实主义的文学，我们的要求已经和世界的要求是一致，我们昭告着我们，我们努力着向前猛进。"[①] 返观历史，新文学革命，直至整个现代文学阶段，这正是西方现代主义盛行之时，照理说，新文学作家们应该把目光关注于现代主义，但现代主义遭受的却是比浪漫主义更尴尬的命运，这也同样反映在文学史叙述中。

（二）新文学先驱与文学"写实"观念

写实主义成为20世纪中国文学发展的潜在力量，还与五四文学先驱的文学观念，以及他们的有意识提倡联系着。文学革命时，现代中国内忧外患的现实使新文学一开始就带有强烈的功利色彩，而文学革命则成了思想"启蒙"的工具，有学者对此有如下认识："新文学运动并不是单纯的文学本身的变革……新文学运动的倡导者几乎都一身二任，同时又是新文化运动的发难者与组织者。如《新青年》同仁陈独秀、胡适、李大钊、鲁迅、周作人、刘半农、钱玄同等人，都不是'纯文学家'，而首先是'有所为'的革命家或启蒙主义者。他们一开始就很自觉地将创建新文学与改造社会，改造国民的目标紧密联系了起来。"[②] 因此，新文学先驱的文学观念，大多带有思想启蒙的功利色彩。在此时，如果说现实主义、浪漫主义、现代主义都是新文学先驱选择的对象，那么内忧外患的民族、国家，则使得现实主义在现代文坛更具有亲和力与强烈的生命力量。特别是文学先驱的提倡，现实主义既支配着新文学创作，也成为新文学史叙事的潜在支配力量。

陈独秀作为新文化运动领袖，他是把文学革命作为思想启蒙的工具来实施的，其"三大主义"推导与建设形成强烈的"二元"张力，其强烈的冲击力量具摧枯拉朽的革命性，这一切都源于他的写实主义精神。他对

---

① 《郭沫若全集》第16卷，人民文学出版社1989年版，第43页。
② 温儒敏：《新文学现实主义的流变》，北京大学出版社1988年版，第12页。

此论述道：

> 际兹文学革新之时代，凡属贵族文学，古典文学，山林文学，均在排斥之列……所谓宇宙，所谓人生，所谓社会，举非其构思所及。此三种文学共同之缺点也。此种文学。盖与吾阿谀夸张虚伪之国民性，互为因果。今欲革新政治，势不得不革新盘踞于运用此政治者精神界之文学，使吾人不张目以观世界社会文学之趋势及时代之精神，日夜埋头故纸堆中，所目注心营者，不越帝王、权贵、鬼怪、神仙与夫个人之穷通利达，以此而求革新文学，革新政治，是缚手足而敌孟贲也。①

由此可见陈独秀文学革命的目的，以及他文学观念中强烈的政治功利性，在此种文学观念驱遣下，文学对时代、社会、人生的关注是其主要表现。他在《现代欧洲史谭》一文中说："十九世纪末，宇宙人生之真相，日益暴露，所谓赤裸时代，所谓揭开假面时代，喧传欧土，自古相传之旧道德旧思想旧制度，一切破坏，文学艺术亦顺此潮流由理想主义再变为写实主义（Realism）更进而为自然主义（Nuturalism）"②，可见陈独秀文学观念中对写实主义情有独衷。

支配文学革命另一领袖人物胡适的文学观念的潜在基础也是写实主义，他在《文学改良刍议》中说："吾每谓今日之文学，其足与世界'第一流'文学比较而无愧色者，独有白话小说一项。此无他故，以此种小说皆不模仿古人。而惟实写今日社会之情状，故能成真正文学。"③ 胡适曾著文《易卜生主义》，在此文中，他说易卜生的文学与人生观是一种写实主义，易卜生把"家庭社会的实在情形都写了出来，叫人看了动心，叫人看了觉得我们的家庭社会原来是如此腐败，叫人看了觉得家庭社会真

---

① 陈独秀：《文学革命论》，载胡适《中国新文学大系·建设理论集》，上海良友图书公司1935年版，第46页。
② 陈独秀：《现代欧洲史谭》，《青年杂志》第1卷第3号，1915年11月15日。
③ 胡适：《文学改良刍议》，载胡适《中国新文学大系·建设理论集》，上海良友图书公司1935年版，第36页。

正不得不维新革命：——这就是'易卜生主义'"。① 可具反讽意味的是触发胡适这些文学观念的正是西方的意象派诗歌运动与达达主义，有学者指出："胡适通过对意象派与达达派理论的领悟与借鉴，把握住了西方现代主义的基本精神，并用这种精神来指导中国的文学改革，因此他的文学理论不可免地带有现代主义的精神特征。"② 现代主义的先锋精神成了胡适文学革命的激发物，在现代主义与现实主义之间，可他选择了后者，且这一文学观念是支配着胡适文学活动的潜在力量。当时，文学研究会的机关刊物《小说月报》上有一部分介绍西方现代主义的文章，这引来胡适的反对："我昨日读《小说月报》第七期的论创作的诸文，颇有点意见，故与振铎及雁冰谈此事。我劝他们要慎重，不可滥收。创作不是空泛的滥作，须有经验作底子。我又劝雁冰不可滥唱什么'新浪漫主义'。现代西洋的新浪漫主义的文学所以能立脚，全靠经过一番写实主义的洗礼。有写实主义作手段，故不致堕落到空虚的坏处。如梅特林克，如辛兀（Meterlinck，Synge），都是极能运用写实主义的方法的人。不过他们的意境高，故能免去自然主义的病境。"③

周作人在《人的文学》一文中说："用这人道主义为本，对于人生诸问题，加以记录研究的文字，便谓之人的文学。"④ 由此可见其文学观念的写实主义精神，他在一次演讲中指出，正在发展的新文学应该是为人生的文学："我们称述人生的文学，自己也以为是从学理上立论，但事实也许还有下意识的作用；背着过去的历史，生在现今的境地，自然与唯美及快乐主义不能多有同情。这感情上的原因，能使理性的批判更为坚实，所以我相信人生的文学实在是现今中国唯一的需要。"⑤

相对于以上文学先驱的现实主义文学观念，茅盾对现实主义、现代主义则显示出他的矛盾心态。他认为，"西洋的小说已经由浪漫主义（Romanticism）进而为写实主义（Realism）、表象主义（Symbolism）、新浪漫

---

① 胡适：《易卜生主义》，载胡适《中国新文学大系·建设理论集》，上海良友图书公司1935年版，第188—189页。
② 吕周聚：《中国现代主义诗学》，人民文学出版社2001年版，第32页。
③ 曹伯言：《胡适日记全编》第3卷，安徽教育出版社2001年版，第394页。
④ 周作人：《人的文学》，载胡适《中国新文学大系·建设理论集》，上海良友图书公司1935年版，第196页。
⑤ 《周作人批评文集》，珠海出版社1998年版，第43页。

主义（New Romanticism），我国却还是停留在写实以前，这个又显然是步人后尘"。① 显然，现代主义应是今后文学发展的方向，可越向后来，茅盾越倾向于写实主义。在《什么是新文学》中，他反对名士派、颓废派的虚情假意、无病呻吟、伤感主义、唯美主义，以及游戏文学的态度，推崇写实主义，认为"新文学的写实主义，于材料上最注重精密严肃，描写一定要忠实"，用社会分析方法、描写社会黑暗等。② 他在《大转变时期何时来呢？》中说："我们决然反对那些全然脱离人生的而且滥调的中国式的唯美的文学作品。我们相信文学不仅是供给烦闷的人们去解闷，逃避现实的人们去陶醉；文学是有激励人心的积极性的。尤其在我们这时代，我们希望文学能够担当唤醒民众而给他们力量的重大责任。"他并引巴比塞的话说："和现实脱离关系的悬空的文学，现在已经成为死的东西；现代的活文学一定是附着于现实人生的，以促进眼前的人生为目的了。"③ 因此，他更是反对当时文坛"吟风弄月"的恶习，反对醉罢、美呀的所谓唯美的文学；反对颓废的、浪漫的、倾向的文学。对现实主义的推崇，他甚至提倡自然主义，他说："自然主义者最大的目标是'真'；在他们看来，不真的就不会美，不算善。他们以为文学的作用，一方要表现全体人生的真的普遍性，一方面也要表现各个人生的真的特殊性。"④

（三）权力话语、文学经典与文学"写实"观念

以上写实主义文学观念既是文学革命新文学先驱的文学观念，也是他们的自然选择，这成为新文学发展的潜在基础。最为重要的是，这种文学观念通过文学先驱的亲身实践与提倡，并通过"革命"的手段所获得的一种权力话语的支配力量对新文学文学思潮、文学运动、文学创作、文学批评、文学接受具有规范与影响作用。学者戴燕曾对陈独秀《文学革命论》中的"写实主义"倾向有如下评说："写实主义虽然本是关于小说的一种理论，但在20世纪的新文学运动初期，由于'建设新鲜的立诚的写实文学'被视为文学革命的三大目标之一，因此它很容易借助'革命'

---

① 沈雁冰：《小说新潮栏宣言》，《小说月报》第11卷第1号，1920年1月26日。
② 沈雁冰：《什么是文学——我对现代文坛的感想》，载郑振铎《中国新文学大系·文学论争集》，上海良友图书公司1935年版，第153—159页。
③ 沈雁冰：《大转变时期何时来呢？》，《文学周报》第103期，1923年12月31日。
④ 沈雁冰：《自然主义与中国现代小说》，载郑振铎《中国新文学大系·文学论争集》，上海良友图书公司1935年版，第385页。

的名义，取得理论上的优势。"① 这种写实主义的理论优势无疑对浪漫主义、现代主义等文学观念有排斥、压抑作用，而这种写实主义文学观念更通过文学批评实践得到广泛的传播。王德威曾指出："中国现代文学批评最显著的特征之一，便是褒扬任何与19世纪欧洲写实主义相类似的写实/现实主义创作"②，而与这种写实主义不同的浪漫主义、现代主义等可能被视为异端自然遭到排斥与压抑。

《新青年》并非一文学杂志，但它所确定的文学"写实"精神却对新文学的发展有潜在的支配力量。鲁迅的创作是典型的"遵命文学"，"揭出病苦，以引起疗救的注意"，对国民性解剖使他的创作带有典型的批判现实主义特色。能够继承《新青年》"写实主义"文学精神的是文学研究会，这是一典型的体现写实主义文学观念在新文学初期强大威力的重要文学流派。据资料显示，20世纪20年代初期，除文学研究会的总部设在北京外，在全国各个省区的重要城市都有其分支机构的设置，而凡是在新文学建设上有一定影响的人物都曾参与文学研究会。从文学研究会的成员来看，并非都倾向于现实主义，象征诗派代表诗人李金发的成名作《弃妇》发表在《小说月报》上，李金发本人就曾加入文学研究会（赵景深《我与文坛》）。再看，作为其会刊的《小说月报》也曾广泛介绍西方现代主义，一些现代主义作家与诗人如戴望舒、施蛰存、穆时英等都曾在《小说月报》上发表过他们的重要作品。若没有历史的偶然因素，也许没有"异军突起"的创造社产生而使文学研究会成一统天下之势。③ 从以上可看出文学研究会以及《小说月报》的兼容性，但也可看出现实主义对现代主义，以及对"非写实"的规范与兼并，无怪乎郁达夫说文学研究会垄断文坛。

这种"写实"的话语权力不仅规范、影响着作家的创作、读者的接受，亦影响着文学史叙述形态。王德威曾从三层维度指出"被压抑的现代性"的具体内涵，而其中的第三层内涵："'被压抑的现代性'亦泛指

---

① 戴燕：《文学史的权力》，北京大学出版社2002年版，第136页。
② 王德威：《被压抑的现代性——晚清小说新论》，宋伟杰译，北京大学出版社2005年版，第26页。
③ 在文学研究会筹备时期，该会曾给在日本留学的田汉写信，请他转请郭沫若、郁达夫等一同加入文学研究会，田汉既没有把信转给郭沫若与郁达夫，也没有写回信。因此，后来文学研究会邀请郭沫若、郁达夫入会而被辞谢。

晚清、'五四'及30年代以来，种种不入（主）流的文学实验。在追寻政治（及文学）正确的年代里，它们曾被不少作家、读者、批评家、历史学者否定、置换、削弱或者嘲笑。从科幻到狎邪、从鸳鸯蝴蝶到新感觉派、从沈从文到张爱玲，种种创作，苟若不感时忧国或呐喊彷徨，便被视为无足可观。即使有识者承认其不时发抒的新意，这一新意也基本以负面方式论断。"① 在此之所以引用王德威先生的论点，意在借用"被压抑"这一术语，说明在"写实主义"这一强势话语下，"非写实"的文学史事件、文学史现象，以及作家、作品在文学史叙述中被视为"异端"遭受被排挤、被压抑的情形。

同时，新文学先驱者的文学观念更通过文学经典的确立得以巩固，这对后来文学史以及文学史叙述产生了重要影响，其中最典型的莫过于《中国新文学大系》的编辑。该"大系"成书于20世纪30年代中期，与新文学的诞生期已近两个十年，由洋洋十大卷组成，它所造成的效果不仅仅是为后来研究新文学的人们起一点参考资料的作用，它还有一个重要意图就是"大系"所确立的文学经典对之后文学史叙述的规范与影响。正如策划者赵家璧所言："一群先驱者们开辟荒芜的精神，至今还可以当作我们年青人的模范，而他们所产生的一点珍贵的作品，更是新文化史上的至宝。"② 而蔡元培写的《中国新文化大系·总序》把"五四"文学革命与西方的文艺复兴相比："自五四运动以来不过十五年，新文学的成绩，当然不敢自诩为成熟。其影响于科学精神民治思想及表现个性的艺术，均尚在进行中。但是吾国历史，现代环境，督促吾人，不得不有奔轶绝尘的猛进。吾人自期，至少应以十年的工作抵欧洲各国的百年。所以对于第一个十年先作一总审查，使吾人有以鉴既往而策将来，希望第二个十年与第三个十年时，有中国的拉飞尔与中国的莎士比亚等应运而生呵！"③ 由此可见，"新文学大系"确立文学经典的主要意图。再看参与各卷的编者，他们都是新文学理论建设与文学创作的佼佼者：胡适编选建设理论集；郑

---

① 王德威：《被压抑的现代性——晚清小说新论》，宋伟杰译，北京大学出版社2005年版，第10—11页。
② 赵家璧：《前言》，载胡适《中国新文学大系·建设理论集》，上海良友图书公司1935年版，第1页。
③ 蔡元培：《总序》，载胡适《中国新文学大系·建设理论集》，上海良友图书公司1935年版，第11页。

振铎编选文学论争集；阿英编选史料索引集；小说一、二、三集分别由茅盾、鲁迅、郑伯奇编选；散文由郁达夫、周作人编选；戏剧集由洪升编选；诗歌由朱自清编选。追溯这些新文学大系遴选者文学观念的背景，只有郁达夫与郑伯奇属于创造社，而支配其他几人的文学观念则是写实主义。他们的遴选原则显然体现了他们的文学观念，而他们叙述的导言，则是一篇篇典型的新文学史论。对大系遴选作品的诠释，可以说是对文学经典的更加明确具体的表达，也是他们文学观念的具体体现。这种棺盖论定的文学经典，以及文学观念的确立对以后新文学史叙述有重要影响，如王瑶20世纪50年代的新文学史叙述明显受新文学大系所确立的文学观念与文学史观的影响。

（四）文学"写实"观念与文学史权力

写实主义在不同的历史时期各以不同的面孔出现：现实主义、批判现实主义、新现实主义、革命现实主义、社会主义现实主义等，且在不同的历史时期与不同政治地域通过文学创作、文学批评，文学经典的确立、阅读、传播，或通过文化、教育手段，甚至是政治干预得以规范与强化。戴燕曾论及写实主义通过我国教育的手段怎样形成文学史的权力，她以小说经典教育为例来说明写实主义阅读方式的逐渐形成："20世纪的文学史，其最大功用便在于教学，在于文学经典的教育，随着'各国文学史，皆以小说占一大部分，且其发达甚早，而吾国独不然'的意见，变成为一般共识，文学史中的小说作品日益增加，小说的阅读也占据了越来越多的篇幅，这时候，一部囊括各种文体、贯通各个时代的中国文学史，便也逐渐演变成为写实主义阅读下的文学史。"[①] 并且"依照写实主义的阅读和解析方式，中国文学史树立了自己的一个经典系列，而经典是具有权威性和示范性的，所以，当文学史推出自己的经典之后，通过教育的手段，这些经典反过来也规定和制约了文学作品的阅读方式，显示着所谓'正确的阅读'，乃是以写实主义的方法，读出作品中写实的内容和形式"。特别是"自1950年代，中国文学的传统被规定为'现实主义与积极浪漫主义'的传统以后，所有的文学史，毫无例外地就都成了现实主义的文学史，对文学史作品的解读，也毫无例外地变成了现实主义要素的剖析和撷

---

① 戴燕：《文学史的权力》，北京大学出版社2002年版，第138页。

取"。① 依照写实主义原则，中国文学史确定了自己的一套经典及经典阐释方式，当文学史在文学教育中扮演着主宰的角色，20 世纪的文学史叙述也差不多就全部变成"写实主义"的文学史叙述了。

梳理 20 世纪 30 年代以来出现的新文学史文本，现代主义（包括新浪漫主义、象征主义、表现主义、意象主义、未来主义等）术语基本上在文学史叙述中缺场，或者以被否定的与写实主义对立的、反动的等扭曲面目出现在文学史上。吴文祺的《新文学概要》曾用一章篇幅论述文学革命后文坛情况，他说，因了创作主张不同，遂分化为两派：一是写实派，以文学研究会为代表；一是浪漫派，以创造社为代表。"写实主义是暴露现实，浪漫主义是理想未来。其取径不同，但其反抗封建的文学则并无二致。"② 他说，文学研究会，"在根本上，主张为人生的文学；在技巧上，提倡写实主义的技法"。③ 而"创造社的文学主张，处处与文学研究会相反。他们主张艺术的艺术，反对为人生的艺术；主张唯美主义，反对功利主义；倾向浪漫主义，不赞成写实主义"。④ 从表层看，他对文学研究会与创造社的叙述客观公允，但他的潜意识却有对写实主义的偏爱。看他对"五卅"以后，创造社创作转向的叙述："因了时代的进展，环境的变迁，创造社的重要分子转变了方向。他们骂浪漫主义，骂唯美主义，骂天才，不惜以今日之我与昨日之我战。这是他们的进步。同时，他们的前期的作品，已失去了时代的意义，渐渐地为一般青年忘却了。"⑤ 他对"五卅"以后的新文学分化的叙述带强烈意识形态色彩：

> 五卅运动在文学上的影响很大。因了五卅的刺激，唤醒了一部分文人的迷梦，使他们出了象牙之塔，走到十字街头。另外一部分作者，在五四时也是反抗旧思想的战士，但为自己的阶级所限制，不能跟着时代跑；因之对于新起的作家，起了一种反感，好像五四时代的林琴南之对胡适、陈独秀一样。一个作家与社会生活不调和的时候，往往遁入艺术至上主义的宝岛。于是他们有的提倡新律体诗，疲精劳

---

① 戴燕：《文学史的权力》，北京大学出版社 2002 年版，第 145 页。
② 吴文祺：《新文学概要》，中国文化服务社 1936 年版，第 44 页。
③ 同上书，第 46 页。
④ 同上书，第 52 页。
⑤ 同上书，第 56 页。

神于一字一句的推敲，而内容则离现实更远了；有的闭起眼睛来，做些除了作者自己以外没有人能懂的象征诗；有的提倡引人发笑的幽默小品文；有的甚至于回过头去做五七言诗和格律严谨的词。总之，在五卅以后，一般作家，显然走了两条不同的路：一是走到十字街头去斗争，一是躲到象牙塔里去做梦。①

以上的文学史叙述带有典型的"写实主义"意识形态话语。徐志摩、闻一多为代表的新月派所提倡的格律体诗歌，周作人、林雨堂为代表的语丝派写小品文作家都当作逃避现实而成为否定的对象，而在对现代主义的描绘中，他把象征诗派当作逃避现实的文学流派给予描绘，并引弗理契的话说：

> 象征主义在本质上不外是唯美主义的印象主义之抒情诗的表现罢了。所以象征主义者们，一面也是纯粹的唯美主义者和纯艺术的口号之支持者。他们在自己的诗中，不曾向著自身要求任何的功利课题。社会的政治的动机，全然是与他们的诗无缘的。他们只努力于发现自己的我，但他们的我，却完全是个人主义的。……象征主义者们，是除了艺术以外，任何物都不承认的无条件的唯美主义者，同时也是印象主义者。他们的诗的任务，是在乎将神经系统的不明了的瞬间的感觉和心境等，拿来表现在言语上面。这些不明了的瞬间的而极个人式的经验，当然是不能够以明了的形象及概念等来自然地表现出来的。②

看他对中国象征诗派的评价："这派诗神秘难懂，在中国也盛行过一时，代表的作家有李金发、王独清、冯乃超、戴望舒、姚蓬子、胡也频等。但后来王、冯、姚、胡等走了革命文学的路，不再写那种莫名其妙的诗。到现在虽然还有少数人在作，可是已引不起人们的注意了。"③ 由以上叙述可看出，著者对文学史叙述的"写实主义"意识形态表现明显，

---

① 吴文祺：《新文学概要》，中国文化服务社1936年版，第59—60页。
② 同上书，第78—79页。
③ 同上书，第79页。

因此，对现代主义的描绘也显示出强烈的意识形态主观色彩。在著者的笔下，现代主义是脱离现实的，也是与左翼文学背道而驰的。这种"写实主义"文学史叙述意识形态还不同程度地存在于其他文学史叙述中，如陈子展将"戊戌"以来近三十年文学的发展与时代紧密联系起来："三十年来的中国社会既已处在一个剧变的时期，反映社会生活的文学，随着时代的，社会的生活之剧变而生剧变，将至转而成为显示将来的新时代新社会的一种标识，这并非偶然的事。往后析论这个时期文学各方面的变迁，只能从它的本身变化之进化之迹加以推究，或不能随时触到它的背景的，这里算是先为发凡了。"① 在此，著者把文学作为时代折射的标识物，支配其文学史叙述的是写实主义文学观念。这种文学史叙述，也成为20世纪中国文学史叙述的潜在支配力量。

第三节　初期新文学史叙述模式的雏形

文学史叙述源于文学史现象、文学史事件等自然形态的客观真实展现，但文学史著的最终形成则来自文学史家的叙述描绘，它带有叙述者的主观特征。由于著者文学观念的差异，他们对一定历史时期文学的历史叙述、文学史事件的选择描绘表现出各不相同的形态。20世纪50年代之前的新文学史叙述即是如此，由于著者文学观念的差异，如对新文学含义的理解、对新文学史事件的选择、新文学作家作品的描绘等都可能体现出差异，这使新文学史叙述表现出不同形态。总观初期的新文学史叙述，主要有如下两类：一类可称为"社会型"文学史叙述形态，主要以时代、社会、政治等外在因素来叙述新文学发展的历史；一类可称为"文体型"文学史叙述形态，主要以新文学本体特征来探讨新文学演绎的历史。陶东风先生曾将文学史叙述模式划分为"自律论"与"他律论"模式，他所谓的"自律论"模式，即将文学与非文学区分开，将文学话语与非文学话语区分开，并认为文学发展的动力来自文学自身因素，即文学形式、结构、语言等的特殊性；而"他律论"模式则主张文学的特殊性，以及文学的发展不是自己形成的，而是由文学之外的因素所决定。② 考察50年

---

① 陈炳堃：《最近三十年中国文学史》，太平洋书店1937年版，第14页。
② 参见陶东风《文学史哲学》，河南人民出版社1994年版，第47页。

代之前的新文学史叙述，文学史"他律论"与"自律论"两种模式的雏形较好地体现在"社会型"与"文体型"文学史叙述形态中。

一 "社会型"文学史叙述

陶东风先生曾将文学史"社会学"模式作为"他律论"文学史叙述模式的代表，在他看来，这种文学史叙述模式是所有文学史叙述中历史最久、影响最大、变化最强烈的一种，它在中国文学史舞台上也一直扮演着最重要的角色。[1] 与陶东风先生稍有不同，本论著把20世纪50年代之前的一种重要文学史叙述形态称为"社会型"文学史叙述模式，事实上，这一文学史叙述模式延及整个20世纪文学史叙述中。这种文学史叙述形态认为，文学是时代、社会、政治、经济等外在形态的反映，因此，与其相关的时代、社会、政治、经济、文化，甚至是宗教、哲学、民族性格等是叙述文学发展历史的重要因素。通观50年代之前的文学史叙述，与时代社会相关的政治、经济、文化等是其主要因素。

（一）时代、社会与文学史叙述

丹纳曾说："只要翻一下艺术史上各个重要的时代就可以看到某种艺术是和某些时代精神与风俗情况同时出现，同时消灭的。"[2] 在50年代之前的新文学史叙述中，时代社会特征成为新文学史叙述的最重要因素。丹纳曾说："要了解一件艺术品，一个艺术家，一群艺术家，必须正确地设想他们所属的时代的精神和风俗概况。这是艺术品最后的解释，也是决定一切的基本原因。"[3] 黑格尔也曾说："每种艺术作品都属于它的时代和它的民族，各有特殊环境，依存于特殊的历史和其它的观念与目的。"[4] 可以说，丹纳所谓的民族、时代、环境因素都可概括为时代、社会因素，它对50年代之前的新文学史叙述有重要影响。

陈子展在论述文学革命时说道："这个运动不是偶然而有的，也不是全然由几个人凭空捏造起来的，自有其历史的、时代的意义。"因此，他把文学革命看成文学发展的自然趋势、外来文学的刺激、思想革命的影

---

[1] 参见陶东风《文学史哲学》，河南人民出版社1994年版，第47页。
[2] ［法］丹纳：《艺术哲学》，傅雷译，人民文学出版社1963年版，第8页。
[3] 同上书，第7—8页。
[4] ［德］黑格尔：《美学》第1卷，朱光潜译，商务印书馆1979年版，第19页。

响、国语教育的需要等社会因素共同作用的结果。有关文学发展的自然趋势，他认为："文学为时代精神最高之表现。一时代有一时代之精神，故一时代有一时代之文学。离开时代便失其生命失其价值。"① 而就思想革命的影响，他依照历史唯物主义观点，指出主要是经济条件发生了大的改变，那就是西方的工业经济对东方农业经济的压迫。有关文学革命产生的原因，他引罗家伦《近代中国文学思想的变迁》给予阐释：第一，经济生活的改变；第二，世界大战的影响；第三，国内政治的失望；第四，学术的接触渐近。而他在《中国近代文学之变迁》提出的以上四因素，文学发展的自然趋势，外来文学的刺激，思想革命的影响，国语教育的需要，也是他解释文学革命的重要原因。②

对文学革命运动产生的分析，伍启元的《中国新文化运动概观》也以社会、政治、经济等因素来探讨新文学的发展，在他看来，一种学术思想的产生，不是偶然的结果，"而是由经济的结构，和思想的推移所孕育而成"。③ 而新文化运动、文学革命、新文学的发展莫不如此，因此，对文学革命运动与新文化运动是取当时的"社会变革与思想变动"这一背景叙述的，他叙述了鸦片战争以来当时中国的政治、经济、文化等因素，以及国际政治、经济、文化等因素对文学革命的影响。王丰园《中国新文学运动述评》也以时代、社会等原因来叙述新文学历史。比如，该文学开始即以"戊戌政变以后文学的新趋势"作为新文学运动的背景，同时还描绘了五四运动对新文学发展的影响，这种时代、社会因素还进而影响到他对作家的评价，比如，对"五四"写实主义作家的评述："中国的小资产阶级，在帝国主义与封建势力的压榨下，确实是很痛苦的；然而他们没有坚定的意识去反抗，同时又不甘落伍，因此他们对现实的态度是抱着不满。在意识上他们是动摇，彷徨，犹豫。反映到文学上，他们只能描写悲惨的人生，表现黑暗的社会，对于现实多多少少表示出不满。这种诉苦的态度，就是在人道主义的立场上产生出来的。"④ 这种描述已上升到从政治、阶级的角度来评价作家，黄修己先生即指出该文学史深具阶级分

---

① 陈子展：《中国近代文学之变迁》，中华书局1929年版，第164页。
② 参见陈炳堃《最近三十年中国文学史》，太平洋书店1937年版，第213页。
③ 伍启元：《中国新文化运动概观》，现代书局1934年版，第3页。
④ 王丰园：《中国新文学运动述评》，北平新新学社1935年版，第94—95页。

析色彩："无论是对文艺运动，还是对作家作品，作者都明确地揭示其阶级实质。"① 比如，该文学史评价鲁迅时指出："鲁迅的阶级立场，是一个小资产阶级的立场。"② 评价郁达夫的小说"反映了没落士绅阶级的意识形态"③，等等。

王哲甫认为新文学发展的叙述语境由时代、社会等因素构成，他说："世界上每一种运动的兴起，不论是政治的，社会的，经济的，宗教的……革命运动，必定有一定的背景与原因，新文学革命运动，当然也不能例外。"④ 在他看来，新文学运动的产生有远因与近因。就远因看，首先是民间文学的演进。以白话创作的清新活泼、富有生命力的民间文学在中国具有悠久的历史，它是新文学演进与刺激的一股重要力量，这一观念明显受胡适的影响。其次为佛教的传入。佛教对新文学的影响主要表现在，佛教传入过程中，"他们为使佛经普遍于民间起见，所以把教义译为通俗的文字，到了唐朝禅宗的大师讲学，都采用平常的白话，他们的'语丝'遂成为白话散文的祖宗，对于后来白话文学的建设，有很大的帮助。再者中国文学素来缺乏想象力，佛教文学却最富于想象力，也给予中国文学不少的影响"。⑤ 以宗教因素观照新文学的影响因素显然受丹纳的影响。在他看来，海禁开放后外来的刺激，这既带来了政治上的维新，也带来了文学的改良，如康有为、梁启超等鼓吹变法的政论文所带来的新文体，对新文学运动具有潜在的刺激力量。科举制度的废除、八股文的衰落为民间白话文的勃兴带来了契机，这些都是新文学运动的远因。而西洋文化之输入、外国书籍之输入、留学生的派遣、国语运动的提倡、报纸杂志之兴盛、政治革命之影响则是文学运动产生之近因。

以上这些因素都是文学革命产生的外在刺激因素与重要条件。相对于其他新文学史，王哲甫的文学史更在宏大社会、时代因素中展开。这不仅表现于他对文学革命原因的分析，还表现在他对新文学革命运动之经过的叙述，甚至文学史的分期，比如他将五卅运动作为新文学发展的分水岭，就带有文学是时代、社会的折射："文学是时代的产物，也是社会的反

---

① 黄修己：《中国新文学史编纂史》，北京大学出版社2007年版，第40页。
② 王丰园：《中国新文学运动述评》，北平新新学社1935年版，第102页。
③ 同上书，第117页。
④ 王哲甫：《中国新文学运动史》，北平杰成印书局1933年版，第17页。
⑤ 同上书，第20页。

映;所以每逢社会上起了一种剧烈的变动,与它有关联的文学,也必发生极大的变化。"如"五卅"对文学的影响:

> "五卅"惨案发生,如春雷似的惊醒了中华民族的酣梦,认清了各帝国主义狞恶的面目,与资本主义的罪恶,于是革命的呼声高唱入云表。同时中国革命军趁势北进,势如摧枯拉朽,不数月而下十余省。政治上社会上既有了这样的变动,在文学上也颇呈一种新的气象。起初有创造社的革命文学,继之有郁达夫等所提倡的大众文学,其次有左翼作家提倡的普罗文学,更有民族主义派所提倡的民族主义文学。文坛上的论战,也来凑热闹,真是五光十色,无奇不有。①

这是较典型的以时代、社会中的政治事件、阶级色彩来阐释新文学历史发展的明显表现,这种以时代、社会等作为文学史叙述的重要因素还表现在对文学现象的描绘与叙述上。比如,由"文学革命"到"革命文学"的叙述,在王哲甫看来,"五卅"以前的中国文学,虽然脱离了旧文学的各种枷锁镣铐,努力开创新文学的园地,但因时间短促的关系,没有什么惊人的发展,"直到一九二五年上海的'五卅'惨案发生,好像天大的巨浪一般震荡了中国'醉生梦死'的民众,同时中国的文坛因受了这一次外来的剧烈的刺激,也发生了重大的变化。以前的微温的柔情的作品,已不适合时代的需要了,这时代所需要的是热情奔放,充满了血与泪的革命文学。……所以以前胡适等所提倡的'文学革命'现在一变而为革命文学了。"② 与此相类似的是吴文祺的《新文学概要》,该著也主要以时代、社会等外在因素来叙述新文学发展的历史。该著开篇即指出:"文学的变迁,往往和政治经济的变迁有连带的关系的。因此,我们要研究五四以来的新文学,一方面要知道五四以前的文学的演变,一方面还要从政治经济的变迁中,去探究近代文学的所以变迁之故。"③ 而他对"五卅"对文学影响的论述,主要体现了政治因素(阶级

---

① 王哲甫:《中国新文学运动史》,北平杰成印书局1933年版,第181页。
② 同上书,第70—71页。
③ 吴文祺:《新文学概要》,中国文化服务社1936年版,第1页。

色彩）对文学的影响。①

　　以上以时代、社会等外在因素来观照新文学发展的历史与王哲甫的新文学史叙述有类似性。由此可见，时代、社会等外在因素在初期新文学史叙述中的表现。

　　相对于以上文学史而言，李何林的《近二十年中国文艺思潮论》更是"社会型"文学史叙述模式的典型，政治、经济、社会、文化等因素成为他叙述文学革命以来至抗战开始近二十年文学思潮演变的主要原因。特别是政治因素在文学史叙述中占有重要地位，他认为，近二十年文学的变迁有三个重要政治界标：五四运动、五卅运动、九一八事变，这三个界标把1919—1937年的文学分成三个时段。② 这是典型的用政治事件来观照文学历史的做法。他还以"阶级性"来观照这近二十年来文艺思想的发展，"一九一七年到一九二七年是资产阶级文艺思想的发展和无产阶级文艺思想萌芽的时代；由一九二七年到一九三七年是无产阶级文艺思想发展的时代"。③ 再看他对新文学运动时期文学"阶层"的具体分化："以这先天不足，后天夭折的中国资本主义经济作基础，反映到新文学运动上来的，是先有代表封建古文势力的林纾，学衡派及甲寅派的进攻，后有新文学运动的首脑人物的投降，胡适等'整理国故'去了。这新文化运动阵营内的分化：一派向着整理国故的路上走，一派向着科学的世界观的大道上迈步前进，代表着社会阶层的两种势力：一种是投降于封建势力的资产阶级，一种是进步的小资产阶级知识分子（他们当时自然仍是资产阶级的思想意识）。劳动阶级的势力是要到五卅才抬起头来的。"④ 马克思主义理论成为李何林文学史叙述的理论基础。

　　（二）"编年体"与文学史叙述

　　文学史是文学时空展现的历史，"社会型"文学史叙述模式更注重文学发展的时间序列，这使当时的文学史叙述多带有"编年体"特点——即按照时间序列来编排文学史事件，即首先是新文学运动产生的原因，然

---

① 参见吴文祺《新文学概要》，中国文化服务社1936年版，第59—60页。
② 参见李何林《近二十年中国文艺思潮论》，生活书店1938年版，序第2页。
③ 同上书，第4页。
④ 同上书，第5—6页。

后是文学革命、文学论争、文学流派,以及具体文体样式:小说、诗歌、散文、戏剧等的叙述。如吴文祺的《新文学概要》就包括了如下内容:第一章,导言,阐述新文学运动的原因;第二章,五四运动与文学革命;第三章,文学革命的反响;第四章,文学研究会与创造社;第五章,五卅运动在文学上的影响。以下章节主要叙述各种文体的发展历史。[①] 王哲甫的新文学史叙述了从文学革命开始至该书成书时段约十五年的历史。从该文学史结构看,该书以近500页篇幅,分别从文学运动、文学思潮、文学创作、国外文学的翻译、传统文学的整理、作家的介绍等来叙述此段时期新文学的历史。其具体章节安排如下:第一章,什么是新文学;第二章,新文学革命运动之原因;第三章,新文学革命运动之经过;第四章,十五年来之中国文坛;第五章,新文学创作第一期;第六章,新文学创作第二期;第七章,翻译文学;第八章,整理国故与儿童文学;第九章,新文学作家略传;第十章,附录。朱自清的《中国新文学研究纲要》结构与体例大致如下:第一章,讲授新文学产生的背景,即新文学运动产生的内外原因;第二章,新文学产生的经过;第三章,外国文学对新文学革命的影响以及整个新文学的分野;后面各章节主要按照时间的序列分别叙述了各种文体诗歌、小说、散文、戏剧的历史演绎。

总观以上各新文学史叙述,多用时代、社会等外在因素来阐释新文学的历史发展,文学史结构都以时间序列来编织新文学史事件。文学史是文学时空的再现,按照新文学发展的时间序列来编织新文学事件,追求新文学历史的原生态、客观性、真实性。比如,王哲甫的新文学史显得繁冗,但其重要的史料价值,即使是今天都有重要参考意义。因此,这种文学史叙述,显然有其合理性,这也成为以后新文学史叙述的潜在基础。但其弊端也是明显的,这种"社会型"文学史叙述模式强调文学是社会、时代的反映,尤其是强调时代、社会等外在因素对文学发展的决定性,从而造成新文学独立性,尤其是审美性的丧失。因为文学毕竟是文学,它不是时代、社会的附庸,有人说,丹纳"认为艺术品并不是孤立的,而是从属于一个更大的整体的观点是正确的,因为他看到了艺术家个体对于他所处的时代的依赖性;但却将这种依赖性无限夸大,以致走向了机械的决定

[①] 该著依照其叙述逻辑还应叙述小说、诗歌、散文等,但该文学史只叙述了新诗发展的历史。

论，艺术家个体精神创造的独特性、才能的独特性受到了不应有的忽视"。也就是"他只看到同一时代的各个作家、作品的共同性而没有看到或至少忽略了其独特性"。① 这就是著者的文学史叙述对新文学历史的整体性，如"文学革命"产生的原因，"文学革命"的具体经过，由"文学革命"到"革命文学"的总体历史过程都能较完整地把握；相反，对具体的文学现象、文学事件，具体的作家作品的叙述则不能很好地把握，更重要的是，这种文学史叙述模式在对文学史事件的选择中显示出自己的主观性，比如，过分倚重社会性、政治功利性的文学偏嗜所表现的意识形态性，对其他文学史事件则可能给予排斥、压抑。吴文祺的《新文学概要》就显示出这种偏嗜性，在该文学史中，徐志摩、闻一多为代表的"新月派"所提倡的格律体诗歌；周作人、林雨堂为代表的"语丝派"小品文作家都被当作逃避现实而遭否定的对象；现代主义更被当作逃避现实的文学现象加以否定，看他引弗理契的话对象征主义的评价：

> 象征主义在本质上不外是唯美主义的印象主义之抒情诗的表现罢了。所以象征主义者们，一面也是纯粹的唯美主义者和纯艺术的口号之支持者。他们在自己的诗中，不曾向着自身要求任何的功利课题。社会的政治的动机，全然是与他们的诗无缘的。他们只努力于发现自己的我，但他们的我，却完全是个人主义的。……象征主义者们，是除了艺术以外，任何物都不承认的无条件的唯美主义者，同时也是印象主义者。他们的诗的任务，是在乎将神经系统的不明了的瞬间的感觉和心境等，拿来表现在言语上面。这些不明了的瞬间的而极个人式的经验，当然是不能够以明了的形象及概念等来自然地表现出来的。②

再看他对中国象征诗派也有如下评价："这派诗神秘难懂，在中国也盛行过一时，代表的作家有李金发、王独清、冯乃超、戴望舒、姚蓬子、胡也频等。但后来王、冯、姚、胡等走了革命文学的路，不再写那种莫名

---

① 陶东风：《文学史哲学》，河南人民出版社1994年版，第68页。
② 吴文祺：《新文学概要》，中国文化服务社1936年版，第78—79页。

其妙的诗。到现在虽然还有少数人在作,可是已引不起人们的注意了。"①以上叙述可看出,这种注重时代、社会等因素的文学史叙述模式,其文学史叙述的意识形态性容易造成新文学独立审美形态的丧失。

李何林曾说:"文艺作品不仅单是反映着某一阶级的意识形态,它还要反映着客观的现实,客观的世界。"② 顺理成章,对文学史叙述也应该依照文学发展的真实历史,不仅仅依照政治意识形态来观照文学。事实上,他的《近二十年中国文艺思潮论》主要依照马克思主义理论进行文学史叙述,政治、经济是他观照文学史发展的主要因素,特别是"阶级性"的引入,使他的文学史叙述政治意识形态非常明显。完整的文学史不仅包括一个时期的文学运动、文学思潮、文学论争,还应包括这个时期的文学流派,特别是作家的创作,即小说、诗歌、戏剧、散文的历史;但李何林主要叙述的是近二十年文艺思潮,著者价值偏向主要是无产阶级文学思潮,因此整部书篇章结构并不平衡,第二个十年大于第一个十年的篇章比例,仅文学思潮而言,这实际也丧失了第二个十年文学思潮的丰富性、完整性。应该说,就多元性来认识文学发展的历史,初期"社会型"文学史叙述模式有其合理性,但当文学史叙述过分专注于文学发展的外在社会因素,则易造成文学史叙述的本末倒置,文学史叙述会失去其客观性而走上偏狭之路。事实上,"社会型"文学史叙述模式对 20 世纪 50 年代之后大陆,包括台湾的文学史叙述,比如,时代主流意识形态对文学史叙述的干预与规范,对文学史最终变成"革命史""斗争史"等造成了严重的负面影响。

二 "文体型"文学史叙述

文学史是"文学"的历史,20 世纪 50 年代之前的文学史叙述模式除"社会型"外,更多的还是以文学"本体"特征作为文学史叙述的重要形态,其重要表现主要以"文体"形式来叙述新文学发展的历史。陶东风先生将文学史"自律论"模式作如下概括:"其基本倾向是否定文学形式和文学话语系统以外的外在因素(不管是社会文化的还是个人心理的)对文学发展的影响,把文学史看作是文学形式自我生成、自我转换的历

---

① 吴文祺:《新文学概要》,中国文化服务社 1936 年版,第 79 页。
② 李何林:《近二十年中国文艺思潮论》,生活书店 1938 年版,第 275 页。

史，认为推动文学发展的不是外在因素，而是文学形式、文学技巧、文学话语结构等'内在因素'。"① 如果以陶东风先生所谓的"自律论"文学史叙述模式观照，"文体型"文学史叙述模式是50年代之前文学史叙述的重要形态。

注重文学"本体"特征是50年代之前新文学史叙述的重要表现，即使是"社会型"文学史叙述模式，对文学"本体"特征的注重也是他们文学史叙述的重要表现。比如，陈子展的文学史叙述在注重时代、社会因素的同时，也注重文学的本体特征，就文体角度而言，他指出近代文学与传统文学的差异的重要表现之一："以前的所谓文学，差不多只限于诗古文辞的；到了这个时期，一向看做小道末技的小说词曲，乃至民间流行的所谓鄙俗歌谣，下等小说，都要把它同登文学的大雅之堂，各各还它一角应有的地位了。"② 而在具体叙述近代文学发展过程中，他叙述了诗歌、古文、词曲、小说、戏曲及俗文学、民间文学等的发展，有关新文学他叙述了新诗、戏剧、小说、散文等文体样式。其他如吴文祺《新文学概要》、王哲甫《中国新文学运动史》等，其文学史叙述在注重时代、社会等文学外在因素之时，对文学的"本体"特征的注重是其重要表现，且一般都以诗歌、小说、戏剧、散文的文体样式叙述新文学历史。

其实，"文体型"文学史叙述模式是20世纪初文学史叙述的重要表现。赵景深的《中国文学小史》《中国文学史新编》就是"文体型"文学史叙述模式的典型。在《中国文学史新编》中，他把新文学短暂的历史放入浩瀚的中国文学史长河中。全书分为33个部分，最后部分只以5页篇幅叙述文学革命到20年代中期的文学发展，并着重对诗歌、小说、散文、戏剧进行新文学史叙述。他说："最近十余年在文学上新开辟了一块园地，便是以语体作文；无论散文、诗歌、小说、戏曲，都用语体来做。"③

"文体型"文学史叙述模式注重文学的"本体"特征，即除注重文学形式、技巧等内在审美特征外，更体现在独立形态的新文学史叙述上，而最典型的是李一鸣的《中国新文学史讲话》。该文学史主要叙述文学革命

---

① 陶东风：《文学史哲学》，河南人民出版社1994年版，第122页。
② 陈炳堃：《最近三十年中国文学史》，太平洋出版社1930年版，第2页。
③ 赵景深：《中国文学史新编》，上海光华书局1928年版，第345页。

到抗战前二十年新文学的历史,其跨度的时间相对于王哲甫的《中国新文学运动史》、朱自清的《中国新文学研究纲要》要久长,但该新文学史篇幅短小、紧凑而系统,表现出该文学史自身的独特性。著者在构筑新文学历史发展过程中严格遵循以文学"本体"特征为文学史叙述的潜在基础这一原则,他既未曾像王哲甫等那样叙述新文学史有关时代、环境等外在因素对新文学发展的影响,更未曾像李何林《近二十年中国文艺思潮论》那样表现政治意识形态的潜在支配力量,他所叙述的只是新文学"本体"特征的历史。

(一) 新文学"本体"观

在李一鸣笔下,新文学运动的产生是文学自身的自然发展过程。即使新文学外在刺激因素的诞生也是如此,如他将新文学的酝酿与梁启超发刊《新民丛报》的宣传文章联系了起来。他指出:"梁启超的文章,虽然还是文言的形式,却不是专讲义法的古文所能包容,成为一种特创的文体,世称报章杂志文,也称做'新民体',因为它的根据地是《新民丛报》。报章杂志文是文学革命的前驱,它的流行,迄今未衰;新文学的萌芽,它也有很大的功绩。"① 梁启超所推行的报章杂志文,其"势力,如日方中,古文藩篱,被抉荡无余,文体转变的机运,就隐伏于此"。② 主要从"文体"的角度探寻新文学诞生的原因,相对于用时代、社会因素来探寻新文学的发展应该有自身强烈的说服力。

在叙述新文学的酝酿时期,他着重论述了王国维与林纾的文学翻译对新文学的贡献。在叙述王国维时,说他"初治哲学,对于尼采、叔本华的学说极有心得"。不久,说他又专注于文学,并引王国维有关文学与政治的见解来说明他的文学本体观:"生百政治家,不如生一大文学家。何则?政治家与国民以物质上之利益;而文学家则与以精神上之利益。夫精神之与物质,二者孰重?物质上之利益,一时的也;精神上之利益,永久的也。"并说:"王氏更进而论中国无纯文学,纯文学以诗歌、小说、戏曲为其顶点,因其目的在描写人生,打破一向'文以载道'的腐论。"③ 显然,著者在此引入王国维有以下意图:文学超越于政治的永恒精神价

---

① 李一鸣:《中国新文学史讲话》,上海世界书局1947年版,第2页。
② 同上书,第5页。
③ 同上书,第8—9页。

值，诗歌、小说、戏曲的纯文学观念，而这些又与李一鸣注重文学"本体"特征的文学史观相一致。此外，李一鸣强调林纾的新文学之功在于对国外小说的翻译。他说："中国小说，一向只有武侠、神怪、佳人才子作题材，林氏却把西洋作品介绍过来，题材广阔，令人眼界一扩，离开了故步自封的地位。此后有系统有计划的介绍西洋文学，来灌溉中国枯萎的文坛，不能不纪念林氏的筚路蓝缕之功。"① 从以上叙述可看出他打破了用文言与白话来论述新旧文学的壁垒，这与王哲甫所认为的白话文不一定是新文学而文言文也不一定是旧文学，新文学的取义在于文学自身的价值②，即它所表达的思想情感有一致之处。

李一鸣的文学"本体"观念不仅仅停留于形式，更注重文学自身的价值，即文学表达的思想与情感。因此，他对胡适的语言的改革不以为然，说胡适"其主旨在于文体革新，并不是文学革命，还不如以前陈独秀的《文学革命论》的三点，比较具体些"。③ 而认为周作人的《人的文学》"是文学革命中很重要的文献。因为胡适虽然是首先提倡的大师，他所要求的只在于文体革新，注意形式方面，从文言到白话；至于说到新文学的内容，是极朦胧的。而周作人提出《人的文学》，比较具体和进步得多了"。④

对文学"本体"的注重是他构筑新文学史的潜在基础，最典型的莫过于他对"革命文学"与"民族主义文学"的叙述。在他看来，无产阶级革命文学是新文学在特定历史时期的自然发展，并对之取肯定态度，但他并不讳言革命文学的"开头却是极浮泛的。理论则仅取一勺，夹杂些咒语似的名词；创作则缺乏技巧，被谥为'标语口号文学'"。但他对此一分为二："不过在一个运动的开头，总是这样的，我们也不必就此加以非难，只看一九三〇年以后的几年中，有极深入的进步的作品出现，就可以知道了。"⑤ 而对民族主义的文艺评价则有微词："所谓'民族主义'文艺运动，其实冒了'民族主义'的招牌，而是纯粹'官方的'文艺运动，其基础之脆薄是当然的了。"而"民族主义文艺者的作品，除了表现

---

① 李一鸣：《中国新文学史讲话》，上海世界书局1947年版，第10页。
② 王哲甫：《中国新文学运动史》，北平杰成印书局1933年版，第1页。
③ 李一鸣：《中国新文学史讲话》，上海世界书局1947年版，第14页。
④ 同上书，第15页。
⑤ 同上书，第39页。

个人的英雄主义以外，其他并无特色"。① 著者的文学"本体"观念在他文学史著中既表现在对文学发展过程的描绘上，还表现在文体的文学史叙述中。

（二）"文学流派"与文学史建构

文学"本体"观是李一鸣《中国新文学史讲话》文学史叙述的潜在基础，这还表现在其文学史叙述中，文学流派成了他构筑文学史的基本因素。这既表现在他对新文学发展过程的描述上，也表现在他对新文学文体发展的历史叙述中。这种以文学流派作为文学史叙述的基本元素并非凭空而来，唐代张为的《诗人主客图》、清代张泰来的《江西宗派图录》即以"流派"来观照诗人及其诗歌创作的明显表现；20 世纪 30 年代中期赵家璧主编的《中国新文学大系》中的小说卷（分别为小说一卷、二卷、三卷）就完全以流派来选择小说文本，而每卷的《导言》则构筑起新文学第一个十年的小说史框架。小说一卷由茅盾选录文学研究会的创作组成；小说二卷由鲁迅选录《新青年》《新潮》以及弥洒社、浅草社、莽原、狂飙等作家群的代表作品组成；小说三卷由郑伯奇选录创造社作家的代表作品组成。而他们分别撰写的《导言》则是一篇篇完美的文学史论，有人说"三人分别撰写的'导言'，合在一起，就可以称之为'中国新文学小说流派史'，至少可以称之为是'中国新文学小说流派史了'"。② 再看朱自清编选的诗歌卷，也主要以流派的框架来选录诗歌，而在他写的《导言》中，更把诗歌的发展分为"自由诗派、格律诗派、象征诗派"，并分别给予具体叙述③；《中国新文学大系》以文学流派来遴选新文学作品并构筑新文学第一个十年文学史框架无疑对后来文学史叙述有深远影响，它成为后来新文学史叙述第一个十年新文学史结构的潜在基础，更不用说文体流派史，如严家炎 80 年代写作的《中国现代小说流派史》等显然受其影响。

李一鸣的新文学史主要以文学研究会、创造社、"左联"、"文学界统一战线"作为他文学史叙述的框架结构。他首先以文学研究会来叙述新

---

① 李一鸣：《中国新文学史讲话》，上海世界书局 1947 年版，第 43 页。
② 魏崇新、王同坤：《20 世纪中国文学史观》，西苑出版社 2000 年版，第 200 页。
③ 朱自清：《现代诗歌导论》，载蔡元培等《中国新文学大系导论集》，上海良友复兴图书公司 1940 年版，第 357 页。

文学史的演进轨迹。根据一般文学史知识，文学研究会是一个主张现实主义创作的文学团体；它是新文学发展最早、人数最多、规模最为庞大的文学社团，但却是一个相当松散的文学社团："因为当时既无别的新文学团体，那些写新文学作品的人，不期然而都站到它的旗帜下来。"① 但庞大的文学研究会也终于不能维持其运转，并于1927年"四一二"政变前后会员思想渐趋分化，如鲁迅、周作人、俞平伯在北平成立"语丝派"，并出版《语丝》杂志；徐志摩成为"新月派"的台柱，并拥有胡适以及新作家沈从文等，其创作倾向显然带有唯美等浪漫主义特征，仅仅以现实主义来对"新月派"概括有失其准确性。而庞大的文学研究会的运转生命最后由郑振铎、沈雁冰、叶绍钧维持着，直到"一·二八"战火毁灭了商务印书馆总部，《小说月报》停刊，文学研究会也无形解散。②

相对于文学研究会的现实主义主张而言，创造社多表现为浪漫主义。但在李一鸣眼中，创造社除浪漫主义特征外，还表现出现代主义的价值趋向："创造社是艺术派的艺术，包含着浪漫主义、表现主义、未来主义的各种倾向。"③ 有关现代主义倾向，他引郑伯奇的话说："象征派，表现派，未来派，也都经创造社的同人介绍过。这些流派，实在和浪漫主义在思想上是有血缘的关系。"④ 他还进而对创造社作如下评价："因为创造社主张为艺术的艺术，有浪漫主义的倾向，所以他们的文学是唯美的感伤的颓废的，而一方面又是情感热烈的思想激进的，这正可代表一九二七年大革命前青年'彷徨苦闷'的心情。"⑤ 因此，创造社除带有浪漫主义特征外，还表现出现代主义的价值趋向，这是李一鸣对创造社的准确描绘，即使是当下的文学史叙述，创造社这一特征也常被忽略。

在"左联"这一框架下，李一鸣叙述了创造社、太阳社对革命文学的提倡，以及他们与语丝社的争论，文学研究会一部分作家对《小说月报》的尽力维持，新月派对革命文学的反对。"左联"成立后，"民族主义"文艺运动昙花一现。有关"文学界统一战线"的形成原因该文学史认为有文学研究会《小说月报》的终刊、《现代》杂志的创刊、《文学》

---

① 李一鸣：《中国新文学史讲话》，上海世界书局1947年版，第31页。
② 同上书，第33页。
③ 同上书，第35页。
④ 同上书，第35—36页。
⑤ 同上书，第36页。

杂志的出版。此时期文坛上论争的剧烈在国难日亟的形势下走向统一，这就是1936年"文学界统一战线"的形成，而其最终结果就是1938年3月，"中华全国文艺界抗敌协会"在武汉成立。

从以上叙述可看出该文学史"文学流派"的框架结构，该文学史对四种文体——诗歌、小说、戏剧、散文的叙述也是以"文学流派"作为构筑其文学史的基本结构。诗歌是他在文学史叙述中唯一以时间发展线索来叙述其演变的文体，但文学流派还是叙述诗歌发展演绎的潜在元素；小说以文学研究会与创造社作为基础分为四个流派来叙述其文体演变；戏剧他分为文艺剧与通俗剧两派；散文也分为两派：一为写景、抒情、记事，二为议论、批评、讽刺，显然这是散文的叙述表达方式，而并非以文学流派来进行文学史叙述。以下主要探讨诗歌和小说这两类的文学史叙述。

就诗歌而言，该文学史以三个时期的代表诗人作为他文学史叙述的主干，但他还是以各个时期诗歌流派的叙述为潜在基础。如第一个时期除叙述胡适等诗人的诗歌外，还叙述了"湖畔诗社"；第二个时期除叙述郭沫若等诗人的自由诗外，还重点叙述了徐志摩、闻一多、朱湘等"新月诗派"诗人的诗作；第三个时期则重点论述了象征诗派。他说：

> 在第三时期，新诗的衰落更显著了……然而在表面上的衰落，并不就是说诗的退步，在实质上而言，第三时期的诗，也许比第二时期更凝练，更优美。其次，在第三期，甚至直到最近，新月派的格律诗，还在文坛的一角，努力耕耘，也有很好的成绩；可是第三时期的特色，还在于象征诗。神秘、幽暗、在若有若无之间，是象征诗主要的形态；而且有些词句，简直是不可解的花花绿绿的一串，然而却能给读者以某种感觉。最显著的例子，便是李金发的诗。第三，诗的声音和色彩，越来越考究。读一首诗，诗中的主要感情，可以从声音中感觉到；不但可以从声音中感觉到，而且单看了词句的形式，也可以感觉到。这才是象征诗真正的特色。[①]

以上对象征诗派的论述可看出李一鸣对文学"本体"的注重，他克服了"社会型"文学史叙述模式因意识形态所带来的对现代主义的排斥

---

① 李一鸣：《中国新文学史讲话》，上海世界书局1947年版，第72—73页。

与否定。如果说对诗歌的叙述还依照时间序列来叙述文学史，对小说的论述则打破了时间秩序，以"流派"来进行文学史叙述，这种划分方法虽然有一些欠科学性，但可看出著者作为一个文学史家眼光的敏锐以及他文学史叙述的独特性。尤其是对一些作家文风的流派归类，即使在今天也有相当强的说服力。他说："文学研究会派、创造社派、语丝派、新月派、闺秀派……这是普通的说法。可是语丝派的作家，跟文学研究会差不多是同一路线的。创造社的作家，只就蒋光慈跟张资平而言，他们的距离，有如南北极。闺秀派的冰心，不是属于文学研究会吗？凌叔华不是属于新月社吗？——与其这样的提出派别的名称，我们还不如就他们的作风概括地来说罢。"①

李一鸣对小说的发展演绎作如下流派划分：第一派以鲁迅、叶绍钧作代表，该派还有许钦文、王鲁彦、沈从文、老舍、黎锦明、冯文炳、王任叔等，他们取材古老社会的人物，大都用讽刺或幽默的笔调写出，他们纯粹是写实主义者，他们的手法平淡而冷静，这是新文学前十年主要的一派，鲁迅与叶绍钧，为前十年中短篇小说作者的双璧。第二派是文学研究会的大部分作家，如王统照、冰心、庐隐、落花生、郑振铎、朱自清等，他们也是初期的写实主义者；然而他们跟第一派的作风略有不同，他们喜在小说中探究人生的意义，颇有哲学的意味；在他们的作品里，温柔伤感的气息极为浓厚；一些闺秀派的作家，如陈衡哲、凌叔华、苏梅等，也都可以包括在这一派里面。第三派是创造社前期作家，如郁达夫、张资平、郭沫若、陶晶孙、叶灵凤、周全平、倪贻德、冯沅君等，他们全是带有浪漫色彩的作家；他们的题材多表现青年的苦闷、男女间的恋爱；其他的像"真美善派"的曾孟朴、虚白父子、张若谷、徐蔚南等，"现代派"的施蛰存、杜衡、穆时英等，都可以包括在这一派里面。第四派代表新兴文学的一系，茅盾、巴金可称是这一派的两大领袖，同派的有蒋光慈、钱杏村、张冰庐、丁玲、胡也频、张天翼以及后起的吴组缃、艾芜、芦焚、何谷天、萧军、欧阳山等。他们可称新写实主义者或新浪漫主义者，用的都是新的题材，主要写社会间的不平和弱者的反抗。②

从以上文学流派的划分，我们基本看清了新文学史演绎的大致轮廓，

---

① 李一鸣：《中国新文学史讲话》，上海世界书局1947年版，第85页。
② 同上书，第85—86页。

显示了新文学史清晰的脉络，具有较强的概括性与系统性。但这种划分明显有失准确性。第一，第一派作家多采用现实主义，明显受鲁迅的影响，执着于民族劣根性的解剖，其关注的目光多是乡土社会人生，就此而言，老舍、叶绍钧的创作风格，特别是老舍与这一流派有明显的差异性。第二，第四派显然是指正日益兴盛的左翼文学，但把巴金、吴组缃、芦焚划归为此流派就存在不合理的地方，把他们称为新写实主义流派较为合理，但称为新浪漫主义流派显然欠妥。第三，创造社流派系统的划分显然有其独特性，"现代派"凸显于新文学历史的地平线上。李一鸣把现代主义小说流派与创造社联系在一起，它们之间确实有精神承续，如创造社与现代派都主要关注现代都市生活，并表现出强烈的现代主义特征就是很好的明证。在此著中"现代派"的叙述虽寥寥数语，却凸显其鲜活的形态。本著对"现代派"有如下叙述：

> 现代派是承继水沫社而来的，他们曾出版《现代》杂志。其中作小说的人，有施蛰存、穆时英、杜衡等。施蛰存笔致细致，善写琐屑事，短篇小说集有《上元灯》。穆时英近于现代主义，以粗线条的描写见长，短篇小说等有《南北极》，杜衡的作品，也跟上述两家差不多。①

相对"现代派"的历史地位与价值，这样的描绘确实较短，但却包含大量信息。其一，"现代派"的前身是"水沫社"，它由刘呐鸥、戴望舒、施蛰存、杜衡等在20世纪20年代末期30年代初期曾在当时的上海从事文学活动并开"水沫书店"而得名。其二，"其中作小说的人，有施蛰存、穆时英、杜衡等"意指为著者自己叙述方便，只对本流派的小说创作进行了描绘，它实际暗含了还有一个创作诗歌的文学流派。这主要指"现代派"作家中的戴望舒所进行的诗歌创作，以及施蛰存主编《现代》杂志，并提倡规范现代诗，最终形成一个"现代诗派"，但李一鸣并没有明确指出这个"现代诗派"，而是在他文学流派的归类中，把戴望舒、姚蓬子等归于"象征诗派"；在叙述该流派风格时，现代主义应是其总体风格，但著者并未对之概括归纳。同时，李一鸣在把诗歌、小说人为划开来

---

① 李一鸣：《中国新文学史讲话》，上海世界书局1947年版，第119页。

叙述文学史所表现的捉襟见肘，以及著者文学史叙述缺乏远见卓识，这是该著对"现代派"的叙述以及以文学流派来构筑其文学史的瑕疵所在。著者在结语中说：

> 我们感到新文学作品派别之繁。欧洲各国从十八世纪以来所有各文学作品的流派，如浪漫主义，自然主义，写实主义，颓废派，唯美派，象征派，表现派……以及新写实主义，我们的新文学中差不多全有。比如通常的说法，以创造社前期、真美善派代表浪漫主义，以鲁迅、叶绍钧的小说代表写实主义，以郁达夫的小说代表颓废派，以新月社代表唯美派，以李金发的诗代表象征派……即其好例。虽然这样的编排，或有不正确的地方，但就他们作品的性质而言，大致近似。①

显然，以文学流派作为文学史建构的基础有著者的内在根据，并显示其文学史叙述的独特性，这在20世纪50年代之前的文学史叙述中尤显得难能可贵。但这一注重文学"本体"的文学史叙述模式在以后的文学史叙述中并没得到持续发展，而是受文学史叙述外在语境尤其是政治意识形态的干预而打破中断。应该说，"社会型"与"文体型"文学史叙述模式虽各自有其独特性，但也各有其弊端。韦勒克曾说："文学变化是一个复杂的过程，它随着场合的变迁而千变万化。这种变化，部分是由于内在原因，由文学既定规范的枯萎和对变化的渴望所引起，但也部分是由于外在的原因，由社会的理智的和其它的文化变化所引起。"② 因此，在文学史叙述中，仅仅依存于文学"本体"显然有其弊端，它还须参照外在因素对文学的影响，或者是两者的完美融合，正如李一鸣的文学史在叙述新文学繁杂的文学流派时指出：

> 人家以二三百年的时间发展了这些流派，我们缩短为二十多年来反映它，岂非是奇迹？所以新文学作品派别之繁，已可概见。不过这些文学作品的流派所以同时发生，原有它的时代背景和社会基础，试

---

① 李一鸣：《中国新文学史讲话》，上海世界书局1947年版，第191页。
② ［美］韦勒克、沃伦：《文学理论》，刘象愚等译，北京三联书店1984年版，第309页。

想到这二十多年中国社会的情形,则对于它们的纷然杂陈,并不足异。而且也因为时代背景和社会基础的关系,每一流派,发育得并不充分,不能像欧西那样开出绚烂的奇葩。例如中国浪漫主义的作品中,多是苦闷、彷徨和颓废,很少乐观,很少发扬韬厉的新兴阶级的气概。兼之这些流派的发生与存在的先后和久暂,也不像欧西那样的鲜明和久长,差不多自生自灭,有的甚至像昙花一现罢了。因此,这二十多年的中国新文学史,其特质只在于繁芜,决不能像欧洲文学史的那样编排,以二十多年的成绩来作二三百年的缩影。①

以上资料说明,李一鸣在文学史叙述中,并非仅仅依据文学的内在"本体"因素,他还应注重文学发展的时代、社会等外在因素,但就著者该文学史叙述的整体而言,这正是著者所忽略的,这也是该文学史虽然显示出自身独特性,但对一些作家诗人流派的归类,以及对作家作品的叙述有失准确的重要原因。

文学史是文学发展的历史,应该说,以"文体型"文学史叙述模式作为新文学史叙述基础相对于"社会型"文学史叙述模式更显示出自己的独特性、优越性,它更易把握新文学发展的真正脉络。以下仅以赵景深与陈子展的文学史就可看出。赵景深的《中国文学史新编》是"文体型"文学史范式的典型代表,而陈子展的《最近三十年中国文学史》可看作"社会型"文学史代表,但他们对文学史事件的把握显示出自己不同的取向。赵景深的《中国文学史新编》认为新诗的发展可分成五个时期:第一个时期为"草创期",他以胡适、刘复、刘大白的诗歌为代表。第二个时期为无韵诗时期,他认为这是新诗发展的黄金时代,较为有代表性的诗人有康白情、俞平伯、朱自清等八人以及"湖畔"诗人。第三个时期是小诗时期,代表诗人有冰心、孙席珍、何植三、刘大白、宗白华、汪馥泉、梁宗岱等。第四个时期为西洋律体诗时期,此时,新诗讲究押韵,注重音乐,诗体如英体十四行、意体十四行等无不加以尝试。在著者眼中,这是一个注重诗歌技巧的时期。除郭沫若的诗风较为流行外,徐志摩的诗风也颇为流行,他有"诗坛的盟主"之称,现代中国四大诗人:郭沫若、徐志摩、朱湘、闻一多都在这时期射出他们最明亮的光芒。此外,这时期

---

① 李一鸣:《中国新文学史讲话》,上海世界书局1947年版,第191—192页。

第一章 现代文学观念的确立与初期新文学史叙述

的代表诗人还有于赓虞、饶孟侃、刘梦华、蹇先艾等。第五个时期即为"象征派"时期，他对该派代表诗人有如下叙述：

> 李金发初出版《微雨》时，即已仿法国魏尔伦，后又续出《为幸福而歌》、《食客与凶年》等，胡也频的《也频诗选》，即是专模拟李金发的。这一派的诗有诗料而无组织，又时杂文言，为世所诟病。冯乃超作《红纱灯》，多用朦胧字眼，如氤氲轻绡之类。穆木天作《旅心》，则直接声明他的诗是学法国象征派拉弗格（Lafargue）的。王独清有《圣母像前》、《死前》、《威尔市》、《埃及人》、《II·Dec》、《锻炼》等。他本为浪漫派，常称道拜伦，因常兴冯、穆并称，故附及于此。戴望舒《我的记忆》则学法国耶美的，后又续出《望舒草》。篷子有《银铃》。此外，梁宗岱喜欢哇莱荔，石民喜欢波特莱尔，也都是属于这一派的。①

以上是赵景深对新文学诗歌发展的叙述，从他的叙述中可看出他对文学本体的注重，对诗人创作特征以及诗歌风格的归纳。这样，象征诗派这一现代主义诗歌流派在新文学发展历史中被完满地表现了出来。当陈子展完成了他的《最近三十年中国文学史》请赵景深作序时，赵景深赞道："最使我佩服的是作者对于文学的主张或态度。他沉浸于旧籍，而能不为旧籍所迷醉"；但对该著中的新文学新诗发展的叙述却有微词：

> 关于新诗方面，我曾经说过已有四个时期：一、词化的诗，二、自由诗，三、小诗，四、西洋体诗，但现在似乎应该加上第五期——象征诗。李金发在很早作《微雨》时，即已仿法国范尔伦（Verlaine）作诗，后来又续出《为幸福而歌》，《食客与凶年》等。胡也频的《也频诗选》，即是专模拟金发的。这一派的诗修辞极佳，惟用字似夹杂文言，为世所诟病。有人说他们是只有诗料，而无组织的。但也频诗似较金发为易解。此后，冯乃超作《红纱灯》，诗中多用朦胧字眼，如"氤氲""轻绡"之类。穆木天作《旅心》，则直接声明他的诗是学法国象征派拉弗格（Jules Laforgu）的。戴望舒《我的记

---

① 赵景深：《中国文学史新编》，北新书店1936年版，第348页。

忆》则学法国耶美（Francois Jammes）的。篷子的《银铃》所用的暗喻也极多。此外，如后期的梁宗岱喜欢哇莱荔（Paul Valery），石民喜欢波特莱耳（Baudelaire），都可以属于这一派，虽然其中有难懂的，有易解的，而师承又各有不同，但总之都是喜爱法国象征派的诗人的，所以又可以称为"拟法国象征诗派"。所不同者，第四期是有意的运动，而这一期是各作家自由发展，不曾联合起来罢了。①

写作该序的年代为1929年10月15日②，而他的《中国文学史新编》约写于1933年秋到1934年冬③，前后相差四年，从前后对象征诗派的描绘，如对穆木天的加入，可见著者对文学史的敏感与认识过程，著者对之的描绘成为之后人们认识象征诗派的摹本，即使今天文学史的写作中，对象征诗派的认识也莫过如此。赵景深对象征诗派的叙述这一文学史现象至今并没引起学界注意，显然，赵景深的《中国文学史新编》对"象征诗派"的叙述，以及他的《最近三十年中国文学史·序》对陈炳堃（陈子展）《最近三十年中国文学史》中未曾叙述"象征诗派"略有微词，并以一定篇幅对该流派给予叙述，这现象的背后是意味深长的。该现象可从两个方面得到说明：（1）类似于陈子展的写实主义的潜在支配力量而对现代主义根深蒂固的排斥；（2）对文体的注重以及文学本体的文学史观是现代主义能客观进入文学史叙述的内在原因。

---

① 赵景深：《序》，载陈炳堃《最近三十年中国文学史》，太平洋书店1937年版，第3—4页。

② 同上书，第5页。

③ 同上书，第1页。

第 二 章

毛泽东文艺思想与新文学史叙述

新中国成立前,由于新文学历史沉积期较为短暂,一些新文学现象、新文学史事件还未清晰呈现,此时的新文学史叙述还处于尝试阶段,其新文学史叙述呈多元探索局面,且多依照新文学发展的"原生态"进行客观叙述。新中国成立后,新文学史叙述开始进入新的历史时期,这不仅仅表现在新文学经过时间的大浪淘沙,新文学史现象、新文学史事件,以及作家、作品等开始沉淀、结晶,新文学的历史已清晰、明朗,新文学史叙述的条件已经成熟;更重要的是新生的中华人民共和国成立,文学观念发生了前所未有的变化,这必将带来人们对新文学历史的重新认识与评价,并影响到新文学史叙述中。而台湾、香港地区以及海外,由于政治地理差异,其文学观念,以及对新文学史的认识接受显然不同于此时期的内地,这也必定折射于新文学史叙述上。

第一节 毛泽东文艺思想与文学史叙述新模式的开启

在中国文学发展历程中,新文学史有它独特的存在价值与意义,它不仅在内容与形式上有别于传统文学,而且传统文学的"审美""抒情""言志""载道"等观念,在内忧外患、灾难深重这一独特的历史语境下,产生裂变。因此,新文学的诞生、发展始终与政治交融、纠缠!而对新文学历史的认识、接受,也始终与政治纠缠结合在一起。如果说20世纪50年代之前的新文学史叙述存在多元探索的局面,并依照文学发展的自然形态进行叙述,那么50年代之后的新文学史叙述则带有强烈的政治意识形态性。王瑶先生曾说:"中国现代文学本身与现实政治及当代文学的关系都十分密切;现实政治斗争及对现实文学工作的要求,都会影响现代文学的研究工作。"① 新中国成立之初，现实政治对现代文学研究的影响首先表现为新中国的缔造者毛泽东在特定历史时期对新文学的认识，在新生的中华人民共和国这一新的独特语境下，它怎样参与到新文学的历史建构上，并最终形成新文学史叙述的新型模式。作为50年代现代文学史建构者丁易先生也曾指出："1949年10月，中华人民共和国成立，全国解放。这时期毛泽东文艺思想取得了各个不同部门不同倾向的文艺工作者的一致拥护；《在延安文艺座谈会上的讲话》成了新中国文学运动的战斗的共同纲领。从这以后，中国文学运动就在全国范围之内和革命运动以及人民大众密切结合起来了。中国文学运动开始跨进了一个伟大的新的阶段。"② 刘绶松先生则明确指出："一九四〇年毛泽东同志的伟大论著《新民主主义论》的发表和一九四二年《在延安文艺座谈会上的讲话》的发表使得我们整理和研究新文学历史的工作有了极其明确的理论指导。"③ 可以说，新中国成立初，其文学运动的重要表现就是具体实施毛泽东文艺思想，而新文学史叙述实际也是实施毛泽东文艺思想。

一 毛泽东文艺思想与新文学史观

在毛泽东特定历史时期有关新文学的历史认识中，《新民主主义论》《在延安文艺座谈会上的讲话》无疑是影响最深远的两篇重要文献。前篇是毛泽东在陕甘宁边区文化协会第一次代表大会上的讲演，1940年1月发表于《中国文化》创刊号上④；而后篇则是1942年5月在延安文艺整风运动上的重要发言。两篇重要文献都诞生于特殊的战争年代，并以马克思列宁主义来考察当时中国革命的现实问题，以无可辩驳的科学逻辑与严密的理论体系，凝聚了一个政治家对当时中国革命，以及对当时新文艺的正确认识，具有重要的历史意义。

毛泽东《新民主主义论》主要探讨：中国向何处去，要建立一个新中国，中国的历史特点，国际、国内形势，新民主主义的政治、经济，新民主主义文化，等等，有关新民主主义文化的论述对新文学，特别是对新

---

① 《王瑶全集》第5卷，河北教育出版社2000年版，第138页。
② 丁易：《中国现代文学史略》，作家出版社1955年版，第4页。
③ 刘绶松：《中国新文学史初稿》上册，人民文学出版社1979年版，第3页。
④ 参见《毛泽东选集》，人民出版社1964年版，第669页。

中国成立后新文学的历史叙述影响深远。该文以马克思主义有关政治、经济、文化关系的原理——一定的文化是一定社会的政治和经济在观念形态上的反映①,作为他的理论支撑点来论述新民主主义文化对于中国新民主主义革命的从属性质。他指出五四运动是新、旧民主主义革命的重要分界点,这造成了旧民主主义文化与新民主主义文化的差异:在"五四"以前,中国的新文化,是旧民主主义性质的文化,属于世界资产阶级的资本主义的文化革命的一部分。在"五四"以后,中国的新文化,却是新民主主义性质的文化,属于世界无产阶级的社会主义的文化革命的一部分。② 这具体表现在"五四"前后,旧民主主义文化革命与新民主主义文化革命的历史差异,在"五四"以前,中国文化战线上的斗争,是资产阶级的新文化和封建阶级的旧文化的斗争。而在"五四"以后,中国产生了完全崭新的文化生力军,这就是中国共产党人所领导的共产主义的文化思想,即共产主义的宇宙观和社会革命论。③ 这种历史差异势必决定资产阶级与无产阶级在新民主主义文化革命中的历史地位:在"五四"以前,中国的新文化运动,中国的文化革命,是资产阶级领导的,他们还有领导作用。在"五四"以后,这个阶级的文化思想却比它的政治上的东西还要落后,就绝无领导作用,至多在革命时期在一定程度上充当一个盟员,至于盟长资格,就不得不落在无产阶级文化思想的肩上。④

无产阶级在新民主主义革命的领导作用,以及由此而对无产阶级新民主主义文化领导地位的确立,无疑影响到新文学历史建构中无产阶级文学、民主主义文学、自由资产阶级文学等在新文学历史中的地位差异。而对新民主主义的文化的定义:所谓新民主主义的文化,就是无产阶级领导的人民大众的反帝反封建的文化⑤,则具体影响到新文学历史建构中对新文学性质的确定。

此外,该文还强调鲁迅在新民主主义革命中独特的历史地位:鲁迅是中国文化革命的主将,他不但是伟大的文学家,而且是伟大的思想家和伟大的革命家。……鲁迅是在文化战线上,代表全民族的大多数,向着敌人

---

① 参见《毛泽东选集》,人民出版社 1964 年版,第 655 页。
② 同上书,第 658 页。
③ 同上书,第 657—658 页。
④ 同上书,第 659 页。
⑤ 同上。

冲锋陷阵的最正确、最勇敢、最坚决、最忠实、最热忱的空前的民族英雄。鲁迅的方向，就是中华民族新文化的方向。①

毛泽东对鲁迅的历史评价奠定了鲁迅新文学历史上独一无二的重要地位。有关新民主主义文化性质论述：新民主主义的政治、经济、文化，由于其都是无产阶级领导的缘故，就都具有社会主义的因素，并且不是普通的因素，而是起决定作用的因素。② 也自然作为20世纪50年代初期新文学史叙述中"社会主义现实主义"历史发展的理论根据。毛泽东的有关新民主主义文化的历史分期：第一个时期是1919年到1921年的两年，第二个时期是1921年到1927的六年，第三个时期是1927年到1937年的十年，第四个时期是1937年后的三年③，也自然成为新文学史叙述的重要历史框架。

以上叙述可看出，毛泽东《新民主主义论》成为50年代新文学史叙述理论基础的潜在条件。著有《中国新文学史编纂史》的黄修己先生感触颇深地说，毛泽东的《新民主主义论》对中国近、现代史，包括近、现代文学史的研究，有重大的影响，这种深远的影响即使五十多年后的今日，仍能感受到④。这种说法不是没有根据的。

《在延安文艺座谈会上的讲话》中有关文艺与政治的见解对20世纪40年代解放区、50年代后内地文学的发展带来了深远影响，这也影响到新文学的历史建构。正如毛泽东自己所说，其"讲话"的目的是研究文艺工作和一般革命工作的关系。⑤ 此"讲话"首先阐明了文艺的中心问题，即文学的服务对象问题，毛泽东说：

> 我们的文艺，第一是为工人的，这是领导革命的阶级。第二是为农民的，他们是革命中最广大最坚决的同盟军。第三是为武装起来了的工人农民即八路军、新四军和其他人民武装队伍的，这是革命战争的主力。第四是为城市小资产阶级劳动群众和知识分子的，他们也是革命的同盟者，他们是能够长期地和我们合作的。这四种人，就是中

---

① 参见《毛泽东选集》，人民出版社1964年版，第658页。
② 同上书，第665页。
③ 同上书，第659页。
④ 参见黄修己《中国新文学史编纂史》，北京大学出版社1995年版，第91页。
⑤ 参见《毛泽东选集》，人民出版社1964年版，第804页。

华民族的最大部分，就是最广大的人民大众。①

这种文学服务对象的确定标示着文学服务功能的重要历史转型，并进一步上升为政治的、阶级的、革命的，以及党性原则。在毛泽东看来，为什么人的问题，是一个根本问题，原则的问题。② 他说，一切文化或文学艺术都是属于一定的阶级、属于一定的政治路线的。无产阶级的文学艺术是无产阶级整个革命事业的一部分，如同列宁所说，是整个革命机器中的"齿轮和螺丝钉"。因此，党的文艺工作，在党的整个革命工作中的位置，是确定了的，摆好了的；是服从党在一定革命时期内所规定的革命任务的。③ 由此，在文艺与政治的关系上，文艺从属于政治的地位得到了确立。这一观念还实施于具体的文学批评实践中，他说，文艺批评有两个标准：一个是政治标准，一个是艺术标准。有关这两个标准的关系，他认为，任何阶级社会中的任何阶级，总是把政治标准放在第一位，把艺术标准放在第二位。这种在特定时期所确立的文艺批评标准虽强调政治第一，艺术第二，但并没否定文艺的艺术性：我们的要求则是政治和艺术的统一，内容和形式的统一，革命的政治内容和尽可能完美的艺术形式的统一。缺乏艺术性的艺术品，无论政治上怎样进步，也是没有力量的。因此，我们既反对政治观点错误的艺术品，也反对只有正确的政治观点而没有艺术力量的所谓"标语口号式"的倾向。④ 以上毛泽东阐述的有关文艺批评标准运用在具体的实际批评中，特别是在后来历次政治运动波及文艺界时，常常由"政治第一，艺术第二"变成了"政治唯一"，文学被进一步演变为政治斗争的工具，这既波及新中国成立后的文学创作中，也波及新文学的历史评判与建构上。

通过以上两篇重要文献的分析，毛泽东的文学观念与文学史观已清晰明朗：文学的党性与阶级性、文学服务于工农兵大众、文学从属于无产阶级政治，以及新文学新民主主义性质、新民主主义文化的历史分期与新民

---

① 《毛泽东选集》，人民出版社 1964 年版，第 812 页。
② 同上书，第 814 页。
③ 同上书，第 822 页。
④ 同上书，第 825—826 页。

主主义文化的无产阶级的思想领导对新文学的规范与新文学历史框架的确立，等等，毛泽东以上思想通过一系列决策最终影响到人们对新文学的认识与新文学史历史建构上。

二 新文学史叙述新型模式的开启与毛泽东文艺思想

以上两篇重要文献都产生于特定的战争年代，体现了毛泽东关于文学、文学与政治关系，以及新文学历史的看法。这些观点对新文学的历史建构产生了深远影响，并开启了新文学史叙述的新型模式。就在毛泽东《新民主主义论》还未曾广泛传播之时，作为党的文艺政策的阐释者周扬就开始尝试以此为文学史理论根据在延安鲁迅艺术学院讲授新文学运动的历史了。他的《新文学运动史讲义提纲》虽不乏对新文学以来历史的独特感受与看法，但其立论根据就是毛泽东的《新民主主义论》。比如，他把新文学的正式开始定位为"五四"，他说："新文学运动正式形成，是在'五四'以后。新文学运动史主要地即从'五四'叙述起。"① 他把"五四"以前的文化称为旧民主主义文化，"五四"以后，新文学运动则是新民主主义文化的重要一翼。他将新文学历史分为四个时期：1919年到1921年，即"五四"到中国共产党成立，是新文学运动形成时期；1921年到1927年，即从共产党成立经五卅运动到北伐战争，是新文学运动内部分化的酝酿、革命文学的兴起时期；1927年到1936年，是新文学运动内部分化过程完成、革命文学成为主流的时期；1936年之后，即抗日战争时期，是新文学运动之力量的重新结合、文学上新民主主义的提出时期。② 这种新文学历史划分几乎是毛泽东新民主主义历史分期的翻版。他说："新文学运动作为新文化运动的一个分野，是在一定的新经济新政治的基础上，且应新经济新政治的要求而产生，是反映新经济新政治，而又为它们服务的。"③ 这源于毛泽东《新民主主义论》：一定的文化是一定社会的政治和经济在观念形态上的反映，新文化，则是在观念形态上反映新政治和新经济的东西，是

---

① 周扬：《新文学运动史讲义提纲》，《文学评论》1986年第1期。
② 同上。
③ 同上。

替新政治新经济服务的。①

有关新文学运动的领导权方面,他说:"中国资产阶级,由于它生不逢辰和本来的弱点,没有余裕和能力来领导新文学运动,而这个领导权就不能不转让到无产阶级手里。"② 他对新文化运动的概述是:"五四新文化运动是一个文化上的民族民主运动,是中国文化史上的一次空前大革命。它的民主主义性质不同于五四以前,是新民主主义的,这主要表现在:在五四新文化运动中共产主义思想已成为其中的一个组成部分,而且是主导的部分。"③ 他强调鲁迅在新文学史上的重要地位:"新文学运动在鲁迅身上找到了自己'最伟大最英勇的旗手','鲁迅的方向就是中华民族新文化的方向'。"这源于毛泽东《新民主主义论》对鲁迅的评价。他对新文学历史的概述:"新文学运动史是一部三十年来中国民族斗争社会斗争之反映的历史,是文学服务于民族的大众的解放事业的历史,是文学为更接近现实接近大众而奋斗的历史,是一个民族的文学为一面继承自己民族优良遗产,一面吸收外来有益营养,一面更加民族化,一面更融合于世界文学而奋斗的历史。"④ 这些都受毛泽东《新民主主义论》对新民主主义文化概括的启示:民族的科学的大众的文化,就是人民大众反帝反封建的文化,就是新民主主义的文化,就是中华民族的新文化。⑤

周扬的《新文学运动史讲义提纲》在新文学历史建构史上有它独特的价值与意义,它开启了新文学史叙述的新型模式。事实上,毛泽东文艺思想与文学史观作为 20 世纪 50 年代新文学史叙述的理论基础并非偶然,它的胚胎实际已孕育在 50 年代之前的十年之中了。用毛泽东《新民主主义论》解释新文学历史在周扬之后已渐渐形成,40 年代末期,一些人开始用《新民主主义论》来阐释新文学历史:

> 从五四到现在,中国的新文学乃是以无产阶级文学思想为领导的人民大众的反帝反封建的文学,亦即新民主主义的文学。它不是帝国主义文学和封建文学,这是很显然的,因为这二者恰是新文学的敌

---

① 参见《毛泽东选集》,人民出版社 1964 年版,第 655 页。
② 周扬:《新文学运动史讲义提纲》,《文学评论》1986 年第 1 期。
③ 周扬:《新文学运动史讲义提纲(续)》,《文学评论》1986 年第 2 期。
④ 周扬:《新文学运动史讲义提纲》,《文学评论》1986 年第 1 期。
⑤ 参见《毛泽东选集》,人民出版社 1964 年版,第 669 页。

人。它也决不是一般的资产阶级文学；只是当作它的构成部分，它包含着一部分具有民族独立思想和反封建思想的资产阶级文学（如五四时代胡适的作品等），而这个中国的资产阶级文学（不是翻译），在文学阵地上所占的比重和地位是每况愈下了。它也不是无产阶级的社会主义文学，因为它并不一般地反映社会主义的政治经济生活（当然，苏联作品介绍对中国新文学发展的方向和继续前进，起了极其巨大的作用）。我们的新文学就其内容和作者所代表的社会阶层来说，那是一个统一战线的（即包含有无产阶级的、小资产阶级的和资产阶级的思想及其作家）反帝反封建的人民民主主义的文学。这就是我们的新文学的基本性质。

以上观点，很典型地体现了以《新民主主义论》来阐释新文学。因此，他们认为李何林的《近二十年文艺思潮史论》对新文学的叙述存在很多缺陷。[①] 在这些阐释背景下，毛泽东形成于特定语境下的对新文学的历史认识开始成为新文学史叙述的重要理论根据，并开启了新文学史叙述的新型模式。新中国成立后，以上观念通过文代会、整风运动、新的教育体制、新文学史"教学大纲"的颁布与实施等具体方式，进一步具体化、体制化，并落实到新文学教学与新文学史教材编写中。由此，以毛泽东文艺思想为基础形成的新型文学史叙述模式体现在具体的新文学史叙述中。也由此，新文学史叙述成为新中国文化建设的重要部分，并纳入服务于新的国家意识形态的轨道中。

第二节 文学审美意识与政治意识形态的张力
——王瑶的新文学史叙述

在新中国成立之初，王瑶先生的《中国新文学史稿》（以下简称《史稿》）是第一部将新中国主流意识形态，尤其是毛泽东文艺思想灌注于新文学史叙述的文学史文本。1950年5月，教育部召开全国高等教育会议，并通过了《高等学校文法两学院各系课程草案》，其中规定《中国新文学史》是各大学中国语文系的主要课程之一，并对之作了如下要求："运用

[①] 参见李何林《关于中国现代文学》，上海新文艺出版社1956年版，第3—4页。

新观点，新方法，讲述自五四时代到现在的中国新文学的发展史，着重在各阶段的文艺思想斗争和其发展状况，以及散文，诗歌，戏剧，小说等著名作家和作品的评述。"① 这里所谓"新观点，新方法"显然不同于新中国成立之前新文学史叙述的理论与方法，它体现了新生的中华人民共和国强烈的意识形态性。这主要指历史辩证唯物主义、马列主义，尤其是毛泽东在特定历史时期对新文学认识所形成的文学史观开始作为新文学历史叙述的理论基础。王瑶先生后来说："毛泽东在《新民主主义论》中关于'五四'运动、新文化、新文学的一系列论述，更为现代文学研究奠定了马克思主义的理论基础。"② 可以说，这些"新观点""新方法"也正是王瑶先生新文学史叙述孜孜以求的理论原则与方法，并具体反映在他文学史叙述模式中。

一 "绪论"的设置与主流意识形态

作为新中国成立后中国现代文学史叙述模式的开创者，王瑶先生是带着新生的中华人民共和国"新主人"喜悦的心情，并自觉运用"新观点""新方法"对新文学历史进行叙述的学者。他的《史稿》"绪论"的设置即是很好地实施这种"新观点""新方法"的明显表现，也是毛泽东文艺思想在他的文学史叙述模式上的主要体现。王瑶《史稿》中的"绪论"部分包括新文学的开始、新文学的性质、新文学的领导思想、新文学的历史分期，这几部分是实施毛泽东文艺思想的主要表现。他的"绪论"开始就说："中国新文学的历史，是从五四的文学革命开始的。它是中国新民主主义革命三十年来在文学领域上的斗争和表现，用艺术的武器来展开了反帝反封建的斗争，教育了广大的人民；因此它必然是中国新民主主义革命史的一部分，是和政治斗争密切结合着的。"③ 这种新文学历史起始点的确立参照了毛泽东《新民主主义论》把"五四"作为新民主主义时期的开始，并以毛泽东有关新文化是"在观念形态上反映新政治与新经济的东西，是替新政治新经济服务的"的理论而强调新文学与政治的融合，强调新文学的社会功能，强调新文学服务于新民主主义革命这一精神

---

① 王瑶：《中国新文学史稿》上册，开明书店1951年版，自序第3页。
② 《王瑶全集》第5卷，河北教育出版社2000年版，第137—138页。
③ 王瑶：《中国新文学史稿》上册，开明书店1951年版，自序第1页。

实质。

在王瑶看来，新文学史叙述必须明确新文学性质，而新文学史既然是新民主主义革命的一部分，新文学的性质显然就不同于新中国成立前对新文学的认识："中国新文学史既是中国新民主主义革命史的一部分，新文学的基本性质就不能不由它所担负的社会任务来规定；一切企图用资本主义社会文艺思潮的移植，或严格的无产阶级的社会主义文学内容来作概括说明的，都必然会犯了错误。"① 在此，他运用毛泽东一定的文化是一定政治经济的反映这一观点，因此，新文学的性质就必然由它服务于当时的政治使命与任务来规定；但还有他对新文学的独特认识，具体表现在他对新文学史认识可能产生的"两种极端"倾向看得十分清楚，即用"资本主义社会文艺思潮"与"无产阶级的社会主义文学"来阐释新文学的发展历史都是错误的，这是王瑶《史稿》的潜在逻辑，这既表现在他新文学史叙述的理论基础是毛泽东文艺思想，但又并非是对毛泽东文艺思想的断章取义，这避免了王瑶之后新文学史叙述者常出现的以社会主义文学来比附新文学倾向。

王瑶引毛泽东《新民主主义论》对"五四"新文化性质的经典论述来阐释新文学的性质。在他看来，新文化的新民主主义性质决定了新文学的基本性质和发展方向："从开始起，中国新文学就是一贯地反帝反封建的，它自然不是帝国主义文学和封建文学，但它也决不是一般的资产阶级文学，虽然在新文学的构成部分中，也包含着一部分具有民族独立思想和反封建内容的资产阶级文艺思想，但其比重和地位却是随着时代而日益减低的。"② 这是他的文学史未像他后来的文学史建构那样造成文学史叙述的"断裂与扭曲"的重要原因，也是他的文学史在叙述无产阶级文学时，也要叙述"新月派"，以及"现代派"这些被后来文学史否定的文学史事件的潜在原因。他引毛泽东《新民主主义论》来论述新文学的基本性质："在'五四'以前，中国的新文化，是旧民主主义性质的文化，属于世界资产阶级的资本主义的文化革命的一部分。在'五四'以后，中国的新文化，却是新民主主义性质的文化，属于世界无产阶级的社会主义的文化

---

① 王瑶：《中国新文学史稿》上册，开明书店1951年版，第5页。
② 同上书，第5—6页。

革命的一部分。"① 王瑶在引毛泽东的言论论证新文学的新民主主义性质的同时，又引郭沫若在第一次文代会上的重要讲话《为建设新中国的人民文艺而奋斗》来论证他对新文学性质的理解，并将之作为新文学史阐释的重要根据：

> 三十年来……中国文艺界的主要论争是存在于这样两条路线之间：一条是代表软弱的自由资产阶级的所谓为艺术而艺术的路线。一条是代表无产阶级和其它革命人民的为人民而艺术的路线。三十年来斗争的结果，就是在欧美没落资产阶级文艺影响之下的为艺术而艺术的理论已经完全破产了，为艺术而艺术的作品已经丧失了群众。……而无产阶级文艺思想领导的为人民服务的文学艺术，队伍日益壮大，方向日益明确，因此就日益受到广大人民群众的欢迎和拥护。这样的历史事实说明了中国资产阶级虽然也想在文艺上争取领导，但因为他们不能和人民结合，也就没有争取到的可能。这样的历史事实说明了任何文艺工作者如果不接受无产阶级的领导，他的努力就毫无结果。这正是深刻地说明了三十年来中国的文艺运动的新民主主义的性质。②

根据以上新文学性质的结论，他说："新文学的性质也不就是无产阶级的社会主义文学，虽然无产阶级的文艺思想一贯是新文学的领导思想"，他的认识是有理论根据的，这就是毛泽东《新民主主义论》的言论："中国现在的革命任务是反帝反封建的任务，这个任务没有完成以前，社会主义是谈不到的。中国革命不能不做两步走，第一步是新民主主义，第二步才是社会主义。而且第一步的时间是相当长，决不是一朝一夕所能成就的。"显然，王瑶没有像他的后来者那样把新文学史写成"社会主义现实主义"文学的翻版。他又引毛泽东的话："民族的科学的大众文化，就是人民大众反帝反封建的文化，就是新民主主义的文化。"③ 进而归纳出新文学的基本性质：

---

① 王瑶：《中国新文学史稿》上册，开明书店1951年版，第7页。
② 同上。
③ 同上书，第8页。

它是为新民主主义的政治经济服务的,又是新民主主义革命的一部分,因此它必然是由无产阶级思想领导的,人民大众的,反帝反封建的,民主主义的文学。简单点说,"新文学"一词的意义就是新民主主义文学。它的性质和方向是为新民主主义革命的任务和路线来决定的。就作品的思想内容和作者所代表的社会阶层来说,它也和新民主主义革命一样,是统一战线的,包括各民主阶级的成分。五四以后,随着中国革命的进展和社会的急剧变化,很多作家都经过了思想上的进步和转变;由激进的民主主义进入马列主义思想的,由小资产阶级知识分子而和工农结合的,这些进展也同样表现在他们的作品中,因此常常有同一作家而前后作风迥殊的现象。所以如果片面的,就作家的出身或某一部作品来指定他的阶级属性,是很危险的事情。但就新文学进展的历史全貌说,却充分地说明了它的反帝反封建的统一战线的内容,它的基本性质是新民主主义的。①

其实,对新文学性质的认识与王瑶有相类似观点的还大有人在,比如在王瑶撰写他的文学史之前就有人在承认新文学的新民主主义性质的同时,亦认为新文学不是帝国主义文学和封建文学,但它也不是无产阶级的社会主义文学,因为它并不一般地反映社会主义的政治经济生活。在他看来,新文学就其内容和作者所代表的社会阶层来说,那是一个统一战线的(即包含无产阶级的、小资产阶级的和资产阶级的思想及其作家)反帝反封建的人民民主主义的文学。这就是新文学的基本性质。② 这正是以毛泽东《新民主主义论》来理解新文学性质的典型例子。

就新文学的领导思想,王瑶说:"从理论上讲,新文学既是新民主主义革命的一部分,它的领导思想当然是无产阶级的马列主义思想。"③ 他引毛泽东的《新民主主义论》的观点,在"五四"以后,中国文化产生了完全崭新的文化生力军,这就是中国共产党人所领导的共产主义的文化

---

① 王瑶:《中国新文学史稿》上册,开明书店1951年版,第8—9页。
② 参见李何林《关于中国现代文学》,上海新文艺出版社1956年版,第3—4页。
③ 王瑶:《中国新文学史稿》上册,开明书店1951年版,第9页。

思想。最明显的表现就是中国无产阶级和中国共产党登上了政治舞台，这个文化生力军向帝国主义文化和封建文化展开了英勇的进攻，也在社会科学领域和文学艺术领域中产生了极大的影响与发展，其声势之浩大、威力之猛烈，超过中国任何历史时代，而鲁迅就是这个文化生力军的最伟大和最英勇的旗手。在王瑶看来，文化战线上的这种特征和成就，在文学领域中尤其显著："就新文学发展的历史说，无产阶级思想的领导，党的领导，是一个时期比一个时期更加突出、巩固、扩大，并逐渐走向健全和完备地步的。"① 在他看来，"五四"以后、"左联"时期、抗战时期，特别是延安文艺座谈会讲话以后，党的领导作用都是非常明显而有力的，因此，用不着具体说明。于是，他把重点放在"五四"时期无产阶级思想怎样渗透于新文学发展之中，用具体的文学史实来说明新文学自始即是为共产主义思想所领导。

在王瑶看来，五四运动本身就是以李大钊、陈独秀等为代表的具有初步共产主义思想的知识分子所领导的。他以《新青年》《每周评论》上李大钊、陈独秀等发表的有关"俄国十月革命"以及"马克思主义"介绍的理论文章为例，说明五四运动虽然是由爱国的知识分子进而扩展到社会各阶层的统一战线的运动，但从开始起，就是以初步具有共产主义思想的知识分子为领导骨干，相反，右翼资产阶级知识分子的代表胡适，对于当时的革命运动却只站在"歧路"上，连参加都不敢，更谈不上领导了。这就说明中国由旧民主主义革命变为新民主主义革命的特质。在他看来，五四运动之所以表现出这样的彻底性，就是因为它由具有初步共产主义思想的知识分子所领导。五四文学也一样，它所表现的最彻底、最持久的反对封建文化、打倒孔家店和提倡文学革命，也是因为具有初步共产主义思想的知识分子所领导的缘故。文学革命的领袖胡适与陈独秀，一开始就表现出他们的差异性，一个取"改良"的态度，一个则取"革命"的态度，而在实际创作中显示了文学革命实绩的是鲁迅。他引鲁迅的话说："我做小说，是开手于1918年，《新青年》上提倡文学革命的时候的，这一种运动，现在固然已成为文学史上的陈迹了，但在那时，却无疑地是一个革命的运动。我的作品在《新青年》上，步调是和大家大概一致的，所以

---

① 王瑶：《中国新文学史稿》上册，开明书店1951年版，第10页。

我想，这些确可以算作那时的'革命文学'。"① 又说："这里我必得记念陈独秀先生，他是催促我做小说最着力的一个。"他又引鲁迅自己的话说，他写的"是'遵命文学'。不过我所遵奉的，是那时革命的前驱者的命令，也是我自己愿意遵奉的命令，决不是皇上的圣旨，也不是金元和真的指挥刀"。1927年以后，鲁迅介绍了许多马克思主义文学理论的书籍，而且更重要的，是他领导了"左翼"作家近十年的战斗，并留下了一册册典范性著作，所以毛泽东同志说："鲁迅的方向就是中华民族新文化的方向。"② 据以上叙述，王瑶得出结论：

> 党对文学战线的领导作用，是一个时期比一个时期加强而健全的，并逐渐巩固和扩大了它的影响。抗战以后，因了政治军事上统一战线的形成，党的文化政策是更容易传达给每个作家了；一九三九—四一年的民族形式的论争，可以说是对于毛主席《论新阶段》的深入学习，而自一九四二年的《延安文艺座谈会讲话》发表以后，更明确具体地指出了文学运动和作家创作实践的新方向。所以我们可以说，中国新文学的历史，是在毛泽东所领导的方向下成长和发展起来的；而鲁迅，就是毛泽东文艺思想在那个时期之最正确完备的体现。③

以上王瑶《史稿》有关新文学性质的叙述和新文学领导思想的认识，都体现了毛泽东文艺思想与文学史观，而这还渗透于他新文学史框架的确定。就文学分期看，他把新文学的历史分成四个时期：第一个时期，1919年到1927年，相当于《新民主主义论》的第一、第二时期；第二时期，1927年到1937年，相当于《新民主主义论》的第三时期；第三个时期，1937年到1942年，即抗战开始到毛泽东"讲话"的发表，即抗战期间前五年的文学；第四个时期，1942年到1949年的七年，即自"讲话"的发表到第一次文代会的召开。从以上的分期可看出，毛泽东文学史观无形地成为其文学史分期的主要根据；新文学性质、新文学思想领导、新文学分

---

① 王瑶：《中国新文学史稿》上册，开明书店1951年版，第13页。
② 同上书，第14页。
③ 同上书，第15页。

期等，他是自觉地以毛泽东的文艺思想作为文学史叙述的理论基础，并把"第一次文代会"的讲话精神作为其文学史叙述的重要指导思想。由王瑶文学史"绪论"的设置，可看出政治意识形态怎样渗透于他的新文学史叙述中。

事实上，在文学史叙述中由"绪论"来引领文学史并非属王瑶首创，50年代之前的文学史叙述中，比如，容肇祖《中国文学史大纲》就设置"绪论"一章，专门探讨如下两个问题：（1）文学史是什么；（2）中国文学史上的进步与要求。分别探讨了文学是什么、文学史是什么、中国文学史叙述的演变等。[1] 童行白在《中国文学史纲》中设有"绪论"一章，它主要探讨了中国文学之界定，中国文学与功利主义，中国文学与南北两思潮，中国文字之特征，中国文学之分期，等等。[2] 刘经庵的《中国纯文学史纲》也有"绪论"一章，主要论述文学的定义、文学的特质、文学的起源、中国文字与文学、中国文学的特色等。[3] 谭正璧的《中国文学史大纲》则设"叙论"一章[4]，它主要探讨了文学在历史上的意义，什么是文学，文学与其他学科的不同，什么是文学史，文学史的种类，中国文学史材料的收集，等等。[5] 类似的，赵景深的《中国文学小史》有"绪言"部分对文学、文学史，以及当时文学史叙述的看法。[6] 在新文学史叙述中，王哲甫的《中国新文学运动史》虽没有明确地标明"绪论"章节，却在第一章"甚么是新文学"中探讨有关"新文学"内涵的几种观点，以及著者有关"新文学"的观点[7]，这一章实际也相当于"绪论"的作用。总观这些文学史的"绪论"部分，实际上和王瑶的新文学史"绪论"部分一样，都是著者文学观念、文学史观的阐释与表达；只是王瑶阐释与表达的是新中国的缔造者毛泽东特定历史时期所形成的文艺思想与文学史观。

---

[1] 参见容肇祖《中国文学史大纲》，朴社1935年版，第1—5页。
[2] 参见童行白《中国文学史纲》，上海大东书局1933年版，第1—9页。
[3] 参见刘经庵《中国纯文学史纲》，北平著者书店1935年版，第1—10页。
[4] 不同于其他文学史，谭正璧将此部分称为"叙论"，但其意义和功能与其他文学史的"绪论"相同。
[5] 参见谭正璧《中国文学史大纲》，上海光明书局1940年版，第1—11页。
[6] 参见赵景深《中国文学小史》，光华书局1928年版，第1—2页。
[7] 参见王哲甫《中国新文学运动史》，北平杰成印书局1933年版，第1—15页。

就新文学史叙述而言，王瑶新文学史"绪论"的设置，尤其是政治意识形态的张扬与传达，对之后的新文学史叙述有明显的开启与推动作用。这种文学史叙述模式陆续出现在之后的文学史叙述中。比如，丁易《中国现代文学史略》中的"绪论"，也主要贯注毛泽东的《新民主主义论》与《在延安文艺座谈会上的讲话》精神，其"绪论"分为两部分：第一，中国现代文学运动与新民主主义革命运动的关系和它的性质；第二，中国现代文学的现实主义来源与发展以及中国现代文学史阶段的划分。其"绪论"除着眼于现代文学的新民主主义性质的探讨与历史划分外，不同于王瑶的文学史，丁易将现代文学的发展与中国新民主主义革命相联系，在他看来，中国现代文学运动从属于新民主主义革命，并为新民主主义革命所规定。比如对文学革命的论述就认为文学革命之所以发生是因为新民主主义革命的要求所规定："在内容和形式上都以一种新的面貌出现的中国现代文学革命运动，也就是一般人习惯称为的新文学运动恰恰发生在'五四'前夕，成为当时新文化运动的主要旗帜，就是由于新民主主义革命的要求，并且服从于这一要求，而为这要求所规定。"[1] 而整个中国现代文学运动则是中国新民主主义革命运动的一部分，为新民主主义革命所规定。此外，丁易更力求文学史叙述与现实政治运动的融合，比如20世纪50年代初期提倡"社会主义现实主义"，这也灌注于其"绪论"与文学史叙述中，他指出："社会主义现实主义在中国现代文学史上始终是一道主流，这主流在前进的过程中，逐渐发展，逐渐充实，逐渐壮大，并汇合了一些支流，而终于成为汪洋大海。"[2] 这种政治意识形态照样存在于刘绶松、张毕来等的文学史叙述中。

二 "文体型"文学史叙述模式

王瑶新文学史"绪论"的设置，张扬了强烈的主流意识形态，可他在对具体的文学史事件，以及作家、作品的叙述时又注重文学的"本体"意识，注重文学史叙述的审美形态，这尤其表现在文学史叙述中"文体型"文学史叙述模式的设置上，这与主流意识形态产生了明显张力。王瑶先生曾说："文学史既是文艺科学，也是一门历史科学，它是

---

[1] 丁易：《中国现代文学史略》，作家出版社1955年版，第2页。
[2] 同上书，第13页。

以文学领域的历史发展为对象的学科,因此一部文学史既要体现作为反映人民生活的文学的特点,也要体现作为历史科学,即作为发展过程来考察的学科的特点。"① 因此,他的新文学史叙述在尽力体现毛泽东文艺思想的同时,还要考虑新文学历史的客观事实,尤其是更注重文学自身的本体特征,以及新文学本身的繁杂性。这样,他在"绪论"中虽极力张扬新文学的新民主主义性质,但还是未曾忘记文学的"本体"审美特征。

在一些学者看来,王瑶的新文学史分期典型地体现了其文学史叙述的政治意识形态,也是人们非议中最引人注目的地方之一。比如,司马长风承认王瑶在内地出版的新文学史当中,算是比较有独立观点的文学史,但他对王瑶的文学史分期表示非议,更不满意王瑶把新文学的历史定为从"五四"开始,他说:"无产阶级登上政治舞台这是政治之履,一九一七年一月新文学运动开始,一九一八年一月新文学诞生,这是文学之趾。王瑶的办法是削文学之趾,以适政治之履。"② 王瑶的《史稿》确实如此,他把"五四"定为新文学开始,直到1986年都还一再坚持:"就文学史而言,'五四'以后的新文学的历史特点是如此显著,许多治现代文学的人认为以'五四'为开端是无需讨论的问题。"③ 这明显受毛泽东《新民主主义论》新文化的历史分期的影响,王瑶坚持己见的原因是:"仅就(语言)这一点说,'五四'就应该理所当然地成为现代文学的开端,更不必详述在思想内容和艺术形式等许多方面的历史性变革了"④,王瑶以语言作为其历史分期的理由在今天看来并无充分的说服力。再看他有关文学史分期的见解:

> 从理论上说,作为意识形态的文学,当然要为社会存在所影响所决定……因此,文学史的分期是不能不考虑与之相应的历史分期的。但文学也有它自己的特点,经济和政治对文学的影响究竟何时以及如何在文学上反映出来,还要受到文学内部以及其它意识形态诸因素的

---

① 《王瑶全集》第5卷,河北教育出版社2000年版,第4页。
② 司马长风:《中国新文学史》上册上卷,传记文学出版社1991年版,第9页。
③ 《王瑶全集》第5卷,河北教育出版社2000年版,第51页。
④ 同上书,第54页。

制约，因此，它的发展进程并不永远是与历史环境同步的。①

因此，他虽把"五四"作为新文学历史的开始，但在具体论述文学革命时，却叙述了1917年胡适的《文学改良刍议》与陈独秀的《文学革命论》以及周作人"人的文学"与"平民文学"等的重要历史意义，并把胡适的《尝试集》称为"中国的第一部新诗集"。②这种文学史叙述的具体操作已经与主流意识形态产生了张力，这也是他后来遭受批判的靶子，比如批判者说他是"把胡适的《尝试集》高捧上天"，而与此相反，"却贬低鲁迅的小说和郭沫若的《女神》在现代文学上的崇高地位"。③

以上的事例只是王瑶《史稿》新文学史叙述文学"本体"意识的不太明显的事例，这一特征更从他的"文体型"文学史叙述模式中反映出来。文学史是文学的历史，这主要体现在文学史叙述中对作家创作，尤其是对文学本体的注重，王瑶先生的《史稿》即是如此，他对新文学的具体叙述主要以"文体"形式给予叙述。"文体型"文学史叙述模式是王瑶《史稿》的独特特征。他曾指出，中国文学批评主要是"沿着两条线发展的——论作者和论文体。一直到后来的诗文评或评点本的集子，也还是这样；一面是'读其文不知其人可乎'的以作者为中心的评语，一面是'体有万殊'而'能之者偏'的各种文体体性风格的辨析。一切的观点和理论，都是通过这两方面来表现或暗示的"。④而他的《史稿》就选择了"论文体"的"文体型"文学史叙述模式。该文学史叙述模式主要表现在文学史叙述中主要以小说、诗歌、戏剧、散文四种文体作为文学史的具体叙述形态。这是一种注重文学本体特征的文学史叙述模式，这一模式曾经成为新中国成立前文学史叙述的主要方式，如赵景深《中国文学小史》，陆侃如、冯沅君《中国文学史简编》（开明书店1932年版）等就以诗歌、小说、散文、戏剧的形式论述中国文学发展的历史。

---

① 《王瑶全集》第5卷，河北教育出版社2000年版，第52页。
② 王瑶：《中国新文学史稿》上册，开明书店1951年版，第59页。
③ 中国人民大学现代文学研究室编：《王瑶〈中国新文学史稿〉批判》，人民文学出版社1958年版，第35页。
④ 《王瑶全集》第5卷，河北教育出版社2000年版，第103页。

韦勒克曾说："文体学的纯文学和审美的效用把它限制在一种或一组文学作品之中，对这些文学作品将从其审美的功能与意义方面加以描述。"① 确实如此，这种文学史叙述模式在注重文学本体时甚至带有"纯文学"的倾向，这常与文学的政治意识形态呈现出紧张状态。刘经庵有《中国纯文学史纲》，他反对哲学、经学和史学等侵入文学。在他看来，"古文"，即散文，有传统的"载道"思想，多失去文学的真面目，因此，古文被排除于他的文学史之外。这样，他的文学史就是诗歌、词、曲及小说的历史。② 新中国成立前的新文学史范式中，如李一鸣的《中国新文学史讲话》、赵家璧主编的《中国新文学大系》各集的编纂、朱自清的《中国新文学研究纲要》，甚至是王哲甫的《中国新文学运动史》等所形成的新文学史框架与他们采用的"文体型"文学史叙述模式，这些形成王瑶新文学史叙述挥之不去的"情结"。③ 因此，他的"文体型"文学史叙述模式可看成是他对新中国成立前这种文学史叙述模式的继承与发展。正是这种"文体型"文学史叙述模式，使他在"绪论"中预设的政治意识形态不能很好地贯彻在"文体"叙述中。温儒敏先生说："王瑶采用文体分述的体例，较好地照顾到各种体裁的文学发展的特殊性，较全面地展示了各门类创作在某一时期形成的不同的风格流派，也有利于集中地、整体性地分析不同风格的群体、流派的异同。"④ 他在文学史叙述中常流连于各种文体的审美风格，但却忽略了作家作品的意识形态倾向。因此，在他的新文学史叙述中，文学"本体"意识与主流意识形态产生了明显的张力。

以"诗歌"这一文体而言，对"新月派"的叙述就是明显的表现。这成为他的文学史一出版即遭非议，且招来批评最多的地方，而在今天看，这也是他的《史稿》比稍后其他文学史叙述最有生命力、最有价值，

---

① ［美］韦勒克、沃伦：《文学理论》，刘象愚等译，北京三联书店1984年版，第193页。

② 参见刘经庵《编者例言》，《中国纯文学史纲》，东方出版社1996年版，第1页。

③ 钱理群先生指出王瑶的新文学史稿与朱自清先生的《中国新文学研究纲要》有明显的"师承关系"，但朱自清是1929—1933年在清华大学等高校讲授该课，而王瑶则是1934年进入清华大学，因此，他不可能听过此课，且当时因为清华大学没有开设新文学课而表示不满。但在朱自清先生1948年去世后参与编辑《朱自清全集》，自然阅读了该稿。参阅樊骏《论文学史家王瑶》，载《中国现代文学论集》（上），人民文学出版社2006年版，第12页。

④ 温儒敏等：《中国现当代文学学科概要》，北京大学出版社2005年版，第85页。

也最独特的地方。王宏志先生曾说:"在中国新文学史里,'新月派'是一个不受欢迎的名词,我们只须随便翻开在1949年以后出版的任何一本现代文学史,便可以证明这个说法了。除了王瑶1951年出版的《中国新文学史稿》以外,几乎所有的现代文学史著作,包括'四人帮'下台以后陆续出版的很多种不同的新文学史,情形都是一样,就是把'新月派'当作打击的对象。"① 确实如此,"新月派"在1950—1980年内地版的文学史著中是一个"尴尬"的形象。王瑶在他的《史稿》里虽不乏对"新月派"的批判,但更多的却是流连于"新月派"的审美形态。王瑶先生在对文学流派进行叙述时说:"文学上的组织和一切的社会结社一样,它必然带有民主斗争的政治性质;虽然它并不就等于政治组织,但仍有它一定的政治意义。"② 由此可见其文学史叙述所表现的强烈的政治意识形态,可他在对"新月派"、象征诗派、现代诗派的具体叙述时常专注于文学的审美性。就其文学性质看,"新月派"是受欧美资产阶级文艺思想影响的文学流派,他们提倡"人性论",反对马克思主义在现代中国的传播,反对文学的阶级性,反对无产阶级文学,这些是1950—1980年内地文学史叙述者否定"新月派"的重要原因。

王瑶《史稿》对"新月派"的阶级倾向有如下描绘。1928年《新月》月刊出版了,在创刊号《新月的态度》一文里,标榜思想言论必须合乎"健康"和"尊严"的原则,除此之外的一切言论都是不"纯正"的,这显然是针对"左翼"文学而言的。"新月派"的代表大多是《现代评论》派的人物,就是鲁迅讥讽的"脖子还挂着一个小铃铎,作为知识阶级的徽章"的一群"山羊们";其中梁实秋写了《文学与革命》一文,认为"革命的文学,这个名词根本的就不能成立",说"伟大的文学乃是基于固定的普遍的人性","人性是测量文学的惟一标准","文学就不是大多数的","绝无阶级的分别",又说文学与革命的关系"不是一个值得用全副精神来发扬鼓吹的题目"。他们对创造社和鲁迅都采取敌对的态度,而且他们"人性"的立论是典型的资产阶级论调。王瑶又引鲁迅《硬译与文学的阶级性》中著名的论述: "文学不借人,也无以表示

---

① 王宏志:《文学史里的"新月派"》,载陈平原、陈国球主编《文学史》第1辑,北京大学出版社1993年版,第317页。

② 王瑶:《中国新文学史稿》上册,开明书店1951年版,第40页。

'性'，一用人，而且还在阶级社会里，即断不能免掉所属的阶级性……倘说，因为我们是人，所以以表现人性为限，那么，无产者就因为是无产阶级，所以要做无产文学。"① 来对"新月派"给予驳斥。在王瑶看来，新月派的这些论调，却使主张革命文学的人知道了真正的论敌，这是促成"左联"成立的原因之一。

但王瑶在对"新月派"具体诗人诗作的论述时却相当注重该流派对艺术形式的独特追求。他以"形式的追求"来对前期新月派与象征诗派进行描绘。其中对新月派有如下描绘："提倡格律诗，要发现新格式与新音节；影响很不小。""当时享名最盛的是徐志摩，他努力于体制的输入与实验，最讲究用譬喻，想要用中文来创造外国诗的格律，装进外国式的诗意，特别是英国诗。"② 他引徐志摩的言论："我是一个不可教训的个人主义者。这并不高深，这只是说我只知道个人，只认得清个人，只信得过个人。我相信德谟克拉西涵有真纯的德谟克拉西的精神"，十足地反映出他的向上的市民的要求。并说他热心于技巧的追求实际是他的个人主义在"五卅"以后的社会现实里碰了壁，这也带来了其诗作内容的贫乏。在王瑶看来，徐志摩的《云游》是诗人理想彻底破灭的反映。他引茅盾用徐志摩的诗句"在梦的轻波里依洄"来概括徐志摩诗的全部思想内容，并给徐志摩如下文学史定位："志摩是中国布尔乔亚开山的同时又是末代的诗人。"王瑶对徐志摩及其诗作还有如下概括：

> 从高亢的浪漫情调到轻烟似的感伤，他经历了整个一个社会阶段的文艺思潮。到他对社会现实有了不可解的怀疑时，就自然追求艺术形式的完整了。在写作技巧上，他是有成就的，章法的整饬，音节的铿锵，形式的富于变化，都是他的诗的特点。③

在王瑶看来，提倡格律诗影响最大的诗人是闻一多。他引徐志摩的话说，在他们几个人当中，闻一多实为"最有兴味探索诗的理论与艺

---

① 王瑶：《中国新文学史稿》上册，开明书店1951年版，第158—159页。
② 同上书，第73页。
③ 同上书，第74页。

的";而他们几个人都多少受到闻一多的影响。闻一多主张"节的匀称""句的均齐",主张"音尺"、重音、韵脚。即诗歌应具有音乐的美、绘画的美、建筑的美。就"新月派"的文学史意义,"新月派"出现之时,正是诗坛混乱的时候,诗人与诗集都多如雨后春笋,而可读的作品却非常少。在这种局面下:"格律诗的提倡至少在当时起了一种澄清的作用,使大家认为诗并不是那么容易作,对创作应抱有一种严肃的态度。就这种意义讲,闻氏正是一位忠于诗与艺术,引导新诗入了正当规范的人,而形式的追求也就有了它的正面的意义。"① 王瑶不讳言"格律诗"的提倡仍然流于形式主义,特别是徐志摩等"新月派"诗人过分对西洋诗移植而带来的弊端。在王瑶看来,能避免这些弊端的正是闻一多,他引闻一多对郭沫若《女神》的评价来论证他的看法:

　　我总以为新诗径直是新的,不但新于中国固有的诗,而且新于西方固有的诗;换言之,他不要做纯粹的本地诗,但还要保存本地的色彩,他不要做纯粹的外国诗,他又要尽量吸收外洋诗底长处;他要做中西艺术结婚后产生的宁馨儿。②

他叙说朱湘,其诗风清淡平静,也以文字韵律的完美著称,其诗中还保持着一些"五四"时期的高亢的情绪,歌唱着对世界的温暖的爱,而又找不到思想的归宿,这就是率直而到处碰壁的诗人的写照,1927年出版的《草莽集》在形式音节的努力上有更高的成就。而以《晨曦之前》一书得名的于赓虞,其诗充满了忧郁颓废的情调,表现了对生命的厌倦与幻灭,其诗的句子冗长,不同于徐、闻诸人,但成就却不如他们。就"新月派"后期诗人而言,他说,陈梦家《新月诗选》是该时期诗人的代表作,"在作风上,仍然是沿着徐志摩以来追求形式格律的老路,也并没有能超过了徐氏的成就"。著者引陈梦家在《新月诗选序言》中的句子:"主张以字音节的谐和,句的均齐,和节的匀称,为诗的节奏所必须注意而与内容同样不容轻忽的。"③ 但事实上,他们主张苦练,主张雕

---

① 王瑶:《中国新文学史稿》上册,开明书店1951年版,第74—75页。
② 同上书,第76页。
③ 同上书,第197页。

琢，注重音节，但内容却空虚得很，最多也没有超出人道主义的范畴。

客观地说，王瑶对"新月派"诗作的叙述，虽对其思想倾向，其内容的颓废、空虚不乏批判的态度，但最多是流连于该派诗歌艺术的"审美"追求，这样的叙述在主流意识形态规范新文学史叙述时，势必招来严重批评。当时对王瑶《史稿》的批评者指出，王瑶《史稿》对作品的分析，"背离了历史唯物论的原则，它的主要特征是脱离了作品所反映的社会生活和作者的阶级评价，往往孤立地作形式的褒贬和分析"。[①] 并说，王瑶的文学史叙述剥离了文学的政治批评标准，而这种"离开了政治去谈艺术，就很容易颠倒黑白，把毒草当香花，抬高那些单纯追求形式技巧的资产阶级文艺，而对于新生的无产阶级文艺则采取贬斥和否定的态度"。[②] 在这些批评者眼中，"新月派"明显就是"毒草"系列。因此，他们批判王瑶、赞誉徐志摩"享名最盛"，"努力于体制的输入与实验"，"他的诗章法整饬，音节铿锵，形式富于变化"等，但对其反动内容、感伤主义、颓废主义、印象主义、唯美主义等杂糅的坏倾向，却很少具体地分析。这样，实际上就以抬高它的艺术形式，来转移和掩盖读者对它的反动内容的注意和批判。[③] 而在今天看来，王瑶的《史稿》在当时遭受批判的地方，正是该著最有价值的地方。王宏志在挑开"新月派"的历史面纱之后指出：

> 撰写文学史其中一个很大的困难是取舍的问题，究竟应该写哪些作家的哪些作品？这其实也涉及了怎样写的问题，编写者准备以什么样的标准去写一部文学史会决定了他取舍的标准。比方说，现有绝大部分的现代文学史都是从狭隘的政治标准出发，所以写进去的很多都是政治和思想斗争方面的东西，结果，"新月派"便给放进"左联"的一章里，成为批判斗争的对象。[④]

[①] 中国人民大学现代文学研究室编：《王瑶〈中国新文学史稿〉批判》，人民文学出版社1958年版，第11页。

[②] 同上书，第32页。

[③] 同上书，第34—35页。

[④] 王宏志：《文学史里的"新月派"》，载陈平原、陈国球主编《文学史》第1辑，北京大学出版社1993年版，第332页。

温儒敏先生也在分析王瑶的新文学史稿时说："当政治判断强行取替文学分析时,这种政治化的文学史思维会遮蔽一些东西,比如那些非主流的文学现象,以及文体创造、语言媒介、对世界与自我的体验方式,还有其他各种审美因素。"① 事实上,自王瑶《史稿》上册出版后所遭到一连串的批评结果之一就是"新月派"在新文学史叙述中,最终以被扭曲了的形象出场。就王瑶主观看,他是极力要以毛泽东文艺思想作为他新文学史叙述的潜在基础;可事实上,他文学史叙述中对文学本体的注重与主流意识形态发生了张力,这实际是他文学史叙述的"个人"风格与时代"集体"话语产生了紧张与背离。因此,他的文学史一经面世,就受到批评、批判,甚至是"炮轰",而著者不得不对该史稿进行修订,直至要求出版社停止出版。

从王瑶《史稿》出版后经历的学者们的"批评",到著者的"修订",再到对著者的"批判",由此可看出当时行政手段的介入,甚至非专业化的"学生"参与,由此也可看出政治意识形态在文学史叙述的渗透、干预过程。应该说,王瑶《史稿》作为新中国成立初期一部开拓性新文学史著作,无论是用毛泽东文学史观对新文学史叙述的尝试,还是文学史叙述模式的探索,结构、体例的安排,作家作品的叙述,资料的收集与运用,等等,这在 20 世纪 50 年代新文学史叙述中,以及作为"中国现代文学"学科的奠定等,都有其独特的价值与意义。但这是一部不合时宜的新文学史,虽然它有"填补空白"的作用。② 它出版后所遭受的一系列坎坷的命运,折射出"中国现代文学"学科自奠定开始所经历的风风雨雨。

---

① 温儒敏等:《中国现当代文学学科概要》,北京大学出版社 2005 年版,第 79 页。
② 参见王瑶《修订小记》,《中国新文学史稿》上册,上海新文艺出版社 1953 年版,第 5 页。

第三章

主流意识形态与新文学史叙述的"现代"转型

1957年《中国文学史教学大纲》颁布后，出现了一个重要现象，就是"中国新文学史"都被命名为"中国现代文学史"。这种由"新"转变为"现代"不仅仅是命名上的表层差异，它实际蕴含了政治意识形态对文学史叙述的渗透，文学"本体"审美意识从文学史中被剔除。与王瑶《中国新文学史稿》不同，丁易的文学史开始称为《中国现代文学史略》，刘绶松20世纪50年代末期在武汉大学讲授新文学史时也把他的《中国新文学史初稿》改为《中国现代文学史讲义》[①]，他们的文学史代表了由"新"转向"现代"的具体范式。这种"现代"转型蕴含了特定时期政治意识形态怎样渗透于新文学史叙述中。

第一节 "中国现代文学史"的"现代"内涵

20世纪50年代逐渐形成的文学史叙述模式在教育体制，以及文艺界整风运动与思想改造运动中得到了进一步的强化与巩固。这使新文学史叙述的性质发生了明显变化，它进一步推动了"新文学史"的"现代"转型。在王瑶《中国新文学史稿》之后，出现了蔡仪的《中国新文学史讲话》，50年代中期，作家出版社又相继推出了张毕来的《新文学史纲》（第1卷）、刘绶松的《中国新文学史初稿》、丁易的《中国现代文学史略》。他们虽是50年代新文学史的"个人叙述"，但他们"个人"的声音

---

① 《修订再版书后》，载刘绶松《中国新文学史初稿》下册，人民文学出版社1979年版，第727页。

已被"时代"主旋律所湮没。蔡仪的《中国新文学史讲话》是剔除作家、作品的文学史，张毕来的《新文学史纲》所叙述的只是从文学革命开始到 20 年代末期这一时间段新文学的历史，是一部不完整的文学史，这是他们"个人叙述"与"时代主旋律"本身就存在难以弥合的分裂、矛盾而难以为继。相对而言，丁易、刘绶松的文学史是最系统、最完整的文学史。但细读文学史文本，政治主流意识形态成了支配他们文学史绝对的主导力量，而文学的"本体"特征则被抽出。

"现代"为英语中的 Modern，它成为一段历史时期最时髦而又最纠缠不清的术语。马泰·卡林内斯库曾说，作为历史划分术语的"现代"始于文艺复兴早期西方历史三时代的划分：古代、中世纪和现代，"古典时代和灿烂的光明联系在一起，中世纪成为浑如长夜、湮没无闻的'黑暗时代'，现代则被想象为从黑暗中脱身而出的时代，一个觉醒与'复兴'、预示着光明未来的时代"。① 在此，"现代"是与"黑暗中世纪"相对的，有光明、进步、充满希望的含义。王瑶先生在论及"五四"文学革命作为现代文学的开端时曾说：

> "五四"文学革命也是这样，它的主要精神如果用一句话来概括，就是要求用现代人的语言来表现现代人的思想感情；现代人的语言就是白话文，现代人思想感情的内容就是民主、科学以及稍后的社会主义。它实质上是中国人民要求现代化的历史性愿望和情绪在文学上的反映。无疑，它是先于历史本身的进程的。②

显然，王瑶先生把"五四"作为现代文学的起点，是自"五四"开始，中国现代文学就表现出与传统文学本质差异的"现代质"。中国现代文学的"现代"内涵，一是指"时间"，二是指"现代文学"所表现的"现代质"，如钱理群等的《中国现代文学三十年》就把整个"现代文学"放入"20 世纪中国文学"这一时间段，既注重"20 世纪中国文学"这一整体时代背景，同时又着重强调其"现代性"的追求。该著

---

① [美] 马泰·卡林内斯库：《现代性的五副面孔》，顾爱彬、李瑞华译，商务印书馆 2002 年版，第 25—26 页。
② 《王瑶全集》第 5 卷，河北教育出版社 2000 年版，第 52—53 页。

《前言》部分即指出："本书的历史叙述中，'现代文学'同时还是一个揭示这一时期文学的'现代'性质的概念。所谓'现代文学'，即是'用现代文学语言与文学形式，表达现代中国人的思想、感情、心理的文学'。"①

在此无意纠缠于"现代性"这一术语本身所带有的复杂内涵，但必须明确，自50年代中期，在特定历史时期意识形态运作下"新文学史"由"新"转为"现代"的独特含义。要搞清楚其"现代"含义，首先必须明确一般指称的"中国现代文学"作为特定历史时期的内涵与外延。根据文学自然的历史发展：人们一般把中国文学的历史概括为："古代文学"→"近代文学"→"现代文学"→"当代文学"。因此，人们一般把上古文学至晚清鸦片战争这段时期（上古—1840）的文学称为古代文学；自鸦片战争到新文学革命这段时期（1840—1917）的文学称为"近代文学"；而把新文学革命到第一次文代会这段时期（1917—1949）的文学称为"现代文学"；而把第一次文代会（1949—　）以来的文学发展称为"当代文学"。因此，如果仅就时间的角度看，"中国现代文学"的称谓具有较广泛的内涵：它不仅仅包括对于传统文学革命而产生的"新文学"，还包括该时间段存在的其他文学样式，即被"新文学"否定的通俗文学，如民国旧派小说、鸳鸯蝴蝶派、古典诗词、民间文学、相对于汉族而言的少数民族文学等。如果就此角度而言，"中国现代文学"具有较广泛的内涵与外延，它宽泛于一般"新文学"的称谓。而此处指称的"中国现代文学"所代表的"现代"，更有特定的含义。除在教育体制下"中国当代文学"在意识形态话语运作下的逐渐生长外，"中国现代文学"也在教育体制运作下被确立。因此，"中国现代文学"的"现代"有强烈的"政治意识形态"含义，如果"当代文学"指称"社会主义"性质的文学，那么"现代文学"则指称"新民主主义"性质的文学。事实上，除以上基本内涵外，还包括"中国现代文学"学科建构中与特定的政治语境相联系而表现出的"趋时性"，政治主流意识形态对文学史叙述的渗透、规范、干预，即"中国现代文学史"的建构成了特定历史政治语境下为"现实"服务的政治工具。这一理论前提的根本是："一切文化或文学艺术都是属于一定的阶级，属于一定的政治路线的。……无产阶级的文

---

① 钱理群等：《中国现代文学三十年》，北京大学出版社1998年版，前言第1页。

学艺术是无产阶级整个革命事业的一部分，如同列宁所说，是整个革命机器中的'齿轮和螺丝钉'。……是服从党在一定革命时期内所规定的革命任务的。"① 既然文艺从属于一定的阶级、一定的政治，并服务于一定时期的政治路线与任务，而新文学史叙述理所当然也应从属于新中国新的阶级、新的政治，并服务于特定时期新的政治路线。因此，20 世纪 50 年代以来的"中国现代文学史"建构仅仅以毛泽东文艺思想作为理论基础还不够，还必须把特定历史时期的政治路线，文艺的各种方针、政策作为中国现代文学史建构的根据，这就是"中国现代文学史"所表现的"现代"内涵。

因此，在"中国现代文学"学科形成中，在意识形态运作下，它会把不符合特定历史时期主流意识形态的文学史事件驱逐出文学史之外。自 50 年代中期"中国现代文学"作为一门学科正式成立以来，其内涵与外延是越来越狭窄。文学史叙述变成特定历史时期的政治工具，最后，中国现代文学史变成"文艺思想斗争史"。严家炎先生就指出：

> 建国以来，曾出版过多种《中国现代文学史》，这些著作名为"中国"，却只讲汉族，不讲少数民族；名为"现代文学"，实际上只讲新文学，不讲这个阶段同时存在着的旧文学，不讲鸳鸯蝴蝶派的文学，也不讲国民党御用文学，即使在新文学中，资产阶级文学讲得也很少；名为"文学史"，实际上偏重讲的是作品的思想内容，文学本身包括体裁的变迁、风格流派的演变等讲得很少，至于"史"的发展脉络，文化上和文学上的种种历史联系，以及文学的发展规律、经验，几乎绝少触及。②

因此，形成于 50 年代中后期的"中国现代文学"所具有的"现代"内涵与外延，它既不同于以时间观照的"中国现代文学"，更不同于具有"现代性"的现代文学，也不同于相对于传统古典文学而言的"新文学"。

"中国现代文学"学科的确立有一个重要的"现代"转型过程。50

---

① 《毛泽东选集》，人民出版社 1964 年版，第 822 页。
② 严家炎：《求实集——中国现代文学论集》，北京大学出版社 1983 年版，第 1 页。

年代，蔡仪、张毕来、丁易、刘绶松所写的文学史，都已表现出不同于王瑶的《中国新文学史稿》，他们的文学史虽多命名为"新文学史"，但这些文学史已经表现出"新文学"的"现代"转型。张毕来在他的文学史中开始即说："新文化和作为新文化一部分的新文学的一部分的新文学，都是当时的新的政治力量和经济力量在观念形态上的反映；因此，'五四'之前和'五四'之后的新文学运动的根本特征，跟当时的新文化运动的根本特征是一致的。新文学从内容到形式，都大大地为当时的新文化思想（社会观点、政治观点、道德观点以及艺术观点，等等）的一般特征所规定。"① 这种政治思维模式更体现在他对新文学的根本理解上，他认为，对于这一时期文化思想发展过程的正确理解，必须特别注意四个关键问题：

一，马克思主义传入之前的文化运动中的指导思想的阶级本质是什么？我们说，不管其中有着如何激进的思想以及各种貌似社会主义的思想，就本质论，它仍未超出资产阶级思想体系的范围。二，马克思主义何时、如何传到中国，它在文化思想界发生作用的情况如何？我们说，严格地说，马克思主义是在十月革命之后，在一九一八年，才传入中国。传入中国之后，它马上在文化思想界起了推动作用，使文化运动的反帝、反封建的坚决性和彻底性增大。三，五四文化运动的本质是什么？我们说，五四文化运动是无产阶级世界文化运动的一个组成部分，是新民主主义性质的革命运动。四，五四运动之后的两个潮流的本质是什么，它们的发展情况如何？我们说，一个是资产阶级的形式主义，一个是马克思主义。同时，它们之间就展开了两条路线的激烈斗争。对这四个关键问题的正确理解跟我们研究中国新文学史有着极其密切的关系。我们不能正确的理解它们，就一定不能理解新文学史的根本问题。②

从以上叙述可看出，张毕来已自觉地将马克思主义、毛泽东文艺思想作为新文学史叙述的理论基础，而丁易、刘绶松的文学史建构则走得更

---

① 张毕来：《新文学史纲》第1卷，作家出版社1955年版，第1页。
② 同上书，第9—10页。

远，他们的文学史建构更与20世纪50年代特定政治语境相融合，从他们的文学史建构中可看出著者文学史观"现代"转型的敏感。无论是文学史建构的理论基础，文学与政治关系的理解，还是文学史的体例与结构都已不同于王瑶的新文学史著。温儒敏先生曾说："丁易的文学史写作更具有50年代典型的时代特征。现代文学这个学科'趋时'的品格，在丁易这里有充分的体现。和王瑶、张毕来的文学史写作比较，这位文学史家更注重如何在写作中保证政治上的正确和'理论显示度'，他的《中国现代文学史略》所受'苏联模式'的影响也最为明显。"[①] 温儒敏先生的论述即是指丁易文学史的"现代"表现，即毛泽东文艺思想成为他文学史建构的理论基础，并把毛泽东文艺思想自觉灌注在具体的文学史事件中。此外，他的文学史建构更能与当时的政治语境相联系，比如当时学习苏联，苏联文学史叙述模式的采用，"社会主义现实主义"话语在文学史中自觉地体现，等等。该著是50年代最先冠以"现代"之名的文学史，一直到80年代，它都是流传海外唯一翻译为外文的现代文学史[②]，由此可见其广泛影响。

丁易的文学史开始即为"绪论"部分，毛泽东《新民主主义论》是他文学史叙述的理论根据。他说："一定的文化是一定社会的政治与经济在观念形态上的反映。文化是服务于政治的，并且是替政治服务的。……所以在内容和形式上都以一种新的面貌出现的中国现代文学革命运动，也就是一般人习惯称为的新文学运动恰恰发生在'五四'前夕，成为当时新文化运动的主要旗帜，就是由于新民主主义革命的要求，并且服从于这一要求，而为这要求所规定。"这实际是他文学史的"现代"内涵。他认为中国现代文学运动与中国革命联系紧密，"中国现代文学运动是和新民主主义革命运动分不开的，并且血肉相连而成为新民主主义革命运动的一部分。这两者之间的关系，简单地说来就是：现代文学运动是为革命运动所规定，但同时它又对革命运动起了一定的影响和推动作用"[③]。他叙述了从五四运动直到第一次文代会为止新文学与中国新民主主义革命的关系，即新文学怎样服务于各个时代的使命，并怎样推动一次次革

[①] 温儒敏等：《中国现当代文学学科概要》，北京大学出版社2005年版，第95页。
[②] 参见《唐弢文集》第9卷，社会科学文献出版社1995年版，第374页。
[③] 丁易：《中国现代文学史略》，作家出版社1955年版，第2页。

命运动,他说:"文学革命运动发生以后,对五四革命运动又起了推动作用。……而通过五四运动,又扩大了这个文学革命运动。"他以这种逻辑也叙述了左翼文学、抗日战争时期的文学等,并对现代文学给予如下结论:"它为革命运动所规定,又对革命运动起了推动作用。"① 这种文艺与革命的关系,典型地体现了毛泽东文艺精神:"文艺是从属于政治的,但又反转来给予伟大的影响于政治。"② 根据毛泽东有关新民主主义的论述,他认为新文学的性质是:"无产阶级领导的,统一战线的,人民大众的,反对帝国主义,反对封建主义,反对官僚资本主义的革命。"③ 应该说,这种对新文学性质的论述并不比王瑶的《中国新文学史稿》高明多少,最关键的是丁易能将毛泽东文艺思想较完满地融合于文学史具体叙述线索中。在他看来,既然五四新文化运动是无产阶级领导的,现代文学运动是新文化运动最主要的一环,所以现代文学运动必然也是无产阶级领导的。这个领导在其开始主要表现在无产阶级革命的思想领导,李大钊、鲁迅就在这时起了极大的影响和作用。而在1921年中国共产党成立以后,无产阶级思想的领导更为明显。

为强调毛泽东《新民主主义论》在现代文学史上的重要性,他还以三页的篇幅将毛泽东的《新民主主义论》写入现代文学史。④ 他说:"一九四〇年一月,毛泽东同志发表了他的天才著作《新民主主义论》,这是毛泽东同志把马克思列宁主义的普遍真理和中国革命的具体实践结合起来的光辉的典范著作之一。"⑤ 他在具体叙述了新民主主义文化性质、新民主主义文化的领导、新民主主义文化的统一战线之后,指出《新民主主义论》对中国现代文学的影响。他说:"毛泽东同志这些指示,实质上也就是对于中国现代文学前途方向的指示。"⑥ 他更以近27页的篇幅来叙述毛泽东《在延安文艺座谈会上的讲话》⑦,并指出该文献在中国文学史上

---

① 丁易:《中国现代文学史略》,作家出版社1955年版,第3页。
② 《毛泽东选集》,人民出版社1964年版,第823页。
③ 丁易:《中国现代文学史略》,作家出版社1955年版,第4页。
④ 据现存的现代文学史资料显示,这是一本唯一以单节独立形式把毛泽东《新民主主义论》写入文学史的著作。
⑤ 丁易:《中国现代文学史略》,作家出版社1955年版,第123页。
⑥ 同上书,第126页。
⑦ 全书共456页,文艺运动与思潮占175页,对毛泽东"讲话"的阐释就占文艺运动与文艺思潮篇幅的15.4%。

的重要意义。在他看来,毛泽东"讲话"的伟大意义并不仅限于它对文学直接所作的贡献,而是运用马克思列宁主义来解决中国革命实际问题的杰出范例;毛泽东"讲话"对于文艺方面来说,是中国人民革命文艺运动的战斗纲领,它指出了中国革命文艺发展的正确方向——工农兵方向,它指示革命的文艺工作者必须确立共产主义世界观、人生观和艺术观,必须坚决进行思想改造,掌握正确的思想方法和创作方法,努力使文艺真正地和工农群众相结合,和群众的阶级斗争相结合。在他看来,"讲话"所确立的工农兵方向,把现代文学推进到一个新的历史阶段,"它在文学事业上所引起的变革,较之'五四'时期更为伟大、更为深刻"。"文艺必须为工农兵服务,从根本关键上解决了文艺与广大人民结合的任务,这是'五四'以来一直企图解决而没有解决的任务"。[①] 在该文学史结尾一章,他以"毛泽东文艺路线的伟大胜利"命名。在他看来,通过第一次文代会,毛泽东文艺思想得到进一步巩固与确立:

> 从这以后,毛泽东同志的《在延安文艺座谈会上的讲话》成了新中国文艺运动的战斗共同纲领,毛泽东文艺思想在全国知识分子中有了极度广泛的传播和学习,并成为他们行动的指针。在这个伟大的思想指导之下,新中国的人民文艺运动就走上了一个新的光辉的阶段。毫无疑义,在这个新的阶段上,由于全国文艺工作者为贯彻毛泽东文艺路线而努力奋斗,中国的社会主义现实主义文学必将得到更大的发展和成就,中国文艺必将放射出空前未有的万丈光芒。[②]

如果说王瑶的《中国新文学史稿》还仅仅是毛泽东文艺思想在新文学史叙述的尝试,因此,他未能将毛泽东文艺思想渗透于文学史的具体叙述中,而从丁易开始,毛泽东文艺思想很好地成为他文学史观的理论基础,并将此渗透融合于整个文学史叙述中。

刘绶松的《中国新文学史初稿》虽然命名为"新文学史",但也显然不同于王瑶的《中国新文学史稿》,而体现最多的还是"现代文学史"的"现代"内涵。该文学史也是他20世纪50年代初期在高校讲授中国新文

---

① 丁易:《中国现代文学史略》,作家出版社1955年版,第164—165页。
② 同上书,第456页。

学史的讲稿，相对于王瑶、丁易的文学史，他更能将毛泽东文艺思想提升为明确的政治立场，并与当时的政治形势紧密结合起来。他说："一九四二年《在延安文艺座谈会上的讲话》的发表使得我们整理和研究新文学历史的工作有了极其明确的理论指导。"① 以上这句话在该文学史的修订稿中被改为："一九四〇年毛泽东同志的伟大论著《新民主主义论》的发表和一九四二年《在延安文艺座谈会上的讲话》的发表使得我们整理和研究新文学历史的工作有了极其明确的理论指导。"② 由此可见该文学史对毛泽东文艺思想的注重，且更强调文学史叙述服务于当时政治的"趋时"特征，在文学史叙述中多用阶级分析，强调文学史上的阶级斗争，这些可明显看出当时的政治情势在他文学史叙述中的折射。该文学史开始即说：

> 在阶级社会的任何时代里被写下来的历史书籍，都是一定阶级给予过去时代的社会制度、社会生活和社会思想的一种叙述、解释和总结，里面强烈地贯穿着这一阶级对待问题和处理问题的立场、观点和方法，具现着这一阶级在这一时代的特定的、具体的历史要求：维护什么和反对什么。毫无问题，在任何时代被写下来的历史书籍都是阶级斗争的产物，都是为某一阶级的经济利益和政治利益服务的。③

由此可看出，他写作的文学史具有强烈的"趋时"的政治功利。而他采用的文学史方法："运用科学的马克思列宁主义的观点和方法来从事于中国新文学运动历史的研究和探讨"④，且毫不隐讳他的主观意图："我们的新文学史必须达到这样一个目的：廓清一切蒙蔽文学历史真实的谬论邪说，阐明文学历史的发展规律，使中国新文学运动的产生、发展和它在中国革命运动中所起的巨大作用——这些真实的历史事实，能够毫不走样地呈现在读者的面前。"⑤ 而他实际要廓清的是周作人、胡适等的新文学历史观，

---

① 刘绶松：《中国新文学史初稿》上卷，作家出版社1956年版，第3页。
② 刘绶松：《中国新文学史初稿》上册，人民文学出版社1979年版，第3页。
③ 刘绶松：《中国新文学史初稿》上卷，作家出版社1956年版，第1页。
④ 同上书，第2页。
⑤ 同上书，第3页。

而最终目的也就是要解构胡适、周作人等在新文学史上的历史地位。

以上叙述可看出，丁易、刘绶松显然比王瑶走得更远，他们在文学史叙述中将毛泽东思想渗透于文学史叙述的同时，并把文学史叙述尽量与当时的政治语境融合在一起，并把文学史叙述纳入特定时期为现实政治服务的轨道。强调文学从属并服务于政治，强调文学的阶级分析、阶级斗争，以及新文学的"社会主义现实主义"因素等，这都是与20世纪50年代初的政治情势相一致的，这正是丁易、刘绶松文学史叙述的"现代"表现。

相比较而言，丁易、刘绶松以毛泽东思想作为他们文学史叙述的潜在理论基础在表层上与王瑶的新文学史叙述似乎较为类似，但仔细阅读他们文学史文本可发现，王瑶在新文学史的叙述中相对于丁易与刘绶松要谨慎、拘谨得多。他并没有像丁易、刘绶松等那样断章取义，在考虑毛泽东思想与新文学的密切关系时还注意了文学史的客观真实。他说："一切企图用资本主义社会文艺思潮的移植，或严格的无产阶级的社会主义文学内容来作概括说明的，都必然会犯错误。"[①] 在他看来，新文学的统一战线包括各民主阶级的成分。在"五四"以后，"随着中国革命的进展和社会的急剧变化，很多作家都经过了思想上的进步和转变；由激进的民主主义进入马列主义思想的，由小资产阶级知识分子而和工农结合的，这些进展也同样表现在他们的作品中，因此常常有同一作家而前后作风迥殊的现象"。这是新文学历史的客观真实，"如果片面的，就作家的出身或某一部作品来指定他的阶级属性，是很危险的事情"[②]。因此，王瑶的新文学史叙述并未像丁易、刘绶松那样把"社会主义现实主义"融入在新文学史叙述中，也未用"阶级分析"来评判文学史事件，分析文学史现象，以及作家、作品等，并能较客观地评价作家前、后的历史地位，并注重其文学的"审美"价值等，这些在今天看来相当有价值的文学史建构原则在当时却被看成不"现代"，即王瑶文学史叙述没能与当时政治语境联系起来，更没考虑当时中国文坛已发生了翻天覆地的变化，这是他文学史一出版即遭批评的重要原因。

---

① 王瑶：《中国新文学史稿》上册，开明书店1951年版，第5页。
② 同上书，第8—9页。

第二节 "社会主义现实主义"与现代文学的历史建构

"社会主义现实主义"怎样参与到文学史叙述中,是新文学史叙述"现代"转型的具体实例。新中国成立初,毛泽东文艺思想是王瑶、蔡仪、丁易、刘绶松等新文学史叙述的潜在理论基础,而不同于王瑶、蔡仪的文学史,"社会主义现实主义"开始成为张毕来、丁易、刘绶松等文学史叙述的潜在基础,这也是他们文学史"现代"转型的又一重要表现。温儒敏先生在评价丁易的文学史时说:"'社会主义现实主义'在1950年代是理所当然的革命理论与方法,是从'苏联老大哥'那边传入的正统的理论模式,政治上又是代表'先进'的,所以,用来结构文学史也就显得前卫、明快、受欢迎。"[①] 中国新文学的诞生、发展都与西方及俄国文学的影响紧密联系在一起,这是新文学历史的客观现实,但"中国现代文学史"的建构与"苏联模式"的影响、纠缠则是它注定的宿命。

"社会主义现实主义"作为一种文学观念带有强烈的政治意识形态性,它在20世纪50年代初的中国更成了一权力话语。它最先是在1932—1934年苏联文艺界关于创作方法问题讨论过程中,由作家和理论家提出,经斯大林同意后,并在1934年9月由苏联第一次作家代表大会通过,1935年11月17日苏联人民委员批准而写入苏联作家协会章程中。它的基本内容为:"社会主义现实主义,作为苏联文学与苏联文学批评的基本方法,要求艺术家从现实的革命发展中真实地、历史具体地去描写现实;同时,艺术描写的真实性和历史具体性必须与用社会主义精神从思想上改造和教育劳动人民的任务结合起来。"[②]

一 "社会主义现实主义"话语的形成

"社会主义现实主义"作为一种文学观念虽然在20世纪30年代中期就渐渐传入中国,但正如毛泽东所言,中国革命的历史进程,必须分为两

[①] 温儒敏等:《中国现当代文学学科概要》,北京大学出版社2005年版,第98页。
[②] 《苏联作家协会章程——1934年9月1日第一次苏联作家代表大会通过,1935年11月17日苏联人民委员批准》,见《苏联文学艺术问题》,曹葆华等译,人民文学出版社1953年版,第13页。

步，第一步是民主主义的革命，第二步是社会主义的革命，这是性质不同的两个革命过程。① 由于当时中国文坛没能提供其客观生存的现实语境，因此，它在当时并没有引起多大反响。当历史进入 20 世纪 50 年代，特别是新中国进入社会主义过渡时期，"社会主义现实主义"也就生逢其时了。1953 年 6 月 15 日，毛泽东在中央政治局会议上正式提出过渡时期的总路线。为实施这一决策，国家动员了一切力量，文学成了这一决策的服务者。第二次文代会就是为配合该决策而召开的，而"社会主义现实主义"就是在该会上被正式提出的。

"社会主义现实主义"提倡者中最热情的是周扬，早在 30 年代初期就有人署名森堡在《现代》杂志上翻译了苏联华希里科夫斯基《社会主义的现实主义论》一文②，而周扬就写了《关于"社会主义的现实主义与革命的浪漫主义"——"唯物辩证法的创作方法"之否定》一文。③ 正如上面叙述，由于"社会主义现实主义"在当时中国的客观语境还不成熟，相关提倡文章并没引起多大反响。而新中国成立后，这一客观语境已渐渐成熟，周扬在 1951 年 5 月 12 日在中央文学研究所的讲演中就强调说："我们必须向外国学习，特别是向苏联学习，社会主义现实主义的文学艺术是中国人民和广大知识青年的最有益的精神食粮，我们今后还要加强翻译介绍的工作。"④ 在纪念毛泽东延安文艺座谈会讲话的文章中，周扬指出："在我们国家的政治、社会、经济的生活各方面既已产生了具有决定作用的社会主义因素，我们的以先进思想武装起来的文艺就应努力将这些生活中新的因素真实地、突出地反映出来，借以用社会主义和共产主义的精神去教育工人、农民及其他劳动群众。革命的艺术的新方法——社会主义现实主义应当成为我们创作方法的最高准绳。"⑤ 而在 1952 年为苏

---

① 参见《毛泽东选集》，人民出版社 1964 年版，第 626 页。
② 参见 [苏] 华希里科夫斯基《社会主义的现实主义论》，森堡译，《现代》第 3 卷第 6 期，1933 年 10 月。
③ 参见周扬《关于"社会主义的现实主义与革命的浪漫主义"——"唯物辩证法的创作方法"之否定》，《现代》第 4 卷第 1 期，1933 年 11 月。
④ 周扬：《坚决贯彻毛泽东文艺路线》，《人民日报》1951 年 6 月 27 日。
⑤ 周扬：《毛泽东同志〈在延安文艺座谈会上的讲话〉发表十周年》，《人民日报》1952 年 5 月 26 日。

联文学杂志写的《社会主义现实主义——中国文学前进的道路》① 一文则预示"社会主义现实主义"将正式登场,周扬在该文中极力强调:"苏联文学的强大力量就在于:它是站在共产主义思想的立场上来观察和表现生活,善于把今天的现实和明天的理想结合起来,换句话说,它的力量就在社会主义现实主义的方法。"他还进一步说:"社会主义现实主义,现在已成为全世界一切进步作家的旗帜,中国人民的文学正在这个旗帜之下前进。正如中国新民主主义革命是无产阶级社会主义世界革命的组成部分一样,中国人民的文学也是世界社会主义现实主义文学的组成部分。"② 在中国政治革命上"走俄国人的路",带来了社会主义革命的成功,而文学艺术也理应如此,走社会主义现实主义的路。

在第二次全国文学艺术工作者代表大会上,周扬认为:"社会主义现实主义应当成为指导和鼓舞作家、艺术家前进的力量。"③ 在他后来的文章中对社会主义现实主义更有很好的说明:"从'五四'开始的人民文学艺术运动,正以空前广大的规模,沿着为工农兵群众服务的方向和社会主义现实主义的创作原则而向前发展着。"④ 茅盾在这次代表大会上说,无论哪一部门的工作、哪一方面的战线都应该为完成国家社会主义工业化和社会主义改造这个总的政治任务而斗争:"要实践这样的任务,那么我们的文学就首先不能不是以社会主义思想为内容的文学,我们的作家就不能不是社会主义者或努力把自己改造成为社会主义者。""由于这样,每个作家就必须严格地要求自己遵照社会主义现实主义的创作方法进行工作,必须严格要求自己更好地学习社会主义现实主义,要求自己成为马克思列宁主义的好学生。"⑤ 在这次大会上,邵荃麟也明确指出:"作为思想战线上重要一翼的文学,在这个社会主义改造的过渡时期中的基本任务,就是要以文学艺术的方法来促进人民生活中社会主义因素的发展,反对一切阻

---

① 人民日报编者按,这篇文章是周扬同志为苏联文学杂志《旗帜》写的,载于该杂志1952年12月号。
② 周扬:《社会主义现实主义——中国文学前进的道路》,《新华月报》1953年第2期。
③ 周扬:《为创造更多的优秀的文学艺术作品而奋斗——一九五三年九月二十四日在中国文学艺术工作者第二次代表大会上的报告》,《人民日报》1953年10月9日。
④ 周扬:《发扬"五四"文学革命的战斗传统》,《新华月报》1954年第6期。
⑤ 茅盾:《新的现实和新的任务——在中国文学工作者第二次代表大会上的报告》,《文艺报》1953年19号。

碍历史前进的力量，帮助社会主义基础的逐步增强和巩固，帮助社会主义改造事业的逐步完成。""我们的文学要服务于社会主义的改造事业，我们必须进一步发展社会主义现实主义的方法。"①

在此语境下，新文学的历史将被重新评估。在第二次文代会上，在周恩来总理的重要报告中，就提出了关于对"五四"以来中国文学历史的重新估价问题，这对当时的文艺工作者在理解新文学史和当时社会主义现实主义创作方法有重大指导意义。② 在他们看来，社会主义现实主义并非毫无根据，它在新文学历史中实际已具有深远传统。比如，茅盾认为："事实上，社会主义现实主义在我国文学上并不是一个新的问题，'五四'以来中国革命的文学运动，就是在工人阶级思想领导下沿着社会主义现实主义的方向发展过来的。特别是一九四二年毛主席在延安文艺座谈会讲话以后，更明确地奠定了中国文学上社会主义现实主义的理论基础，因而把'五四'以来的工人阶级领导的中国文学运动推进到一个新阶段。"③ 郭沫若也指出："自一九四二年毛主席的《在延安文艺座谈会上的讲话》发表以后，我们的文学艺术工作便有了一个明确的社会主义现实主义的基本方向。凡是遵照着这个方向，决心为工农兵服务，虚心学习马克思列宁主义，投身于火热的生活斗争中，努力发掘文艺矿藏的工作者，都有了相应的卓越的成绩。"④ 周扬说，对于一切真正愿意进步、愿意学习的作家、艺术家，社会主义现实主义都是能够领会与接受的，它并不是什么高不可及的、神秘的东西：

> 毛泽东同志早在《延安文艺座谈会上的讲话》就曾指出工人阶级的作家应当以社会主义现实主义作为创作方法。从"五四"开始的新文艺运动就是朝着这个方向前进的，这个运动的光辉旗手鲁迅就是伟大的革命的现实主义者，在他后来的创造活动中更成为社会主义现实主义的伟大先驱者和代表者。……《在延安文艺座谈会上的讲

---

① 邵荃麟：《沿着社会主义现实主义的方向前进——在中国文学艺术工作者第二次代表大会上的总结发言》，《人民文学》1953年第11期。
② 同上。
③ 茅盾：《新的现实和新的任务——在中国文学工作者第二次代表大会上的报告》，《文艺报》1953年第19号。
④ 郭沫若：《中国文学艺术工作者第二次代表大会开幕词》，《文艺报》1953年第19号。

话》以后，我们的社会主义现实主义的文学艺术，就在毛泽东的文艺方针的指导下，在"五四"革命传统的基础上，取得了进一步的发展和新的巨大成就。①

在这次大会中，邵荃麟也介绍了"五四"新文学社会主义现实主义的历史，他具体叙述了新文学运动历史发展过程中"社会主义现实主义"的发展。他阐述了"五四"新文学运动的新民主主义性质以及工人阶级对新民主主义革命的领导，认为工人阶级领导的人民革命要求和创作上现实主义的要求相结合，这就构成了"社会主义现实主义"的倾向。五四运动、十月社会主义革命的影响，使"五四"新文学开始产生了"社会主义现实主义"因素，他还以鲁迅的文学道路以及在他影响下的左翼作家来说明"社会主义现实主义"的发展。在他看来，由于鲁迅对于人民、对于生活、对于历史的高度忠实，使他后来成为共产主义者，并成为中国最伟大的"社会主义现实主义"作家。同时，在鲁迅的领导与影响下，越来越多的革命作家向"社会主义现实主义"方向前进。而毛泽东在延安文艺座谈会上讲话后，"中国社会主义现实主义文学有了更大的发展"。②

二 "社会主义现实主义"的文学史建构

"社会主义现实主义"的提出，以及对新文学的重新估价，影响到1953年后新文学的历史叙述。在20世纪50年代中期出现的现代文学史，"社会主义现实主义"话语成为其叙述的潜在基础。"社会主义现实主义"最先出现在张毕来的文学史叙述中，比如对鲁迅的评价："当时的（指五四前夕）一些作品，尤其是鲁迅的作品，其革命性已高出过去的现实主义作品的水平，我们不能不以'富于革命性的批判的现实主义'作品称之，以与旧的现实主义区别，因为它基本上已经是属于社会主义现实主义范畴的创作方法了。"③ 他还进一步说："鲁迅的批判的现实主义，有着社

---

① 周扬：《为创造更多的优秀的文学艺术作品而奋斗——一九五三年九月二十四日在中国文学艺术工作者第二次代表大会上的报告》，《人民日报》1953年10月9日。
② 邵荃麟：《沿着社会主义现实主义的方向前进——在中国文学艺术工作者第二次代表大会上的总结发言》，《人民文学》1953年第11期。
③ 张毕来：《新文学史纲》第1卷，作家出版社1955年版，第27页。

会主义现实主义的个别因素，是过去的现实主义的发展和提高，是中国新文学的宝贵传统，是中国新文学中的社会主义现实主义文学方法的滥觞。而鲁迅本人也是从此出发后来终于变成完全的社会主义现实主义作家的。"①

受第二次文代会"社会主义现实主义"话语以及重新评价新文学历史的规范，成为丁易现代文学史建构的自觉追求。他曾撰文强调"社会主义现实主义"在中国现代文学的历史发展②，他说："中国现代文学，从'五四'发展到现在，它的主潮一直是现实主义，并且是朝着社会主义现实主义方向发展的。社会主义现实主义的方向，是'五四'以来中国文学运动的基本方向。"③ 他引毛泽东《新民主主义论》中的观点："新民主主义的政治、经济、文化，由于其都是无产阶级领导的缘故，就都具有社会主义的因素，并且不是普通的因素，而是起决定作用的因素。"又说："我们在政治上经济上有社会主义的因素，反映到我们的国民文化也有社会主义的因素。"他由此得出结论："中国现代文学运动是'五四'以来新文化运动最主要的一面，是中国新民主主义革命的一部分，因此，'五四'以来的进步文学在思想内容上也就必然具有社会主义因素，而在创作方法上也就必然是向着社会主义现实主义方向前进的。"④ 他认为，新民主主义革命规定了领导这次革命的是新兴的无产阶级；在文学上只能是在无产阶级思想领导之下的人民大众的文学。因此，"无产阶级领导的人民革命的要求和创作上现实主义的要求相结合，这就构成了社会主义现实主义的倾向。正由于这样，就使'五四'时期中国文学中开始产生了社会主义现实主义因素；也正由于这样，就决定了中国现代文学的发展只有沿着社会主义现实主义的方向前进，而不可能有其他方向"。⑤ 在他的文学史著中，社会主义现实主义的文学是从萌芽而随着革命的发展而逐渐成长起来的，且在中国新文学的发展过程中逐渐兴盛与壮大。

---

① 张毕来：《新文学史纲》第1卷，作家出版社1955年版，第48页。
② 参见丁易《中国现代文学的社会主义现实主义方向的历史发展》，《光明日报》1953年10月29日。
③ 丁易：《中国现代文学史略》，作家出版社1955年版，第10—11页。
④ 同上书，第12页。
⑤ 同上书，第13页。

社会主义现实主义也是刘绶松文学史叙述的主导力量。他说,出版《中国新文学史初稿》的宗旨"仅仅是想给读者提供一点了解我国社会主义现实主义文学发生和发展的历史的参考资料"①,由此可见著者的主观意图。他也以毛泽东《新民主主义论》来论证他的观点,说:"中国的新民主主义革命既然为无产阶级所领导,属于世界社会主义革命的一部分,则'新民主主义的政治、经济、文化,由于其都是无产阶级领导的缘故,就都具有社会主义的因素,并且不是普通的因素,而是起决定性的因素。'中国的新文学运动是'五四'以来的新文化运动的有力的一翼,因此,它也就不可能不在思想内容上具有社会主义的因素,而在创作方法上则也是不可能不沿着社会主义现实主义的方向前进的。"因此,他所谓的新文学,"实质上就是指的那种符合于中国人民的革命利益、反帝反封建、具有社会主义的因素,而且是随着中国革命形势的发展,不断地沿着社会主义现实主义的方向前进的文学"。②

"社会主义现实主义"话语更体现在刘绶松的文学史分期中,在以新民主主义革命的历史分期作为他文学史划分依据的同时,还强调"社会主义现实主义"的发展。他把新文学的历史划分为五个时期:第一个时期为五四运动时期(1917—1921),为新文学"社会主义现实主义"的萌芽期;第二个时期是第一次国内革命战争时期(1921—1927),为"社会主义现实主义"文学逐渐发展的时期;第三个时期,第二次国内革命战争时期(1927—1937),是"社会主义现实主义"文学空前发展的时期;第四个时期是抗日战争时期(1937—1945),以"社会主义现实主义"为其主流,而毛泽东《在延安文艺座谈会上的讲话》,"向作家们提出了极其辉煌、完整的社会主义现实主义纲领"。也由此以后,"中国新文学运动,跨进了一个崭新的年代,社会主义现实主义的文学得到了巨大的发展和成就";第五个时期,为第三次国内革命战争时期(1945—1949),"社会主义现实主义"文学遵照毛泽东"讲话"所指示的为工农兵服务的正确方向,继续向前飞跃地发展着。③ 依照上面的文学史分期,他得出如下结论:"中国新文学的历史,也就不能不是社会主义现实主义文学的发生

---

① 刘绶松:《中国新文学史初稿》下卷,作家出版社1956年版,第441页。
② 刘绶松:《中国新文学史初稿》上卷,作家出版社1956年版,第8—9页。
③ 同上书,第12—15页。

和发展的历史。"① 这种以"社会主义现实主义"进行文学史叙述还表现在对鲁迅等作家的评价上。比如，他认为鲁迅在"五四"前后写的"遵命文学"在一定程度上有着"社会主义现实主义"的因素，虽然这种因素还处于萌芽状态，但在鲁迅的创作中却起着决定作用并逐渐发展而趋于成熟；1927年，鲁迅从民主主义者成为共产主义者以后，他的创作就完全是"社会主义现实主义"，而鲁迅本人也成为中国"社会主义现实主义"文学的伟大先驱，"社会主义现实主义在鲁迅作品中的发展历史，也可以说完全体现着中国现代文学中社会主义现实主义的发展历史"。②

以上的叙述，从"社会主义现实主义"的提出，到对新文学历史的重新估价，再到"社会主义现实主义"如何渗透到20世纪50年代初期新文学史叙述中，可清晰看见"社会主义现实主义"话语已具体参与到新文学的历史建构中。这种新文学的历史建构带有强烈的政治功利性，"中国现代文学史"于是成了"社会主义现实主义"话语的图解工具，以印证50年代初"社会主义现实主义"提出的合理性与历史必然性。事实上，"社会主义现实主义"参与到现代文学史的历史建构并不是没有理论基础，这还是毛泽东的《新民主主义论》的观点：新民主主义的政治、经济、文化，由于都是无产阶级领导的缘故，就都具有社会主义的因素，并且不是普通的因素，而是起决定作用的因素。③

马克思曾言，关于艺术，它的一定的繁盛时期绝不是同社会的一般发展成比例的，因而也绝不是同仿佛是社会组织的骨骼的物质基础的一般发展成比例的。④ 亦即，文学艺术的发展常常与物质生产的发展处于不平衡状态。因此，新民主主义的政治、经济、文化，姑且具有社会主义决定因素，但并非表明新文学就具有社会主义因素，更不能认为新文学就是"社会主义现实主义"文学，因为文学具有自身发展的独立性。且这些文学史的建构者，在具体运用毛泽东《新民主主义论》的相关论述时又多断章取义，为自己主观的政治功利所用，在运用《新民

---

① 刘绶松：《中国新文学史初稿》上卷，作家出版社1956年版，第16页。
② 同上书，第15页。
③ 参见《毛泽东选集》，人民出版社1964年版，第665页。
④ 参见《马克思恩格斯选集》第2卷，人民出版社1972年版，第112—113页。

主主义论》中新民主主义的政治、经济、文化,由于其都是无产阶级领导的缘故,就都具有社会主义的因素,并且不是普通的因素,而是起决定作用的因素这一理论论断时却有意识忽略这一论断的后面论述:但是就整个政治情况、整个经济情况和整个文化情况说来,却还不是社会主义的,而是新民主主义的。我们在政治上经济上有社会主义的因素,反映到我们的国民文化也有社会主义的因素;但就整个社会来说,我们现在还没有形成这种整个的社会主义的政治和经济,所以还不能有这种整个的社会主义的国民文化。由于现时中国革命不能离开中国无产阶级的领导,因而现时的中国新文化也不能离开中国无产阶级文化思想的领导,即不能离开共产主义思想的领导。但是这种领导,在现阶段是领导人民大众去作反帝反封建的政治革命和文化革命,所以现在整个新的国民文化的内容还是新民主主义的,不是社会主义的。[1] 针对当时文学史建构的此种倾向,王瑶曾评说,以"社会主义现实主义在新文学中的萌芽、成长和发展"作为现代文学的基本发展线索,并以此作为划分现代文学不同发展阶段的主要依据和评论现代作家作品的基本尺度,"这意味着是以社会主义文学的标准来衡量中国现代文学,从而在实际上否定了它的反帝反封建的新民主主义性质,现代文学研究工作中'左'的倾向即由此发端"。[2]

强调文学从属并服务于政治,强调文学的阶级分析、阶级斗争,都是与50年代初的政治情势联系在一起的,而把新文学史当成"社会主义现实主义"的图解公式,更是丁易、刘绶松文学史叙述的"现代"表现。而50年代中后期的文学史叙述,基本上就成了现实政治的服务工具,在此,丁易、刘绶松的文学史则有一个明显的开启作用。以主流意识形态及"社会主义现实主义"话语作为现代文学史建构的潜在基础势必会影响到著者对作家、作品及文学史事件的评价与描绘,这就会把不符合主流意识形态及"非社会主义现实主义文学"剔除于文学史之外,或一些文学史事件以被扭曲的形态出现在文学史中。周扬在总结新中国成立以后新文学的历史发展,弘扬社会主义现实主义主旋律时说:"曾经长期渗透在我国文学中的各种反动的腐朽的文学思想,包括封建阶级的和殖民地的文学思

---

[1] 参见《毛泽东选集》,人民出版社1964年版,第665页。
[2] 《王瑶全集》第5卷,河北教育出版社2000年版,第138—139页。

想，基本上被清除了。资产阶级的个人主义、自由主义，为艺术而艺术的文学思想已经从文学上丧失了它们的地位。"[1] 这些带政令性的指导文献预示着，那些与主流意识形态背离的"非社会主义现实主义文学"在文学史中的地位，这必然折射于文学史范式中。这种以主流意识形态话语作为文学史建构的"现代"特征也是对毛泽东文艺思想的偏离，它开启了阶级斗争扩大化，新文学史成了政治斗争"工具"的先河。

第三节 "集体"对"个人"的疏离

20世纪50年代初期的文学史叙述多是"个人"叙述，这种叙述融入了时代主旋律，它虽然表现了文学史叙述者参与时代、融入时代的自觉，但更多的是主流意识形态的干预与渗透，这种文学史叙述虽属个人叙述，但个人的声音却被湮没，并最终消逝。独特的政治语境使文学史"个人叙述"难以为继，"集体叙述"走上文学史撰写的前台。

一 "个人"走向"集体"的历史必然

文学史叙述由"个人"走向"集体"带有历史必然性。50年代初的文学史叙述，虽然支配它们的是政治意识形态话语，就主观来说也是想尽力写出符合时代主流意识形态的新文学史。最典型的莫过于王瑶，就他的本意看，他是想用新观点、新方法把毛泽东的文艺思想贯彻于他文学史叙述中，他也做了客观切实的努力。但就实际效果看，毛泽东文艺思想多在其文学史著的"绪论"中体现，但具体运用于各个作家、作品的评价上则难以应对，这也是他的文学史一出现就遭遇批评的重要原因。后来蔡仪、张毕来、丁易、刘绶松等所撰写的文学史虽然吸取了王瑶的经验与教训，尽量与当时主流意识形态联系，尤其是注重与历次政治运动相联系，但最后都没能如愿。丁易、刘绶松由于能把当时的政治斗争融入他们的文学史叙述，能及时地将胡风、萧军等"政治事件"贯彻于他们的文学史叙述中，因此，当王瑶的文学史著遭受批评时他们的史著一出现即很风行，被作为当时的高校教材，并一印再印。可不久"反右"运动与"阶

---

[1] 周扬：《为创造更多的优秀的文学艺术作品而奋斗——一九五三年九月二十四日在中国文学艺术工作者第二次代表大会上的报告》，《人民日报》1953年10月9日。

级斗争"扩大化，又使他们的文学史难以与当时的政治斗争相适应，如樊骏说，蔡仪、丁易等的文学史由于能够注意到马克思、毛泽东思想的指导，都有一些成绩，但由于主客观原因："它们也都或多或少地接受了胡适、冯雪峰等人的错误观点的影响"①，他们的史著最后也只能停止出版。他进而总结此时文学史"个人叙述"存在的问题：

> 在过去的文学史著作中，科学理论不是被歪曲，也是没有受到足够重视，无产阶级的立场观点不是被资产阶级，修正主义观点明目张胆地代替，也往往为有意无意的客观主义所侵蚀；还有主要次要不分、进步反动不分，"客观"地罗列许多毫无意义的材料，结果掩盖了现代文学主流的面目和发展线索，影响主要经验和规律的总结。另外还有所谓教学知识化，大多也是客观主义的一种表现。这些都是严重的错误。②

也许那个时代风云变幻的政治现实不可能使著者写出体现时代"政治风雨表"的文学史著。事实上，在历次政治运动中，那些属于左翼战线的理论家与作家，如胡风集团、冯雪峰、萧军、艾青、丁玲等常被波及，更不用说那些不属于左翼战线的理论家与作家当时的政治处境。可以说，每一次政治运动，如胡适批判、胡风批判、"反右"斗争、"反右倾"运动等，都可能更改文学史对作家、作品的选择取舍与评判。由于政治运动一步一步地升级与扩大，一直延伸到"文化大革命"十年，现代文学史上无论是健在的，还是过世的作家与理论家，几乎都被波及。这样，经过时代"大浪淘沙"冲刷过后的"中国现代文学史"只能写成"革命史"与"政治思想斗争史"，而中国现代文学史上也就只剩下被"创造"的，而实际是被政治严重扭曲了的"鲁迅神话"。历次政治运动不仅仅是对新文学史"当事人"一次次强烈的震慑，也是对新文学史著述者一次次强烈的震慑，那些在 50 年代新文学史著述有突出贡献的专家学者王瑶、张毕来等相继被打成"右派"，刘绶松在"文化大革命"中含冤去世，文学史"个人叙述"成了人人自危的禁区。

---

① 樊骏：《关于编写中国现代文学史教材的几点看法》，《文学评论》1961 年第 1 期。
② 同上。

20世纪50年代的新文学史叙述,一些专家学者虽做了最大的努力,但并没写出一部符合官方意志的新文学史,周扬在1956年初即指出:"用马克思主义观点写得比较完善的中国文学史,特别是现代文学史,几乎还没有一本,虽然高等学校的教师们已经开始在这方面做了一些努力。"① 鉴于新文学史"个人叙述"的经验以及当时客观的政治现实,新文学史由"个人叙述"走向"集体叙述"成为历史的必然。

20世纪50—70年代的文学史叙述都是集体著述,这种"集体叙述"大致可分为三类:第一类由学生直接参与的新文学史叙述,其中北京大学、复旦大学中文系都曾有学生编写的中国现代文学史,比如复旦大学中文系学生编著的《中国现代文学史》《中国现代代文艺思想斗争史》。第二类是各高校中文系师生共同参与编写的新文学史著,如吉林大学中文系师生编写的《中国现代文学史》、中国人民大学语言文学系文学史教研室编写的《中国现代文学史讲义》。这两类都是当时"大跃进"这一政治热潮在文学史著述上的反映,具体表现在各高等学校党委的直接领导,高校师生密切配合,以大搞群众运动的方式来编写文学史,而前类更是"大跃进"中响应周扬《文艺战线上的一场大辩论》,学生们"插红旗、拔白旗"运动在新文学史著述上的反映,如王瑶的《中国新文学史稿》当时就被看成一面"白旗",他们说:"王瑶是资产阶级的代言人,他从现代文学的性质到文学运动的具体论述,都处处为资产阶级文学及其思想涂脂抹粉,争正宗,争地位。读者可以清楚地看出,王瑶正是以他的'著作',标明他自己是现代文学史研究中的一面资产阶级的白旗。"② 正是在这种"大跃进"中"大搞群众运动",以及学生"拔白旗"等,促成50年代末期文学史集体著述的热潮。当时樊骏曾撰文《关于编写中国现代文学史教材的几点看法》对这一现象有如下叙述:"这根本改变了过去只有少数人单干的研究方式,第一次显露出原先不为人注意的巨大而又朝气蓬勃的研究力量,为今后进一步提高这门学科的研究水平创造了很为有利的条件。这更令人感到鼓舞和兴奋!"③ 除上面两种方式外,第三类是由

---

① 周扬:《建设社会主义文学的任务——中国作家协会第二次理事会(扩大)会义报告》,《文艺报》1956年第5、6合期。
② 中国人民大学现代文学研究室编:《王瑶〈中国新文学史稿〉批判》,人民文学出版社1958年版,第27页。
③ 樊骏:《关于编写中国现代文学史教材的几点看法》,《文学评论》1961年第1期。

全国知名专家组成编写组而写作的文学史著，如唐弢、严家炎主编的三卷本《中国现代文学史》，就某种角度看，此种文学史编著方式是对"大跃进"师生文学史编著，尤其是对学生集体著述所表现的"过左"行为的纠正，但由于时代政治风云的影响，此文学史并没如期完成，该文学史迟至1979年才开始被陆续出版。

新文学史的"集体叙述"可看成当时政治运动在新文学史叙述上的折射。他们所写的文学史，也的确成了服务、从属于那个时代政治图解的工具，但文学史已没有"文学"，更不用说文学史叙述的"个性"。因此，总观该时期的集体著述，除唐弢主编的文学史纵跨两个政治时代，并吸取了两个时代文学史著述的经验、教训而有自己的独特性之外，总的成就并没超过50年代文学史的"个人叙述"。可当时有人对这一现象有如下描绘：

> 最近，我阅读了其中的十多部，深切地感觉到这些新的教材，比之过去各本文学史著作有了十分明显而且重大的进步。编写者都以大破大立的精神，重新通盘考虑了这个工作，从内容到形式，从具体论点到全书结构，作了很多有益的尝试。各本教材都努力按照毛泽东同志关于中国现代革命文学运动一开始就为无产阶级领导的，就具有社会主义因素，就是党领导的整个革命事业一个重要部分等有关中国现代文学史的主要论断和工农兵文艺方向的各项原则，来论述文学史上诸问题和总结经验，以主要篇幅阐述了无产阶级革命文学由萌芽形成到发展壮大的过程。①

事实上，文学史叙述所表现的"庸俗社会学"倾向，如把新文学史看成"社会主义现实主义"发生、发展、壮大的历史，不遵循新文学自身的独特性与客观性，强调文学的政治功能、教化功能，以及现代文学史的政治"趋时"功能在此时期的集体著述中得到了恶性发展，现代文学史最终变成"革命史"，变成"阶级斗争史"。王瑶先生后来沉痛地说："1957—1958年的'文艺战线的一场大辩论'、'再批判'，又把上述关于现代文学基本性质的理论错误推向新的极端……继之而来的一次又一次的

---

① 樊骏：《关于编写中国现代文学史教材的几点看法》，《文学评论》1961年第1期。

政治运动，批判掉了一批又一批的现代文学作家和作品。到'文化大革命'的十年动乱中，在'否定一切，打倒一切'的思潮影响下，三十年的现代文学史只能研究鲁迅一人。政治斗争的需要代替了科学研究，滋长了与马克思主义根本不相容的实用主义学风，讲假话、隐瞒历史真相，以致造成了现代文学史这门历史学科的极大危机。"① 可在当时，代表官方意志的声音对这种文学史集体著述有如下评价："中国现代文学史研究确实出现了一种崭新的气象，同时，这也是近年来我国哲学社会科学领域内为扩大马克思主义阵地，肃清资产阶级和修正主义思想残余的整个斗争中已经取得的成就中的一个部分。这无疑具有重大而且深远的意义。"②

50 年代中后期出现的文学史"集体叙述"中，"学生"的集体叙述与由国家出面组织全国"专家"组成的集体叙述无疑是当时两种最典型的文学史叙述方式，探讨这两类叙述方式无疑有其重要历史意义。艾布拉姆斯（M. H. Abrams）认为，艺术作品有相关的四个因素，即作品、艺术家、世界、欣赏者③，以此类推，文学史著作也有相关的四个因素，即"文学史著作""文学史家""原生态文学事实"和"文学史的接受者"。"文学史家"即文学史的撰写者，一般都是相关的专家、学者、教授等，而文学史的接受多通过文学史著的传播而实施，文学史接受者多为阅读"文学史著"或听取文学史知识的学生。就此而言，50 年代后期出现的文学史"学生集体著述"确实是一独特现象。

陈平原曾说："对于今日中国的大学生来说，'文学史'既是一门必修课，也是一种不证自明的知识体系；而对于大学教授来说，撰写一部完整的可以作为教材的'文学史'，更是毕生的追求。"④ 由此可见，一部成功的文学史叙述将耗费专家学者大量的心血。可在 50 年代末期参与新文学史的撰述者却是刚进大学不久的学生，他们甚至对中国现代文学不了解，他们有能力撰写一部有分量的文学史著？这在今天看来本身就是文学史叙述的"神话"。在 50 年代末期新文学史"学生集体著述"的热潮中，最为典型的是复旦大学中文系学生集体编著的《中国现代文学史》《中国

---

① 《王瑶全集》第 5 卷，河北教育出版社 2000 年版，第 139 页。
② 樊骏：《关于编写中国现代文学史教材的几点看法》，《文学评论》1961 年第 1 期。
③ 参见［美］M. H. 艾布拉姆斯《镜与灯：浪漫主义文论及批评传统》，郦稚牛等译，北京大学出版社 1989 年版，第 5 页。
④ 陈平原：《文学史的形成与建构》，广西教育出版社 1999 年版，第 3 页。

现代文艺思想斗争史》。它们是当时政治运动的产物，两本文学史出版后即受到好评，如有人认为：《中国现代文艺思想斗争史》的出版"是一件可喜的事情，它有一定的现实意义和科学价值"。① 但事实上，学生的文学史"集体叙述"只是特定历史时期出现的"怪异"现象，并没什么科学价值，最具学术意义的还是此时期出现的学者"集体叙述"。

50年代初期的文学史叙述多是"个人叙述"，新文学史的叙述者之前都曾有高校执教新文学史的经验，如王瑶讲授他的《中国新文学史稿》，丁易讲授他的《中国现代文学史略》，刘绶松讲授他的《中国新文学史初稿》，等等。这些新文学史的"个人叙述"有它自己独特的风格，带有个人探索的尝试性，但正是这种"个人"独特风格，以及"个人"探索的尝试性却常常不能把新文学史的建构与特定时代主流"话语"相符合，这是50年代末期文学史"集体叙述"出现的重要原因。文学史"集体叙述"是政治运动的产物，特别是"大跃进"学生"拔白旗，插红旗"的文学史"集体叙述"，更使现代文学史成了"政治斗争"的工具，这种"过左"的行为几乎造成"中国现代文学史"的学科危机，这是60年代专家学者"集体叙述"出现的重要原因。早在王瑶《中国新文学史稿》出版后组织的那次批评会上，就有人指出，要写出完满的新文学史著，"最好由领导上约集专家，集体研究，分工合作，以期完成"。② 唐弢主编的《中国现代文学史》也似乎是印证这句话而在特定的政治语境下出现的，但它的最终成型却在近二十年之后的1979年。

二 "以论带史""以论代史"与现代文学史叙述

文学史建构中"以论带史"源于50年代末期史学界"以论带史"这一历史建构方法的出台。这一历史研究方法强调在进行历史研究中运用唯物史观作指导，强调运用马克思主义理论来统率史料。这种历史研究方法明显有其先验性、片面性，如违背实事求是的科学原则，带有浓厚的主观唯心主义色彩，这种治史方法会阻碍马克思主义的创造性发展。针对"以论带史"违背历史研究原则的偏颇，一些人提出了"论从史出"的历史研究方法，该方法要求史学工作者尊重历史事实，详细占有历史材料，

---

① 文效东：《中国现代文艺思想斗争史》，《文学评论》1960年第5期。
② 《〈中国新文学史稿〉（上册）座谈会记录》，《文艺报》1952年总73期第20号。

进行分析研究,从中得出正确的结论。这一方法意在强调史料的第一性,结论的第二性,但在当时的一些人看来,它忽视了马克思主义理论的指导作用,在研究中容易助长忽视马克思主义倾向。[①] 这两种出现于特定政治语境的研究方法,哪种更具有科学性一目了然。正如后来有学者指出,"以论带史"是一种理论先于历史、概念先于事实、观点先于材料的唯心主义治史主张,它颠倒了历史研究的程序,随意剪裁史料,使之适合某种先验的结论。它是用现成的结论代替对具体问题的具体分析,这必然导致从概念到概念,被这种内在逻辑引向"左"的斜路,并最终跌入"以论带史"的泥潭。[②] 这种"以论带史"的治史方法在20世纪50年代末期风云变幻的政治运动中出台有它的历史必然性。而在当时特定政治语境下,这两种方法的争论,"以论带史"的胜出亦在情理之中。

(一)"以论带史"与文学史教学大纲

"以论带史"的治史方法也体现在文学史叙述中,早在50年代前的新文学史叙述已有明显表现,比如40年代周扬的《新文学运动史讲义提纲》,就尝试以毛泽东新民主主义理论为文学史理论根据讲授他的新文学运动的历史。他把新文学的开始定位为"五四",他说:"新文学运动正式形成,是在'五四'以后。新文学运动史主要地即从'五四'叙述起。"[③] 他把"五四"以前称为旧民主主义的文化,"五四"以后,新文学运动则是新文化运动的重要一翼,它的发生、发展正是新民主主义文化的渗透。

这种"以论带史"的治史方法体现在50年代的《〈中国新文学史〉教学大纲(初稿)》与《中国文学史教学大纲》中。在"以论带史"方法的支配下,形成50年代后文学史框架与结构:先总论(或绪论),然后是作家作品的叙述。而总论(或绪论)部分,就是以马克思主义、毛泽东思想对整个文学史建构起统帅作用。如《〈中国新文学史〉教学大纲(初稿)》的"绪论"部分包括:第一章:学习新文学史的目的和方法,其目的是:了解新文学运动与新民主主义革命的关系;总结经验教训,接

---

① 参见廖盖隆等主编《马克思主义百科要览》下卷,人民日报出版社1993年版,第2274页。
② 参见梁友尧、谢宝耿编《中国史问题讨论及其观点》(1976.10—1980.6),山西人民出版社1984年版,第49—50页。
③ 周扬:《新文学运动史讲义提纲》,《文学评论》1986年第1期。

受新文学的优良遗产。其方法为：辩证唯物论和历史唯物论；马列主义的文艺理论和毛泽东文艺思想。第二章：新文学的特性，第一，新文学不是"白话文学""国语文学""人的文学""平民文学"等，显然这是对胡适、周作人等新文学观念的解构；第二，新文学是新民主主义的文学，则是对毛泽东文艺思想的建构。第三章，新文学发展的特点：无产阶级的思想领导；新文学运动的统一战线；大众化（为工农兵）方向；新现实主义的精神发展。实际是把毛泽东文艺思想渗透于新文学历史发展中。毛泽东文艺思想还表现在新文学历史分期中，即第四章，新文学发展阶段的划分：第一个时期，"五四"前后至新文学的倡导期（1917—1921）；第二个时期，新文学扩展期（1921—1927）；第三个时期，"左联"成立前后十年，左翼文学的发生发展期（1927—1937）；第四个时期，由"七七"到延安文艺座谈会"讲话"（1937—1942）；第五个时期，由"讲话"到"全国文代大会"召开（1942—1949）。从以上分期可以看出政治意识形态的强烈烙印：共产党的成立、"四一二"政变、抗日战争、"左联"成立、延安文艺座谈会讲话、第一次文代会召开等。

从以上叙述可看出，这种文学史建构主要体现新文学发展历史无产阶级思想的领导以及毛泽东文艺思想的贯彻。这种"以论带史"的新文学史叙述方法同样表现在《中国文学史教学大纲》中。该大纲"导论"中，有关研究文学史的态度与方法有如下要求：

> 掌握马克思列宁主义立场、观点、方法的必要性。确认文学是社会意识的一种形态，它的阶级性和社会教育意义。……毛主席对于清理我国古代文化的原则和对于文学批评政治标准与艺术标准的知识。①

以上"马克思列宁主义立场、观点、方法"，"文学是社会意识的一种形态，它的阶级性和社会教育意义"，毛泽东的"文学批评政治标准与艺术标准"的指示等，都贯注在中国文学史的建构中。此外，现实的政

---

① 中华人民共和国高等教育部审定：《中国文学史教学大纲》，高等教育出版社1957年版，第5页。

治运动、阶级斗争等也都折射于文学史的建构中,在"总结语"中说:"在文学的长期发展历史中,充满了各种复杂错综的矛盾和斗争,诸如先进与落后、正确与错误、创作与模仿、载道与言志、现实主义与形式主义、传统精神与外来影响等等,中国文学史正是在矛盾斗争中不断前进与发展的。"①

有关"现代文学"部分,该大纲把"五四"到1949年之间的这段文学史称为"中国现代文学史"。"中国现代文学"的具体框架更体现了文学史建构的政治模式,毛泽东文艺思想渗透于文学史的具体建构中。该大纲规定了以下主要内容:中国现代文学的历史是从"五四"文学革命开始的,是新民主主义革命的有力的一翼;现代文学主流是革命民主主义与社会主义的文学;共产主义的宇宙观和社会革命论一贯是新文学的领导思想;无产阶级所领导的民主革命是建立社会主义所必须完成的历史任务,因而走向社会主义也是现代文学前进的方向;党对文学战线领导作用的逐步加强与巩固,等等。以上内容,体现了毛泽东《新民主主义论》等的精神实质。该大纲还强调"社会主义现实主义"发展方向:

> 现代文学的创作原则与发展方向——从五四起,虽然在创作方法上有着不同的流派,但现实主义就已经成为现代文学创作的主流,并向着社会主义现实主义的方向不断前进。无产阶级领导的人民革命的要求和创作上的真实地反映现实的要求相结合,就必然构成了现代文学中的社会主义的时代精神和社会主义的发展方向。……在毛主席"讲话"发表以后,社会主义现实主义文学更取得了新的巨大的成就。②

此外,在现代文学的历史分期中,也体现了政治意识形态对"中国现代文学史"建构的影响,尤其是毛泽东《新民主主义论》《在延安文艺座谈会上的讲话》对现代文学史分期的影响。该大纲规定:"五四"被明确作为"中国现代文学"的起点,"毛主席'新民主主义论'对于各个时

---

① 中华人民共和国高等教育部审定:《中国文学史教学大纲》,高等教育出版社1957年版,第282—283页。
② 同上书,第237—238页。

期政治社会特点的说明。"并说:"由于毛主席'在延安文艺座谈会上的讲话'对人民文艺事业的伟大指导意义和在文学面貌上所引起的巨大变革,因此应该以 1942 年作为一个重要的历史分界线。"① 仅从该大纲把"五四"作为"中国现代文学"的起点就可看出政治意识形态对新文学史叙述一步一步地增强,在《〈中国新文学史〉教学大纲(初稿)》中就把 1917 年作为新文学的起点,即把"五四"前后(1917—1921)作为新文学的倡导期。② 以上"绪论"的具体内容,明显体现了当时"以论带史"这一流行的文学史观念。这种政治意识形态的文学史观念还具体体现在各个章节的论述中,如强调各个时期文学"思想斗争",毛泽东《在延安文艺座谈会上的讲话》在中国现代文学史的重要地位(以一章的篇幅),等等。而就作家、作品的叙述已不同于 50 年代初期的"文体型"文学史建构模式,而是在照顾各种文体的同时,主要采用"作家型"文学史叙述模式。

(二)"以论带史""以论代史"与现代文学史叙述

以上"教学大纲"所体现的"以论带史"的精神成为文学史叙述的指导思想。王瑶《中国新文学史稿》的框架包括两部分:"绪论"与"文体形式";"绪论"部分就自觉将毛泽东的新民主主义论渗透于新文学史叙述中,并进而归纳出中国新文学的基本性质:

> 它是为新民主主义的政治经济服务的,又是新民主主义革命的一部分,因此它必然是由无产阶级思想领导的,人民大众的,反帝反封建的,民主主义的文学。简单点说,"新文学"一词的意义就是新民主主义文学。它的性质和方向是为新民主主义革命的任务和路线来决定的。就作品的思想内容和作者所代表的社会阶层来说,它也和新民主主义革命一样,是统一战线的,包括各民主阶级的成分。五四以后,随着中国革命的进展和社会的急剧变化,很多作家都经过了思想上的进步和转变;由激进的民主主义进入马列主义思想的,由小资产阶级知识分子而和工农结合的,这些进展也同样表现在他们的作品中,因此常常有同一作家而前后作风迥殊的现象。所以如果片面的,

---

① 中华人民共和国高等教育部审定:《中国文学史教学大纲》,高等教育出版社 1957 年版,第 238 页。

② 参见老舍等《〈中国新文学史〉教学大纲(初稿)》,《新建设》1951 年第 4 卷第 4 期。

就作家的出身或某一部作品来指定他的阶级属性,是很危险的事情。但就新文学进展的历史全貌说,却充分地说明了它的反帝反封建的统一战线的内容,它的基本性质是新民主主义的。①

丁易、刘绶松等的文学史更是这种"以论带史"的文学史建构的强烈表现。这表现在文学史结构上已不同于王瑶的文学史结构。丁易的文学史结构主要分成两部分:前面部分叙述文学运动、文学思潮,后面部分叙述作家、作品。从安排比例看,文学运动、文学思潮约175页,占全书458页篇幅的38.2%;作家、作品部分占61.8%;相对于王瑶的文学史而言,文学运动、文学思潮比例大大加重,而作家、作品的比例则明显减少。相对于丁易的文学史叙述模式,刘绶松依照不同时期之中"文体"发展的文学史叙述模式,这似乎与王瑶较为类似,但他们之间却有本质上的差异。刘绶松依照如下"三段论"模式:首先分析该时段的政治形势,其次叙述该时段的文学运动与文学思潮,最后是对作家作品的叙述。温儒敏指出:"这种'先形势分析,后思潮运动,再作家作品'的'三段式叙史架构',体现了当时那种特别重视政治与文学的对应关系,以思想斗争来统观文学史的治史思维模式。"②

而到20世纪50年代末期以复旦大学中文系学生为代表集体编著的文学史已达于极端,由"以论带史"走向"以论代史"。在他们笔下,现代文学史变成了"文艺思想斗争史"与"革命史"。他们说:"在具体编写时,本书是以革命历史和文学运动的发展顺序为主线,而对思想斗争和创作实践加以综合的评述。"③ 由此可见该文学史叙述"文艺思想斗争史"与"革命史"对此文学史的统率。该文学史强调党对新文学运动的领导,他们说:"四十年来的文学史证明,它是在党的直接领导下发生和发展的,没有党的领导,新文学运动就失去了灵魂和方向,它就不可能如此波澜壮阔地向前发展,在无产阶级革命事业中起重要的作用。它只有在党的坚强领导下,才能走上通往共产主义的康庄大道。"④ 有关新文学运动的

---

① 王瑶:《中国新文学史稿》上册,开明书店1951年版,第8—9页。
② 温儒敏:《"苏联模式"与1950年代的现代文学史写作》,《北京大学学报》(哲社版)2003年第40卷第1期。
③ 复旦大学中文系学生集体编:《中国现代文学史》上册,上海文艺出版社1959年版,第18页。
④ 同上书,第2页。

性质是"无产阶级领导的、统一战线的、人民大众的革命文学运动"。但新文学运动的这种性质是"由中国无产阶级领导的革命运动的性质规定的、并为无产阶级革命政治服务的文学运动"。① 并强调文艺上的阶级斗争,他们说:"一部文学史实际上是阶级斗争历史的一种特殊的表现形式。阶级斗争是文学史的主要内容,也是阶级社会中文学事业发展的基本动力。"② 他们强调"社会主义现实主义"的发生、发展与壮大,更强调"中国革命史"对现代文学史质的规定。在他们看来:"中国现代文学史是社会主义现实主义发生、发展、壮大和成熟的历史,这个性质是被中国现代革命历史的性质所决定的,是中国现代革命在政治和经济上的要求的反映。因而中国现代文学历史发展的每一时期,也都是被中国革命历史的发展所决定的。"因此,"中国现代文学历史的时期,将在服从于中国革命各阶段的分期的前提下,依据中国现代文学在社会主义现实主义发展道路上各个阶段的不同特点来划分"。③

以上学生编著的"文学史"有向"文艺思想斗争史"过渡的痕迹,到20世纪60年代初期,直至"文化大革命"时期,在政治意识形态的强烈运作下,文学(作家、作品)被剥脱,现代文学史成了"革命史"的附庸与"文艺思想斗争史","以论带史"最终变成"以论代史"并成为文学史建构绝对通行的准则。

(三)"以论带史""论从史出"与现代文学史叙述

唐弢曾说,他在编撰现代文学史时,史学界正处于"以论带史"与"论从史出"争论的最后阶段,最后是"以论带史"方的胜利。虽然,唐弢赞成"论从史出",但该文学史的建构明显受"以论带史"的影响。④ 唐弢的文学史编撰开始于1961年,而最终成书却在1979年,它打上了两个时代的历史印迹。"文化大革命"后开始的"拨乱反正"在该文学史有明显的印迹。王瑶先生说:"在最初的'拨乱反正'阶段,针对着长期以来存在的'以社会主义文学的标准衡量现代文学'的'左'的倾向,强调了现代文学的新民主主义性质,提出要以是否具有'反帝反封建'的

---

① 复旦大学中文系学生集体编:《中国现代文学史》上册,上海文艺出版社1959年版,第8页。
② 同上书,第10页。
③ 同上书,第15页。
④ 参见《唐弢文集》第9卷,社会科学文献出版社1995年版,第377—378页。

倾向，以及这种倾向表现得是否深刻、鲜明，作为衡量和评价现代文学作家作品的基本标准。"① 该文学史在具体编撰中对20世纪50—70年代的文学史建构中所表现的"庸俗社会学"，以及"过左"倾向都给予否定与纠正。如该文学史不再以"社会主义文学的标准衡量现代文学"，且不再把现代文学史作为特定政治语境下的政治图解工具等，就是明显表现。

唐弢在谈及文学史的编撰时也曾说："文学应当首先是文学，文学史应当首先是文学史。……有一个时期，我们的评论从政治第一出发，又进而变为政治唯一；只要政治，不要艺术。文学史论述的仅仅是作品的主题和题材，甚至只是故事情节的拙劣的复述。"② 因此，有学者指出，唐弢先生对中国现代文学学科有一个突出的贡献，就是审美评价的精当、公允，并说："文学史研究水平的高低取决于很多条件，其中很重要的一个条件，就是研究者本身要有艺术眼力，审美把握一定要准确、中肯。"③ 可以说，唐弢主编的文学史在这些方面都做了出色的努力。观察唐弢主编的文学史有一个重要特征，就是对作家、作品审美风格的注重，这是许多人都认可的，这也是该著与60年代前后文学史建构显著不同的地方。这是一部带上了历史印迹的文学史著，它既是对50年代以来文学史编撰的继承与超越，却也打上了60年代政治运动的历史烙印。

首先，这是一部不同于50年代末期以来文学史"集体叙述"风格的文学史著。唐弢先生接受担任《中国现代文学史》主编以后，为现代文学史的编写制定了以下几条重要原则，他曾在多处阐述：

一、采用第一手材料，反对人云亦云。作品要查最初发表的期刊，至少也应依据初版或者早期的印本。二、期刊往往登有关于同一问题的其他文章，自应充分利用。文学史写的是历史衍变的脉络，只有掌握时代的横的面貌，才能写出历史的纵的发展。三、尽量吸收学术界已有的研究成果；个人见解即使精辟，没有得到公众承认之前，

---

① 《王瑶全集》第5卷，河北教育出版社2000年版，第140页。
② 《唐弢文集》第9卷，社会科学文献出版社1995年版，第350页。
③ 严家炎：《唐弢先生对中国现代文学学科建设的贡献》，《中国现代文学研究丛刊》1992年第3期。

暂时不写入书内。四、复述作品内容，力求简明扼要，既不违背原意，又忌冗长拖沓，这在文学史工作者是一种艺术的再创造。五、文学史尽可能采取"春秋笔法"，褒贬要从客观叙述中流露出来。①

以上文学史建构原则，正如严家炎先生所言，除以上"第三点"值得商榷之外②，即使是今天，也有它的科学性。特别是"采用第一手材料，反对人云亦云""尽可能采取'春秋笔法'，褒贬要从客观叙述中流露出来"的文学史建构原则，无疑是对当时盛行的"以论带史"特别是"以论代史"的文学史建构原则所表现的"庸俗社会学"倾向有阻止与纠正的作用。有人回忆当时著述的情形说："周扬本人对这本教材确实也抓得很紧，唐弢经常向编写组传达他的指示要求，针对庸俗化、简单化的教条主义倾向已经渗透这门学科，他强调得最多的是不要受条条框框的束缚，写史就要从历史的实际出发，在此基础上提出自己的意见。甚至说大不了掉进修正主义的泥坑，到时候我把你们拉上来就是了。"③ 但事实上，他们所遵循的文学史建构原则，以及注重作家作品的审美特征却难以抵挡当时政治运动对文学史建构的冲击，该文学史留给后来的读者最多的是政治意识形态的印迹。

正如前几章所述，支配20世纪50—70年代以来的文学史叙述是政治意识形态。开始，毛泽东文艺思想是新中国成立初文学史叙述的理论基础，它通过整风运动、教育体制、行政手段等得到一步一步的强化与巩固；之后，文学史叙述又受到历次政治运动所干预，"社会主义现实主义"的提出，新文学史叙述又成为"社会主义现实主义"的图解模式；"大跃进"，"反右"运动，批判封、资、修，"文化大革命"等，历次的政治运动都折射于新文学史事件的呈现及作家、作品的选择、叙述中。可

---

① 以上原则见唐弢《序》，载严家炎《求实集——中国现代文学论集》，北京大学出版社1983年版，第1页。事实上，以上文学史建构原则他曾多次强调，如唐弢的《中国现代文学研究近况》《中国现代文学史的编写问题》等文。后来，曾参与主编该文学史的严家炎先生在写纪念唐弢先生的文章中也曾提到这几条原则，可参阅严家炎《唐弢先生对中国现代文学学科建设的贡献》，《中国现代文学研究丛刊》1992年第3期。由以上资料，可见唐弢当时编撰《中国现代文学史》这几条原则的真实性。

② 参见严家炎《唐弢先生对中国现代文学学科建设的贡献》，《中国现代文学研究丛刊》1992年第3期。

③ 樊骏：《编撰〈中国现代文学史〉的若干背景材料》，《新文学史料》2003年第2期。

以说，50—70年代的文学史叙述成了时代政治运动的"风雨表"，这种在强烈的意识形态话语下建构的文学史是残缺的、断裂的、被扭曲的文学史。客观地说，唐弢主编的文学史相对于60年代前后的文学史是一大进步，并达到新文学史叙述高峰，但支配该文学史叙述的还是政治意识形态，并成为文学史叙述政治模式的典型。

该文学史虽没有像以前文学史那样常成为政治观念、政治事件、政治斗争的图解模式，但在文学与政治的关系上，文学服务于政治还是得到了进一步的强化与延续，现代文学新民主主义性质得到了恢复。50年代中期出台的《中国文学史教学大纲》所确立的"中国现代文学史"学科才由此成熟。从该文学史结构看，它沿袭了50年代以来文学史建构模式：开始为"绪论"，包括新文学运动的领导、性质、历史分期、文艺思想斗争等，但该文学史虽然没有像它之前的文学史对这些问题给予明确叙述，而是采用"春秋笔法"把这些重要问题具体融合于文学史的叙述中。"绪论"首先是对近代文学的追叙，它实际是证实毛泽东关于旧民主主义文化的论断："旧的资产阶级民主主义文化，在帝国主义时代，已经腐化，已经无力了，它的失败是必然的。"① 而这种论断也是为了进一步论证"五四"以来中国现代文学无产阶级领导的新民主主义性质。且这种纲领性的"绪论"多以政治观念来贯穿其中，而毛泽东《新民主主义论》则是其根本前提："新民主主义的政治、经济、文化，由于其都是无产阶级领导的缘故，就都具有社会主义的因素，并且不是普通的因素，而是起决定作用的因素"，这"反映到文学上，就有了彻底反帝反封建的思想内容，有了社会主义方向，也有了体现这些特点的现代文学的主流——无产阶级文学和处于无产阶级领导影响下的革命民主主义文学"。有关新文学的统一战线，唐弢将现代文学分为无产阶级文学、革命小资产阶级文学、资产阶级文学以及封建旧文学，而"居于主导地位、占有绝对优势并获得了巨大成就的，则是无产阶级领导的人民大众的反帝反封建的文学，亦即新民主主义性质的文学"。② 在文学与政治关系上，"文学上的无产阶级领导，主要是通过无产阶级思想影响及其政党共产党的政策来实现的，它要求文学成为无产阶级领导的人民革命事业的一个组成部分。我国'五

---

① 唐弢：《中国现代文学史》（一），人民文学出版社1979年版，第7页。
② 同上书，第8页。

四'以后出现的以革命民主主义文学和无产阶级文学为主力的新文学，自觉地体现了这一要求。它从诞生的时候起，就担负着为中国革命服务的崇高使命"。① 对现代文学后期的叙述，"毛泽东文艺思想直接指引下的民主革命后期的文学，更成为紧密配合革命斗争，'团结人民，教育人民，打击敌人，消灭敌人'的有力武器。为革命服务，为现实斗争服务，为劳动人民的根本利益服务，这是中国现代文学史上一个最宝贵的传统"。因此，对现代文学有如下结论：整整三十年的现代革命文学，始终与革命同命运、共呼吸，有着一致的步伐，整个现代文学与人民革命事业血肉相连、休戚与共，对帝国主义封建主义彻底揭露、坚决斗争，对社会主义前途衷心向往、热情追求，这就是无产阶级登上历史舞台的新时代所赋予革命文学的鲜明思想印记，也是现代文学之所以有别于近代文学的根本标志。② 此外，"绪论"部分还叙述了中国现代文学史上，无产阶级文艺思想与各种非无产阶级文艺思想的斗争，中国现代文学的创作特色，对传统文学的继承以及对世界文学的吸收所表现的对民族特色的追求，等等，但这些都是为了突出无产阶级文学的主流性质、中国现代文学的社会主义因素，以及毛泽东文艺思想的贯彻执行等。

以上叙述明显受当时主流意识形态影响与规范，周扬当时在写给党中央的《关于高等学校文科教材编选情况和今后工作意见的报告》中说，文科教材的编撰，"要以马克思列宁主义、毛泽东思想为指导"。③ 他还说："我们对教材的要求，是既要注意政治性和革命性，又要注意知识性和科学性，并使两方面较好地结合起来。"④ 而当时周扬在《中国现代文学史纲要》讨论会上的讲话更是对唐弢主编的《中国现代文学史》的纲领性指导，他说："现代文学同革命有密切关系，要保持一点革命锋芒。"他更强调："我们写的是革命文学史，应做到革命性和科学性相结合。"有关现代文学的性质，周扬指出："中国现代文学是新民主主义文学，是新民主主义文化的一部分。它的前身是旧民主主义文学。它的对立面是为封建主义、帝国主义服务的文学。"⑤ 他还说："新民主主义前身是旧民主

---

① 唐弢：《中国现代文学史》（一），人民文学出版社1979年版，第9页。
② 同上书，第10页。
③ 《周扬文集》第4卷，人民文学出版社1991年版，第144页。
④ 同上书，第146页。
⑤ 同上书，第230页。

主义，新民主主义的后面是社会主义。我们现在写的是新民主主义这一阶段的文学史，对前面要有回顾，要有一段旧民主主义文学的帽子，对后面要有社会主义文学的瞻望。"① 有关《中国现代文学史》的叙述线索，他则强调现代文学史上的"斗争"，他说："整个这一段的新文学，是新民主主义文学发展的过程，是反映人民大众的反帝反封建的文学，和帝国主义、封建主义、官僚资本主义文学斗争的过程。因为由无产阶级领导（资产阶级已无力领导），这个斗争过程也是无产阶级和资产阶级的文艺思想作斗争的过程。同时这个过程也是中国人民大众的和无产阶级的文学的发生、发展、成熟的过程。也就是中国民族新文学的成长过程。"②

周扬的纲领性指导还体现在其他叙述上，该著虽未像他之前的文学史以毛泽东《新民主主义论》《在延安文艺座谈会上的讲话》作为历史划分根据，但从文学史结构可以看出政治意识形态对其影响。比如，第一部分叙述：五四至第一次国内革命战争时期的文学，相当于文学革命开始到1927年这段历史；第二部分叙述："左联"时期，即第二次国内革命战争时期的文学，相当于1928年到1937年这段历史时期；第三部分叙述：抗战开始到毛泽东《在延安文艺座谈会上的讲话》这段历史时期，以及"讲话"后一直到全国解放（即抗日战争后期与解放战争）这两个历史时期的文学。该文学史虽未像它之前的一些文学史那样有明确的历史分期，但从其叙述的结构可看出五四文化运动、"左翼文学"、"讲话"精神在文学史分期叙述中的贯注，以及毛泽东《新民主主义论》在现代文学的历史发展中的清晰脉络。在著者看来，在政治框架下建构现代文学史是不证自明的，无须多作解释。且这种文学史叙述也体现了周扬有关现代文学历史分期的指导，周扬说："分期问题。可以考虑分三个阶段，现在的分法阶段看不出来。'五四''左联''讲话'是三个阶段中的三件大事。"③ 同时，该文学史还将毛泽东的"讲话"以后文学的历史发展，分为两个政治地域给予叙述：解放区文学与国统区文学。战争是政治的极端反映，这种以战争、政治地域作为文学史叙述根据，是文学史叙述政治意识形态的强烈表现。且在具体叙述这两大政治地域的文学发展时，他们特别突出

---

① 《周扬文集》第4卷，人民文学出版社1991年版，第231页。
② 同上书，第232页。
③ 同上书，第239—240页。

解放区文学，从叙述篇幅比例可看出。从章节看，解放区文学用了 4 章，国统区文学仅用了 2 章；从篇幅看，解放区文学占 249 页的篇幅，国统区文学只占 118 页的篇幅，它们所占比例分别为 68% 与 32%，由此可见该文学史意识形态的取舍。

就某种角度看，周扬对《中国现代文学史》的纲领性指导、规范，实际是将毛泽东文艺思想怎样执行于现代文学史建构中的指导、规范。因此，唐弢的文学史对过去"过左"及"庸俗社会学"倾向的纠正实际也是恢复现代文学的新民主主义性质，即毛泽东文艺思想在文学史叙述的绝对支配力量。就在该文学史编撰时，当时就有人说："正确地阐述和估价毛泽东文艺思想的伟大贡献，对于中国现代文学史的编写者来说，决不只在于能否反映出文学运动的历史真实，更是一个能否以我国革命文学运动的历史事实为例来宣传毛泽东文艺思想的重大政治任务。"[①] 该著在运用毛泽东文艺思想进行文学史建构时虽然避免了和当时政治运动与政治任务相配合的"庸俗社会学"倾向，但就某种角度看，该文学史还是未曾摆脱为"政治"服务的从属的工具职能，这势必丧失文学自身的独特功能。且在文学史叙述中，一般采取"主流"与"逆流"二元对立的叙述模式，这样，它就会把不符合"主流"的作家，或不符合"主流"与"逆流"之间的"自由主义作家"驱逐于文学史之外。因此，该文学史对"新月派""现代派"等就不能客观公正地叙述。连唐弢本人后来也承认，在文学史叙述中："我们不能忽视文学与政治的关系，特别是思想方面。但是艺术方面，我们过去考虑太少了，这是不对的。"[②] 固然，文学是一种意识形态的反映，但文学毕竟有自身的独特性。如果文学成了"革命"的工具，以及政治使命的依附品，并用这一观念来支配现代文学史的叙述，这样的文学史必定会忽略新文学自身的独特性，并遮蔽现代文学本身繁杂的文学史现象，一些现代文学史上有真正贡献的作家因为政治原因而被排斥于文学史之外。如张爱玲、钱钟书等作家在该文学史中的缺席就是明显事例。同时，由于太过注重文学的政治性、思想性而可能也忽略文学自身的审美特性。比如对"左翼作家""解放区文学"等无限度地抬高而对"新月派""现代派"等则有意识地贬抑就是明显表现。对此，唐弢后来

---

① 樊骏：《关于编写中国现代文学史教材的几点看法》，《文学评论》1961 年第 1 期。
② 《唐弢文集》第 9 卷，社会科学文献出版社 1995 年版，第 387 页。

也有认识："我们一度就是这样不实事求是地分析问题，都是'政治唯一'，所以把文学史上政治上犯过错误，或政治上不太好，过去写过一些好作品的作家，都否定了，不提了，这是不对的。"① 他明确说："从政治出发，过去把徐志摩否定了，这不对。"②

从以上叙述可看出，"以论带史"的文学史建构原则多不是从文学史事实出发，而是先验地把时代的意识形态转嫁于文学史建构中。就唐弢本意看，他主张"论从史出"，但他个人的力量难抵特定历史时代主流话语的影响与干预。他后来说："'以论带史'，这不是实事求是的办法。"这是"居高临下"，把著者的观念"硬塞给别人"。③ 客观地说，这一先验的"以论带史"文学史建构方式自周扬的《新文学运动史讲义提纲》就开始存在，经过唐弢的文学史建构原则的融合、改造，这相对于该文学史之前的文学史叙述而言，它是愈益成熟了，但它给唐弢的"文学史"留下的却是太多的遗憾。因此，"中国现代文学史"学科的"现代"内涵，最多不过还是恢复它的"新民主主义"内涵而已。

三 "阶级分析"与"作家型"文学史叙述模式

（一）文学的"阶级分析"

"阶级分析"方法被认为是马克思主义的基本方法，具体来说就是用阶级和阶级斗争理论来观察与分析阶级社会一切现象的一种基本方法。在阶级社会中，社会的各种现象纷繁复杂，只有用阶级分析的方法，即对社会各阶级的经济地位以及他们的政治地位进行科学分析，才能认清社会现象的本质。自从马克思主义传入中国，这一方法就被用于社会现象的分析中，如毛泽东的《中国社会各阶级的分析》等著作就是运用阶级分析方法对中国社会各阶层进行分析的重要文献。阶级分析方法还渗透于哲学、政治、经济、历史等研究中，而自20世纪50年代后这一方法在国内相当流行，尤其是在阶级斗争扩大化后，这一方法更得到前所未有的强调与推崇。当时有人对这一方法有如下叙述，"阶级分析，就是应用马克思主义

---

① 唐弢：《关于中国现代文学史的编写问题》，载北京师范大学中文系现代文学教研室编《现代文学讲演集》，北京师范大学出版社1984年版，第9页。
② 同上书，第14页。
③ 《唐弢文集》第9卷，社会科学文献出版社1995年版，第378页。

的阶级和阶级斗争理论去观察社会现象，分析社会问题，认清在这些现象里面所包含的阶级关系和阶级本质，以决定对待这些问题的态度和政策。这种方法，就是马克思主义的阶级和阶级斗争理论在实际工作和实际斗争中的应用"。[1] 这一方法也渗透于文学的研究与文学史叙述中，观察20世纪50—70年代的文学史叙述，无论是中国文学还是外国文学，无论是古典文学还是现代文学，都打上了阶级分析的烙印。

王瑶的《中国新文学史稿》出版后受到了严肃的批评，其中之一就是许多人指责该文学史缺乏阶级分析。钟敬文指出王瑶的文学史著的根本弱点是思想性低，没有站稳无产阶级立场，而"对于作家和作品，缺乏社会的阶级分析"。黄药眠也认为，"这本书的基本缺点就是缺乏阶级分析"，而其基本原因则是"作者的立场是资产阶级的立场"。李何林指出该著的"缺点是没有把文学和阶级斗争联系起来，因而它所论述的新文学的发展，和当时的阶级斗争看不出显著的关系"。[2] 而在王瑶以后的新文学史叙述中，阶级分析的方法得到了自觉的应用，如刘绶松的文学史开始就说："在阶级社会的任何时代里被写下来的历史书籍，都是一定阶级给予过去时代的社会制度、社会生活和社会思想的一种叙述、解释和总结，里面强烈地贯穿着这一阶级对待问题和处理问题的立场、观点和方法，具现着这一阶级在这一时代的特定的、具体的历史要求：维护什么和反对什么。毫无问题，在任何时代被写下来的历史书籍都是阶级斗争的产物，都是为某一阶级的经济利益和政治利益服务的。"[3] 该文学史阶级分析的观点一点儿也不含糊，在这一观念下就有他新文学的"敌""我"界线的划分。由此，可看出他新文学史叙述的宗旨。这种阶级分析的观点进一步延伸于50年代末期以后文学史"集体著述"中，特别是阶级斗争扩大化后，这种阶级分析的观点成为文学史叙述的唯一形式，如有著作说："跟四十多年的急剧而复杂的社会阶级斗争相适应，现代文学也是在阶级斗争的暴风雨中锻炼成长的。一部现代文学史，从斗争一方面说，也是一部无产阶级文艺思想反击和战胜各种反动的文艺派别和思想的历史。"[4]

---

[1] 张江明：《学会阶级分析》，中国青年出版社1965年版，第3页。
[2] 《〈中国新文学史稿〉（上册）座谈会记录》，《文艺报》1952年总73期第20号。
[3] 刘绶松：《中国新文学史初稿》上卷，作家出版社1956年版，第1页。
[4] 中国人民大学中文系文学史教研室编：《中国现代文学史讲义》，人民大学出版社1962年版，第10页。

而复旦大学中文系学生集体编著的文学史明确说:"一部文学史实际上是阶级斗争历史的一种特殊的表现形式。阶级斗争是文学史的主要内容,也是阶级社会中文学革命发展的基本动力。……在我们的无产阶级革命这个历史时期中,文学更是时代的风雨表,它有着高度的敏感性,当社会上阶级斗争趋于尖锐复杂的时候,文艺领域里的斗争也就随着尖锐复杂起来。"① 再往后,整个文学史就变成了"文艺思想斗争史",如该校中文系1957级学生就集体编著了《中国现代文艺思想斗争史》。而一些大学从50年代末期直到"文化大革命"十年,现代文学课就被"文艺思想斗争史"所取代。

唐弢的《中国现代文学史》明显带有文学史叙述阶级分析的延续,这是受周扬《中国现代文学史纲要》讲话的影响与规范。周扬说,《中国现代文学史》的编写过程,就是"帮助学生了解现代文学的历史发展过程。这是一个充满了矛盾斗争的过程。文学史就是要通过文学上的各种斗争,通过各阶段的创作情况,通过作家作品去了解这个过程"。② 在文学史的建构中,有关作家的叙述,他说:"科学的、历史的评价不能离开阶级立场,要有阶级观点。"但在对具体作家描绘时,却非常棘手:"麻烦在于有些人政治上反动,文学上却有贡献;或者开始进步,后来反动;或者开始反动,后来有进步。要很好掌握分寸。文学史既然讲斗争过程,反面的东西就一定要写,现在的纲要写得还不够。对待反面的东西,第一要写,第二要当做反面的来写。"他在强调现代文学的新民主主义性质时说:"现代文学的性质是新民主主义的,但我们一定要做阶级分析。"③ 事实上,随着政治斗争的进一步升级、扩大,阶级分析方法更渗透于该文学史的具体建构中。当时,曾参与编撰《中国现代文学史》的樊骏先生回忆说,中共八届十中全会上,毛泽东提出阶级斗争要"年年讲,月月讲,天天讲",并再次强调"以阶级斗争为纲"的战斗原则,而参加了该会的周扬立即将这一精神贯彻于教材的编写工作中。④ 因此,不难理解该文学史建构的阶级分析,且阶级分析在此文学史叙述中表现得越来越纯熟,如

---

① 复旦大学中文系学生集体编:《中国现代文学史》上册,新文艺出版社1959年版,第10页。
② 《周扬文集》第4卷,人民文学出版社1991年版,第227页。
③ 同上书,第228—230页。
④ 参见樊骏《编撰〈中国现代文学史〉的若干背景材料》,《新文学史料》2003年第2期。

对现代文学"阶级关系"有如下叙述:"现代文学,作为中国现代复杂的阶级关系在文学上的反映所包含的成份也是复杂多样的。新起的白话文学本身,并不是单一的产物;它是文学上无产阶级、革命小资产阶级和资产阶级三种不同力量在新时期实行联合的结果,其各个组成部分之间有着原则的区分。"[①] 他对新文学各阶级成分有如下分析:资产阶级文学相当复杂,既有积极方面也有消极方面的思想因素,不仅同无产阶级文学有质的不同,而且同小资产阶级革命民主主义文学也有很大的区别;一部分资产阶级右翼文学的代表,反封建时固然极为软弱,同帝国主义更有千丝万缕的联系,而在斗争深入之后,很快倒戈成为反动势力的维护者。在分析了资产阶级文学之后,他还分析了其他文学成分:封建旧文学虽已遭到沉重的打击,但远未绝迹;鸳鸯蝴蝶派作品则改穿起了白话的衣装,在市民阶层中有所流传;作为国民党反动派法西斯政策在文学上的产物,30年代以及稍后一个时期,还曾出现过法西斯"民族主义文艺"、"战国策"派和所谓"戡乱文学"——这些都是文学上的"逆流"。正是现代文学里各种成分的纷然杂陈和相互斗争,推进了现代文学上不同力量之消长,这就是现代文学错综复杂的情势。[②] 在分析以上现代文学中各阶级成分后得出如下结论:

> 但在这多种复杂的文学成份中,居于主导地位、占有绝对优势并获得了巨大成就的,则是无产阶级领导的人民大众的反帝反封建的文学,亦即新民主主义性质的文学。这是一种完全新型的真正属于人民大众自己的文学,同历史上一切具有民主性进步性的文学都有极大区别。这种文学一方面在阶级基础上仍不是单一的,它具有新民主主义的统一战线的性质,其中也包括了一部分曾经起过一定进步作用有着反帝反封建要求的资产阶级民主主义文学。[③]

从以上叙述可看出,阶级分析方法被纯熟地运用于现代文学史的历史建构中。该文学史还引毛泽东《新民主主义论》有关新民主主义政治、

---

① 唐弢主编:《中国现代文学史》(一),人民文学出版社1979年版,第7页。
② 同上。
③ 同上书,第8页。

经济、文化的论述,由于其都是无产阶级领导的缘故,就都具有社会主义的因素,并且不是普通的因素,而是起决定作用的因素,这一特点"反映到文学上,就有了彻底反帝反封建的思想内容,有了社会主义方向,也有了体现这些特点的现代文学的主流——无产阶级文学和处于无产阶级领导影响下的革命民主主义文学"。[①] 在此,新民主主义性质的文学对象进一步扩大到包括资产阶级民主主义文学上面来,并叙述了无产阶级文学与资产阶级民主主义文学的关系以及它们的最终汇合。此外,该文学史还叙述了新民主主义文学的历史发展,在"五四"以后的新民主主义革命时期,无产阶级文学随着革命的发展和无产阶级影响的扩大,随着作家接受马克思主义思想和参加革命实践的增多,随着共产主义知识分子和少数革命工农参与文学创作,特别是随着左翼文学运动的蓬勃展开,无论在量的方面或者质的方面,都有增长和提高。而在延安文艺座谈会后,作品中以无产阶级思想教育人民的作用愈益显著,这种文学也就得到了更多、更坚实的发展。至于革命民主主义文学,在具体历史条件下,始终作为无产阶级在文学战线上的可靠同盟军,以英勇无畏的姿态参加了反帝反封建斗争并且逐渐转换自身的性质,朝着社会主义方向发展,最终汇合到无产阶级文学的洪流之中。

"阶级分析"还被运用在现代文学的各种思潮流派的"斗争"中,在该文学史编著的20世纪60年代初期,就有人指出当时的文学史建构存在的问题:

> 比如大多数教材关于《讲话》以后到一九四九年以前,对于托匪王实味、丁玲反党集团、胡风小集团、修正主义者冯雪峰、阶级敌对分子肖军、民主个人主义者萧乾等的一系列斗争和批判,都作了比较详细的分析,也注意到联系当时的政治、社会、文学的若干现象加以说明,可惜的是没有进一步从整个革命斗争和文学运动的历史发展来论述,指出这些斗争和批判乃是我国民主革命逐步深化、阶级斗争日趋尖锐、革命文学运动迅速向前推进的历史情况下,一定会出现的新矛盾和新分化的具体表现,是有深刻的社会历史根源的。结果,就不能清楚地指出这些斗争和批判的历史必然性和规律性,历次斗争和

[①] 唐弢主编:《中国现代文学史》(一),人民文学出版社1979年版,第8页。

批判之间的内在联系,也就无法充分深刻地总结这许多斗争批判的经验和规律,作为今天文学战线上思想斗争的历史借鉴。①

这些观点不得不影响到该著的编写,即使是该史著出版于1979年后,这一状况也未能完全幸免。该著说:"文艺斗争是从属于政治斗争的。政治的分野决定着文艺的分野。当阶级关系发生变化,革命统一战线有了变动时,新文学的统一战线不可能不随着发生变动。""文艺上的多次重大斗争都出现在政治形势发生急剧变化的时候,阶级斗争形势的变化,可以在文艺这个风雨表上看出征兆。重视这一历史经验也有助于更好地发挥文艺作为敏锐的阶级器官和斗争武器的作用。"② 因此,该文学史著用了较长的篇幅论述新文学与封建复古势力的斗争,与鸳鸯蝴蝶派的斗争,与胡适为代表的《现代评论》派的资产阶级文艺理论的斗争;"左联"时期左联文学与"新月派"的斗争、与"自由人"胡秋原、"第三种人"苏汶的斗争、与国民党的"民族主义主义文艺的斗争",等等,特别是"左联"时期的文艺斗争占了相当大的篇幅,后来唐弢先生对此有如下叙述:"文学史首先应该是文学史,不应该是政治运动史,不应该是文艺思想斗争史。我们这个书正好存在这个问题。对文艺运动和思想斗争写的太多。对'左联'写那么多是应该,它当时对文学发展起了作用,但那也应该从文学作品中去看出来,说明它曾经提倡过什么,有什么收获,而不光是政治运动和斗争。"③

(二)"作家型"文学史叙述模式

王瑶先生在《文体辨析与总集的成立》一文中把中国的文学批评概括为"论作者"和"论文体"两种形式。④ 事实上,也可以把20世纪50年代以来的"文学史"建构模式划归为两类:一类是"文体型"文学史建构模式,它以小说、诗歌、散文、戏剧为文学史叙述框架,这是一种注重文学本体审美特征的文学史叙述模式,它主要以王瑶的《中国新文学史稿》为代表;另一类为"作家型"文学史叙述模式,它主要以唐弢的

---

① 樊骏:《关于编写中国现代文学史教材的几点看法》,《文学评论》1961年第1期。
② 唐弢主编:《中国现代文学史》(一),人民文学出版社1979年版,第13页。
③ 唐弢:《关于中国现代文学史的编写问题》,载北京师范大学中文系现代文学教研室编《现代文学讲演集》,北京师范大学出版社1984年版,第8页。
④ 参见《王瑶全集》第5卷,河北教育出版社2000年版,第103页。

《中国现代文学史》为代表。"作家型"文学史叙述模式是 50 年代自王瑶的"文体型"文学史叙述模式之后主要流行的一种文学史叙述模式。如果追根溯源，司马迁《史记》中"本纪""世家""列传"就是关于历史人物的传记，而传统史籍中的"文苑传"则是对历史上作家生平及创作情形给予描述，它被王国维归为"文学之史"。① "文苑传"的描绘重心主要是作家，因此，传统史籍的"文苑传"可看作这种文学史叙述模式的雏形。"作家型"文学史叙述模式表现在对文学创作的具体叙述中强调"作家中心"，文学史叙述常依照时代、社会对作家的影响，并进而表现在作家的创作中这样的文学史叙述逻辑，即依照作家思想概况→作品思想内容→艺术特色"三段论"叙述模式。如果说"文体型"文学史叙述模式主要注重文学的"本体"特征，注重作家独特艺术形式与风格，而"作家型"文学史叙述模式则主要突出时代社会对作家的影响，这种文学史叙述模式实际是 50 年代之前的"社会型"文学史叙述模式在特定时代的重要表现，它只是把重心放在了作家身上，因此，在文学史叙述中尤其注重作家、作品的思想性等，这样作品的艺术形式反而被轻视了，在 50 年代中后期，它成为极为风行的文学史叙述模式。

"作家型"文学史叙述模式在 50 年代中后期的风行源于当时的政治情势，由于"文体型"文学史叙述模式主要着眼于文学的"本体"特征，它不能把时代所要求的主流意识形态很好地体现出来。如王瑶的《史稿》在"绪论"中虽极力张扬主流意识形态，但在进行具体的创作叙述时，却难以把这种精神贯注在文学史叙述中；而"作家型"文学史叙述模式相对于"文体型"文学史叙述模式更易于给作家政治定位、对作家进行阶级分析，更易于把握分析作家的思想，更容易在文学史叙述中辨别作家是主流、支流、逆流，是进步作家，还是反动作家，等等。这是"作家型"文学史叙述模式风行于 50 年代中后期的主要原因。事实上，从丁易的《中国现代文学史略》就开始存在这种模式特征。比如，他的文学史结构可分成两部分：一部分，叙述文学运动、文学思潮；另一部分叙述作家、作品，但叙述的重心则在作家身上。后来中国人民大学中文系文学史教研室编著的《中国现代文学史讲义》、复旦大学中文系现代文学组学生

---

① 参见王国维《国学丛刊序》，载胡道静主编《国学大师论国学》，东方出版中心 1998 年版，第 41 页。

集体编著的《中国现代文学史》等在对文学创作的叙述中,其落脚的重心都在作家身上。比如,他们在叙述文学史体例时就明确说:"本书对创作实践的评述,是以作家为中心的。"①

"作家型"文学史叙述模式是唐弢《中国现代文学史》的重要建构方式。从该文学史结构看,著者在对各个时期的文学史叙述时,首先以一章的篇幅叙述该时期的文学运动、文学思潮,而其他章节都着重于该时期作家的叙述。从全书看,文学运动、文学思潮只用5章篇幅,占全书的25%;而叙述作家创作的篇幅就用了15章,占全书的75%。由此可见著者把主要篇幅留在了对作家的叙述上,这体现了"作家型"文学史叙述模式中作家的中心地位。唐弢在《中国现代文学史的编写问题》中说,写文学史的主要目的:"一是发现新作家,二是要全面地(包括艺术)介绍作家的影响,这是写现代文学史的人必须注意的问题。"② 他在该文学史的具体实施中确实贯彻了这一原则,但他发掘的、叙述的作家主要是与主流意识形态相符合的"主流"作家、"进步"作家。在该文学史中,他特别强调鲁迅、郭沫若、茅盾的文学史重要地位。就鲁迅用了两章的篇幅给予叙述,郭沫若、茅盾各用一章多一些的篇幅予以论述。其他重要作家如巴金、老舍、曹禺三人合为一章,每人各以一节较长的篇幅给予叙述。叶绍钧、丁玲、艾青、沙汀、赵树理等各用一节的篇幅给予叙述。其他的作家或放入一个流派作为代表作家给予叙述,或把创作倾向、风格类似的作家放在一起用一定的篇幅予以叙述。如"郁达夫及创造社诸作家的创作","语丝等社团流派和闻一多等人的创作","蒋光赤和早期提倡无产阶级革命文学的作家","'左联'柔石、胡也频、殷夫等的创作","张天翼、艾芜等作家的小说创作","左翼戏剧运动及田汉等的剧本创作","中国诗歌会诸诗人和臧克家等的创作",等等,各以一节的篇幅叙述。以上所列举的作家,都是主流意识形态认可的"主流"作家,对这些作家的描绘篇幅,以及给他们的文学史"定位"是主、次、再次,层层分明,一目了然。但读者很难在该文学史目录中找到那些定位为"支流"与"逆流"的作家,如"象征派"诗人李金发、"新月派"诗人徐志摩,

---

① 复旦大学中文系学生编:《中国现代文学史》上册,上海文艺出版社1959年版,第18页。

② 《唐弢文集》第9卷,社会科学文献出版社1995年版,第383页。

以及"现代派"代表作家诗人等,假如有对这些作家诗人的叙述,他们也被淹没在"主流"作家之下而作为"逆流"出现于文学史上。令人惊异的是,作为"新月诗派"的代表诗人闻一多是被冠以"语丝等社团流派和闻一多等人的创作"来叙述的,著者这样的安排初衷何在?显然,这种方式叙述的闻一多不是诗坛上真实的闻一多。

客观地说,唐弢的《中国现代文学史》采用"作家型"文学史叙述模式,在文学史叙述中突出作家创作的整体性,它避免了因"文体型"模式在文学史叙述中常将同一作家分裂于不同文体的叙述的弊端;同时,该文学史叙述、发掘了大量作家①,使"文学史"渐渐向"文学的历史"靠拢,纠正了"文学史"等同于"文艺思想斗争史"等,但正如上面的叙述,这种文学史建构原则风行于特定的政治语境,体现了意识形态对文学史建构的主宰与分割,体现了著者对文学史事件、作家、作品"主流"的认可,因此,该文学史在发掘大量新的作家的同时,却把那些政治上不符合"主流"、思想不符合主流意识形态,而在文学上有真正贡献的作家排斥于文学史之外。

---

① 从《中国现代文学史》(三)所列的"人名索引"可知,该文学史叙述的作家多达 500 多位,是仅有现代文学史中叙述作家最多的文学史著。参见唐弢、严家炎主编《中国现代文学史》(三),人民文学出版社 1980 年版,第 488—512 页。

第 四 章

现代文学史叙述的"西方"想象与"民族"追求

从前面关于1950—1980年内地现代文学史叙述中，可看出政治意识形态、权力话语如何影响人们的文学观念，以及如何影响人们对新文学的历史认识，并进而影响到新文学史历史叙述；在特定时期，新文学史叙述甚至成为政治运动的图解工具，文学史逐渐演变为革命史与文艺思想斗争史。与此同时，台湾、香港地区以及海外，由于不同政治意识形态话语的影响与规范，它们的文学观念，以及它们对新文学的历史认识明显不同于内地，现代文学史叙述呈现出地理特征①，且与内地表现出明显的对峙形态，形成新文学史叙述的独特模式。在这些不同语境的新文学史叙述中，夏志清与司马长风的文学史叙述代表了两种不同的文学史叙述模式。

第一节 现代文学史叙述的"西方"想象
——夏志清的文学史叙述

中国，向来以历史悠久的文明之邦令世界瞩目，"海外汉学"的兴盛正表现了国外对中国悠久文化的兴趣与关注，而到20世纪，东西方各国的"汉学"研究有了重大变化，对近现代中国的研究超过了对传统中国的研究。20世纪下半叶，美国更投注惊人的物力和人力致力于"中国研究"，"汉学"发展的重心从欧洲转移到北美，且美国学人嫌"汉学"之

---

① 参阅胡希东《民族·国家与文学史地理——1950—1980中国现代文学史叙述形态》，人民出版社2013年版，第229页。

名过于陈旧，主张用"中国研究"（Chinese studies）来代替"汉学"这一名称。① 中国文学研究是海外"汉学"研究的重要一翼，而中国新文学研究是目前较为突出而独特的领域。欧美一些国家、亚洲的韩国与日本等，由于他们较为新颖的方法与独特视角，与中国内地的新文学研究形成了不同的景观，而文学史叙述更是如此。耶鲁大学出版社1961年3月出版的夏志清的《中国现代小说史》就是美国在"中国研究"中最突出的成果。该文学史依存于当时西方政治语境，尤其是夏志清先生的西方文学背景，以及由此形成的西方价值体系所确立的文学观念与文学史建构原则，这使他的文学史叙述成为不同于中国内地的另一种叙述模式。

该文学史主要着眼于中国现代小说，严格来说，它只是一部文体史，是一部探索中国现代小说发展的历史，但它在国外汉学界造成的影响，对整个中国现代文学的研究，以及给文学史叙述带来的冲击至今还是一股强烈的力量。王德威先生指出，在20世纪中国文学研究领域里，夏志清教授无疑是最具影响力的人物之一，王氏评价《中国现代小说史》："全书体制恢宏、见解独到，对任何有志现代中国文学文化研究的学者及学生，都是不可或缺的参考资料。也因为这本书所展现的批评视野，使夏志清得以跻身当年欧美著名评家之列，而毫不逊色。……世纪末的学者治现代中国文学时，也许碰触许多夏当年无从预见的理论及材料，但少有人能在另起炉灶前，不参照、辩难或反思夏著的观点。由于有了像《中国现代小说史》这样的论述，使我们对中国文学现代化的看法，有了典范性的改变；后之来者必须在充分吸收、辩驳夏氏的观点后，才能推陈出新，另创不同的典范。"② 20世纪80年代初，唐弢先生也曾谈及该文学史的影响："国外现在风行夏志清写的《中国现代小说史》，许多大学采为教材或学生参考书。研究中国现代文学的大学生把这本书奉为'经典'。国外研究中国现代文学的，非读夏志清这本书不可。这个人成为研究中国现代文学的权威。"③ 夏志清的文学史也在80年代辗转传入内地学界，并对内地中国现代文学研究界产生了深远的影响与持久冲击力，这对内地"重写文

---

① 参阅余英时《序》，载刘正《汉学在20世纪东西方各国研究和发展的历史》，武汉大学出版社2002年版，第3页。
② 王德威：《重读夏志清教授〈中国现代小说史〉——英文本第三版导言》，载夏志清《中国现代小说史》，刘绍铭等译，复旦大学出版社2005年版，第31页。
③ 《唐弢文集》第9卷，社会科学文献出版社1995年版，第375页。

学史"有明显而重要的影响,有人就指出,夏志清的《中国现代小说史》中的"基本观点、基本思路都非常完整地体现于 80 年代中国大陆的'重写文学史'实践中。可以说无论在理论上,还是在策略,乃至文学趣味上,80 年代'重写文学史'的学者都受到了这部著作的影响"。[1]

该著成书于 1951—1961 年,为著者十年心血凝就。正值此时,新生的中华人民共和国亦正在进行新文学史叙述,王瑶正出版《中国新文学史稿》上卷,并在 1953 年出版了《中国新文学史稿》下卷;之后,蔡仪的《中国新文学史讲话》、丁易的《中国现代文学史略》、张毕来的《新文学史纲》第一卷、刘绶松的《中国新文学史初稿》等相继出版。与以上文学史著述不同的是夏志清小说史所体现的文学观念,以及文学史叙述模式。夏志清认为,身为文学史家的首要工作就是:"优美作品之发现和评审"[2],他还说:"一部文学史,如果要写得有价值,得有其独到之处,不能因政治或宗教的立场而有任何偏差。"[3] 事实上,政治意识形态照样是他文学史建构的重要表现,他毫不隐讳其文学史叙述强烈的政治意识形态,并带有对内地文学史叙述原则的解构。他曾说:"共产主义在中国大陆的'成功',使一般人几乎毫不批判地接受了大陆对中国现代文学的看法。对于那些代表了大陆的文学成就的创作或批评作品,近年来港、台的批评家所能做的只是贬抑谴责而已。他们急于批评大陆一向的宣传,却忽略了应该寻找一个更具备文学意义的批评系统。"[4] 显然,夏志清对内地所确立的文学史叙述原则的"解构"有他一套独特的价值体系,即他强调"一个更具备文学意义的批评系统",这个批评系统就是他依存的西方文学背景,以及由此形成的西方文化体系所确立的文学观念与文学史建构原则。

一 "道德意味""宗教意识"与文学史建构

显然,该小说史对内地推崇的"左翼"文学的解构,表现出极强的政治意识形态。而该小说史的最大价值在于对现代文学史叙述上的独特

---

[1] 李杨:《文学史写作中的现代性问题》,山西教育出版社 2006 年版,第 92 页。
[2] 夏志清:《中国现代小说史》,刘绍铭等译,传记文学出版社 1991 年版,原作者序第 16 页。
[3] 同上书,第 495 页。
[4] 同上。

性，以及著者在"西方"语境下秉持的文学史叙述原则给予我们的启示。这是一部用英文来叙述的小说史，其文学史叙述方法和知识体系都源于"西方"。著者的知识背景主要是西方文学，著者在攻读博士学位期间为英文系的优等生，"莎士比亚""美国文学""欧洲名著"是他在美执教期间的英文课程。在他从事中国现代小说研究时，"二十世纪西洋小说大师——普鲁斯特、托马斯曼、乔伊斯、福克纳等，我都每人读过一些"。[①]这种文学史经典的西方体系无疑成了著者观照中国现代小说的重要参照系，道德意味与宗教意识就是其明显表现。

"道德意味"与"宗教意识"是夏志清先生文学史叙述的重要评断标准，这与西方文学伦理道德批评有重要关联。文学的伦理道德批评最初源于西方，它和心理批评、社会批评、形式主义、原型批评被当代西方评论界称为文艺批评的五大模式。[②]据文学伦理道德批评理论，文学作品对社会精神生活能够产生重大影响，文学的重要性不在于表达的形式，而在于表达的内容；文学必须寓教于乐，即将其教诲、启迪和娱乐结合起来。文学作品的价值主要是从伦理道德方面对人们起到潜移默化的作用。而批评家的任务主要是揭示文学作品在伦理道德方面的价值与意义。这种注重道德伦理的批评方法最早可溯源到柏拉图的《理想国》，经贺拉斯的《诗艺》所提出的"寓教于乐"，再经文艺复兴时期人文主义文艺批评，而在20世纪20—30年代，伦理道德批评成为美国一个有广泛影响的批评流派，这就是以欧文·白璧德与保尔·摩尔等为代表的新人文主义流派，该流派批评家以维护清教徒和古典传统著称，但随着欧文·白璧德与保尔·摩尔等的相继去世，道德批评流派逐渐解体，但这种注重社会伦理、用道德标准评判文学作品的批评方法为不同的批评家广泛运用。道德批评为文学批评提供了重要视角：（1）从伦理道德的角度评析文学作品，把"善与恶"的冲突看作贯穿古希腊到现代的一切伟大文学作品的共同线索，把几乎所有的文学作品都看作"善与恶"斗争在某方面的反映；（2）从宗教视角评论文学作品；（3）分析作品的教育感化作用和认识价值，即着重探究作品所要阐发并感化读者的思想信念，以及作品反映社会现实的

---

① 夏志清：《中国现代小说史》，刘绍铭等译，传记文学出版社1991年版，原作者序第10页。

② 参见金哲等主编《新学科大系》，上海人民出版社1990年版，第492页。

程度和意义。① 这种伦理道德批评对夏志清先生不可能不产生重要影响，但夏志清先生对伦理道德批评却有选择性，他更多的是吸取伦理道德的善、恶冲突与宗教"原罪"说，而对伦理道德批评的说教更多的是摒弃，正如王德威先生对此的评价，这呼应了布鲁克斯的名言："文学处理特别的道德题材，但文学的目的却不必是传道或说教。"② 因此，道德伦理批评的善恶冲突与宗教原罪说成为夏志清先生文学史叙述的重要视角。

文学是人学，对人，对人性善、恶冲突，以及对人的终极精神的探讨与诉求是文学创作的重要表现，因此，夏志清先生文学史叙述的道德批评应有他的合理性。他认为，中国现代小说大半都写得太浅露："那些小说家技巧幼稚且不说，看人看事也不够深入，没有对人心作深一层的发掘。这不仅是心理描写细致不细致的问题，更重要的问题是小说家在描绘一个人间现象时，没有提供比较深刻的、具有道德意味的了解。"③ 相反，西方文学三大黄金时代的杰出作家索福克勒斯、莎士比亚、托尔斯泰、陀思妥耶夫斯基留给后世的作品，"都借用人与人间的冲突来衬托出永远耐人寻味的道德问题"。④ 同时，索福克勒斯、莎士比亚、托尔斯泰、陀思妥耶夫斯基都正视人生，都带有一种宗教感。在这些作家看来，人生是一个谜，仅凭人的力量与智慧，谜底是猜不破的。这种宗教意识在基督教传统里的西方作家身上都存在。以此为参照，他得出中国现代文学之肤浅，归其原因实是中国现代作家缺乏西方作家强烈的宗教意识，他们对"原罪"之说，或者阐释罪恶的其他宗教论说，不感兴趣，无意认识⑤；而其潜在原因则是现代中国人"摒弃了传统的宗教信仰"，推崇理性，所以写出来的小说也显得浅显而不能抓住人生道德问题的微妙之处。⑥

夏志清还用这一观念来返顾传统，在他看来，传统中国人最多逃不出

---

① 参见金哲等主编《当代新方法》，上海人民出版社1990年版，第493—494页。
② 王德威：《重读夏志清教授〈中国现代小说史〉——英文本第三版导言》，载夏志清《中国现代小说史》，复旦大学出版社2005年版，第34页。
③ 夏志清：《中国现代小说史》，刘绍铭等译，传记文学出版社1991年版，原作者序第11页。
④ 同上书，第11页。
⑤ 同上。
⑥ 同上书，第12页。

的是"因果报应""万恶淫为首"这类粗浅的观念,因此,"中国文学传统里没有一个正视人生的宗教观。中国人的宗教不是迷信,就是逃避,或者是王维式怡然自得的个人享受"。① 在他看来,仅凭这些观念要写出索福克勒斯、莎士比亚、托尔斯泰、陀思妥耶夫斯基作品里令人深思的道德问题来,实在是难上加难。② 根据以上对照,他得出如下结论:"我国固有的文学,在我看来比不上发扬基督教精神的固有西方文学丰富。二十世纪的中国文学当然也比不过仍继承基督教文化余绪的现代西洋文学。"③ 因此,在夏志清看来:"我们一想到二十世纪的西方伟大小说家时,脑海中马上就浮现出他们各人不同的想象世界,不但景色人物跃跃欲生,而且每一个世界都有一种与众不同的道德问题和七情六欲。中国现代小说家中,大概只有四个人凭着自己特有的性格和对道德问题的热情,创造出一个与众不同的世界。他们是张爱玲、张天翼、钱钟书、沈从文。其他的优秀作家,因有其个人特有的优点,对严肃的中国现代小说的贡献,虽功不可没,但他们对中国的看法,对现实素材的吸取,实在是大同小异的。他们全不外是讽刺社会的人道主义写实作家。"④

"道德意味"与"宗教意识"是他对中国现代文学史进行整体观照的出发点,而他也用这两大尺度对一些作家作品进行具体解剖。他对鲁迅的《祝福》从"宗教"中的"信仰"与"迷信"给予叙述:"《祝福》是农妇祥林嫂的悲剧,她被封建和迷信逼入死路。鲁迅与其他作家不同,他不明写这两种传统罪恶之可怕,而凭祥林嫂自己的真实信仰来刻画她的一生,而这种信仰和任何比它更高明的哲学和宗教一样,明显地制订它的行为规律和人生观。在这个故事中,她所隶属的古老的农村社会,和希腊神话里的英雄社会同样奇异可怕,也同样真实。'封建'和'迷信'在这里变得有血有肉,已不仅是反传统宣传中所用的坏字眼。"⑤ 他用"宗教"与"道德"对郁达夫给予评价:"波得莱尔的颓废只能用基督教义来解释,郁达夫的罪恶和忏悔也同样只能用他所受的儒家教化来了解。""因

---

① 夏志清:《中国现代小说史》,刘绍铭等译,传记文学出版社1991年版,原作者序第12页。
② 同上。
③ 同上书,第13页。
④ 同上书,第504页。
⑤ 同上书,第72页。

第四章 现代文学史叙述的"西方"想象与"民族"追求

为惟有他敢用笔把自己的弱点完全暴露出来,这种写法扩大了现代中国小说心理和道德的范围。"① 他评价张爱玲的《金锁记》:"道德意义和心理描写,却极尽深刻之能事。"② 他用"道德"的视角来解剖左翼作家张天翼创作手法的独特性:

> 不过这种紧凑的写实手法不仅是外在的,而且也有一种严肃的道德异趣。正因为张天翼对于左翼的文艺观,趋附从不置疑,这种道德上的承担,使其成就更属卓越。我们几乎可以在张天翼身上,发现到一个莎士比亚式的创造者,他将他那一时代那种先入为主的意识形态,视为理所当然,不过仍旧能够利用它,来作为一种媒介,借以反映作家对于道德问题的感受。他大多数的作品,对中、上阶级加以讽刺,可是悉能超越宣传的层次,进一步达到讽刺人性卑贱和残忍的嘲弄效果。这种道德上的"视景"(vision),尽管和左派的社会分析相呼应,实际上是作者才华高人一等的明证。③

夏志清先生对许地山的叙述更表现在"宗教"尺度上,在他看来,许地山与他同时期作家最不同的一点是他对宗教的兴趣,他所关心的是"慈悲或爱"这个基本宗教经验,而他的所有小说都试图让世人知道,这个经验在生活的世界中是无所不在的。他用这种宗教经验来解剖许地山鲜为人知的小说《玉官》,夏志清称它"是一篇小小的杰作"。他在叙述了整个故事情节后,对玉官评价说:

> 从她的许多美德和弱点来看,玉官实在是个传统的中国妇女的典型。即使在她最后觉醒之前,我们拿任何伦理规范来评论她,她都算得上是个很好的人。她是一个传教士,作者自然可用一套宗教上的善恶标准去衡量她的一生。但要紧的是,这个宗教观点,在小说里并没有替代了中国人一向遵守的道德标准。正因为作者同时采用这双重的

---

① 夏志清:《中国现代小说史》,刘绍铭等译,传记文学出版社1991年版,第133—134页。
② 同上书,第406页。
③ 同上书,第231—232页。

尺度，我们才能充分了解到她深厚的人性。在许多方面，玉官令人想起福楼拜的小说《纯洁的心》(*A Simple Heart*) 的女主角费立西德。不同的是，玉官不像费立西德之任令其善良凋谢于自身之内，她将她的善良向外发扬，实际地伸展到爱与工作之中。①

这种"宗教"与"道德"意识对作家、作品，以及作品中人物的解剖达到相当的深度。显然，夏志清还不愿停留在此层面上，他又用这一视角来进一步反思整个中国现代文学，在他看来：

> 大部分的现代中国作家把他们的同情只保留给贫苦者和被压迫者。他们完全不知道，任何一个人，不管他的阶级与地位如何，都值得我们去同情了解。这一个缺点说明了中国现代文学在道德意识上的肤浅：由于它只顾及国家的与思想上的问题，它便无暇以慈悲的精神去检讨个人的命运。在这方面《玉官》算是个成功的例外。大部分的中国知识分子都瞧不起宗教，尤其是基督教，因此对他们来说这篇小说像是对基督教传教士言过其实的赞美。然而《玉官》并不全是一篇替基督教说话的作品：它的女主角彻头彻尾是个中国人，而且也缺乏理解基督教中心教义的知识能力。值得我们注意的重心是，许地山在这篇小说里很成功地采用了理解人生的宗教观点，超越了当时文学作品中流行的人道主义和"义愤填膺"的情绪。比他同时代作家里头的沈从文，只有沈从文具有同样的宗教意识。然而与玉官不同的是，沈从文笔下的大部分人物都是生活在天生的纯洁无邪这个本能的层次上的，他们是尚未投身于善恶斗争中的田园人物。②

翻译夏志清小说史的刘绍铭先生曾将夏志清对许地山及对《玉官》的叙述与内地同时期王瑶、丁易、刘绶松对许地山的描绘进行对照，进而指出夏志清第一个发掘出《玉官》这一小说的重要性。在刘绍铭先生看来，发掘《玉官》的独特价值的是夏志清；王瑶、丁易、刘绶松的文学

---

① 夏志清：《中国现代小说史》，刘绍铭等译，传记文学出版社1991年版，第117页。
② 同上书，第117—118页。

史著虽有一定的篇幅介绍许地山,但没有提《玉官》;台湾刘新皇、尹雪曼、周锦等的文学史著也只有关于许地山简短的介绍,没有提《玉官》。刘绍铭指出:"许地山在文学研究会的地位,在中国现代小说史的地位,如果没有《玉官》这个别具一格的故事来证实作者的才华,将会大打折扣。"① 进而肯定夏志清发掘文学史经典及他文学史范式的独特意义。

显然,以"道德意味"与"宗教意识"来叙述文学史有它的独特价值与意义,它对20世纪90年代内地学者以宗教视角来观照中国现当代文学有重要的开启作用。在这里值得深思的是,以"道德意味"与"宗教意识"为旨归的文学,是否就一定比以政治意识形态为旨归的文学高明而深刻呢?在此有必要对"道德"与"宗教"作一定东、西方词源性溯源。有关"道德"本属伦理学范畴,在汉语语汇中,"道"多指道路之意,如《说文解字》:"道,所行道也。"后进一步引申为人应遵循的规律、准则。刘师培指出:"盖道路之道,人所共行,故道德之道,即由道路之道引伸。"② 德,通"得",意指人的品德、德行,《说文解字》有:"外得于人,内得于己";有学者将之作如下解释,所谓"内得于己",即反省自我,端正心性,使个人内心具有善之品性;所谓"外得于人",就是在内心确立正直原则、端正心性修养基础之上,身体力行,使内心正直原则指导相约束自己的行为。端正内心修养,并身体力行,即为"德"。③ 老子曾述及道德之形成:"道生之,德畜之,物形之,势成之,是以万物莫不尊道而贵德。道之尊,德之贵,夫莫之命而常自然。故道生之,德畜之,长之育之,成之孰之,养之覆之,生而不有,为而不恃,长而不宰,是谓玄德。"④ 刘师培先生亦指出道德之形成与内涵:"夫人之初生本无一定奉行之准则,风俗习惯各自不同,则所奉善恶亦不同。一群之中,以为善,则相率而行之,目之为道,习之既久,以为公是公非之所在,复悬为准则,以立善恶之衡。一群人民以为是,则称为善德,一群人民以为非,

---

① 刘绍铭:《经典之作——夏志清著〈中国现代小说史〉中译本引言》,载夏志清《中国现代小说史》,刘绍铭等译,复旦大学出版社2005年版,第25页。
② 刘师培:《清儒得失论:刘师培论学杂稿》,中国人民大学出版社2004年版,第139页。
③ 参见高兆明《伦理学理论与方法》,人民出版社2005年版,第6页。
④ 王弼注:《老子道德》,载《诸子集成》第4册,河北人民出版社1986年版,第31—32页。

则称为恶德。"① 在西方,"道德"的英语语汇为 morality,它源于拉丁文 moralis,其复数为 mores,意指风俗、习惯,单数 mos 指个人性格、品性。亚里士多德在《伦理学》中指出:"道德是一种在行为中造成正确选择的习惯,并且,这种选择乃是一种合理的欲望。"由此可见,无论中西方语汇,道德主要意指人们通过善恶冲突选择来调整人与自我、人与人、人与社会的准则、行为规范等。

相对于"道德"而言,"宗教"更多表现为人类的精神信仰。它多表现为相信并崇拜超自然的神灵,具体表现为对上帝、神灵的崇拜。在中国传统语汇中,"宗"即为在室内对祖先、神灵的祭祀、尊崇之意,《说文解字》:"宗,尊祖庙也。""教"有教育、教化之意,《说文解字》有:"上所施下所效也。"《国语·周语》有:"教,文之施也。"因此,中国语汇中的"宗教",有神道教化之意;《礼记·祭义》有:"合鬼与神,教之至也。"有学者指出:"对鬼与神的信仰与崇拜,是教化人民的至理,从而也就是宗教的根本道理。"② 但"宗教"一词主要源于西方,英语为 religion,由拉丁词 "re" 和 "legere" 演变而来,意思是"再"和"聚集",它主要指为了同一信仰、同一信念,比如,对上帝、神灵的敬奉而聚集在一起。宗教反映了人们对上帝、神灵的崇拜和对终极信仰的探求,据宗教观念,人都具有原罪意识,人都希望摆脱自己的原罪获得救赎,或皈依上帝从而获得生命的永恒与意义。

以上由人身上所具有的道德善、恶冲突,以及人身所具的宗教所带来的精神信仰、原罪之说等成为文学所反映的重要内容。因此,以道德、宗教作为观照文学的重要评判标准有其合理性。比如孔子评《诗经》:"诗三百,一言以蔽之,曰:思无邪。"(《论语·为政》)他赞《韶》:"尽美矣,又尽善也。"评《武》:"尽美矣,未尽善也。"(《论语·八佾》)他评《关雎》:"乐而不淫,哀而不伤。"再看他的文艺道德基础:"志于道,据以德,依于仁,游于艺。"(《论语·述而》)而荀子也说:"圣人也者,道之管也。天下之道管是矣,百王之道一是矣,故《诗》、《书》、《礼》、《乐》之道归是矣。诗言是其志也。"(《儒效篇》)再看他的《乐论》:

---

① 刘师培:《清儒得失论:刘师培论学杂稿》,中国人民大学出版社 2004 年版,第 139 页。
② 李兰芬:《试析对宗教本质的哲学理解》,载李志刚、冯达文主编《思想文化的传承与开拓》,巴蜀书社 2002 年版,第 45 页。

"乐者乐也。君子乐得其道，小人乐得其欲。以道制欲，则乐而不乱；以欲忘道，则惑而不乐。故乐者，所以道乐也；金石丝竹，所以道德也。"（《乐论》）这种批评风尚会对后来的中国文坛产生重要影响。而在西方，这种道德批评照样具有深久悠远的历史，比如柏拉图的《理想国》、亚里士多德的《诗艺》等，后来进一步演化为道德批评范式。夏志清的道德批评就是在这传统范围之内来展开他的文学史叙述的。

显然，夏志清的文学史叙述的道德评价与宗教意味有他的独特性，他更多地表现为对伦理道德以及宗教对人的束缚的反拨，因此，他最看重那种反映人性中的善、恶冲突，反映人性中"原罪"意识，以及由此展开的善、恶冲突的作品。看他对周作人《人的文学》的评价即可窥见一斑。有关文学革命的评价，他指出："有关新文学道德方面、心理方面的问题，胡适却没有做过阐释工作。周作人在这方面做了补充的工夫。"[①] 那就是周作人《人的文学》，他引述了周作人该文章的思想：

> 《人的文学》的论点，认为人是有灵肉二重生活的；灵肉本是一物的两面，不是对抗的二元。而古人的思想，却以为二元分立，永相冲突。这种灵肉二元的思想，表现于文学上也成了两派。崇尚理性的文学多为政治与宗教服务，抑压人的情性。描写人类本能的文学，则每每陷入色欲、暴力和幻想的渊薮中。不幸的是，这两派文学中的任何一派，都不能把人性的全面刻画出来。如果我们摊开中国通俗文学史一看，我们不难看到这两类文学占着多重的地位：表扬封建思想与道德的"奴隶"书类，色情狂的淫书类，迷信的鬼神书类，歌颂江湖侠盗的强盗书类，才子佳人书类等等。[②]

在周作人看来，这几类文学都会妨碍人性的自然发展，应该排斥，而这也是夏志清先生推崇该文的实质所在，在夏志清先生看来："周作人在这篇文章说的话，大概上与十九世纪西方写实文学所揭橥的目标相仿，不过他确是把当时强烈的个人主义和人道精神记录出来了。同时，我们也可从此看出中国知识分子正在寻找一种更能适合现代人需要的、足

---

① 夏志清：《中国现代小说史》，刘绍铭等译，传记文学出版社 1991 年版，第 49 页。
② 同上书，第 50 页。

以取代儒家伦理观的思想。因此,周作人的《人的文学》实在可以看做是现代中国文学成熟时期的开端。"① 但在夏志清先生看来,文学革命所带来的成熟作品并不多,因为当时能够站稳立场、不为流行意识形态所左右的作家实在不多,"在道德问题的探讨方面,中国现代作家鲜有人能超越其时代背景的思想模式的"。夏志清认为,这篇文章立论虽然很有见地,但"读后总觉得周氏热心倡导的,仅及于道德上能促进人类幸福的文学而已,对于在伦理上与他观点不同的作品,他就不愿提倡了——虽然这些作品所关心的问题,是极其严肃的道德问题"。② 因此,夏志清对该文把新文学最终引向为时代、为社会、为人生的现代文学表现出排斥的态度。

显然,该文学史所表现的"道德意味"与"宗教意识"是基于人类的普遍真挚情感,对道德的说教以及对宗教束缚人性给予反拨来立论的,应该说有其重要意义。仅就宗教而言,该文学史指涉的宗教主要指基督教,其经典为《圣经》,曾对西方文化的发展产生广泛而深远的影响,到1800年以后,它形成了一种世界文化现象而广泛向世界各地传播与扩散。但它作为一种文化现象进入中国并非像佛教那样畅通无阻,王本朝先生对基督教传播于中国的过程有如下叙述:

> 基督教在中国不能忽略传教士这个中介,它与佛教进入中国有不同的命运,中国文化与佛教文化的交流有参与的极大热情,有"取经"、"译经"的主体行为。中国文化面对基督教既缺乏热情,也没有曲折的"文化取经"故事,参与"译经"的也寥寥可数。传教士对基督教的言说取垄断政策,天主教比基督新教更古板,而基督新教在中国的传播直到19世纪才出现,中国没有出现近似于西方哲学阐释学的解经学,传教士有阐释霸权,哪怕是调整传教策略也是出于自身的需要,而不是受到中国文化的威胁。③

因此,基督教对中国文化的影响远不及佛教那么久远与深刻,这从中

---

① 夏志清:《中国现代小说史》,刘绍铭等译,传记文学出版社1991年版,第50页。
② 同上书,第51页。
③ 王本朝:《20世纪中国文学与基督教文化》,安徽教育出版社2000年版,第5页。

国知识分子对基督教的态度即可看出:"中国知识分子对基督教也缺乏积极性,因为基督教信仰与传统文化在价值观念、思维方式和语言方式上都有巨大的差异,放弃传统文化去信仰基督教,这对他们而言不是得到心理安全,而是会有更大的心理危机。这与佛教不同,它可以做到兼容而伸缩自如,基督教的排他性要中国知识分子放弃自身的文化传统,这对一个中国知识分子而言是很难办到的,所以无论是基督教信仰或是基督教知识在中国思想文化上都没有被充分展开,而是被相互遮蔽着。"① 由此可以想见基督教渗入文学的情形。尤其是现代中国身处民族灾难、社会动荡之时,启蒙、救亡、阶级、民族、国家……成为人们关心的主要问题。因此,当本身带有殖民色彩的西方文化大量涌入现代中国时,人们最关注的还是能使现代中国摆脱被殖民、被侵略命运的器物文化与制度文化,即西方的科学与民主。因此,现代中国并没给虚无缥缈的宗教留下丰厚的土壤,现代中国文学关注的更多的是启蒙、救亡、阶级、民族、国家……应该说,宗教,只是中国现代文学发展的一种资源。因此,要认识现代中国文学,建构新文学史,它还存在着远比宗教更重要的更多元的切入点与视角。客观地说,用宗教意识这种标准价值尺度建构现代中国文学史相对于人们已经厌倦同时期内地、台湾以政治意识形态去建构新文学史而显示出夏志清文学史建构的独特性。而在这标准尺度的背后,还有夏志清身处西方文化语境而有意识地用西方价值尺度来观照中国现代文学。

二 文学史叙述的现代性悖论

夏志清的小说史之所以称为"中国现代小说史",显然有其重要的"现代性"追求。他曾说,中国现代文学表现出道义上的使命感,而深具"感时忧国"的精神,因此,在夏志清看来:"中国现代文学之所以现代,不过是因为它宣扬进步和现代化不遗余力而已。"② 这种"感时忧国"的民族使命感和现代化不遗余力也许是夏志清先生所理解的新文学的"现代"内涵,更重要的是夏志清先生在他文学史建构视野上,他希望现代

---

① 王本朝:《20世纪中国文学与基督教文化》,安徽教育出版社2000年版,第5页。
② 夏志清:《中国现代小说史》,刘绍铭等译,传记文学出版社1991年版,第534页。

文学跻身世界行列,尤其是他文学史的建构原则与方法上所体现的现代性追求,但这种现代性追求有其自身的悖论。

(一) 文学史叙述中西比较视野

西方文化以及西方文化价值尺度是他用来观照现代文学的参照系,同时,在他的文学史建构中,他还常用西方文学来对照比附中国现代文学,文学的比较视野是他进入现代文学的主要视角,这具体表现在他对作家作品的具体叙述上。如对胡适文学革命的文学史意义有如下描绘:"胡适之扬弃古文传统在历史意义上与华兹华斯之摒绝德莱敦(Dryden)与波普、早期艾略特之非难浪漫诗人和维多利亚时代诗人差堪比拟。所不同者是胡适这种'厚今薄古'态度内涵着更多的文化和社会因素而已。再说,胡适的处境也有异于华兹华斯和艾略特的地方。胡适所提出的有关文学的理论,并不是为了替自己的创作辩护而写的。不错,为了示范需要,他写了不少于今读来索然无味的白话诗,收入《尝试集》(一九二〇年出版),但他的目的不外叫人像他一样继续尝试而已。"[1] 在夏志清看来,鲁迅二度返乡的作品,如《故乡》《祝福》《在酒楼上》所运用的小说形式,要比其他未成熟的青年作家复杂得多。因此,他把鲁迅最好的小说与《都柏林人》互相比较,并说:"鲁迅对于农村人物的懒散、迷信、残酷和虚伪深感悲愤;新思想无法改变他们,鲁迅因之摒弃了他的故乡,在象征的意义上也摒弃了中国传统的生活方式。然而正与乔哀斯的情形一样,故乡同故乡的人物仍然是鲁迅作品的实质。"[2] 再看他对郁达夫以及他的作品的评价,他说:"郁达夫的全部小说都是卢梭式的自白,例外很少。"并以世界文学视野来看《沉沦》,说该作品"并不见得怎样大胆,也不见得有甚么了不起的新意:这本书无非借鉴于日本和欧洲的颓废作家",在他看来:"《过去》的文字和结构毛病太多,不值得拿来跟乔哀思的《死者》比较。可是小说主人公和康劳伊(Conroy)一样,确有自知之明,能够分辨爱与欲的不同。"[3]

他还用这种比较视野来评价沈从文、钱钟书、张爱玲等作家。在夏志清看来,沈从文笔下"萧萧的身世,使我们想到福克纳小说《八月之光》

---

[1] 夏志清:《中国现代小说史》,刘绍铭等译,传记文学出版社1991年版,第40页。
[2] 同上书,第66页。
[3] 同上书,第130—133页。

里的利娜·格洛夫（Lena Grove）来"。他把沈从文小说中的人物分成两类："一边是露西（Lucy）形态的少女（如三三、翠翠），那么另外一边该是华兹华斯的第二种人物：饱历风霜、超然物外，已不为喜怒哀乐所动的老头子。"① 再看他对张爱玲的评价，说她是当时中国最优秀、最重要的作家："仅以短篇小说而论，她的成就堪与英美现代女文豪如曼斯菲尔德（Katherine Mansfield）、泡特（Katherine Anne Porter）、韦尔德（Eudora Welty）、麦克勒斯（Carson McCullers）之流相比，有些地方，她恐怕还要高明一筹。"② 在对钱钟书的小说《灵感》评价时他说："由于作者精通英国诗歌的关系，我们对它受到德莱敦的《马克·佛莱克诺》（Mac Flecknoc）、蒲伯的《愚人史诗》（The Dunciad）和拜伦的《审判的幻景》（The Vision of Judgment）的影响，一点也不感到意外。"他还说："阅读这篇有趣的讽刺幻想，我们察觉到钱钟书与他所模仿的诗人的确相似。像德莱敦、蒲伯和拜伦一样，在故事中他对充塞当代文坛及树立批判标准的愚昧文人显露出一种表示贵族气骨的轻蔑。他很像是英国十八世纪早期蒲伯这一派的文人，在自己的文章中为反浮夸、疾虚妄的理智与精确明晰的风格作以身作则的辩护。"③ 他对《纪念》的评价是："作为一个研究诱奸与通奸的故事看，《纪念》的笔法含蓄有力，堪同法国作家贡斯党（Benjamin Constant）的中篇名著《阿道尔夫》（Adolphe）相比。"④

显然，夏志清对沈从文、张爱玲、钱钟书等作家的推崇，这种文学的比较视野使他的叙述更富有根据与说服力。这种西方视野中的比较文学方法出现在他的文学史建构中并非偶然，他要向西方介绍中国、介绍现代中国文学，用西方人熟悉的作家以及西方文学经典来比较、解释中国现代小说，这对叙述者的他，以及接受者的西方读者自然驾轻就熟得多。夏志清的这种比较方法就出现在这一西方语境下，这使他尝试了在中西对比中阐释、评价现代中国文学的文学史叙述模式，其中不可否认有他潜意识中"西方价值中心"的明显表现，这也是他的此种方法曾招来非议的重要原

---

① 夏志清：《中国现代小说史》，刘绍铭等译，传记文学出版社1991年版，第220—221页。
② 同上书，第397页。
③ 同上书，第441—443页。
④ 同上书，第445页。

因。事实上，西方文学的比较视野理应是中国现代文学的一重要研究视域，因为，西方文学本身就是中国现代文学发生、发展的重要资源。连对夏志清小说史非议最多的唐弢先生也指出："研究'五四'以来的现代文学，除了现代文学和传统文学的影响外，至少要有一个中国和外国文学的比较。"① 他甚至在出席西方举行的"中国现代文学"研究会议上也明确指出："研究现代文学还是要用比较综合的方法。"② 乐黛云先生也指出："旅居美国的夏志清教授所写的《中国现代小说史》固然有许多我们不能同意的观点，但我认为他有一个长处，就是经常从比较的角度来突出中国现代小说的特色。……这样从与同时期世界文学的比较中来看中国现代小说的特点，当然要比孤立地'就事论事'来得深刻。我想，中国现代文学史中的许多问题通过比较都可以得到更好的阐明。"③

这种比较文学视野显然不同于同时期内地新文学史的建构。西方文学视野使他常常以较高的眼光来俯视整个中国现代文学，他对中国现代文学的浪漫主义有如下的叙述：

> 中国新文学早期浪漫主义所表现出来的形式和思想，都是极为幼稚和浅薄的……在这个文学运动中，没有像山姆·科尔立基那样的人来指出想象力之重要；没有哈兹华斯来向我们证实无所不在的神的存在；没有威廉·布鲁克去探测人类心灵为善与为恶的无比能力。早期中国现代文学的浪漫作品是非常现世的，很少有在心理上或哲理上对人生作有深度的探讨。事实上，所谓"浪漫主义"也者，不过是社会改革者因着科学实证论（scientific positivism）之名而发出的一股除旧布新的破坏力量。它的目标倒是非常实际：它要给中国人民带来幸福的生活，建立一个更完善的社会和一个强大的中国。由于这种浪漫主义所探索的问题，没有深入人类心灵的隐蔽处，没有超越现实的经验，因此，我们只能把它看做一种人道主义——一种既关怀社会疾苦同时又不忘自怜自叹的人道主义。自然界的一切，对这种浪漫主义者说来，只不过是一种陶冶性情的工具而已。他们关心的，倒是社会上

---

① 《唐弢文集》第9卷，社会科学文献出版社1995年版，第361页。
② 同上书，第348页。
③ 乐黛云：《比较文学与中国现代文学》，北京大学出版社1987年版，第73页。

贫富悬殊的现象，并希望能够寻求到一个公平的分配办法。①

这种以西方浪漫主义来观照现代文学确实能抓住中国现代文学中浪漫主义的精神实质，以及浪漫主义在独特的语境下的"变异"过程："这种急欲改革中国社会的热忱，对文学的素质，难免有坏的影响；现代中国文学早期浪漫主义作品之所以显得那么浅薄，与此不无关系。到最后，这种改造社会的热忱必然变为爱国的载道思想。"因此，在夏志清看来："即使没有共产党理论的影响，中国的新文学作家，也不一定会对探讨人类心灵问题感兴趣的。他们亟亟以谋的，是要把中国变成现代国家，因此，他们写文章的当务之急，是教导自己蒙昧的同胞。几位早期的作家，都坦白承认他们选择文艺为事业的理由，无非是为了要对国人的愚昧、怯懦和冷漠宣战。他们认为文学在这方面是比科学和政治更更有效的武器。这些作家，他们对艺术的看法虽有不同，但在爱国的大原则下，他们的信念是相同的。"② 应该说，这种西方比较视野看清了浪漫主义的中西差异，以及他们偏离人类心灵探索这一浪漫主义的精神实质，而更多关注民族、国家、阶级等，更具有深刻的说服力。但这问题的背后是，夏志清先生用这种文学的比较方法看清了中国现代文学的缺陷这一实质，这就使他陷入了要让中国现代文学跻身世界文学行列的尴尬悖论之中。

（二）文学性、文本细读与文学史经典

韦勒克曾言，过去的文学史过分地关注文学的背景，而对于作品本身的分析极不重视，反而把大量的精力消耗在对环境及背景的研究上。在他看来："只有作品能够判断我们对作家的生平、社会环境及其文学创作的全过程所产生的兴趣是否正确。"因此，"文学研究的合情合理的出发点是解释和分析作品本身"。③ 这种专注于文学作品本身的方法影响着夏志清的文学史叙述，夏志清的小说史不同于内地的新文学史叙述，他把现代文学史的建构视野专注于作品上。如果西方文化、西方文学经典是他文学史建构的参照系，那么文学史经典文本的重新发掘，以及文本的细读与分

---

① 夏志清：《中国现代小说史》，刘绍铭等译，传记文学出版社1991年版，第48页。
② 同上书，第51—52页。
③ ［美］韦勒克、沃伦：《文学理论》，刘象愚等译，北京三联书店1984年版，第193页。

析就是其文学史建构的重要原则与方法。他一直认为:"身为文学史家,我的首要工作是'优美作品之发现和评审'(the discovery and appraisal of excellence——语见《中国现代小说史》初版原序),这个宗旨我至今仍抱定不放。"① 并且说:"我所用的批评标准,全以作品的文学价值为准则。"② 从他自己的叙述可看出其文学史建构的取向:一是文学性,这是他文学史建构的基础;二是"优美作品之发现和评审",即文学史经典的确立。因此,撰写该文学史时西方正盛行的各种文学批评方法,如形式主义、新批评、叙事学、结构主义等无疑对著者有一定的影响,而新批评则是其文学史建构的最重要方法,著者对此毫不隐讳:

> 虽然我一直算是专攻英诗的……西洋小说名著尽可能多读,有关小说研究的书籍也看了不少。到了五十年代初期,"新批评"派的小说评论已很有成绩。1952年出版,阿尔德立基(John W. Aldridge)编纂的那部《现代小说评论选》(*Critiques and Essays on Modern Fiction*, 1920—1951),录选了不少名文(不尽是"新批评"派的),对我很有用。英国大批评家李维斯(F. R. Leavis)那册专论英国小说的《大传统》(*The Great Tradition*, 1948),刚出版两三年,读后也受惠不浅。李维斯最推崇简·奥斯丁、乔治·艾略特、亨利·詹姆斯、约瑟·康拉德四位大家。简·奥斯丁的六本小说我早在写博士论文期间全读了,现在选读些艾略特、詹姆斯、康拉德的代表作,更对李氏评审小说之眼力,叹服不止。③

当时盛行的新批评等方法无疑让著者受益,直到他暮年还念念不忘:"我早年专攻英诗,很早就佩服后来极盛一时的新批评的这些批评家。"④ 这些新批评家无疑主要指李维斯、燕卜荪、布鲁克斯、兰色姆、威尔逊、特里林等。因此,在他的文学史叙述中,关注文学性,注重文本的细读

---

① 夏志清:《中国现代小说史》,刘绍铭等译,传记文学出版社1991年版,原作者序第16页。
② 同上书,第497页。
③ 同上书,第4—5页。
④ 季进:《对优美作品的发现与批评,永远是我的首要工作——夏志清先生访谈录》,《当代作家评论》2005年第4期。

是他文学史建构的重要原则。"文学性"或文本的审美特征是决定一部作品能否进入他文学史的重要尺度；而文本的细读则是其文学史叙述的重要方法，在对文本的细读中常常能从文本的外在表层渗入文本的内在深层，从而探索文本背后的内在含义，这些方法使他对现代中国文学一些重要作家作品的解剖常常能游刃有余。如他在对鲁迅的《药》细读后指出：

> 鲁迅在这篇小说中尝试建立一个复杂的意义结构。两个青年的姓氏（华夏是中国的雅称），就代表了中国希望和绝望的两面，华饮血后仍然活不了，正象征了封建传统的死亡，这个传统，在革命性的变动中更无复活的可能了。夏的受害表现了鲁迅对于当时中国革命的悲观，然而，他虽然悲观，却仍然为夏的冤死表示抗议。[1]

而在小说的结尾，华、夏的母亲上坟时所见的花环，夏的母亲幻想这正是她儿子在天之灵未能安息的神奇兆示，著者说："老女人的哭泣，出于她内心对于天意不仁的绝望，也成了作者对革命的意义和前途的一种象征式的疑虑。那笔直不动的乌鸦，谜样的静肃，对老女人的哭泣毫无反应：这一幕凄凉的景象，配以乌鸦的戏剧讽刺性，可说是中国现代小说创作的一个高峰。"[2] 在对鲁迅《在酒楼上》人物吕纬甫的分析中，他指出：

> 毫无疑问地，鲁迅的意图显然是把他的朋友描写成一个失去意志的没落者，与旧社会妥协。然而，在实际的故事里，吕纬甫虽然很落魄，他的仁孝也代表了传统人生的一些优点。鲁迅虽然在理智上反对传统，在心理上对于这种古老生活仍然很眷恋。对鲁迅来说，《在酒楼上》是他自己彷徨无着的衷心自白，他和阿诺德一样："彷徨于两个世界，一个已死，另一个却无力出生。"鲁迅引了屈原的《离骚》作为《彷徨》的题辞，完全证实了这种心态。[3]

---

[1] 夏志清：《中国现代小说史》，刘绍铭等译，传记文学出版社1991年版，第68页。
[2] 同上书，第69页。
[3] 同上书，第74页。

这是一种典型的由作品、作品人物再延及作者的内心世界的评论方法，它已超越新批评单纯的细读法。同时，著者在分析文本时从外在表层渗入作品背后的深意时注重作品的象征，以及作品中意象所传达的深刻内涵，如上面叙述鲁迅《药》结尾中出现的"花环"，而《肥皂》亦是如此。他说，《肥皂》惯用的方法是讽刺，可"故事的讽刺性背后，有一个精妙的象征，女乞丐的肮脏破烂衣裳，和四铭想象中她洗干净了的赤裸身体，一方面代表四铭表面上赞扬的破旧的道学正统，另一方面则代表四铭受不住而做的贪淫的白日梦。而四铭自己的淫念和他的自命道学，也暴露出他的真面目。几乎在每一种社会和文化中，都有像他这种看起来规规矩矩的中年人"。① 因此，"意象""象征""隐喻"等常是夏志清进入文学文本的重要视角。

他说张爱玲的小说"意象的丰富，在中国现代小说家中可以说是首屈一指"，这些意象多为暗喻，具独特象征内涵，"张爱玲的世界里的恋人总喜欢抬头望月亮——寒冷的、光明的、朦胧的、多情的、伤感的或者仁慈而带着冷笑的月亮。月亮这个象征，功用繁多，差不多每种意义都可以表示"。② 对《金锁记》的叙述更能体现他文学史的建构原则，他在细腻地阐释了该作品后，分析女主角曹七巧在与姜家争夺财产的钩心斗角中，甚至在对儿子、女儿、媳妇"畸形"的折磨中她也渐渐地老了，她常常回顾自己一生"生命的浪费"，在寂寞中独自咀嚼一次次"空虚胜利"，看著者对作品结尾的精彩分析：

> 这段描写文字经济，多用具体的意象，在读者眼睛中可以留下深刻的印象——这实在是小说艺术中的杰作。陀思妥耶夫斯基的《白痴》中娜斯塔霞死了，苍蝇在她身上飞（批评家泰特 Allen Tate 在讨论小说技巧的一篇文章里，就用这个意象作为讨论的中心），这景象够悲惨，对于人生够挖苦的了，但是《金锁记》里这段文字的力量不在陀思妥耶夫斯基之下。套过滚圆胳膊的翠玉镯子，现在顺着骨瘦如柴的手臂往上推——这正表示她的生命的浪费，她的天真之一去不可复返。不论多么铁石心肠的人，自怜自惜的心总是有的。张爱玲充

---

① 夏志清：《中国现代小说史》，刘绍铭等译，传记文学出版社1991年版，第76页。
② 同上书，第404页。

分利用七巧心理上的弱点,达到了令人难忘的效果。翠玉镯子一直推到腋下——读者读到这里,不免有毛发悚然之感。诗和小说最紧张最伟大的一刹那,常常会引起这种恐怖之感。读者不免要想起约翰·邓恩有名的诗句:

光亮的发镯绕在骨上。

(A bracelet of brigh hair about the bone)[1]

《金锁记》无疑是张爱玲最成功的作品,作品的结尾无疑是该作品最精彩而难忘的细节,而夏志清对相关"意象"的分析,陀思妥耶夫斯基《白痴》中娜斯塔霞这一人物形象以及"苍蝇"这一意象的比附分析,以及约翰·邓恩有名诗句的借用,直剖曹七巧人性之深处,无疑是最能体现夏志清文学史叙述风格以及最成功的地方。左翼作家张天翼,自由主义作家沈从文、钱钟书等作家就是这样被发掘的,著者就是这样通过文本的细读来发掘文学史经典并建构其文学史的。

文学性,文本的细读法去发掘文学史经典,以及上面论述的他文学史建构中的西方文化背景、他的西方文学比较视野,这些显然不同于同时期内地文学史建构方式,这是他陷入文学史建构现代性悖论的重要原因,也是他与欧洲汉学家普实克发生冲突的根本原因。普实克在责难夏志清对鲁迅"不公正"的文学史叙述时,曾述说自己所采用的方法,他说:

现在我们试图来表明,如果我们不是把自己局限于非本质的枝节问题,而是对鲁迅的文学作品进行系统的分析,不是只看到他个性中孤立和偶然的事物,而是把它们看做由作家艺术性格融合起来的艺术整体中的组成部分,那么,鲁迅作品的总性质以及夏志清所讨论的那些具体特点就会显得何等不同,我们也将会对鲁迅的作品做出何等不同的评价。这些个别成分的主次位置是按鲁迅的创作意图排列的,正像他以同样的方法组合并应用这些成分来实现他的创作构思一样。这一意图,以及为实现他的构思所采用的艺术方法,反映了作者的哲学

---

[1] 夏志清:《中国现代小说史》,刘绍铭等译,传记文学出版社1991年版,第411—412页。

观点即他对世界、生活和他所处的社会的态度以及他同现存艺术传统的关系，等等。所有这些态度的特殊性质是由作者的思想和艺术个性决定的；我们既把他看做一个特定人类社会的成员，也同时把他看做一位具有特性的艺术家。①

从上面的叙述可看出普实克所遵循的"由外向内"的文学研究方法，其研究方法包含以下逻辑层次：作家的创作意图制约其文学创作→文学文本反映了作家的哲学观，即他对世界、生活和他所处的社会的态度以及他同现存艺术传统的关系→作家的世界观来自他身处的历史、社会、现实语境。相反，夏志清的文学史建构显然是对以上方法的解构。他依循"由内向外"的原则：文学文本→文本细腻解读→文本的外在表层→进入文本的深层结构→探索文本背后的象征内涵→进入作家的内心世界→作家、作品的文学价值以及文学史意义。

显然，进入著者视野的文学文本在夏志清看来必须有其文学本身的价值，而由文本的细读进入作家内心直至确定其文学史价值不乏夏志清带批评家色彩的西方主观想象，其对作家作品及作品中的人物与西方作家作品及人物的相互比附就是很好的明证。因此，普实克指责夏志清文学史建构的主观主义表现："他没有采用一种真正的科学的方法，而是满足于运用文学批评家的做法，而且是一种极为主观的做法。尽管他频繁地将中国作家同某些欧洲作家相比较，这些比较具有一些偶然性而非出自这些作家之间异同的系统研究。"② 针对普实克的指责，特别是普实克所遵循的文学史研究方法，夏志清用新批评代表人物卫姆塞特（W. K. Wimsatt）和比亚兹莱的"意图性谬误"（the Intentional Fallacy）理论给予反击："一位作家的意图，不管它能否给作品以价值，都不能用做'判断文学艺术成败的标准'。"在夏志清看来，作为文学史家和文学批评家都不能像普实克那样，根据作家的意图来评价文学作品，也不能因为作家的意图就称赞"原谅"文学作品的"拙劣"，因此，他始终坚信："衡量一种文学，并不

---

① [捷] 普实克：《中国现代文学史的根本问题——评夏志清的〈中国现代小说史〉》，载《普实克现代中国文学论文集》，李燕乔等译，湖南文艺出版社 1987 年版，第 228—229 页。

② 同上书，第 220 页。

根据他的意图,而是在于他的实际表现,它的思想、智慧、感性和风格。"① 他进而指出,"意图性谬误"影响着普实克对整个中国现代文学的理解:"既然他像'马克思主义理论家们'那样,认为现代中国史只是中国人民在共产党领导下进行'扫除封建主义余孽和反抗外国帝国主义'的斗争,并最终赢得彻底解放的历史,那么,他对把这一斗争具体化的作品倍加赞颂,而对于与这一斗争似乎无关,但在其它方面表现了人生真理和艺术之美的作品,却视为无足轻重,也就无怪其然了。"② 他指责普实克把文学创作仅仅当作历史和时代的精神记录(文学机械反映论)所包含的危险,而坚信:

> 文学史家应凭自己的阅读经验去作研究,不容许事先形成的历史观决定自己对作品优劣的审查。文学史家必须独立审查、研究文学史料,在这基础上形成完全是自己的对某一时期的文学的看法。对文学史家来说,一位向时代风尚挑战的、独行其事的天才,比起大批亦步亦趋跟着时代风尚跑的次要作家,对概括整个时代有更重要的意义。因而,无论历史学家们和记者们对1949年以来的中国说了什么,只要我们发现自那时起,中国文学确实日益沉闷无活力,那么我们在对这一时期的文学进行客观评价时就应当把这一事实纳入考虑之中。在我看来,这种"归纳的方法"比之普实克所采用的"推论"的方法要"科学"得多。正是用了"推论的方法",普实克先大胆地设定了一个时期的历史图景,然后去发现适合这个图景的文学。③

在夏志清看来,作为介绍现代中国小说的开创性著作,其主要任务是"辨别"与"评价",只有从大量可得的作品中厘清线索并将可能是伟大的作家与优秀作家从平庸作家中辨别出来,才有可能对作家作品的"影响"与"技巧"进行研究。他还说:"研讨任何早期的文学,文学史家可以假定一些经受过几代读者考验的主要作家,然而有时即使几代人的判断

---

① 夏志清:《论对中国现代文学的"科学"研究——答普实克教授》,《中国现代小说史》,刘绍铭等译,复旦大学出版社2005年版,第331页。
② 同上书,第332页。
③ 同上。

也有可能靠不住,所以文学史家或批评家不完全依凭前人。就现代中国文学来说,由于中国国内的批评家本人往往也参加了现代文学的创造,难免带有偏见。他们在文学批评方面的修养也难以信赖。因此,我们在研究中国现代文学时,就更应当另起炉灶."[1] 由此说明他小说史的开拓性,并在以上阐述的基础上给予如下结论,他说,如果在这样阐明了自己的批评原则以后,"我仍然显得有'教条的偏狭',那么,我对一些拙劣作品的'偏狭',就不应被视为政治偏见,而是对文学标准的执着,我的'教条'也只是坚持每种批评标准都必须一视同仁地适用于一切时期、一切民族、一切意识形态的文学。文学史家固然应当具备必要的语言、传记、历史等方面的知识,以便对各位作家和各个文学时期做出恰当的评定,但这种历史学的要求并不能成为放弃文学判断的职责的借口"[2]。

夏志清与普实克之间的冲突,既有意识形态的对立与偏见,更多的则是文学史建构原则取向的差异。夏志清文学史建构原则的创造性与独特性,对优秀作家作品的发掘,对现代文学研究视阈的开拓,等等,都显出《中国现代小说史》的独特价值与文学史建构意义。但不可否认,夏志清先生的中国现代文学史的建构原则也有他的局限性,正是这局限使他陷入他文学史建构原则的悖论中。由于文学史叙述的意识形态性,这使他丧失了对一些文学史事件以及作家作品的客观评价。如果没有他对左翼文学的"偏见",或如他所说的对文学标准的"执着",也许该小说史对鲁迅、茅盾等"左翼"作家,以及他厌弃的带"意识形态"的文学的评价会更加客观、公正些。对丁玲的评价就是典型,正如他与普实克争论时说:"如果更多地关注她的早期短篇小说和在延安写的短篇的话,我对她的文学成就会做出很不一样的描述。不过作为一个将自己的生命当作一场自由实验的现代女性,丁玲肯定不会在意我对她的爱情生活的些许评论。"[3] 对萧军的作品他也承认:"对《八月的乡村》所做的评论,也稍欠公正。"[4] 这些只能说是源于著者意识形态"偏见"所带来的文学史建构的蒙蔽。

---

　① 夏志清:《论对中国现代文学的"科学"研究——答普实克教授》,《中国现代小说史》,刘绍铭等译,复旦大学出版社 2005 年版,第 328 页。
　② 同上书,第 329 页。
　③ 同上书,第 332 页。
　④ 夏志清:《中国现代小说史》,刘绍铭等译,传记文学出版社 1991 年版,原作者序第 16 页。

其实，夏志清的这种中国现代文学史"西方视野"的文学史建构原则不仅仅给一系列的后来研究者带来影响与冲击，更多的是他的文学史建构原则所带来的经验反思。王德威先生在论述该小说史时指出："就算夏的立论不无可议之处，他已借此避免了更早他一代文学评论——如反映论、印象论——的局限。"① 从某种角度看，普实克与夏志清的争论，实际源于两种对峙的文学史建构谱系。叶维廉先生在《历史整体性与中国现代文学研究之省思》一文中指出，无产阶级是新文学史的真正创造者的主张曾影响到西方汉学领域，"如 Huang Sungkang 和普实克（J. Prusek)，尽管他们自称持有科学的客观态度"。② 再返观普实克与夏志清的争论，他对夏志清指责的正是他这种"无产阶级是新文学史的真正创造者"意图倾向性表现，这是大陆文学史建构谱系；而夏志清所持的文学史原则是他的"西方视野"。叶维廉说夏志清的这一文学史建构原则在排拒了"一件文学作品的意义与形式乃基源于历史"这一命题以后，"把文学创作的成品看作超脱历史时空自身具足的存在物。如影响过他的'新批评'一样，他从所谓具有普遍性的一套美学假定出发；凡合乎西方伟大作品的准据亦合乎中国的作品。我们看到，在他讨论鲁迅时，一下子举了乔义斯（James Joyce)、海明威、马修·安诺德、贺拉斯（Horace)、本·琼生（Ben Jonson)、赫胥黎等一大串名字用作几乎是顺手拈来的比较（页七二、三四、五四)，却没有逐一检讨其间使其风格、形式、文类和美学假定各异的历史内容，以便找出这些作家可资比较的确切之处，他全书作了不少类似的轻率的暗比"。③ 在叶维廉看来，仅仅将文学作品从各自相关的历史瞬间抽离出来作一番比较、对比，是不能够完全把握一种文化现象的全部生成过程的，它必须放入"全部经济、历史、社会、文化的网膜中去认识才行"。④ 在叶维廉先生看来："夏志清的方法背后，还有一个为许多研究中国现代文学的学者赞同的假定，即既然某一特定的作品仿效了外来的模子，我们就可以用西方模子中的文化假定去审视中国

---

① 王德威：《重读夏志清教授〈中国现代小说史〉——英文本第三版导言》，载夏志清《中国现代小说史》，刘绍铭等译，复旦大学出版社 2005 年版，第 36 页。
② 《叶维廉文集》第 2 卷，安徽教育出版社 2003 年版，第 224 页。
③ 同上书，第 226 页。
④ 同上书，第 230 页。

的作品,仿佛合用于'母本模子'的也必然合用于移植的模子。"① 事实上,尽管现代中国知识分子虽曾狂热地追求过"全盘西化",但由于传统文化因素的制约,这种"全盘西化"的模子在现代中国并未曾发生。同时,西方文学中沿袭下来的文学模子(所谓"普遍意识")本身也是值得商榷的,在叶维廉先生看来,"这些被应用的'西方模子'自身可能已经是对西方文学的一种扭曲"。② 由于中国现代作家当时所关注的时代、个人、民族、国家问题与西方作家所处的时代以及他们所关心的迥然不同,因此,他说:

> 我们不应该只用中国的或西方的思维模子去抽象地判定这些知识分子,而应该设法去了解他们对文化与历史认知的角度,他们吸收外国文化的取向,是他们爱国爱民的一种权宜决定,是他们追求某种历史的整体性时试图解决不可收拾的残局的努力。因此,他们的作品不应该从超然于具体历史的纯美学立场去看,而必须将之投射入他们活跃的整个舞台,在那舞台上,生活过程和艺术过程密不可分地交织成真正的意义架构。③

叶维廉先生的论述可谓一针见血,道出了夏志清先生文学史建构原则"现代性"的尴尬悖论。其实,对夏志清文学史建构的"西方视野"给予非难的并非少数,针对夏志清对司马长风的《中国新文学史》的批评,司马长风也说:"我觉得,对中国新文学史的见解可靠与否,仍决定于他对中国新文学史的修养,一个西方文学学者,对西洋文学知识,即使像太平洋加大西洋那么渊博,如果对中国新文学史没有研究,或缺乏研究,那么他对中国新文学史的见解,也不值得参考。"④ 连夏志清先生本人后来也承认:"现在想想,拿富有宗教意义的西方名著尺度来衡量现代中国文学是不公平的,也是不必要的。但丁的诗篇诚然是西方文化的瑰宝,但假如十三世纪的意大利人民能逃出中世纪的黑暗,过着比较合理开明的生

---

① 《叶维廉文集》第 2 卷,安徽教育出版社 2003 年版,第 228 页。
② 同上。
③ 同上书,第 232—233 页。
④ 司马长风:《答复夏志清的批评》,《中国新文学史》下册下卷,传记文学出版社 1991 年版,第 398 页。

活,但丁活在那个环境里,庸庸碌碌地过了一生(能同皮阿屈丽丝结婚当然更好),即使一无写诗的灵感,我想他也是心甘情愿的。"①

除上面夏志清文学史建构原则带来的冲击与反响外,在这个文学史文本背后,还有很多复杂的问题供后人思考。王德威先生明确指出该文学史作为一文学史文本本身所具有的丰富性与复杂性,他说:

> 我以为《小说史》的写成可以引导我们思考一系列更广义的文化及历史问题。这本书代表了五十年代一位年轻的、专治西学的中国学者,如何因为战乱羁留海外,转而关注自己的文学传统,并思考文学、历史与国家间的关系。这本书也述说了一名浸润在西方理论——包括当时最前卫的"大传统"、"新批评"等理论——的批评家,如何亟思将一己所学,验证于一极不同的文脉上。这本书更象征了世变之下,一个知识分子所作的现实决定:既然离家去国,他在异乡反而成为自己国家文化的代言人,并为母国文化添加了一层世界向度。最后,《小说史》的写成见证了离散及漂流(diaspora)的年代里,知识分子与作家共同的命运;历史的残暴不可避免的改变了文学以及文学批评的经验。②

应该说,夏志清《中国现代小说史》给中国现代文学研究带来的冲击与影响是多维度的。在此还需指出的是夏志清试图建构以文学本体的文学史叙述模式以对峙内地的新文学史叙述所体现的政治意识形态,但最终却证明:他的文学史建构也并没摆脱意识形态的约束,且他所追求的纯粹的文学"本体"的文学史叙述模式其实还受到历史、文化等诸多因素的干扰,而且完全把文学文本从它所生成社会历史语境中抽离出来,也不符合文学史实际,这与过于强调文学史建构从属于政治意识形态同样不客观。而这些正说明,夏志清先生文学史建构的现代性悖论。

---

① 夏志清:《中国现代小说史》,刘绍铭等译,传记文学出版社 1991 年版,原作者序第 14 页。
② 王德威:《重读夏志清教授〈中国现代小说史〉——英文本第三版导言》,载夏志清《中国现代小说史》,刘绍铭等译,复旦大学出版社 2005 年版,第 33 页。

第二节　民族文化认同与新文学史叙述
——司马长风新文学史叙述的民族追求

不同于内地，香港多以"自由港"的形态存在，且为多元化政治环境。因此，在这样的环境下，香港的文学也呈多元形态。就新文学研究而言，它未像台湾地区对新文学进行禁锢，而是对新文学采取开放政策，不但自己大量出版了新文学作家作品，且内地、台湾地区及海外出版的新文学书籍以及新文学研究成果都在此传播。这样，香港的新文学研究呈现活跃状态，曹聚仁、李辉英、赵聪、司马长风、于蕾等都是新文学史研究的著名专家，在这些新文学史研究专家中，司马长风是最为独特的一个，且他撰写的《中国新文学史》是一部在海内外产生了广泛影响的新文学史著[1]，其文学观念与文学史建构原则既不同于此时期的内地，亦不同于夏志清的文学史叙述。

由于政治地理的人为分割，特别是意识形态的差异，台湾地区、香港等形成不同于内地的文化地理空间。比如台湾地区自甲午海战后就隶属于日本直到抗战胜利后才得以光复，而自1949年后，其政治与经济体制又多依附于美国、日本等；而香港自中英"南京条约"签订后，就一直隶属于英国。台湾人、香港人，还包括那些漂泊游荡于海外的内地人，由于过分的"西化"，或遭受国外的殖民统治，或身处异域的文化环境……这些使这部分中国人总有一种"无根"的漂荡感，这种文化心态使他们不知何去何从！对民族传统的认同常常通过各种方式表现出来。以台湾地区为例，持续于20世纪50—70年代的现代主义之争，以及兴起于70年代的"乡土文学"论争就是这种民族认同感的明显表现。香港虽多以"自由港"的名义存在，但长期遭受英国的殖民统治而使香港人在文化心态上比台湾人表现出更严重的"民族归属"以及"文化身份"的认同感。民族认同源自民族历史的想象与记忆，它常在特定历史语境下通过各种曲折的方式表现出来。斯图亚特·霍尔曾对殖民语境下民族认同有如下叙述："过去继续对我们说话。但过去已不再是简单的、实际的'过去'，因为我们与它的关系，就好像孩子之与母亲的关系一样，总是已经是

---

[1] 参见司马长风《台版前记》，《中国新文学史》，传记文学出版社1991年版。

'破裂之后的'关系，它总是由记忆、幻想、叙事和神话建构的。"① 司马长风新文学史叙述就是民族心灵的幻想与记忆。自"南京条约"签订后，香港隶属于英国，成为英国的殖民地；1949年后，由于政治地理的人为分割，特别是意识形态的差异，香港形成不同于内地、台湾的文化地理空间。虽与内地"一墙"相隔，却类同他乡。这使香港既不属英国，也不属内地、台湾，而是徘徊于它们之间的"他者"，这种尴尬处境使香港人总有"无根"的漂泊感而不知何去何从！

叶维廉先生曾说："原住民历史的无意识、民族文化记忆的丧失是殖民者必须设法厉行的文化方向。"② 弗朗兹·法侬也曾说："殖民主义并非仅仅满足于对被统治国家的现在和未来实施统治，仅仅把一个国家的人民握在掌中并把本土人脑中的一切内容掏空，殖民主义并不满足。出于一种邪恶的逻辑，殖民主义转向被压迫人民的过去，歪曲、丑化、毁坏他们的过去。"③ 这种殖民主义造成民族记忆丧失的情形亦存在于香港。叶维廉先生曾以两个事例论及香港在英国殖民统治下"民族记忆丧失"的情形。一是在香港英皇乔治五四中学一个周末会上，主讲人向学生的训话："你们应该感到荣幸，因为你们有机会学习世界上最完美的语言（指英语）……"这些学生大部分为黑头发的中国人，他们的第一语言是英语，第二语言是法语、德语，在该校中中国学生之间不准用汉语交谈，其教材也是全部从英国运来，该校似乎成了英国教育中心的一个边远分校。二是因天安门政治风波所引起的全香港市民倾城游行，全世界电视争相传送，其中的一个镜头是一年轻的中国女子，满脸泪水，非常激动，用完全标准不夹广东口音的"皇家"英语说："我从来没有像今天那样觉得我是中国人……"著者由此评价说：

这两件事暗暗流露了殖民文化的蛛丝马迹。……香港英皇乔治五世中学，由校董到一般教师，对原住民的中文视若无睹，可以说，是要通过英文的贯彻，用渗透的方式削弱或改观原住民学生残存的文化

---

① [英]斯图亚特·霍尔：《文化身份与族裔散居》，载罗钢、刘象愚主编《文化研究读本》，中国社会科学出版社2000年版，第212页。
② 《叶维廉文集》第5卷，安徽教育出版社2003年版，第181页。
③ [法]弗朗兹·法侬：《论民族文化》，载[英]巴特·穆尔-吉尔伯特等《后殖民批评》，杨乃乔等译，北京大学出版社2001年版，第162页。

认同。至于所谓世界上最完美的语言云云，当然是殖民者的文化大沙文主义的姿态；而"从来没有像今天那样觉得我是中国人"的青年女子，正流露了殖民教育下她的历史、社团、文化与民族道统意识被淡化到近乎零，因为在她的语言生活中，长久地忘记了她原是可以或应该积极地参与属于她的历史的制造；她，像许多香港人一样，被排除到历史之外，或者应该说，被逐入没有历史的无意识中；既没有觉识要参加中国历史的制造，也没有（事实也不会想要）参与英国历史的创造。①

他由此断言："民族文化记忆的丧失，起码在英国与北京签订1997年香港回归中国之前，是相当普遍和彻底的。原住民历史的无意识、民族文化记忆的丧失是殖民者必须设法厉行的文化方向，但殖民文化对原住民意识的渗透是极其诡奇多变的。"② 在这种文化语境下，香港原住民的"历史"无意识、"民族文化"记忆常常通过较为曲折的方式呈现出来，这种民族归属感更以不同的形态在新文学史的叙述中表现出来。香港文学研究社出版部20世纪60年代出版的《中国新文学大系续编》（1928—1938），这与其说是同时期内地政治意识形态的文学史观对香港的影响，毋宁说是欲图从同时期内地的文学史观念中找到民族的皈依。《中国新文学大系》是对1917—1927年新文学发展的总结，《中国新文学大系续编》也应遵循《中国新文学大系》的文学史观对第二个十年新文学发展给予总结和叙述，但事实上却带有编者的主观意识形态色彩，而这正是内地意识形态在《中国新文学大系续编》上的反映。

民族归属感在香港新文学史叙述中最明显的表现是司马长风的文学史，这种民族归属感无形地化为司马长风新文学史叙述的"民族"追求与诗意想象。他曾自述《中国新文学史》建构的两大信条：第一，这是打碎一切政治枷锁，干干净净以文学为基点写文学史；第二，这是以纯中国人的心灵所写新文学史。司马长风之所以把以上两点作为他写本文学史的信条，他说："我痛感五十年来政治对文学的横暴干涉，以及先驱作家们盲目模仿欧美文学所致积重难返的附庸意识。为了力挽上述两大时弊，

---

① 《叶维廉文集》第5卷，安徽教育出版社2003年版，第180—181页。
② 同上书，第181页。

是我写这部书的基本冲动。"① 以上两大信条构成了司马长风文学史观的基本内容：其一，打碎一切政治枷锁，干干净净以文学为基点写文学史，这是"纯文学"观念的表现；其二，以纯中国人心灵写新文学史，则是他文学史"民族"建构的重要表现，而这两种观念共同融合于该文学史叙述中。这种以"纯中国人心灵"写文学史与勃兰兑斯把文学史看作一种心理学，认为可以通过一个国家的文学来研究这个国家某个时期所共有的思想感情的一般历史②相似。就此而言，司马长风的文学史有其理论根据。

在该著的《导言》中就显示出自身的独特性而与其他文学史形成截然不同的差异。在一般文学史著中，新文学的诞生是由于外国文学的影响、刺激以及对传统的叛离，这就是文学革命，但此文学史却明确指出"文学革命"称谓的局限而很欣赏胡适后来将以前认可的"文学革命"改为"文艺复兴"。作为新文学革命的见证人与领袖的胡适，1949年以后就随国民党迁往台湾，其生活的足迹常常飘荡于台湾、香港、海外，其"文艺复兴"这一新的文学观念可以说是胡适民族认同的文化证据。胡适的这种民族认同感显然触动了南迁的知识分子司马长风的民族文化记忆，这是该文学史极力推崇胡适的新文学史地位，以及赞赏胡适"文艺复兴"这一观念的主要原因，他引胡适的话说：

> 我说我们在北京大学的一般教授们，在四十年前——四十多年前，提倡一种所谓中国文艺复兴运动。那个时候，有许多的名称，有人叫作"文学革命"，也叫作"新思想、新文化运动"，也叫作"新思潮运动"。不过我个人倒希望，在历史上——四十多年的运动，叫它做"中国文艺复兴运动"。多年来在国外有人请我讲演，提起这个四十年前所发生的运动，我总是用 Chinese Renaissance（中国文艺复兴运动）这个名词。③

---

① 司马长风：《中国新文学史》上册中卷，传记文学出版社1991年版，第324页。
② 参见［丹］勃兰兑斯《十九世纪文学的主流》第1册，张道真译，人民文学出版社1980年版，第2页。
③ 胡适：《一九五八年五月四日在台北"中国文艺协会"的讲演》，转引自司马长风《中国新文学史》上册上卷，传记文学出版社1991年版，第1页。

在胡适看来，新文学运动在短时期内变成一种全国运动，其原因是一千八百年前就有人用白话做书；一千年前，就有许多诗人用白话作诗作词；八九百年前，就有人用白话讲学；七八百年前就有人用白话做小说；六百年前，就有白话的戏曲；《水浒传》《三国演义》《西游记》《金瓶梅》是三四百年前的作品；《儒林外史》《红楼梦》是一百四五十年前的作品。这几百年来，中国社会里销行最广、势力最大的书籍，并不是"四书""五经"，也不是"程朱语录"，也不是韩柳文章，乃是那些"言之不文，行之甚远"的白话小说。① 而这些就是国语文学的历史背景。著者引胡适的话意在说明现代文学出现之前，中国已有白话文学的悠久历史，而且成就甚为辉煌。这种改"文学革命"为"文艺复兴"，已经突破了过去由"文学革命"造成的新文学史的人为断裂，"新文学无根"的状态因为传统白话文学的延续而得以改变。而在司马长风看来，"文学革命"这一行动本身就存在局限：

> 照我们以往顺着"文学革命"这个概念来看，新文学是吸收西方文学，打倒旧文学的变革过程。现在既然知道，我们自己原有白话文学的传统，那么上述的变革方式显然存在着重大的缺点。因为单方面的模仿和吸收西方文学、所产生的新文学，本质上是翻译文学，没有独立的风格，也缺乏创造的原动力，而且这使中国文学永远成为外国文学的附庸。②

他指出，正是这局限造成了新文学的"自卑与模仿"，比如鲁迅的《狂人日记》，原脱胎自果戈理（Gogol）的《狂人日记》，而《药》则含有安特列夫（L. Andreey）式的阴冷；胡适带领尝试的新诗，则模仿美国女诗人艾媚·洛华尔（Amy Lowell）；曹禺的剧本多模仿尤金·奥尼尔（Eugene O'neill）；茅盾的小说则师承渥普敦·辛克莱（Upton Sinclair）。在他看来，中国六十年的新文学，所以迄今没有产生一部、震动世界文坛的作品，"自卑与模仿"是其主要原因。印度诗人泰戈尔、日本作家川端康成之所以获得诺贝尔文学奖，就是因为其对民族传统的注重。从上面的叙述可以看出，把"文学革命"改成"文艺复兴"带有著者将新文

---

① 参见司马长风《中国新文学史》上册上卷，传记文学出版社1991年版，第1—2页。
② 同上书，第2页。

学回归民族传统的主要意图,这可看作司马长风身处香港殖民文化语境的历史无意识,以及民族文化记忆归趋于新文学史叙述中,因此,他说:

> 如果,我们不甘于处在被世界文坛冷落、漠视的状态,我们必须深长反省。首先要决然抛弃模仿心理和附庸意识,应该回过头来,看看自己的传统——尤其是白话文学的传统。……以世界文坛的眼光来看,一个中国作家,如果所写的作品,没有民族风格和传统气味,人家就不屑一顾!外国人要欣赏和借鉴的是新鲜的异族情调,决不是半生不熟,似驴非马的中国造的西方文学。①

在司马长风看来,"过分模仿西方文学,最大害处是毁坏了中国文字固有的美"。他引林语堂的话说:"大多数的作家写的不是一般人真正讲的,活泼生动的语言,却是一种人工僵硬,淡而无味的语言。""由于语法变成欧化,中国文字的优美已大部分失去,句子变成太长,太复杂,太不自然。"根据以上的叙述著者似乎已经沦为民族保守主义,但事实并非如此,他认为新文学的发展应包括两个方面:一是对传统文学(包括白话文学及古文学)要加以批判和提炼,去芜存精;二是对西方文学要做批判的吸收,来丰富和更新自己的传统。新文学既非片面地盲目地模仿西方文学,也不是简单地恢复传统的白话文学,而是以传统白话文学为本,以西方文学为借鉴,来丰富和更新自己的文学。因此,新文学"对古文学可以说是革命,对传统的白话文学,则可以说是文艺复兴"。② 因此,胡适主张把"文学革命"改称为"文艺复兴"虽然不是完全正确,但可以"使新文学迷途知返,自觉地接上白话文学的传统,则是重大的贡献"。③ 因此,他指出胡适《白话文学史》的重要贡献:(1)它把中国白话文学史向上溯长,使两千年来的大部分文学作品重新焕发声光,使成长中的新文学获得更深厚的土壤来伸展根须。(2)它可以促动新文学回顾自己的传统,而在此以前中国文学(不分白话文言)被新文学一笔勾

---

① 司马长风:《中国新文学史》上册上卷,传记文学出版社1991年版,第3页。
② 同上。
③ 同上。

消。如周作人在《人的文学》中将《水浒传》《西游记》称为"非人的文学"。在司马长风看来,胡适《白话文学史》在新文学史上"确有转折点的象征作用,起码给新文学的回归传统,开出了一条小径"。①显然,司马长风所赞赏的"文艺复兴"既是皈依"民族传统",也以此来重新评价新文学发展的历史,并把"民族性"作为衡量作家作品价值的潜在标准:

> 现在我们来清理源头,并不是想抹杀过去的新文学,而是重新估评新文学;以及重新确定今后发展的路向。我们发现凡是经得起时间考验的作品,都是比较能衔接传统,在民族土壤里有根的作品。以小说来说,鲁迅的后期作品,郁达夫、沈从文、老舍的作品,以及巴金的部分作品(有如《家》、《春》、《秋》)都久经风霜,光彩不减;反过来看,巴金早期作品如爱情三部曲《雾》、《雨》、《电》(以无政府主义的男女为主题),以及张资平、蒋光慈等人的作品,都因为断弃传统,而先天不足,没有血色和生命力,不管一时获得如何的评价,终在中国文学大流中消逝。②

依照"民族性"文学史建构标准,显示出司马长风的偏爱与喜好。在鲁迅的所有作品中,他特推崇《在酒楼上》:"《在酒楼上》所写的景物、角色以及主题都满溢着中国的土色土香。那酒楼、那堂倌、那楼下窗外的废园,园中的老梅和雪花,那酒和菜肴,和两人举杯对谈的风姿,都使人想到《水浒传》,想到《儒林外史》或《三言二拍》里的世界,再再使人掩卷心醉。在这里没有翻译文学的鬼影,新文学与传统白话文学衔接在一起,感到每句每字都有根!沈从文的作品所以突出,招人喜爱,主要原因也正在这里。"③ 在20世纪30年代作家中,他特推举沈从文,把他称为"文坛的巨星",把《边城》《长河》等称为杰作,他对《边城》的称誉:"可能是最短的一部长篇小说,实际上则是一部最长的诗。……每一节是一首诗,连起来成一首长诗;又像是二十一幅彩画连成的画卷。

---

① 司马长风:《中国新文学史》上册上卷,传记文学出版社1991年版,第237页。
② 同上书,第3—4页。
③ 同上书,第152页。

这是古今中外最别致的一部小说,是小说中飘逸不群的仙女。她不仅是沈从文的代表作,也是三十年代文坛的代表作。"①从技巧的角度,他也推崇《八骏图》,他说与《边城》相较虽逊了一筹,但《八骏图》依然是"出类拔萃的杰作",看他对《边城》与《八骏图》的比较:"在技巧上,《八骏图》所化的技心匠意绝不比《边城》少,可是《边城》所写的是带有泥香土味的乡下人,那些简单、庄严的灵魂,无论什么时候都不忘记摸摸良心的纯种中国人;而《八骏图》写的则是一群受过新教育的知识分子,受过欧风美雨的变种中国人,知行乖离,内心空虚,生命之根被拔出土壤,不知归属的人们。这些人们无论写得多俏多妙,都没有那些遇事摸良心的乡下人可爱。"②

由以上司马长风对鲁迅与沈从文最推崇的作品的评价,再看夏志清对此的叙述,可看出二人的本质差异。夏志清也推崇鲁迅的《在酒楼上》,但他与司马长风的着眼点却各不相同,夏志清看到的是鲁迅彷徨心态的真实流露:"对鲁迅来说,《在酒楼上》是他自己彷徨无着的衷心自白,他和阿诺德一样:'彷徨于两个世界,一个已死,另一个却无力出生。'鲁迅引了屈原的《离骚》作为《彷徨》的题辞,完全证实了这种心态。"③正如上面的叙述,司马长风认为鲁迅的《在酒楼上》:"使人想到《水浒传》,想到《儒林外史》或《三言二拍》里的世界。"可夏志清所拿的与之比较的作品却是乔伊斯的《都柏林人》,夏志清赞赏鲁迅二度"归乡"的作品《祝福》《故乡》《在酒楼上》,他认为这些是鲁迅写得最好的作品,他说:"我们可以把鲁迅最好的小说与《都柏林人》互相比较:鲁迅对于农村人物的懒散、迷信、残酷和虚伪深感悲愤;新思想无法改变他们,鲁迅因之摒弃了他的故乡,在象征的意义上也摒弃了中国传统的生活方式。然而,正与乔哀斯的情形一样,故乡同故乡的人物,仍然是鲁迅作品的实质。"④沈从文也是夏志清较推崇的作家,他称沈从文为"中国现代文学中一个最杰出的、想象力最丰富的作家"⑤,但夏志清对沈从文小说创作中特有习俗的表现以及习俗"牧歌情调"不以为意,他说沈从文

---

① 司马长风:《中国新文学史》上册中卷,传记文学出版社1991年版,第38页。
② 同上书,第70页。
③ 夏志清:《中国现代小说史》,刘绍铭等译,传记文学出版社1991年版,第74页。
④ 同上书,第66页。
⑤ 同上书,第213页。

的这些表现"是缺乏人类学研究根据的，不够深入，因此，沈从文往往把这些土著美化了。举例来说，在描写苗族青年恋人的欢乐与死亡时，沈从文就让自己完全耽溺于一个理想的境界。结果是写出来的东西与现实几乎毫无关系。我们即使从文字中也可看出他这种过于迷恋'牧歌境界'与对事实不负责的态度"。① 因此，对最能体现沈从文"民族性"的《边城》他未作具体的分析叙述，而他对《边城》的看重也是鉴于沈从文独特的"文体"，他说："在他成熟的时期，他对几种不同文体的运用，可说已到了随心所欲的境界。具有玲珑剔透牧歌式的文体，里面的山水人物，呼之欲出。这是沈从文最拿手的文体，而《边城》是最完善的代表作。"②

从司马长风、夏志清对鲁迅及其作品《在酒楼上》，以及沈从文及其作品《边城》叙述的不同，可看出司马长风与夏志清文学史建构的本质差异，一个以"民族性"作为文学史建构的潜在标准，一个以"西方"标准衡量中国现代文学。为此，这引发他们二人的分歧与冲突，在有关"新文学与外国文学"的关系上，针对夏志清的批评，司马长风回敬道："关于外国文学的影响，今天我们再不能盲从五四时代先驱们的狂放；反之，早应该做深长的反省了。我们看不起卅年代左翼作家，向苏联的文艺一边倒，也自然不能同意向西方文学'一边倒'。我在不同的场合，屡次说过，文学不同科学与民主，不能丧失民族性，成为外国文学的附庸，不管是苏俄文学、日本文学还是西洋文学。"③ 显然，"民族性"是司马长风新文学史叙述中衡量新文学作品的基准，他并用川端康成获诺贝尔文学奖的事例："意在显示文学作品必须具有民族性，才能在世界文坛上存在竞耀。"④ 他在另一篇文章中也指出："外国读者要欣赏的是中国心灵、中国风土、中国独特的彩色和情调。"因此，文学必须回归民族风土："在文学创作上，别再匍匐在外国文学的脚前，摇尾乞怜；我们要重新咀嚼自己的文学传统，焕发中国文学独特的美；眼睛别再只望着西方，要看一看脚

---

① 夏志清：《中国现代小说史》，刘绍铭等译，传记文学出版社1991年版，第217页。
② 同上书，第225页。
③ 司马长风：《答复夏志清的批评》，《中国新文学史》下册下卷，传记文学出版社1991年版，第398页。
④ 同上书，第400页。

踏的土地！"① 因此，针对夏志清的批评，司马长风还说："夏先生指我书里不提西洋批评，其实应说不提外国文学批评……最根本的原因，我写的是《中国新文学史》，而不是外国文学在中国的殖民史，外国文学买办史。"由此看出，司马长风文学史叙述对西方话语的拒斥与民族认同的决绝态度。就此，他还说："我所以特别标举上述的信念，一因鉴于六十年来的新文学，受外国文学的恶性影响太深巨了，例如鲁迅的小说竟以英文字母'阿Q'为名（书中另一角色叫小D）、郭沫若、王独清等人，竟在诗里大量夹用英文字，后者曾遭闻一多痛烈批判；至于时下的某些作家，各奉一派外国文学理论，来审判中国文艺，这种买办意识，已成为第二天性！我为此感到羞耻，所以发愤写一部纯粹的中国人的中国文学史。"② 应该说，司马长风那么痴情于新文学史叙述的"民族"追求是其民族认同的明显表现，这固然有对香港殖民语境的拒斥，也照样有对新文学史叙述"西方"价值标准的拒斥。

从以上叙述可看出，司马长风新文学史叙述的民族认同的强烈表现，这多源自香港的殖民语境。斯图亚特·霍尔曾用语言修辞来隐喻殖民语境所造成的民族认同现象："一个置换的叙事，才导致如此深刻和丰富的想象，再造了回归'丢失的源头'、回到母亲的怀抱、回到初始的原始欲望。"③ 司马长风身处的殖民语境，尤其是他身处类同西方世界的香港英语语境，是其文学史叙述民族认同的潜在原因。这契合了斯图亚特·霍尔的观点："文化身份就是认同的时刻，是认同或缝合的不稳定点，而这种认同或缝合是在历史和文化的话语之内进行的。"④ 陈国球先生曾论及司马长风文学史叙述与文化身份的重要关联："司马长风这样一个成长于北方官话区的文化人，当南下流徙到偏远的殖民地时，面对一个高位阶用英文、日用应对粤语的语言环境，当然有种身处异域的疏离感。他反对欧化、方言化的主张，正好和他所面对的英文与粤语的环境相适应；'白话

---

① 司马长风：《归向民族的风土》，《新文学史话》，南山书屋1980年版，第65—67页。
② 司马长风：《答复夏志清的批评》，《中国新文学史》下册下卷，传记文学出版社1991年版，第404页。
③ ［英］斯图亚特·霍尔：《文化身份与族裔散居》，载罗钢、刘象愚主编《文化研究读本》，中国社会科学出版社2000年版，第212页。
④ 同上书，第222页。

文'就是他的中国文化身份的投影。"① 司马长风自己也曾说："这正如今天的香港，中文虽被列为官方语文，只要仍是英国的殖民地，其重视英文的心理就难以消失，因为多数白领阶级，要依靠英文讨生活。"② 由此可见，国语的丧失和有意识地对香港殖民语境的拒斥是司马长风钟情于、痴情于"文学语言"的重要原因。陈国球先生还说："司马长风所感知的中国文坛正处于昏沉的状态，所以他竭力地追怀他所'不见'的'非西化'和'非方言化'的文学传统、'非政治'的文学乡土。"③ 并用"一缕剪不断的乡愁"来概括司马长风"文学史"的文化意义。④ 这种"一缕剪不断的乡愁"不正是著者文学史叙述的"民族性"建构的无意识流露吗？

客观地说，司马长风的民族性文学观念，以及由此的新文学史叙述在香港殖民语境下对西方话语的钳制与反拨有其积极意义，即使在当今全球语境下，对文学史建构以及文学发展如何保持自己的民族风土都有重要的借鉴作用。众所周知，中国现代文学自文学革命以来就在民族性与现代性的两元追求中开始其发展历程，但总难以协调与弥合它们之间的矛盾冲突。而就文学史叙述而言，它也照样存在这一矛盾现实。而身处异域环境的海外华人学者更难以协调这二者的矛盾，夏志清先生以世界文学作为参照系来建构其文学史，而着眼于现代性追求；但不可否认的是其与民族风土越走越远，这也背离了现代中国的客观语境。就此视域看，司马长风的民族性的文学史观有其明显的局限性。其民族认同的决绝态度几乎使他沦为民族保守主义，这种文学史观念使他蒙蔽了新文学史之客观事实：无视或淡化文学革命以及整个中国新文学在追求现代化历程中受西方文学冲击与影响，并自觉主动吸收西方文学这一客观事实，因此，他不能以横向比较的眼光客观评价中国新文学，更不能以开放的眼光着眼于世界文坛格局中的新文学发展的历史，这是他与夏志清产生冲突的内在原因。应该说，司马长风的文学史叙述与夏志清的文学史建构一样代表了西方语境下两种新文学史叙述的独特文本，既有它们各自的独特性，也各有其局限性。

---

① 陈国球：《文学史叙述形态与文化政治》，北京大学出版社2004年版，第214页。
② 司马长风：《中国新文学史》上册上卷，传记文学出版社1991年版，第25页。
③ 陈国球：《文学史叙述形态与文化政治》，北京大学出版社2004年版，第247页。
④ 同上书，第218页。

第 五 章

"20世纪中国文学"与文学史叙述

20世纪80年代是中国社会转型的重要历史时期,这不仅表现为人们对"文化大革命"的反思,而且表现为改革开放带来社会各方面的巨型变动。此时期的文学创作、文学研究、文学史叙述等莫不如此。十年"文化大革命"结束后,现代文学史叙述还处于徘徊状态,它主要表现在对五六十年代以来文学史叙述的恢复,毛泽东"新民主主义论"还是其文学史叙述的理论基础,表现出浓厚的政治意识形态。比如,唐弢主编的《中国现代文学史》就主要是对60年代所确立的文学史叙述模式的恢复,此后各高校联合主编的文学史也莫不如此,其文学史叙述模式并没有什么突破!而真正促进文学史叙述模式产生飞跃式发展的是80年代中后期"20世纪中国文学"观念的出台。

第一节 "20世纪中国文学"观念的形成

文学史叙述模式是文学时空的再现,其变动主要源于文学观念的转型与变迁。80年代以降,50年代以来所认可的文学从属于政治、文学"工具论"等受到了质疑,文学的独立意识和文学的审美意识得到人们的认可与推崇,而"20世纪中国文学"作为80年代以来的重要文学观念实际是对50年代以来政治意识形态干预文学史叙述的反拨,它带来了现代文学史叙述的飞跃。"20世纪中国文学"可从三层维度给予认识,即"20世纪"这一独特的时间维度;由"中国"为主体的空间性以及它进一步延伸而跨入"世界"的空间维度;以上的时、空维度只是"20世纪中国文学"的外在表层,而"文学",以及由此延及的"文学性"是这一文学观念的本体维度。以上三层维度构成"20世纪中国文学"的整体内涵。以下分别对这三层维度进行具体阐释,会发觉这是一个充满矛盾、悖论的文学观念,它所具有的历史积极意义与消极性相伴相生。

作为一种新的文学观念,"20 世纪中国文学"于 1985 年 5 月,黄子平、陈平原、钱理群在"中国现代文学研究座谈会"上首次提出,之后,《论"二十世纪中国文学"》连同《二十世纪中国文学三人谈》相继发表于《文学评论》《读书》杂志上,这标志着"20 世纪中国文学"的正式出台。"20 世纪中国文学"令当时的学术界产生了广泛而深刻的反响,正如《文学评论》1985 年第 5 期的《致读者》栏目所指出的,《论"二十世纪中国文学"》阐发的是一种相当新颖的文学观念,它从整体上把握时代、文学以及两者关系的思辨,应当说,是对我们传统文学观念的一次有益突破。[①] "20 世纪中国文学"以宏观的视野,试图跻身 20 世纪世界文学的行列,将中国现、当代文学打通从而形成完整统一的整体:"所谓'二十世纪中国文学',就是由上世纪末本世纪初开始的至今仍在继续的一个文学进程,一个由古代中国文学向现代中国文学转变、过渡并最终完成的进程,一个中国文学走向并汇入'世界文学'总体格局的进程,一个在东西方文化的大撞击、大交流中从文学方面(与政治、道德等诸多方面一道)形成现代民族意识(包括审美意识)的进程,一个通过语言的艺术来折射并表现古老的中华民族及其灵魂在新旧交替的大时代中获得新生并崛起的进程。"[②] "20 世纪中国文学"以磅礴的气势,冲击着 20 世纪 80 年代以前的文学观,更带来文学史观的改变,以及文学史叙述模式的大改变,这影响 80 年代之后,直至当下,甚至将来的文学史叙述。

"20 世纪中国文学"的提出者将其具体阐释为以下几种内涵:"走向'世界文学'的中国文学;以'改造民族的灵魂'为总主题的文学;以'悲凉'为基本核心的现代美感特征;由文学语言结构表现出来的艺术思维的现代化进程;最后,由这一概念涉及的文学史研究的方法论

[①] 参见《有关"二十世纪中国文学"种种反响的综述》,载黄子平等《二十世纪中国文学三人谈》,人民文学出版社 1988 年版,第 110 页。

[②] 黄子平等:《论"二十世纪中国文学"》,《文学评论》1985 年第 5 期。

问题。"① 这种由主题、内容，以及审美内涵与形式等方面所带来的文学史叙述模式，显然与由新民主主义以及社会主义所指称中国现、当代文学在文学史叙述模式上截然不同。因此，在学术史上，"20世纪中国文学"的提出具有重要意义，这对当时，乃至当下，甚至将来的文学研究，以及文学史叙述都将产生深远的影响，它一时成为人们阐释20世纪中国文学以及文学研究的重要话语。这具体表现为人们开始以这一新的视角来研究20世纪中国文学，或以此视角来遴选20世纪中国文学经典，以及以此视角进行新的文学史叙述。

第二节 "20世纪中国文学"意识形态悖论
——"20世纪中国文学"的"时间"维度与文学史叙述

任何具建设性的文学史叙述模式的形成都是建筑在对旧的文学史观念的解构上，"20世纪中国文学"首先意味着在此之前所确定的文学史结构的改变，这首先表现在对20世纪80年代之前所确立的近代、现代、当代文学的时空结构的解构。其实质就是对这三阶段所指涉的旧民主主义文学、新民主主义文学、社会主义文学，即对文学史叙述依附从属于中国近、现代，以及当代"革命史"的历史观的解构。就"20世纪中国文学"时间维度而言，它主要指称"20世纪"这一具体的历史时期。"20世纪"作为浩渺历史的一瞬间，它主要指称一个自然的、宇宙的时间段，它既与传统相承，它更开启21世纪的将来。但当它与"中国文学"组合在一起时，则是一意识形态话语。

一 "20世纪中国文学"的"时间"维度

"20世纪中国文学"的出现，这使人们所习以惯之的近代文学、现代文学、当代文学时间结构发生了改变。正如提出者所言，"20世纪中国文学"概念的提出："这并不单是为了把目前存在着的'近代文学'、'现代文学'和'当代文学'这样的研究格局加以打通，也不只是研究领域的扩大，而是要把20世纪中国文学作为一个不可分割的有机整体来把

---

① 黄子平等：《论"二十世纪中国文学"》，《文学评论》1985年第5期。

握。"① 这一文学史观念的整体性，使过去政治意识形态的文学史叙述，即近代文学所指涉的旧民主主义文学、现代文学指涉的新民主主义文学、当代文学指涉的社会主义文学所形成的文学史时间结构发生了改变，文学史更加回归文学自身。

钱理群等撰写的文学史开始以"20世纪中国文学"来观照现代文学，比如把"改造民族灵魂"作为中国现代文学的主体，并把中国现代文学放入传统文学与世界文学这一纵横背景给予考察。这使该文学史时间结构也发生了变化，其《序论》指出："从戊戌政变前后至'五四'新文化运动二十年是现代意义上的中国新文学的酝酿、准备时期；从'五四'新文化运动到中华人民共和国成立三十年文学的发展，构成了二十世纪中国现代文学的'上篇'；中华人民共和国成立以后的文学，则可以看作是它的'下篇'。"②"戊戌政变"前后是"20世纪中国文学"的起始点，同时，该文学史还有意识地把 1917 年定位为中国现代文学的正式开始，这就打破了 50 年代以来新文学史叙述将"五四"作为现代文学起始点的新民主主义文学史观所确立的文学史结构。

这种文学史时间观念的改变更在 80 年代后期"重写文学史"中提出，回归文学自身成为文学史建构的重要主张。因此，文学史时间观的完全改变在 90 年代的文学史叙述中尤显突出。最典型的是孔范今主编的《二十世纪中国文学史》，该文学史分为上编、中编、下编三部分。上编主要叙述 1898—1917 年的文学，"20 世纪中国文学"的起始确定在 1898 年的戊戌政变前后，以此为立论的原因是鉴于文学的本体，在著者看来："作为肇始于上世纪末，张大于本世纪初并贯穿于整个 20 世纪的启蒙主义运动的一个重要前提和构成部分，表现为'工具革命'的白话文运动，早在这个时候就已开始了。"③ 其明显表现就是 1897 年裘廷梁响亮地提出"崇白话而废文言"的口号，之后的陈荣衮、梁启超等提倡的"言文合一"的"工具革命"，这与"文学革命"中的白话"工具革命"有着精神的类似性，这是该文学史把 1898 年定为 20 世纪中国文学史起始的原因。因此，1898—1917 年这段文学就成为 20 世纪中国文学史的上编。

---

① 黄子平等：《论"二十世纪中国文学"》，《文学评论》1985 年第 5 期。
② 钱理群等：《中国现代文学三十年》，上海文艺出版社 1987 年版，第 1 页。
③ 孔范今主编：《二十世纪中国文学史》上册，山东文艺出版社 1997 年版，第 4 页。

该文学史更在文学史时空结构上着眼于"20世纪中国文学"的整体性，由于打破了以前的时间结构，这带来了文学史模式的改变，最明显的就是台、港文学被写入文学史。20世纪是中华民族在世界舞台上寻求自己生存立足之地的特殊世纪，由于政治空间的地理差异，使得内地文学、台湾文学、香港文学成为分割散居状态。因此，以前的中国现当代文学史只是内地的主流意识形态的文学史，这造成港台文学的缺场；如果港台文学写入文学史，它们也只是中国现、当代文学的附属体。而"20世纪中国文学"打破了之前的文学史时空结构，因此，该文学史的中编、下编，在突出文学史时间性的同时，更突出20世纪中国文学的空间差异；中编包括1917—1976年这段时期的内地文学，1949—1965年的台湾文学；下编包括1976年之后的内地文学与1965年之后的台、港文学。这种划分完全打破了以前现、当代文学时间框架，而中编1949—1965年的台湾文学，下编1965年之后的台、港文学更兼顾了20世纪中国文学的空间整体性。正如有学者指出，孔范今主编的文学史打破了以社会历史分期作为文学史分期的传统，恢复了历史的整体面貌，回到了对象本体：从时间上恢复了一个世纪文学发展过程的完整性；从空间上全面呈现曾经生存于各种不同历史空间的文学对象的原貌；从关系上全面梳理各种非文学因素对文学的制约，厘清各种文学景观生成的来龙去脉，使一部文学史真正获得"史"的价值和品位。[1] 这种文学史时间结构照样体现在朱栋霖先生主编的《二十世纪中国文学史》、黄修己先生主编的《20世纪中国文学史》中，"20世纪中国文学"的出现，真正打破了80年代之前文学史所确定的时间观。

"20世纪中国文学"的提出具有重要的学术史意义，孔范今先生在其主编的文学史中指出，作为一个新的文学史范畴，"20世纪中国文学"的提出，实质上是对文学发展过程在史学领域中的重新整合，其意义至少有三：第一，从根本上解脱了社会政治历史分期对文学史考察的教条式束缚，使文学相对独立的品格得到科学的尊重，并使其发展过程得到相对完整的体认；第二，对社会政治历史分期的疏离，意味着研究者主体学术观念的调整，意味着他们将从非文学的价值认知系统中超越出来，与对象进

---

[1] 参见蔡世连《二十世纪中国文学史的创辟性重构——读〈二十世纪中国文学史〉》，《东岳论丛》1999年第2期。

行科学的对话和沟通；第三，由于文学发展过程的完整展示，这一过程中许多潜在而复杂的因果关系才会变得连贯而明晰，许多长期困惑人们的历史的症结，也便有了释解的可能。"20世纪中国文学"这一新文学史范畴的提出，必将预示着一个新的文学史研究局面的呈现和发展。① 以上叙述，非常确切地道出了"20世纪中国文学"的学术史意义，其最重要的地方即是它对政治意识形态的文学史模式的反拨与突破。但在此要追问的是：这种反拨政治意识形态的文学史观是否就是文学的？它在反拨政治意识形态的文学史观的同时，是否已堕入另一种意识形态的文学史观？

二 "20世纪中国文学"与意识形态

从以上叙述可以看出，"20世纪中国文学"实际是对80年代之前文学史叙述模式政治意识形态的突破，有文学史回归文学自身的倾向，但这一文学史命题的时间性，亦照样建筑在意识形态上。只要观察以上文学史叙述，"20世纪中国文学"各个时间段的临界点，亦照样打下意识形态的烙印。仅以孔范今主编的文学史为例，"20世纪中国文学"的各个时间段：第一个时期，即1898—1917年，1898年"戊戌政变"前后成为该文学史起始点；其他时间段，即1917—1976年这一时间段的内地文学，1949—1965年的台湾文学，1965年后的台、港文学，它们无不打上各个历史时期政治事件的烙印，文学史照样成了政治事件衍射的对象；而该文学史对各个历史时期文学的叙述，也是一种意识形态叙述。仅看该文学史对"20世纪中国文学"起始"维新文学"运动的描述即可窥见一斑：

> 维新文学运动张帜并大兴于1898年戊戌变法失败以后。以梁启超为代表的变法中坚及其追随者痛定思痛，深省到文化思想启蒙的重要，决意开通民智维新自强，从事思想启蒙和文学革新运动。其主要代表人物除梁启超外，还有黄遵宪、夏曾佑、蒋智由等。他们大张西方"自由主义"的旗帜，主张文学应适应时代要求，反映现实和理想以改革政治、改革社会。从此，"译著东流，学术西化"，出现了"诗界革命"、"小说界革命"、"文界革命"和"戏剧改良"，促成了

---

① 参见孔范今主编《二十世纪中国文学史》上册，山东文艺出版社1997年版，第24页。

晚清文体的大解放，并为五四新文学运动开辟了道路。①

这段叙述也许是对"20世纪中国文学"起始时期文学的客观描绘，但这也是一段充满政治意识形态的文学史叙述，文学成了适应时代、改革政治、改革社会的工具。因此，1898—1917年这段文学史以1906年开始的"革命派文学"为界分为两部分。而"文学革命"的背景也带有强烈的意识形态叙述，且对文学革命的叙述更打下了"五四"这一政治事件的烙印："五四，这个划时代的历史符号，标志着传统中国与现代中国的分野。中国新民主主义革命与中国旧民主主义革命、中国现代史与中国近代史、中国现代文学与中国近代文学都以此为界，无不是因为在这个符号里涵盖了一场足以动摇传统中国思想文化根基的精神风暴。"② 文学革命所建立的文学理所当然地成了思想启蒙的工具，新文学理所当然地被称为"启蒙文学"；而以1925年为界，"社会思潮和文学观念却为之一变，启蒙被淡化，个性遭冷落，而社会解放、集体主义、阶级斗争、民族救亡成了当时文学的中心话语"。③ 此后描绘的革命文学、抗战文学、延安文学无不为意识形态所渗透。至于1949—1976年的内地文学，1949—1965年的台、港文学，也无不打上意识形态的烙印。

从以上叙述可看出，"20世纪中国文学"在突破近代文学、现代文学、当代文学的政治意识形态的历史分期的同时，它亦照样堕入政治意识形态的旋流。在该文学史的《导论》部分，孔范今先生就叙述了"20世纪中国文学"与政治、经济等的重要关联。该事例说明，一方面，20世纪中国文学本身与政治的纠缠；另一方面，"20世纪中国文学"这一文学史观并非真正回归了文学自身。同时，仅以时间维度而言，"20世纪中国文学"本身即是一意识形态概念。有学者曾以空间相比附而指出时间的特征："除了它的一维性以外，时间概念的另外两个根本属性是它的指向性和过渡性。时间的指向性决定了事件的先后顺序是不可逆的，而其过渡性又使我们得以把过去、现在和将来加以区别。"④ 因此，作为历史的时

---

① 孔范今主编：《二十世纪中国文学史》上册，山东文艺出版社1997年版，第174页。
② 同上书，第346页。
③ 同上书，第460页。
④ [英] G. J. 威特罗：《时间的本质》，文荆江、邝桃生译，科学出版社1982年版，第116页。

间是一条绵延不断的河,它延续于过去、现在和将来。而"20世纪"这一特定的历史段,它既承续于过去,横亘于现在,还延续于将来。但"20世纪中国文学"仅以时间维度而言,它的存在根据似乎并不稳固,它带来更多的是对这一概念科学性、准确性的怀疑与反思。作为文学的断代史,它要么将1900—2000年这段历史拦腰斩断独立出来,要么为寻求其合理性、合法性,它不得不依附于政治历史事件,而将"20世纪中国文学"起始点向前延伸,终点向后推延,显得牵强与尴尬。正如该概念提出者所言:"在我们的概念里,'二十世纪'并不是一个物理时间,而是一个'文学史时间'。要不为什么把上限定在戊戌变法的一八九八年而不是纯粹的一九〇〇年?如果文学的发展,到二十一世纪,它的基本特点、性质还没有变,那么下限也不一定就到二〇〇〇年为止。"[①] 这段话至少传达出两种牵强信息:其一,"20世纪中国文学"在时间上的不确定性的牵强与尴尬;其二,作为文学史观念的意识形态性。因此,当"20世纪中国文学"提出不久,有学者即指出:"走向世界的中国大众文学"的文学进程,"开始于上世纪三四十年代,可能要到二十一世纪二三十年代甚至更晚一点才能结束"。他还说:"预测中国文学走向世界并汇入'世界文学'总体格局的进程时,应该充分注意它的历史惯性和封闭保守性,应该充分估计进程中的种种艰难挫折",由此,他断定"中国文学走向世界并汇入世界文学的进程,其始点和终点都不在二十世纪内,也不在二十世纪的临界点上。这个进程所跨越的时间比二十世纪要大得多。因此,'二十世纪中国文学'的概念是不科学的、不符合事实的"。[②]

第三节 民族、国家与"20世纪中国文学"版图
—— "20世纪中国文学"的"空间"维度与文学史叙述

"20世纪中国文学"具有时空特征,与"20世纪"时间维度相联系

---

① 黄子平等:《二十世纪中国文学三人谈》,人民文学出版社1988年版,第28页。
② 肖君和:《论"走向世界的中国大众文学"——兼评"二十世纪中国文学"》,《文论报》1987年7月11日、21日;参见《有关"二十世纪中国文学"种种反响的综述》,载黄子平等《二十世纪中国文学三人谈》,人民文学出版社1988年版,第118—119页。

的是"20世纪中国"的空间维度,"20世纪中国文学"中的"中国"是一个具有怎样内涵的概念？这一概念将带来文学观念新的变化，并进而带来"20世纪中国文学"版图的变化？根据一般的知识经验，"中国"一般指涉其"政治地理"内涵——中华人民共和国，但"中国"一旦与"20世纪"相联系，这一"政治地理"内涵将发生改变，即它不仅涵括中华人民共和国，它还涵括晚清中国、中华民国；而它一旦与"文学"相联系，其内涵将发生延伸，"20世纪中国文学"进一步延伸到它的"民族"内涵，即"20世纪"这一特定历史时期"中华民族"面对异族的征服与凌辱所体现的民族精神，以及"中华民族"屹立于"世界民族之林"在文学上的反映与文学书写，它更指"20世纪"这一特定历史时期"中国文学"在异域文化、异域文学浸润下自身的民族性追求与民族性表现。因此，"20世纪中国文学"就其空间维度而言，它主要指涉20世纪中国所涵括的纵向、横向"国家政治地理"所指涉的文学样式，它甚至超越"国家政治地理"意识形态，它还囊括"中华民族"以及与"中华民族"相联系的海外"华人"的文学叙述。因此，在民族、国家张力下，"20世纪中国文学"版图理应涵括此时期内地文学，台、港、澳地区文学，以及海外"华人"的文学书写，等等，就此而言，"20世纪中国文学史"叙述，突破了之前"中国现当代文学史"叙述的狭隘范式，这在文学史叙述上具有独特的学术意义。

一 "20世纪中国文学"的"空间"维度

"20世纪"是近现代"中国"历史转折最复杂、最特殊的时期，这不仅表现在灾难深重的"中华民族"在异族凌辱下，民族、国家怎样被分割瓜分，比如，台湾、香港、澳门政治地理的形成，以及"中华民族"怎样在浴血硝烟中蜕变新生，更表现在现代中国在复杂的政治背景下经过共产党与国民党长期的对峙、征战，终于以1949年10月中华人民共和国成立、国民党移据台湾为结果。这种民族、国家所带来的复杂的政治地理差异必定影响到内地、台湾、香港、澳门，以及"海外"华人的文学书写，甚至影响到它们对"20世纪中国文学"的认识，并进一步影响到文学史叙述形态。比如，20世纪50年代以降王瑶的《中国新文学史稿》、夏志清的《中国现代小说史》、司马长风的《中国新文学史》、周锦的《中国新文学史》就是在民族、国家这一复杂政治地理背景下出现的典型的文学史叙述文本，这使 1950—1980 年的现代文学史叙述呈地理特征。①而到了 20 世纪 80 年代，随着国际、国内政治情势的变化，尤其是 "20 世纪中国文学" 与 "重写文学史" 提出之后，台、港、澳文学，以及 "海外" 华人文学该不该进入 "20 世纪中国文学" 版图？以及它们该怎样回归 "20 世纪中国文学" 版图？这一切使得此时期的文学史叙述显得繁杂而斑斓。在这些复杂的政治地理文学样式中，在民族、国家张力下，"台湾文学" 怎样归入 "20 世纪中国文学" 版图，也许最具典型性！现首先以 "台湾文学" 为例，来探讨 "20 世纪中国文学" 在民族、国家复杂的政治地理语境下的 "空间" 特征，以及它怎样影响文学史叙述形态。

自甲午海战后，台湾沦为日本殖民地，这不同于大陆半殖民地、半封建社会形态。抗战胜利后台湾光复，尤其是 1949 年国民党溃败盘踞台湾，随时希望某天能反攻大陆；而大陆也希望一朝能收服台湾，完成祖国统一大业，这种对峙的政治情势使台湾与大陆形成两个不同的政治空间。1978 年后，大陆 "一国两制" 出台，两岸关系逐渐走向正常化。台湾不同于大陆的政治地理特征必定反映于文学上，"台湾文学" 相对于 "大陆文学" 而言既是其地域特征的表现，更存在政治意识形态的对立与差异。日据时期，日本帝国意识、中华民族意识及台湾本土意识之间的相互张力必定反映在台湾文学中；而台湾光复以后，特别是 1949 年后，中华民族意识及台湾本土意识也必定交织于台湾文学创作中，这些都显示出与大陆文学的独特形态。

当 "20 世纪中国文学" 出台与 "重写文学史" 提出之后，"台湾文学" 应以怎样的形态进入 "20 世纪中国文学" 版图？80 年代之前，由于海峡两岸长期政治对峙，台湾文学一般成为大陆学界的盲点与真空。大陆对台湾文学的认识出现在两岸关系趋于正常化之后，台湾文学进入文学史一般在 80 年代中后期，这主要表现为两种形态：一是以独立的形态叙述台湾文学的历史，如刘登翰等主编《台湾文学史》；二是在中国现当代文学史叙述中，以附录或具体章节的形式把台湾现当代文学分别写入中国现当代文学史中。"20 世纪中国文学" 的出台与 "重写文学史" 提出之后，"台湾文学" 作为 "20 世纪中国文学" 一部分写入文学史，孔范今主编

---

① 参阅胡希东《民族·国家与文学史地理——1950—1980 中国现代文学史叙述形态》，人民出版社 2013 年版。

的《二十世纪中国文学史》最典型。该文学史从日据时的"台湾文学"写起,该文学史指出:"长达半个世纪的日据时期,使本世纪前期台湾文学走上与大陆不同的发展道路。"① 这具体表现为汉学运动成为台湾民族抗争的明显表现形式,表现在文学上就是汉诗创作,诗歌艺术成为一种民族文化的抗争方式:"与母体文化疏离,更要高扬民族意识,日据时期的汉学运动和乡土文学观念,都具有寻根意味,于是'作汉诗'便在中日文化冲突中象征了回归心灵的家国。"此时期的大陆文学也波及于台湾,如梁启超的"三界革命",但还是表现出台湾的本土性:"台湾文学界对'诗界革命'、'小说界革命'、'文界革命'的呼应方式,却是立足于乡土文学,来进行台湾的文学革命,如整理乡土语言,运用乡土题材,借鉴台湾民歌、俚谚、故事、童话、灯谜、弹调及戏曲唱本等从事创作,乃是以乡土文学来保持和发展民族文化传统。后来新文学运动时期,台湾新文学也是独张'为人生'的理论旗帜,把五四新文学反帝、反封建的精神,与自己生存的现实结合起来。"②

　　台湾文学既显示出自身的独特性,更与大陆文学有着内在关联。就台湾新文学发展而言,相对于大陆要迟缓得多。台湾新文学运动较大陆晚六年,台湾的新诗、新小说,要迟七八年。这种迟出的历史进程,反映了台湾新文学诞生环境的艰难,也揭示了台湾新文学同大陆五四文学的源流关系。③ 该文学史指出:"台湾文学革命对于台湾新文学的建设,主要是提出并初步解决了下列问题:一是把普及白话文,作为改革社会、改革文化的重要步骤来进行;二是傍依中国白话,改造台湾方言,建设台湾新语文;三是择善吸收外来文化,力戒为'东西各种的文化所翻弄,或者倾于日本,或有倾于西洋',而要建立'适合台湾的自然环境……社会制度、风俗、习惯'的新文学;四是在诗歌、小说等文体上革旧布新。这些问题一直影响着此后六十多年台湾文学的走向。"④ 就代表作家而言,该文学史主要叙述了赖和、张我军等作家的创作。该文学史称赖和为"台湾文学之父",他"以其广阔的民族胸襟、深厚的人道主义情怀和开

---

① 孔范今主编:《二十世纪中国文学史》上册,山东文艺出版社1997年版,第191页。
② 同上书,第192页。
③ 同上书,第611页。
④ 同上书,第613页。

拓现实主义文学的实绩而成为台湾新文学的奠基人"。① 赞"赖和是个民族意识强烈的仁者,他一生身着唐装,坚持中文写作,以表明决不臣服日寇的志向。同其坚守民族气节的人格相映衬的是其作品中大义凛然的抗日意识"。② 1930年台湾开展了乡土文学讨论,"赖和积极倡导乡土文学。他的创作,也以现实主义同本土特色相统一、民族精神和乡土风情相融合的特色奠定了台湾乡土文学的基础"。③ 如果说赖和对台湾新文学的开拓之功主要在文学运动和创作实绩上,而在建设台湾新文学的理论和提倡台湾白话文上,"张我军则'可以说是最有力的开拓者之一'和'最有力的领导者之一'"。④ 1937年之后主要叙述了日本对台湾军事统治和"皇民化"政策下台湾文学的艰难发展,该文学史指出台湾文学的如下特征:一是笔法的曲折隐忍;二是悲凉的艺术色调;三是艺术价值的多层面化。此时期主要叙述了杨逵、吴浊流等代表作家。1945年10月,台湾光复,长期处于殖民统治的台湾文学重见天日。随着大陆作家陆续抵台,拓展了大陆文学同台湾文学的交流,直至1949年大陆、台湾政治局势的对峙改变,台湾文学又形成另一种局面。

显然,台湾文学作为1949年以前现代文学史的一部分被写入文学史,其着眼于中华民族的整体性,且表现出浓厚的民族意识。以上是1949年之前的台湾文学被写入文学史,而1949年之后的台湾文学被写入"20世纪中国文学"更具学术史意义。1949年是20世纪中国政治史上最具特殊意义的一年,这主要表现在共产党与国民党在政治、军事上的分野、对峙、较量,共产党最终成立中华人民共和国,而国民党移据台湾,这使得1949年后的台湾文学不同于大陆文学。孔范今主编的《二十世纪中国文学史》把1949年以后的台湾文学分成两个阶段:1949—1965年与1965年以后。就前一阶段,该文学史分别叙述了台湾"战斗文学"、现代主义文学、"留学生文学"与"旅外作家"的创作,以及台湾60年代的"散文革命"与散文创作等;该文学史指出:"从1949年到1965年,两种文学现象多半与迁移者的文化心态有关:'战斗文学'固然是国民党当局迁

---

① 孔范今主编:《二十世纪中国文学史》上册,山东文艺出版社1997年版,第618页。
② 同上书,第619页。
③ 同上书,第620页。
④ 同上书,第622页。

台初期心态的必然表现,'现代派'文学也离不开社会经济的现代化、都市化转型,'留学生文学'更象征了迁移者的'过客'心态。地理上的空间迁移和时代性的时间迁移,迫使作家面对陌生化的外部世界,感悟失去家园的个人命运。"[1] 1965年以后的台湾文学,由于国际、国内形势的变化,台湾文学显示出如下特征:"战斗文学"的萎缩、新人文主义的兴起,现代主义作家继续发挥他们的影响,台湾乡土文学的再度兴起与发展,新世代作家群的崛起,以及女性文学、通俗文学的多元共生发展等。该文学史指出:"1965年以来的台湾文学,传统、现代与本土三种思潮彼此对峙消长,到80年代便走向融合共生。"[2] 显然,该文学史对台湾1949年以后文学的描绘,超越了大陆、台湾政治意识形态的对峙,"台湾文学"以客观真实身份进入"20世纪中国文学"版图中。

以上是孔范今主编的《二十世纪中国文学史》写入"台湾文学"的情况。台、港、澳文学也曾写入其他版本文学史中,并成为"20世纪中国文学"与"重写文学史"提出之后较普遍的现象,如黄修己先生主编的《20世纪中国文学史》,以单章形式写入"台湾文学",香港、澳门文学则以另一章的形式写入。仅"台湾文学"而言,该文学史分别设立了如下内容:"20世纪台湾文学概述""'现代文学'作家群及白先勇的小说""写实主义小说潮流及代表作家""台湾新诗潮流""台湾散文"等内容;相对于孔范今主编的文学史,"台湾文学"的写入更为精练而集中。此外,港、台文学也写入朱栋霖先生等主编的《中国现代文学史》、钱理群先生等的《中国现代文学三十年》等文学史中,但他们均以"附末"形式写入文学史最后章节。

二 民族、国家与"20世纪中国文学"

以上探讨的是"台湾文学"怎样写入"20世纪中国文学"的具体情形,有学者曾指出大陆有关"台湾文学"文学史叙述的两种形态:"一种是对台湾文学的历史进行独立的描述(台湾文学史),一种是将台湾文学的历史'贴'在中国文学的框架内(中国现代文学史)。前者是为了对台

---

[1] 孔范今主编:《二十世纪中国文学史》下册,山东文艺出版社1997年版,第1121页。
[2] 同上书,第1542页。

湾文学进行介绍,后者是为了弥补过去台湾文学在中国文学中的缺席。"①事实上,"台湾文学",包括香港、澳门文学写入"20世纪中国文学",都有一个共同的精神指向,那就是"中华民族"这一民族整体意识。但对其理解与文学史接受则带有国家政治地理意识形态的运作,即台湾、香港、澳门都是中国不可分割的一部分,"祖国统一"与"台湾、香港、澳门文学"回归"20世纪中国文学"版图有着内在意识形态逻辑。孔范今主编的《二十世纪中国文学史》对日据时的"台湾文学"有如下描绘:"长达半个世纪的日据时期,使本世纪前期台湾文学走上与大陆不同的发展道路。移民而兼遗民,背井离乡后的怀亲思绪,遂表现为流亡漂泊的自我感觉、弃儿而兼孤儿的自我意识。惟其如此,日据前期的台湾诗坛,面对日本强制性的文化同化,反而促成了一个以民族传统抗衡异邦文化的艺术思潮,这显然不同于大陆的维新思潮,其社会背景近于救亡,其文化背景则是汉学运动。"② 这种汉学运动成为民族抗争的明显表现形式,汉诗创作成为民族文化的一种抗争方式:"与母体文化疏离,更要高扬民族意识,日据时期的汉学运动和乡土文学观念,都具有寻根意味,于是'作汉诗'便在中日文化冲突中象征了回归心灵的家国。"③ 这种民族总体意识照样表现在台湾光复后与大陆政治意识形态对峙下台湾的文学样式中。黄修己先生主编的《20世纪中国文学史》所描写的"台湾文学"即是如此,该文学史指出:"台湾,这个祖国东南与大陆隔海相望的美丽岛屿,千百年来一直维系着与大陆母体密切的地缘和血缘关系。1895年至1945年,台湾经历了长达半个世纪之久的日本殖民统治。1949年后,随着国民党迁台,海峡两岸又形成了对峙隔绝的政治局面以及随之而来的不同社会、政治、经济体制和意识形态。孤悬海外、几度与祖国分离的历史和现实遭遇培养了台湾文化和文学的独特性格:既有鲜明的民族意识和爱国精神,又有'孤儿'与'弃儿'处境引发的漂泊心态;既有异族统治和政治高压下的隐忍和屈辱,又有顽强不懈的奋斗与抗争;既有对原乡的追思与向往,又有对本土的热爱和执着。种种复杂纠葛均作为中华文化和中国

---

① 刘俊:《台湾文学:语言·精神·历史》,《读书》2004年第1期。
② 孔范今主编:《二十世纪中国文学史》上册,山东文艺出版社1997年版,第191页。
③ 同上书,第192页。

文学的丰富变貌而拥有独特的价值。"① 正是在这种背景下产生的"台湾文学"更与中华民族"母体"相联，正像台湾和台湾文化是中国文化的一部分，台湾文学也是中国文学的一部分：

> 从文学的最基本要素——语言文字来看，以中文创作的台湾文学无疑承袭了中国文学的深厚传统，成为中华文化的基本表征之一。台湾与大陆的文学"就语文原则而论"，"纵然主题不同，词汇有别，但绝对属于同一种语言、同一种历史文化背景的产物"。不仅如此，台湾文学与大陆文学的联系还在于前者的新文学运动直接受到后者的启发和影响；二者的交融互补又构成20世纪中国文学的一道独特的风景：发源于大陆二三十年代的中国现代主义文学潮流在50年代后的台湾结出了丰硕的果实；六七十年代的台湾文坛以轰轰烈烈的文学思潮、运动、论争和创作成就弥补了大陆文学十年的沉寂；80年代以来两岸文学的交流更是新的时代中国文学发展繁荣的必然趋势。尽管一百年来两岸直接交流的时间短暂，共同的文化根基和语言文字仍将台湾文学维系于中国文学的大家庭中。②

这种"中华民族"整体意识在朱栋霖先生主编的文学史中照样存在着，该文学史写道："台湾自古以来是中国领土的一部分。台湾现代文学是中国现代文学的组成部分，它是在中国历史大背景下由于局部地区的特殊际遇而形成的一个有特色的文学现象。一方面，台湾现代文学与祖国大陆母体文学有着很深的渊源关系，另一方面由于其特定的社会经济文化环境又呈现出独特的历史风貌。台湾现代文学在中国现代文学史中占据了特殊的地位。"③

从以上叙述可看出，"20世纪中国文学"具有较强的宽泛性，它打破了过去文学史观政治意识形态的局限，突破了过去现代文学史只叙述大陆文学，只叙述汉民族文学等狭隘的文学史模式，这使得该时段的文学显示出其整体性与繁杂性。

---

① 黄修己：《20世纪中国文学史》下册，中山大学出版社1998年版，第350页。
② 同上书，第350—351页。
③ 朱栋霖主编：《中国现代文学史》下册，高等教育出版社1999年版，第211页。

三 "20世纪中国文学"与国家意识形态

"20世纪中国文学"的提出者指出:"'二十世纪中国文学'这一概念首先意味着文学史从社会政治史的简单比附中独立出来,意味着把文学自身发生发展的阶段完整性作为研究的主要对象。"[①] 因此,就这一观念的提出者本意而言,这是一超越政治意识形态的概念,但事实是这样吗? "20世纪中国文学"关涉两个重要关键词:"民族"与"国家",这是两个有着不同内涵的概念。"国家"一般是一个"政治地理"概念,它主要指一个政治实体,在这里主要指涉"中华民国"与"中华人民共和国",它的运作带有强烈的意识形态性;而"民族"则主要指涉由共同的语言、文化、信仰、人种所组成的共同体,应该说这是一超越国家政治地理意识形态的概念,但在民族、国家的张力中,其具体的运作照样具有意识形态性。就国家政治地理看,20世纪"中国"指涉的文学史叙述一般带有意识形态性,无论偏向于"中华民国"或"中华人民共和国"都一定带来意识形态性。正如上面的叙述,"20世纪中国文学"观念出台以来,人们对"台湾、香港、澳门文学"的认识理解带有国家政治地理意识形态的运作,即台湾、香港、澳门都是中国不可分割的一部分,"祖国统一"与"台湾、香港、澳门文学"回归"20世纪中国文学"版图有着内在意识形态逻辑。因此,"台湾、香港、澳门文学"被写入文学史固然有"20世纪文学"整体观的推动,但更多的还来自80年代"一国两制"的政治决策,以及当时"祖国统一"这一大的政治语境下国家意识形态对文学史叙述强有力的支配与渗透。在这种情势下,台、港、澳文学进入"20世纪中国文学史"多显得尴尬、突兀而不和谐,它可能是生硬地嵌入"20世纪中国文学史"中,要么以附末的章节出现在文学史中,成为"内地文学"的补充形态。显然,这不是真实的台、港、澳文学,也不是真实的"20世纪中国文学史",有学者指出中国当代文学史中的"台湾文学"叙述的"他者"现象:

> 得力于祖国大陆一贯坚定不移的政治表述的强有力支撑,我们现在已经明确无误地从外延上把"台湾文学"定位为"中国当代文学"

[①] 黄子平等:《论"二十世纪中国文学"》,《文学评论》1985年第5期。

的一个"子集",但从文学史和具体文学现象的内部特征、内在关系和内在规律等内涵因素来看,外延上作为"台湾文学"、"港澳文学"和"内地文学"三个"子集"之和的"中国当代文学",实质上还只是盛纳着台港澳文学以外的"内地文学"这单独一个"子集"。由此造成的后果是:我们依靠现有的"中国当代文学"范畴中的规律和逻辑,不能清楚得力地解读和评析台港澳文学的历史和现状。①

因此,无论站在"中华民国"还是"中华人民共和国"这一政治地理视域下,再加上意识形态的运作,都可能蒙蔽"20世纪中国文学"的真实情形。有学者以"香港文学"为例指出:"用内地的政治标准而不是从香港文学实际出发去研究,不仅会忽视其华洋杂处、中西交汇的多元并存的一面,而且在评价作家作品时会出现偏差。"②

同时,除台、港、澳文学的入史问题外,"海外"华人文学该不该进入"20世纪中国文学"版图?而在国家政治地理的运作下,"海外"华人文学一般会被排斥于文学史之外。由此,文学史叙述应超越国家意识形态,以"民族"视角认识"20世纪中国文学"与文学史叙述。事实上,就"20世纪中国文学"提出者本意而言,"20世纪中国文学"本身即是一民族概念,他们指出:"20世纪中国文学"的历史进程是"一个在东西方文化的大撞击、大交流中从文学方面与政治、道德等诸多方面一道形成现代民族意识包括审美意识的进程,一个通过语言的艺术来折射并表现古老的中华民族及其灵魂在新旧嬗替的大时代中获得新生并崛起的进程"。③ 而在他们另一次谈话中更明确指出:"就其基本特质而言,二十世纪中国文学乃是现代中国的民族文学。"④ 因此,在"20世纪中国文学"版图中,用"中华民族"的整体意识整合台、港、澳,以及海外"华人"文学有其合理的文学史叙述根据。但问题是,"民族"与"国家"常处于

---

① 李林荣:《内在的"他者":中国当代文学视域中的台湾文学》,《海南师范大学学报》(社科版)2007年第5期。
② 古远清:《重构"香港文学史"——有关香港文学研究的反思和检讨》,《社会科学战线》2008年第5期。
③ 黄子平等:《论"二十世纪中国文学"》,《文学评论》1985年第5期。
④ 陈平原等:《二十世纪中国文学三人谈》,《读书》1985年第12期。

张力中,"20世纪中国文学"并非超越于国家意识形态,这使文学史叙述照样具有意识形态性,因此,用"中华民族"的整体意识整合台、港、澳文学,"海外"华人文学,也许会忽略或遮掩文学本身的多元繁杂现象,以及台、港、澳文学,"海外"华人文学在其独特语境下,尤其是在"殖民"语境下它们自身独特的文学形态。

鉴于此,有学者以"汉语"为视角,凭借"越界""整合"的方式,用"20世纪汉语文学"来重新整合观照"20世纪中国文学",在他看来,从"20世纪中国文学史"到"20世纪汉语文学史"是空间上的"越界",从"文学的中国"这一空间"越界"来涵括百年"海外"华文文学在内的"汉语文学":"'越界'的指向是'整合',就是要在不断拓展的文学史视野中揭示包括台湾、港澳、海外在内的中华民族新文学的整体格局。"① 而以"汉语"为视角,在文学史叙述方面给予实践,并写有《汉语新文学通史》的朱寿桐先生提出用"汉语新文学"来整合中国现当代文学及"海外"华文文学:"无论是中国现代文学研究界、中国当代文学研究界,还是台港澳暨海外华文文学研究界,既然都是以汉语写作的,区别于传统文言作品的各体新文学作品为研究对象,可暂且不论在时代属性上是属于现代文学还是当代文学,也暂且不论在空域属性上是属于中国本土写作还是海外离散写作,都可以而且应该被整合为'汉语新文学'。"② 以"汉语文学"的方式固然避免了由国家意识形态所带来的文学史真实事实的蒙蔽,但它可能会忽略属于"华人"的非汉语写作,比如,少数民族自身语言的文学书写方式,台、港、澳,以及"海外"华人的"非汉语"文学书写,等等。

此外,还有学者以"族群""文化身份"来观照"中华民族",并提出用"华人文学"来整合内地文学、台港澳文学,以及"海外"华人文学,该学者指出:"文化上看,台湾、香港、澳门与中国其他地区的人们并无特别的不同,但由于长期以来横在彼此之间的'政治畛域'和相异的历史经验,'台湾文学史'、'香港文学史'、'澳门文学史'的叙事显然比其他地域性的文学史叙事有更多的意味。因此,能够把这些区域的文

---

① 黄万华:《越界与整合:从20世纪中国文学史到20世纪汉语文学史——兼论百年海外华文文学的意义和价值》,《江汉论坛》2013年第4期。
② 朱寿桐主编:《汉语新文学通史》上卷,广东人民出版社2010年版,第2页。

学史贯穿起来的,并且有可能被大家所接受的,我以为,可能还是'华人文学'这个概念。"他进一步叙述道：

> 用"华人文学"这个概念,始能比较完整对"族群"、"文化身份"等重要问题进行系统的研究,而这一研究具有多重的意义：作为历史研究的主要组成部分,它呈现出现代华人在文明冲突与对话时代的重要历史经验；作为文化研究（包括族群研究、媒体研究、性别研究和区域研究）的对象,它们可以为我们建立具有本民族特色的文化理论提供重要的资源；作为反映与表现最深刻的人生体验的文学形式,它提供了华人这一族群的特殊的审美文学经验,并为建构华人的文学理论与文学史奠定基础,作为现实研究的对象,它可以及时表现不同地区的华人相异的政治经验和意识形态等等。只有具备"华人文学"这一立足于"族群"的心灵建设的"文化视野",才有可能从空间和时间上把中国近、现、当代文学与台港澳文学（包括具有重要意义的海外华人文学）打通。这是充满了挑战性的课题,也是需要所有的文学研究者都来关注与参与的课题。①

在他看来,"用超越现实的'政治畛域'和'意识形态'分歧的'华人文学'的概念来叙事华人的在近现代的文学经验,有助于呈现与近现代史相互辉映的华人的心灵史"。②

事实上,用"汉语文学""华人文学"来整合内地文学、台港澳文学,以及"海外"华人文学,其主要意图都是超越国家意识形态所带来的文学史叙述的蒙蔽,同时,这实际也是告诫我们,在注重"20世纪中国文学"整体性的同时,还应注重各地域文学的多元性与个体的独特性,尤其是在其独特的"殖民"语境下怎样保持自身"民族性格"所作的努力,以及在民族精神的贯注下文学自身的多元发展与个体独特性,而文学的多元性与独特性,正是"20世纪中国文学"不能忽略的。有学者指出：

---

① 黎湘萍：《族群、文化身份与华人文学——以台湾香港澳门文学史的撰述为例》,《华文文学》2004年第1期。
② 同上。

由于政治制度、经济结构、意识形态，乃至于语言环境的相异，台湾、港澳、海外华文文学自然有其特殊性，而其特殊性正是其存在价值之所在，万万忽略不得。问题在于我们谈及台湾、香港、海外华文文学的特殊性的前提是把内地文学看作中国文学的一般性，其目的也是从大陆文学出发去接纳台湾、香港文学，完成20世纪中国文学的历史整合。而我们面对的事实是，20世纪中国文学的建设性课题并非都产生于中国内地的文学活动，台湾、香港在某些时期提出来的文学话题也许更具有20世纪中国文学的普遍性。[①]

仅以台湾及其文学叙述的复杂性、独特性为例，有学者曾指出："从台湾的发展经验看来，它并没有放弃传统的文化价值，也不是完全随着西方的路线走，甚至乎可能是因为传统文化的驱使与推动下，台湾才有今天的发展水平，创造了部分东西的经济奇迹。因此，台湾承袭了传统文化而达致成功的发展，成为一项对现代化理论的极大挑战。"[②] 另有学者对"台湾文学"的民族性复杂表现有如下描述：

> 他们完全在与大陆抗战情况隔绝之下不得不摸着著开拓自己文学的路。尽管如此，他们的文学作品里仍然流露着浓厚的民族性格……但是深一层去研究和探讨台湾作家的作品内涵，我们不得不指出，台湾作家的日文作品，其风格、思想和创作方式跟中国大陆三〇年代作品相差不多。也许台湾作家能够透过日本丰富的资讯媒介所吸收和消化的欧美、苏俄、日本的现代文学有较多的关系……但台湾日文作家的作品仍拥有深刻的汉人传统文化的基本性格。[③]

应该说，"20世纪中国文学"的空间性所带来的文学史叙述突破了之前只叙述内地文学的狭隘范式，有其重要的学术史意义。但"20世纪中国文学"在民族、国家的张力下，它照样深具意识形态，并由此带来文

[①] 黄万华：《越界与整合：从20世纪中国文学史到20世纪汉语文学史——兼论百年海外华文文学的意义和价值》，《江汉论坛》2013年第4期。

[②] 陈欣欣：《台湾社会发展的特殊因素》，载陈欣欣《两岸四地》，广角镜出版社有限公司1997年版，第213—214页。

[③] 叶石涛：《走向台湾文学》，自立晚报社文化出版部1990年版，第2页。

学史叙述诸多问题，我们在进行文学史叙述时，应避免由国家意识形态所带来的真实的文学史事实蒙蔽，同时，还应注意台、港、澳文学，以及"海外"华人文学身处"殖民"语境下显示的多元性、复杂性、独特性等。因此，台、港、澳文学，以及"海外"华人文学进入文学史问题，它不是在国家意识形态运作下台、港、澳文学"回归"20世纪"中国"文学的"版图"问题，也不仅仅是在"中华民族"整体观下，将台、港、澳文学生硬地嵌入"20世纪中国文学"版图，或简单地以章节附末的形式写入"20世纪中国文学史"而成为"大陆文学"的补充。台、港、澳文学，以及"海外"华人文学怎样进入文学史？还涉及其具体政治、社会、文化语境下，民族、国家、族群、语言、身份等多重因素交融下文学自身独特因素的诸多探求，只有对这些复杂多元因素有正确的认识理解，才会写出内地文学、台港澳文学，以及"海外"华人文学的真实情状，也才会写出真正的"20世纪中国文学史"。

第四节 "20世纪中国文学"的文学维度与文学史叙述

文学史是文学的历史，20世纪80年代之前的文学史多为政治的附庸，文学史成为"革命史"，或沦为特定历史时期为政治服务，甚至是阴谋政治的工具。"20世纪中国文学"的出台实际是对过去政治干预文学史叙述的反拨，并最终使文学史从政治樊篱中解脱出来。"20世纪中国文学"的提出者指出，"'20世纪中国文学'这一概念首先意味着文学史从社会政治史的简单比附中独立出来，意味着把文学自身发生发展的阶段完整性作为研究的主要对象"。[①] 而陈思和曾阐释"重写文学史"的主观意图："'重写文学史'首先要解决的，不是要在现有的现代文学史著作行列里再多出几种新的文学史，也不是在现有的文学史基础上再加几个作家的专论，而是要改变这门学科原有的性质，使之从从属于整个革命史传统教育的状态下摆脱出来，成为一门独立的、审美的文学史学科。"[②] 因此，无论是"20世纪中国文学"的出台，还是"重写文学史"的提出其主观

---

① 黄子平等：《论"二十世纪中国文学"》，《文学评论》1985年第5期。
② 陈思和：《关于"重写文学史"》，《文学评论家》1989年第2期。

意图都是"文学史叙述"回归"文学"自身。

何谓文学？这是一简单而又复杂的问题，在此无意纠缠于该问题的具体索源，只是对其含义与特征作简单阐释。王一川先生指出，"文学"这一概念包含两个层面的内涵："第一个层面为文学的含义，主要回答文学一词指的是什么，或者哪些特征可以满足'文学'一词的基本要求。第二个层面为文学的属性，回答文学具有哪些必须具备的主要构成特性。"① 而就第一层面看，文学曾经体现出大致三种含义，而这三种含义又是在文学发展过程中依次呈现出来的，这就是："文学即文章和博学，文学即有文采的缘情性作品，文学即一切语言性符号。"② 实际上，根据中国文学发展的历史情形，文学含义具广、狭义之分；广义的文学为文章和学问，以及泛指一切语言性作品，而狭义的文学主要指富有文采的缘情性作品。显然，文学的广义过分宽泛，而狭义则过分狭隘，因此，无论这种广、狭之分都存在着自身的局限性。文学被赋予现代内涵主要指文学成为一种独立的艺术门类："文学是一种语言性艺术，是运用富有文采的语言去表情达意的艺术样式。"③ 因此，就其现代含义而言，文学作为一门语言艺术，它区别于政治、经济、哲学等门类，特雷·伊格尔顿指出："文学不是伪宗教，不是心理学，也不是社会学，而是一种特殊的语言组织，它有自己的特殊规律、结构和手段（devices）……而不应该把它们化简为其他事物。"④ 因此，文学作为一门独立的语言艺术有其自身独特的属性，尤其是审美特征。正如以上叙述，从时、空观念看，"20世纪中国文学"并不是一个纯粹的"文学"观念！可此处并非对它的文学本体属性给予探讨，而是在"20世纪中国文学"观念烛照下，具体反映在文学史叙述中，过去文学史排斥的"旧体文学"、通俗文学也出现于人们视域中，它们是否该进入文学史？该怎样进入文学史？同时，在"现代性"话语下，文学史叙述模式又产生了怎样的变化？

---

① 王一川：《文学理论》，四川人民出版社2003年版，第13页。
② 同上书，第14页。
③ 同上书，第26页。
④ ［英］特雷·伊格尔顿：《二十世纪西方文学理论》，伍晓明译，陕西师范大学出版社1987年版，第4页。

一 文学观念的"新""旧"冲突与对立：旧体文学入史问题

就文体角度看，在中国悠远的文学史长河中，传统诗文是文学的正宗，只是后来文学文体观念发生改变，小说和戏剧才逐渐步入正统文学史行列。步入20世纪，特别是文学革命后，在中国现当代文学史叙述中，文学文体观念多受西方文学观念的影响，它主要指现代小说、诗歌、话剧、散文等，而事实上，在20世纪中国文学创作样式中，除以上四类文学体式外，还存在传统古典诗、词，章回小说，传统戏曲，骈文，以及用文言写作的其他"旧体文学"样式，等等，这是20世纪中国文学发展的客观情形。而在"20世纪中国文学"出台后，在文学史叙述中，这些"旧体文学"该不该进入文学史？它应该以怎样的身份进入文学史？

（一）"旧体文学"与"20世纪中国文学"

自"文学革命"以来，"旧体文学"成为新文学先驱"革命"的对象。一般认为，文学革命的正式标志是从胡适的《文学改良刍议》开始的，他对"旧体文学"的针砭毫不留情，其"八事"主张实际是针对"旧体文学"的八种弊端而提出的。① 紧接其后的陈独秀的《文学革命论》将"旧体文学"指陈为贵族文学、古典文学、山林文学而成为革命的对象："际兹文学革新之时代，凡属贵族文学、古典文学、山林文学，均在排斥之列。"在此文中，他发出掷地有声的誓言："不顾迂腐之毁誉，明目张胆地与十八妖魔宣战"，"予愿拖四十二吨的火炮，为之前驱"②。钱玄同在与胡适、陈独秀的通信中更把拟古的散文与骈文指陈为"选学妖孽""桐城谬种"。此后，包括鲁迅在内的新文学先驱分别与林纾为代表的"守旧"文人，刘师培、黄侃等以"保存国粹"的"国故"派，吴宓、梅光迪、胡先骕等以"昌明国粹，融化新知"的"学衡"派，章士钊为代表推行复古的"甲寅派"，等等，进行宣战。在传统与现代、新与旧的激战中，新文学取得绝对的胜利。自此之后，新文学渐渐成为文坛主流。

当新文学处于文坛主流时，"旧体文学"渐渐趋于边缘，成为被指陈、批判、革命的对象。鲁迅作为中国现代文学的奠基人就曾指出："一

---

① 参见胡适《文学改良刍议》，《新青年》第2卷第5号，1917年1月1日。
② 陈独秀：《文学革命论》，《新青年》第2卷第6号，1917年2月1日。

切好诗,到唐已被做完,此后倘非能翻出如来掌心之'齐天大圣',大可不必动手。"① 可以说,当时鲁迅对旧文学的看法在现代作家中具一定普遍性,并影响着人们对"旧体文学"的认识。沈钧儒作为国民党的政界要人也曾说:"诗词这一类东西,我认为是无用之物,尤其是旧体的,太不大众化。所以我对于青年们谈话,总是劝他们不要糜费心力在这里面,词比诗更加麻烦,现在中学校国文有教男女学生做词的,那真是'枉抛心力作词人'了,我是有些反对的。"② 新中国成立后,毛泽东曾在《关于诗的一封信》里说:"诗当然应以新诗为主体,旧体可以写一些,但是不宜在青年中提倡,因为这种体裁束缚思想,又不易学。"③ 毛泽东 1965 年与陈毅谈论诗歌时又再次强调:"古典绝不能要。"④ 当时党政要人对古诗词的态度,决定了"旧体文学"的当时处境。但具反讽的是,当时文学革命的先驱、党政要人却是创作大量古典诗词的主力军。虽然新文学是 20 世纪中国文学主流,但古典诗词、骈文、章回小说和传统戏剧等"旧体文学"样式依然存在于文坛。

仅以古典诗词看,无论作者还是作品的数量与质量,其都是 20 世纪中国文学不可忽略的部分。有文章曾将 20 世纪中国文坛"古典诗词"存在情况作如下统计与描绘:(1)创作古典诗词的首先是南社,其成员达 1180 余人,很多诗人的创作一直延续到新中国成立以后,该社佳作层出不断,仅柳亚子的《磨剑室诗词集》所收作品多达 5000 余首。(2)新文学作家诗人群。力主创作新诗的胡适、沈尹默、朱自清、郭沫若、闻一多、何其芳、胡风、臧克家、王亚平、柳倩等,其中胡适在文学革命前就写了近百首旧体诗词,而作诗以后也未中断绝句与小词的创作;开一代诗风的郭沫若,一生创作了 1400 多首旧体诗词;沈尹默所作旧体诗多达 371 首,而新诗仅 17 首而已;朱自清所写新诗不到 50 首,却有 96 首旧体诗词收在其《犹贤博弈斋诗抄》中。许多创作小说的作家也写旧体诗词,他们是鲁迅、茅盾、郁达夫、叶圣陶、王统照、老舍、施蛰存、沈从文、萧军、端木蕻良、钱钟书、姚雪垠等,他们不仅是 20 世纪中国文学史上

---

① 《鲁迅全集》第 12 卷,人民文学出版社 1981 年版,第 612 页。
② 沈钧儒:《寥寥集·〈寥寥集〉再版自序》,北京三联书店 1978 年版,第 11 页。
③ 《毛泽东诗词选》,人民文学出版社 1986 年版,第 164 页。
④ 同上书,第 168 页。

享有显赫地位的小说家,还是杰出的创作古典诗的诗人。鲁迅一生写作新诗仅6首,但却写下了68首古典诗;茅盾有142首旧体诗词被编纂成集;郁达夫有近600首旧体诗。此外,散文名家周作人、俞平伯、瞿秋白、聂绀弩等,戏剧大师欧阳予倩、田汉等都是旧体诗词圈中之雅客。以上这些作家与诗人是构成20世纪中国文学古典诗词的主要力量。除此而外,还有政治家型诗人群、烈士型诗人群、学者型诗人群、画家型诗人群等。众多诗人群的创作,使旧体诗词这股潮流声势浩大,不容忽视。因此,这位学者指出:"忽略了旧体诗词创作的文学史,不可能真实而完整地反映20世纪文学发展的历史面貌。"[1] 事实上,除旧体诗词外,骈文、章回小说、传统戏剧等文学样式,照样存在于20世纪中国文坛中。

(二)"旧体文学"与现代文学史叙述

文学本无新、旧之别,区别的只是不同的语言形式——文言或白话表达的审美样式,无论是旧体诗词文言古文,还是白话新诗美文。依据"旧体文学"存在于"20世纪中国文学"的客观情形,它理应在"20世纪中国文学史"版图中占有一席之地。反观"文学革命"以来的文学史叙述,"旧体文学"常被文学史叙述所忽略。作为20世纪第一部新文学史著,王哲甫的《中国新文学运动史》在开头即指出:"文学本来没有新旧的区别……新文学的取义,不过是对于昔日传统的旧文学而言,是中国文学上的一种革命运动。然而新文学与旧文学之间,也不容易划出一道鸿沟来,很精确的区分它们。"在他看来,白话做的文章不一定是新文学,文言做的也不一定是旧文学,"我们能把《九尾龟》一类的白话小说,称为新文学么?我们能把上海所谓蝴蝶派的艳辞丽语的小说称做新文学么?当然不能,因为这些小说虽然是用白话写的,却毫没有文学的价值,只可供报纸空页上补白罢了。……反过来说,文言文的作品,也未必全是旧文学,死文学"。[2] 因此,在他看来:"新文学与旧文学的区别,决不是只在白话文言的不同,乃在它们所含的内容本质的不同。"[3] 在王哲甫看来,

---

[1] 王建平:《文学史不该缺漏的一章——论20世纪旧体诗词创作的历史地位》,《广西大学学报》(哲社版)1997年第3期。

[2] 王哲甫:《中国新文学运动史》,北平杰成印书局1933年版,第1页。

[3] 同上书,第2页。

文学没有外在语言形式的新、旧之分，文学的内容本质才是根本。可意味深长的是，该文学史并没给"旧体文学"留一席之地，它叙述的是学术史上第一部纯正的新文学发展的历史。其他较有代表性的新文学史有朱自清的《中国新文学研究纲要》、李一鸣的《中国新文学史讲话》等，叙述的都是纯正新文学的历史，没有"旧体文学"存在的位置。而20世纪50年代之后的文学史叙述，如王瑶、丁易、张毕来、刘绶松、唐弢他们的文学史文本也没有"旧体文学"的位置。而当代文学史，如《中国当代文学史初稿》等，除了少数党和国家领导人的一些"古诗词"与整个文学史的政治意识形态相匹配外，"旧体文学"也没被写入。

而在"20世纪中国文学"的提出与"重写文学史"语境下，在"20世纪中国文学史"叙述中，"旧体文学"是否应在"20世纪中国文学史"中存在一席之地？在有关"20世纪中国文学史"叙述中，"旧体文学"写入文学史比较少见，而最具代表性的是孔范今主编的《二十世纪中国文学史》，过去新文学史给予批判的"旧体文学"却在该著中留下了一席之地。有关"20世纪中国文学"的第一个阶段：1898—1917年的文学，在叙述"维新文学运动""新小说""革命派文学"的同时，也叙述了与新文学并存的"旧体文学"，该文学史指出：

> 一些旧的诗文派别，仍在遵循旧的审美传统，继续致力于艺术形式的探讨。他们未能冲破中国文学史上长期以来尊古、拟古的思想藩篱，仍以师唐、师宋相标榜，既要步武古人的足迹，又希望在学古的基础上自成面目，在成就辉煌的古人著作中寻找缝隙，从而"力破余地"。他们也仍把诗文创作看作是言个人之志，表现自己的性情、才华的雅物，力求创作出高雅的作品藏之名山、流传后世。他们对传统诗文的创作方法有继承、有扬弃，也有新的审美追求，在古代文学艺术形式的探讨中取得了一定的成就。[①]

该文学史在古诗上重点叙述了"同光体"诗派、汉魏六朝诗派和中晚唐诗派："这些诗派大都承袭旧的审美传统，热衷于对艺术形式的探

---

① 孔范今主编：《二十世纪中国文学史》上册，山东文艺出版社1997年版，第311—312页。

讨，在创作上和诗歌理论上取得不同程度的成就。"① 就词而言，该文学史重点叙述了常州词派："鸦片战争之后，谭献、况周颐、陈廷焯等人根据时代的需要，对常州派词学进行革新，使这个词派几乎取得了独霸词坛的地位，在词学研究和创作方面都取得了较大的成就。"并指出该词派总体特征是："推尊词体，改变长期以来词为诗余的地位；扩大词境，使词作适合反映重大的社会事件，以适应反映风云激荡的近代社会的需要。"②而在"文学革命"之后，新文学占据文坛主流，但"旧体"诗文在该文学史仍有一席之地；著者分别叙述了"旧式文人的旧体诗文"与"新式文人的旧体诗词"，前者指不少政界和文化教育界的要人、名人笔下的旧体诗词，他们是廖仲恺、于右任、许寿裳、吴芳吉、陶行知等；后者主要表现为一些新派文人常常写作旧体诗词，该文学史指出："新式文人的旧体诗作今非昔比，在新文学运动中经历了一种境界的转换，甚至是以诗词之形来表达新诗精神上的神韵。如诗词中不再温柔敦厚，表现更为奔放的激情，造成表现因素的强化，同时扩大了内容的比重，着眼于真实的、丰富的生活与复杂、具体的冲突，因而拥有更阔大更壮美的境界，更富有历史感，又表现出张扬个性的倾向。"③ 同时，该文学史分别叙述了鲁迅、郁达夫、郭沫若、田汉等的"旧体诗"。而在当代文坛中，该文学史主要叙述了毛泽东的旧体诗词，并指出："毛泽东诗词与众不同的艺术境界，是以其《实践论》和《矛盾论》为哲学背景和美学基础的。"④

（三）文学观念的"新""旧"冲突与对立

20世纪中国文坛存在的"旧体文学"样式该不该进入文学史？应该怎样进入文学史？针对"旧体文学"的尴尬处境，一些学者为此强烈呼吁，如黄修己先生即指出："我们以前写文学史，只讲新的战胜旧的，取代旧的，这不完全符合历史实际。应该是有的部门新的取代了旧的；有的部门则创造了新品种，推进了文学的现代化，与此后继续存在、发展的旧形式并存，谁也不能取代谁。"他还通过历史发展的实际指出：

---

① 孔范今主编：《二十世纪中国文学史》上册，山东文艺出版社1997年版，第315页。
② 同上书，第326—327页。
③ 孔范今主编：《二十世纪中国文学史》下册，山东文艺出版社1997年版，第1111页。
④ 同上书，第1117页。

两千多年来，中国文学一直是沿着文言和白话这两条轨道发展的。胡适先生在《白话文学史》中做了勾勒和描述。"五四"文学革命后，通过借鉴外国文学而形成的现代新文学的兴起，使得中国文学在 20 世纪里呈现出新旧文学并驾齐驱的发展态势。现代小说和章回体小说，现代话剧和传统戏曲，现代白话自由体诗和旧体诗词，在同一历史时期内彼此争芳斗艳。与过去所不同的是，新文学成为文学发展的主潮，而传统文学形式的创作则处于支流的位置。

对此，黄先生进一步指出："只有将 20 世纪旧体诗词这一创作流脉描述出来，并给予实事求是的历史评价，才会有真实而完整的 20 世纪文学史：新旧文学创作及其发展的历史！"[①]

有关"旧体文学"入史的问题自 20 世纪 80 年代以来就被一些学者反对，较典型的代表人物是唐弢、王富仁先生；唐弢先生在谈及现代文学史编写时，他反对当代文学独立成史，在他看来，现代文学与当代文学是一回事，其中有关时间的上限就涉及"旧体文学"的入史问题。他指出，国外有些学者将现代文学开始时间从清朝末年算起，因此，清末一些作家、作品，如《官场现形记》《二十年目睹之怪现状》《孽海花》，都放在中国现代文学史里讲；日本学界也认为清末已开始酝酿中国现代文学，诗歌应从"诗界革命"开始，这就涉及南社，包括"旧体诗"也应进入文学史。但唐弢先生反对"旧体诗"进入文学史：

> 我不大赞成现代文学史里谈旧体诗。我个人很喜欢旧体诗，但主张以新诗为主。一些老同志老干部，旧体诗写惯了，写点律诗绝句，用来记述革命经历，那是可以的，但作为中国现代文学史，不应该将旧体诗写进去。中国现代作家，有些人旧体诗写得很出色，比如鲁迅、郁达夫、田汉，他们的旧体诗就写得很好，但都主张要以新诗为主。郁达夫的主要成就我看是散文，田汉是戏剧，他们的许多游记散

[①] 黄修己：《旧体诗词与现代文学的啼笑姻缘》，《中国现代文学研究丛刊》2002 年第 2 期。

文里夹有旧体诗，当然可以。但专章谈旧体诗，那不是现代文学史的任务。就是毛主席的旧体诗词，我也不主张放进现代文学史里去，因为那不是尊敬他，反而不伦不类。①

在唐弢先生看来："'五四'文学革命的第一仗就是从新诗打响的，新诗的气势很盛，连鲁迅当时也写新诗，那么'五四'到现在几十年了，我们在'五四'精神哺育下成长起来的人，现在怎能又回过头去提倡写旧体诗？不应该走回头路。所以，现代文学史完全没有必要把旧体诗放在里面作一个部分来讲。"② 王富仁的观点与唐弢相类似，针对20世纪中国文坛"旧体诗词"的大量存在情形，他指出：

  在我们已经有了大量优秀的中国古代格律诗词的情况下，是否还需要一代代的读者阅读并熟悉现当代格律诗词的创作，我认为是一个应当严肃对待的问题。现当代格律诗词一旦纳入中国现当代文学史，我们的文学史就不再主要是现当代作家创造的文学史，大量的党政干部！画家书法家！学院派教授，宗教界人士就将占据我们现当代文学史的半壁江山。……依我看还是让对这些作品有兴趣的人自己去专门从事这方面的研究，他们可以另写中国现当代格律诗词史，我们的中国现当代文学史依然维持新文学史的固有性质。③

唐弢、王富仁等反对"旧体文学"进入文学史，而一部分学者则要将"旧体文学"写入文学史，这实际蕴含了"新"与"旧"、"传统"与"现代"在"20世纪中国文学"出台这一新历史语境下的纠缠；同时还包含了"新文学"作为"20世纪中国文学"主流话语，"旧体文学"曾处于边缘，而在新的历史语境下它们的矛盾与张力被重新彰显，"旧体文学"力争其在"20世纪中国文学"的合理位置。王富仁先生是这样阐释"20世纪中国文学"这一概念的："20世纪中国文学"这一概念不仅将打

---

① 《唐弢文集》第9卷，社会科学文献出版社1995年版，第379页。
② 同上书，第379—380页。
③ 王富仁：《关于中国现代文学史编写问题的几点思考》，《文学评论》2000年第5期。

破坏、当代文学传统的时间结构，还将直接威胁"五四"新文化运动、文学革命的历史价值与意义，"'20世纪中国文学'把新文化和新文学的起点前移就大大降低了'五四'文化革命和'五四'文学革命的独立意义和独立价值，因而也模糊了新文化和旧文化、新文学和旧文学的本质区别。"他认为，"起点对一种文化和文学的意义在于，它关系着对一种文化和文学的独立性的认识"。简单地说："文学是一种语言的艺术，脱离开'五四'白话文运动，就无法确立新文学与旧文学的根本区别"，因此，"在现当代，仍然有很多旧体诗词的创作，作为个人的研究活动，把它作为研究对象本无不可，但我不同意把它们写入中国现代文学史，不同意给它们与现代白话文学同等的文学地位。这里有一种文化压迫的意味，但这种压迫是中国新文学为自己的发展所不能采取的文化策略。"①

从以上叙述可看出，"旧体文学"被置于边缘而被排斥于文学史之外，确实有文化压迫的意味，而"旧体文学"写入中国现当代文学史确实又有其尴尬与不和谐之处，但"20世纪中国文学"的提出，再次带来了文学"新旧"观念的冲突，以及"旧体文学"入史问题。就"20世纪中国文学"的具体发展，以及"旧体文学"的客观存在情形，它理应进入"20世纪中国文学"的版图，而"旧体文学"一旦入史必将带来现代文学史性质，以及现代文学史叙述模式的改变。因此，怎样让"旧体文学"进入"20世纪中国文学史"？怎样协调"旧体文学"与新文学的历史地位？怎样区分"旧体文学"与新文学的性质？等等，这些都是文学史叙述必须面对的新问题！若这些问题不能解决，"20世纪中国文学史"必将是一庞杂而不伦不类的文学史！而这也进一步让人质疑"20世纪中国文学"这一观念本身的科学性，以及它存在的合理性。

二 文学观念的"雅""俗"对峙与转化：通俗文学入史问题

"20世纪中国文学"的提出，不仅仅带来了文学观念"新旧"的纠缠与对立，文学史叙述面临的尴尬与难题，还带来了文学观念"雅俗"

---

① 王富仁：《当前中国现代文学研究中的若干问题》，《中国现代文学研究丛刊》1996年第2期。

的对峙与转化，以及由此带来的通俗文学入史问题。在正统文学观念中，雅文学常处于主流地位，而通俗文学则处于边缘。比如，在中国传统文学观念中，诗文是文学的正宗，而小说、戏曲则通行于民间且处于文坛的边缘。就通俗文学的含义而言，"通俗"主要是相对于"高雅"而言的，"通俗"的英文为"Popular"，即具有普遍、流行、受欢迎，易于为普通大众所接受的含义。M. J. 贝尔曾说："当一种创作迎合了大多数人的经验和价值时，当一种创作如此地产生出来以至大多数人可以容易地接受它时，当一种创作可由大多数人在不借助专门知识或经验的情况下加以理解和解释时，它便是通俗的。"① 通俗文学的发源地多为民间，这与诞生于士大夫及上层知识分子之中的所谓的"高雅文学"区别开来。就通俗文学的形式看，它首先是与高雅文学相对而言的，郑振铎曾对俗文学给予界定："'俗文学'就是通俗的文学，就是民间的文学，也就是大众的文学。换一句话说，所谓俗文学，就是不登大雅之堂，不为学士大夫所重视，而流行于民间，成为大众所嗜好所喜悦的东西。"②

通俗文学具通俗性、娱乐性特征，这是通俗文学易被大众接受、喜欢，而正统文学却不见容于它的重要原因。而在现代商业社会，通俗文学带有消费性特征，这也是创作者要创作通俗文学的重要原因。通过通俗文学的创作，读者对之的消费，作者也可从中获取经济利益。因此，作者与读者，通过通俗文学文本的连接形成了消费与被消费的关系。在资本主义发达时期，通俗文学是大众文化的主要形态，有学者说："大众文化是通俗文化，它是由大批生产的工业技术生产出来的，是为了获利而向大批消费公众销售的。它是商业文化，是为大众市场而大批生产的"，这在"很大程度上已成为对工业化和通俗文化商品化的回应，是对 1920 年代和 1930 年代开始汇集势头的过程的回应"。③ 固然，通俗性、娱乐性、消费性等是通俗文学的主要特征，但与社会、时代紧密相连的现代性特征，以及本身深具的审美特征的文学性也是通俗文学的重要特征，这也是其广泛通行于民间市民群体读者的重要原因。

在 20 世纪的中国，通俗文学有其客观存在形态。20 世纪初，由于帝

---

① ［美］M. 托马斯·英奇：《通俗文化研究》，《国外社会科学》1995 年第 7 期。
② 郑振铎：《中国俗文学史》上册，商务印书馆出版 1998 年版，第 1 页。
③ ［美］多米尼克·斯特里纳蒂：《通俗文化理论导论》，商务印书馆 2001 年版，第 16 页。

国主义经济的侵略,以及现代都市化进程的兴起,特别是以上海为代表的现代都市的兴起,通俗文学成为20世纪前半叶中国文学的主要形态之一,并呈活跃与兴盛的趋势。比如,兴盛于1912—1917年的"鸳鸯蝴蝶派"小说,虽曾遭受文学革命的打击与重创,但却具强烈的生命力量。此后,言情、武侠、侦探等各种通俗文学样式照样兴盛、风行,并对纯文学产生了强烈的冲击与影响。这主要表现为两种情形:一是新文学为担当思想启蒙而对通俗文学的通俗性借鉴,"大众化"曾在现代文学发展过程中几次被提倡,比如抗战文学与解放区文学;二是雅俗文学的融合,比如徐訏、无名氏、张爱玲等对通俗文学的提升等。到20世纪80年代,随着改革开放的兴起,通俗文学又再一次成为内地的重要文学形态;而在台、港、澳,通俗文学则一直是其重要文学形态。通俗文学具有如此主要特征,它在20世纪中国文坛又客观存在,那么,它是否该被写入20世纪中国文学史?它在文学史中应该以怎样的身份出现?

(一)通俗文学与文学史叙述

在20世纪中国文学发展过程中,"鸳鸯蝴蝶派"与"海派"在文学史的身份最具典型性与复杂性!"20世纪中国文学"提出之前的文学史叙述中,通俗文学一般是缺场,或成为新文学批判的对象,如王瑶的《中国新文学史稿》,"鸳鸯蝴蝶派"的真正身份是缺场的,而它在王瑶文学史叙述中的出场是文学研究会成立时其批判的对象。该文学史在叙述文学研究会时引了该流派成立的宣言:"将文艺当作高兴时的游戏,或失意时的消遣的时候,现在已经过去了。我们相信文学也是一种工作,而且于人也是一种很切要的工作,治文学的人,也当以这事为他一生的事业,正同劳农一样。"① 由此可看出,文学研究会的成立就某种角度看就是针对鸳鸯蝴蝶派"游戏"与"消遣"观念而致力于新文学要反映现实表现人生。同时,该文学史还引了郑振铎对其会刊《小说月报》《文学旬刊》的描述:"这两个刊物都是鼓吹着为人生的艺术,标示着写实主义的文学的;他们反抗无病呻吟的旧文学;反对以文学为游戏消遣的鸳鸯蝴蝶派的'海派'文人们。他们是比《新青年》派更进一步的揭起了写实主义的文

----

① 王瑶:《中国新文学史稿》上册,上海文艺出版社1954年版,第40页。

学革命的旗帜的。"① 在该文学史中,"鸳鸯蝴蝶派"与旧文学一样处于被革命的地位,是被批判的对象。唐弢主编的文学史中,把"鸳鸯蝴蝶派"描绘得较详细,但它也是新文学批判的对象。该文学史对它作了如下描绘:"鸳鸯蝴蝶派'文学'滋生于半殖民地的'十里洋场',风行于辛亥革命失效后的几年间,虽然有少数作品在某种程度上暴露了社会黑暗、家庭专制和军阀横暴等等,但其总的倾向却不外乎'卅六鸳鸯同命鸟,一双蝴蝶可怜虫',正如鲁迅说的是'新的才子十佳人','相悦相恋,分拆不开,柳荫花下,像一对蝴蝶,一双鸳鸯一样'。"对该流派的刊物与代表作品有如下描绘:"这些刊物既标榜趣味主义,长篇也大都内容庸俗,思想空虚,'言爱情不出才子佳人偷香窃玉的旧套,言政治言社会,不外慨叹人心日非世道沦夷的老调'。在人民开始觉醒的道路上,起着麻醉和迷惑的作用。"② 理所当然的,"鸳鸯蝴蝶派"成为文学研究会、创造社等新文学阵营批判的对象。显然,鸳鸯蝴蝶文学史缺场与尴尬的文学史身份,更多地缘于新文学主流观念。相反,与鸳鸯蝴蝶派身份不同的是通俗文学的通俗形式,却在文学史中得到了张扬,凭借不同时期主流意识形态的参与运作而进入文学史中。比如"左翼文学"发展过程中对"大众化"的提倡;抗战时期,文学在"文章下乡,文章入伍"的口号下,"通俗文艺与大众化"问题又被提出;而在延安解放区,工农兵等劳苦大众所喜闻乐见的通俗文艺形式更得到广泛的流传,这些情形在王瑶、唐弢的文学史中都得到了明显反映。

　　从以上叙述可看出,"20世纪中国文学"提出之前的文学史,在新文学主流观念支配下,通俗文学要么缺场,要么成为被批判否定的对象;相反,通俗文学的"通俗"形式,则凭借主流意识形态的参与运作而进入文学史中这一文学史事实。随着十年"文化大革命"的结束、改革开放的兴起,新的社会语境使得文学观念发生了变化与转型,尤其是"20世纪中国文学"的提出,通俗文学开始以新的面孔进入人们的视野,之前被文学史否定的"鸳鸯蝴蝶派"等通俗文学流派,应该以怎样的身份进入文学史?在通俗文学的文学史叙述中,我们首先看孔范今主编的《二十世纪中国文学史》。孔范今主编的文学史中有关通俗文学描绘的章节主

---

① 王瑶:《中国新文学史稿》上册,上海文艺出版社1954年版,第41页。
② 唐弢:《中国现代文学史》(一),人民文学出版社1979年版,第87页。

要有：第四章，通俗小说与雅俗对峙互补格局的形成；包括：第一节，通俗小说与小说分流，该节带有对鸳鸯蝴蝶派平反之意，该文学史写道："'鸳鸯蝴蝶派'小说是清末民初的一个重要的小说流派。它与新小说在创作宗旨、审美趣味上大相径庭，却从不同的角度反映了近代风云突变的社会现实，以不同的艺术风格满足了不同层次、不同审美趣味的读者的需要。因此，我们在研究新小说的同时，也有必要重新审视'鸳鸯蝴蝶派'小说，并力图对这个小说流派作出比较客观、比较公正的评价。"① 第二节，主要叙述"鸳鸯蝴蝶派"言情、社会、历史、武侠、侦探等小说类型。第三节，主要叙述徐枕亚及其代表之作《玉梨魂》。第二十章：京、海派小说的对立发展，其中第四节描写了"新感觉派"，并把它称为"新海派"："海派由于与现代派联手，也终于冲出一般通俗文学的藩篱，攀上了先锋文学的位置。"② 说新感觉派："上接叶灵凤等 20 年代末期的都市小说、性爱小说风，下联 40 年代张爱玲表现沪、港两地的市民传奇，海派本身的前后承传线索是清楚的。"③ 在叙述刘呐鸥的小说时指出："这些小说的意义，在于说明现代都市再不能用'鸳蝴派'的陈旧暴露的眼光来识别了，要用全新的情绪去感受；表现都市男女的故事，也不单单是个过程，而是都市人的一种生存体验。"④ 再看该文学史对新感觉派的整体叙述："新感觉派小说成为海派的一支，把文学中'都市'的地位提高。小说里不仅有都市中的人，还有人心目中的都市。他受到上海大学生圈读者和写字间读者、公寓读者的青睐，把现代话语传播到市民当中。海派经过新感觉派的这次加入，得到调适、重塑，先锋意识和通俗情调渐趋合拢，向 40 年代的新市民小说发展而去。"⑤ 第五节，主要叙述张恨水的现代章回小说。20 世纪后半期，该文学史分别对内地、港台的通俗文学进行了叙述。第四十一章第三节，在"通俗文学、纪实文学、闲适文学"的题目下叙述了 90 年代内地通俗文学，它主要以武侠、言情、公案、演史、写实等几类最为引人注目，而其中的武侠、言情主要受港、台同类小说的影响；同时，一些专业的严肃作家也创作了一批"合俗"小说，这

---

① 孔范今主编：《二十世纪中国文学史》上册，山东文艺出版社 1997 年版，第 274 页。
② 同上书，第 748 页。
③ 同上书，第 749 页。
④ 同上书，第 750 页。
⑤ 同上书，第 754 页。

也是通俗文学的重要表现,该类小说主要以王朔的创作为代表。第四十三章第六节叙述了台湾通俗文学,其内容包括言情小说,主要以琼瑶、张曼娟为代表;武侠小说,主要叙述了古龙的创作;此外,还有历史小说、科幻小说等。第四十五章,用大约20页的篇幅叙述香港文学,而其中第三节有关通俗文学的篇幅就占了7页,该文学史指出:"香港文学被人视为香港的一种'无烟工业',因此,具有消费文学特征的通俗文学从本世纪以来,蓬勃发展,经久不衰,作家队伍之庞大,作品数量之多,影响之广,是严肃文学不能比拟的。"该文学史还指出,香港通俗文学,"不乏雅俗共赏的上乘之作,这些作品从内容的广泛、形式的多样和技巧的纯熟上,早已超过了传统通俗文学的范围。"[1] 其主要有金庸、梁羽生的新武侠小说,梁凤仪的财经小说,亦舒等的言情小说,倪匡等的科幻小说,等等。

不同于以上孔范今主编的文学史对通俗文学的叙述,钱理群等撰写的文学史在具体以章节形式来叙述通俗文学的同时,主要用文学观念的新与旧,雅与俗的对立、融合与消长将通俗文学写入文学史中。该文学史写道:"通俗文学的概念一向比较模糊,是因为它的文学地位的不确定性。长时期以来人们强调它属于'旧文学'或'封建文学残余'的一面,而来不及认识它由旧文学向现代性的新文学缓慢过渡的一面。最终它实际已融入了新文学之中,成为新文学内部的现代通俗文学的一部分。"[2] 在该文学史中,通俗文学是以"民国旧派"小说开始的,它包括人们习惯称谓的鸳鸯蝴蝶派小说、黑幕小说等;在他们看来,通俗文学的发展是在新、旧文学观念的冲突、对峙中发展的,新文学对鸳鸯蝴蝶派的斗争,实际是为了争夺读者群。其斗争的结果是,新文学的胜利主要是在青年读者群中的胜利,但它并没完全占领读者市场;而旧文学在失利后开始明确自己的处境,被迫向俗、向市民读者定位,而旧派小说在向"下"、向"俗"发展的过程中,也艰难地试图加强自身的"现代性"[3],并在文体的追求上作出自己的努力,通俗文学以言情、武侠、侦探、历史四种小说类型存在于现代文坛上,中国现代文学雅俗分流、雅俗互渗的初步格局便

---

[1] 孔范今主编:《二十世纪中国文学史》下册,山东文艺出版社1997年版,第1652页。
[2] 钱理群等:《中国现代文学三十年》,北京大学出版社1998年版,第90页。
[3] 同上书,第94页。

形成了。20世纪30年代，雅、俗文学呈现互动与合流的趋势。这首先表现在左翼文学出于政治的需要提倡文学的"大众化"而自觉向"俗"移动；真正由"雅"向"俗"移动的是新文学内部产生的"海派"，表现较明显的是张资平、叶灵凤，他们是新文学作家中直接"下海"从事通俗小说的作家，30年代末期徐訏写出了《鬼恋》。这部分作家"代表着新文学为争得知识者以外的读书市场而制作通俗读物的倾向，这与章回小说作家发生竞争关系"。此外，"海派"中还有"新感觉派"的出现，"新海派的产生，一方面占去了旧通俗文学的部分领地，一方面也进一步拓宽了原先就已经不小的大众文学市场"。新文学这种由"雅"及"俗"的形式，也必然刺激旧派通俗文学向"雅"提升。"随着新文学部分的'俗'化，通俗文学在向新文学和外国文学定型模式的学习过程中，不断提高自身的品位，反过来由'俗'及'雅'。"张恨水、刘云若等便是其中的佼佼者。① 从抗日战争爆发到40年代，现代文学面临特殊的历史境遇，文学的通俗化更被提上了议事日程，文学的雅、俗对立更得到消解。通俗文学向雅的方向移动，"主要是加强了文学的现实批判性，加强了历史的、文化的探索精神"。② 通俗文学更多的还是通过文体形式和加强自己的审美情感向"雅"的方向转化，比如，予且就是没经过章回小说的阶段而出现的新通俗小说家，"是俗、雅融合的标志之一"。而纯文学除追求文学审美陌生化以及自律性外，争取广大读者也是他们的重要追求，因此，主动吸取旧派通俗文学的影响的作家开始出现，如张爱玲；而介于雅、俗之间的作家也越来越多，如徐訏、无名氏、赵树理等。③ 因此，现代文学的雅、俗最终合流。

（二）通俗文学入史问题

以上孔范今、钱理群版本的文学史，代表了"20世纪中国文学"概念提出之后通俗文学进入文学史的两种范式。相对于80年代之前的文学史，通俗文学得到了正统文学史的肯定与吸收，通俗文学堂而皇之地进入文学史。但这种文学史的叙述，以及通俗文学的入史问题，还存在很大的分歧，并存在如下问题：通俗文学还是"旧派"文学？它是否该进入文

---

① 参见钱理群等《中国现代文学三十年》，北京大学出版社1998年版，第338页。
② 同上书，第540页。
③ 同上书，第541页。

学史？通俗文学在其发展历程中有无"现代性"？通俗文学写入文学史的起始时间是以鸳鸯蝴蝶派开始，还是应该把时间上限尽力往前推？通俗文学入史有无潜意识中正统的"新文学"观念、精英文学观念等？通俗文学进入文学史是否是简单的"堪入"，或是简单的"拼接"？等等。唐弢先生一方面说："所谓文学史，就是说它一方面是文学，一方面是历史，是讲中国现代文学发展的历史书。"① 但对通俗文学的入史问题他却持保留意见："就是张恨水我也不主张多写，给以适当的评价是可以的，但他毕竟是接近鸳鸯蝴蝶派的，现代文学史不应把他放在主要地位上来写。"② 王富仁先生对通俗文学的入史问题也持保守态度："鸳鸯蝴蝶派文学和新武侠小说作为一种文学现象是应该进行研究的，但鸳鸯蝴蝶派和新武侠的哪些文学作品应该纳入现代文学史的叙述之中去，那得看它们在中国现代文学史上有没有提供一种新的文学范例。"③

另一部分学者认为，通俗文学进入文学史是毋庸置疑的！并以通俗文学的独立性、独特性、现代性立论来探讨其入史问题。仅是通俗文学入史的时间问题，汤哲声先生即指出："通俗文学入史，中国既有的现代文学史的发生时期就必须向前伸展……但是要使得中国现代文学史向前伸展，有两个问题是绕不开的，一个是中国现代文学究竟何时发生，一个是之前出现的通俗文学与之后产生的新文学究竟是什么关系。我认为中国现代文学的发生应该以大众媒体的出现为标志。"在他看来，中国现代文学的发生应该是1892年，因为这一年出现了一份个人办的文学杂志《海上奇书》和一部性质上有别于古代文学的小说韩邦庆的《海上花列传》，他进而指出：

> 中国现代文学从《海上花列传》开始了，它经历了晚清的文学改良到民国初年形成了"鸳鸯蝴蝶派"。这个时期的文学被称为中国现代通俗文学。它与1917年登上文坛的新文学构成了中国文学现代化进程中的两个阶段。这是中国文学开始具有现代性和建立中国文学现代性标准的时期，是内部的变革的要求和外部变革的动力相结合的

---

① 《唐弢文集》第9卷，社会科学文献出版社1995年版，第378页。
② 同上书，第379页。
③ 王富仁：《关于中国现代文学史编写问题的几点思考》，《文学评论》2000年第5期。

时期。不是将两个阶段对立起来看,而是将两个阶段看成是一种延续,既能表明新文学与通俗文学各自的立场,又能突出它们在文学史上各自的贡献……当然,新文学作家对"鸳鸯蝴蝶派"的文学观念和创作观念进行过严厉批判,但是这样批判本身就是中国现代文学的特色之一。批判不应该看成是一种排斥和对立,而应该看成是一种融合和延续。①

范伯群先生则从通俗文学和精英文学的独立性与差异性出发指出其文学史入史问题:"现代通俗文学在时序的发展上,在源流的承传上,在服务对象的侧重上,在作用与功能上,均与知识精英文学有所差异。如果不看到这一点,那么中国现代通俗文学的特点也就会被抹杀,使它只能作为一个'附庸'存在于中国现代文学史中。"他还说:"过去的中国现代文学史大多是以1917年肇始的文学革命为界碑,可是中国现代通俗文学步入现代化的进程要比这个年代整整提早了四分之一世纪。因此,在发展时序上,中国现代通俗文学就不可能'削足适履'地去就中国现代知识精英文学史的框架。即使是写20世纪中国文学史,我们也往往对通俗文学缺乏足够的评估。"因此,"要写出一部全面展示文学的多元性的中国现代文学史,还需集思广益,进行认真的学术研究。我们要对过去以'知识精英话语'为主导视角的中国现代文学史进行必要的修正,打破这种长期累积的根深蒂固的思维定势,转而为多元性的中国现代文学历史叙述铺平道路"。因此,在范伯群先生看来:"要将现代通俗文学融入现代文学史,成为一个有机的组成部分,还有一段漫长的路要走。""在大学讲堂上给予一定的位置,是较为容易的,但要有机整合到现代文学史中去,还有很大的难度。"② 而汤哲声先生认为:"要让通俗文学'入史',史学家们就必须建立一种新的文化观念和创作观念,这样的文化观念和创作观念能够融合和超越新文学和中国现代通俗文学的文化观念和创作观念。否则就是重复以一种文化观和创作观批评另一种文化观和创作观的文学史,或者是将两种文学现象都放在那里不加评论的文学史,如果是这样写文学

---

① 汤哲声:《中国现代通俗文学的"现代性"和入史问题》,《文学评论》2008年第2期。
② 范伯群:《分论易,整合难——现代通俗文学的整合入史研究》,《中山大学学报》(社科版)2006年第4期。

史，通俗文学入史也就没有意义了。"在他看来，"通俗文学入史是中国现代文学研究领域的重要进展，的确，既然称作为'现代文学史'就不能没有面广量大的通俗文学。但是通俗文学入史绝不是随便增删一些文学现象和作家作品的事情，它是我们数十年来中国现代文学史学研究中的重大改革，这样的改革需要伤筋动骨，需要史家们巨大的勇气和很强的治史能力"。①

三 "现代性"乌托邦与文学史叙述

文学史叙述的"现代性"追求是"20世纪中国文学"与"重写文学史"提出之后的重要表现，它是20世纪八九十年代以来中国"现代性"热潮在文学史叙述的具体反映。"现代性"是一舶来品，它源于西方，有国外学者指出，"现代性"第一次是出现在拉丁语"modernitas"一词中，它11世纪末就出现了，它派生于形容词"modernus"，意思是"现时的"，它的存在始于公元5世纪末。②"现代性"含义具繁复、含混性，许多人都对其含义进行了描绘，但如下特征是非常明了的，它首先可看作一种时间概念，它是与"过去""传统""古老""旧时代"等相对而言的，蕴含了"现今""现代""时下""新时代"之意，之后进一步演化、延伸为超越时代之意："前进""光明""新潮"等而与"黑暗""落后""保守"等相对的具体内涵；有国外学者指出"现代性"有二元分立现象："一方面是'历史现代性'，它的主要特征更多地体现在与旧的文化体制相比而出现的一种新的文化'情境'上，而不是体现在某个打上具体日期的时代或时期上；另一方面是'多种不同的现代性'，它们构成了这个'历史现代性'的诸多不同的表现形式。"③ 这说明了"现代性"有超越时间的"前进""光明""新潮"等含义，之后才是这一历史"现代性"的多种表现形式。波特莱尔把"现代性"与美学相联系并最终定型，他在《现代生活的画家》一文中称"现代性"为一种"神秘之美"，他对之有如下描绘："现代性，就是那种短暂的、易失的、偶然的东西，是

---

① 汤哲声：《中国现代通俗文学的"现代性"和入史问题》，《文学评论》2008年第2期。
② [法]伊夫·瓦岱：《文学与现代性》，田庆生译，北京大学出版社2001年版，第18页。
③ 同上。

艺术的一半，它的另一半内容是永恒的、不变的。"① 波特莱尔所谓的"现代性"即人们习惯称谓的"审美现代性"，它与代表物质文明的历史现代性会产生矛盾、斗争，马泰·卡林内斯库指出，到 19 世纪前半期的某个时刻，现代性的两种存在方式发生了严重冲突，那就是"作为西方文明史一个阶段的现代性同作为美学概念的现代性之间发生了无法弥合的分裂"。② 自此之后，现代性逐渐演变为西方学者反思、批判现代社会的重要关键词，代表人物有马克思·韦伯、马泰·卡林内斯库、齐格蒙特·鲍曼、弗雷德里克·詹姆逊等。

在中国，"现代性"一词最早见于1918 年《新青年》第 4 卷第 1 期，周作人在译文《陀思妥夫斯奇之小说》中首次把"modernity"译成"现代性"。③ "modern"也被人们翻译"摩登""现代"成为现代语汇中人们最青睐的词汇。20 世纪 80 年代，随着改革开放所带来的社会历史的巨大转型，尤其是世纪末所带来的对 20 世纪中国社会、历史、文化的反思、批判，通行于西方的马克思·韦伯、马泰·卡林内斯库、齐格蒙特·鲍曼、弗雷德里克·詹姆逊等的有关现代主义、后现代主义、现代性、后现代性思想开始成为人们反思中国近、现代社会历史文化，包括 20 世纪中国文学的重要方法与视角。其中以"现代性"来观照"20 世纪中国文学"可以说是 90 年代以来学术界的重要视角，它成为人们挂在嘴边最时髦的关键词。1994 年北京大学掀起的"重估现代性"大讨论给"20 世纪中国文学"带来了强烈的冲击；与此同时，李殴梵、王德威等海外学者以"现代性"视角来观照中国近、现代文学的方法对内地学术界更产生了强烈的冲击与影响；90 年代中期，杨春时、宋剑华联名撰文《论二十世纪中国文学的近代性》，该文指出："二十世纪中国文学的本质特征，是完成由古典形态向现代形态的过渡、转型，它属于世界近代文学的范围；所以，它只有近代性，而不具备现代性。"④ 这一观点一石激起千层

---

① ［法］伊夫·瓦岱：《文学与现代性》，田庆生译，北京大学出版社 2001 年版，第 22 页。

② ［美］马泰·卡林内斯库：《现代性的五副面孔》，顾爱彬、李瑞华译，商务印书馆 2002 年版，第 47 页。

③ 参见南帆主编《二十世纪中国文学批评 99 个词》，浙江文艺出版社 2003 年版，第 230 页。

④ 杨春时等：《论二十世纪中国文学的近代性》，《学术月刊》1996 年第 12 期。

浪，更引发了学术界有关20世纪中国文学"现代性"的大讨论。"现代性"的讨论热潮中，以"现代性"为重要视角来叙述文学史是其重要表现。

在"现代性"讨论热潮中，"现代性"也自然成为20世纪90年代中后期文学史叙述的重要关键词，文学史建构的"现代性"追求促使钱理群等开始重新修订《中国现代文学三十年》。在他们看来，"现代文学"是一个揭示这一时期文学"现代质"的重要概念，是"用现代文学语言与文学形式，表达现代中国人的思想、感情、心理的文学"。"中国现代文学"主要体现为文学的"现代化"，即它与20世纪中国所发生的"政治、经济、科技、军事、教育、思想、文化的全面现代化"的历史进程相适应，并成为其不可或缺的有机组成部分，且在促进"思想的现代化"与"人的现代化"方面，文学更是发挥了特殊的作用。因此，"本世纪中国围绕'现代化'所发生的历史性变动，特别是人的心灵的变动，就自然构成了现代文学所要表现的主要历史内容"。[①] 文学的"现代化"还具体表现为对中国传统文学的历史性变革与改造，以及受世界文学的深刻启示与影响，而这正是中国现代文学的"现代性"表征，现代文学三十年正是在"文学的现代化与民族化"这二者的矛盾张力中发展的。与之相伴随的是"文学审美现代性"的重要视角，这是以前的文学史叙述所忽略的。因此，在他们看来，文学的"现代化"还主要表现为"审美现代性"追求，这是现代文学所发生的最深刻并具有根本意义的文学语言与形式的变革，以及与此相联系的美学观念与品格的变革：

> 这是一个空前复杂的艺术课题，不仅存在着如何处理诸如"文学内容与形式"、"文学的俗与雅"、"形式的大众化与先锋性"、"平民化与贵族化"、"文学风格的时代性与个人化"的关系这类艺术难题，而且在创作方法的选择，诗歌、小说、散文、戏剧各个文体内部的不同样式、流派、风格的创造，如诗歌方面的格律诗与自由诗，散文的闲话风与独语，小说方面的诗化小说与心理分析小说，戏剧方面的广场艺术与剧场艺术……都需要以极大的艺术匠心去进行创造性

[①] 钱理群等：《中国现代文学三十年》，北京大学出版社1998年版，前言第1页。

实验。①

这种文学史叙述的"现代性"很好地渗透于该文学史叙述中，比如称新文化运动"本质上是企求中国现代化的思想启蒙运动"。②这还表现在对"海派"小说给予"现代性"视角的烛照上，该文学史指出"海派"小说有如下特征：第一，新文学的世俗化和商业化；第二，过渡性地描写都市；第三，首次提出"都市男女"这一海派常写常新的主题；第四，重视小说形式的创新。③这种"现代性"观念使之前文学史所否定的"海派"以正面的形象进入文学史中。该文学史所指的"海派"主要是 20 年代张资平、叶灵凤的性爱小说，30 年代的新感觉派，以及 40 年代张爱玲、徐訏、无名氏为代表的小说，而"新感觉派"则起承上启下的连续作用。该文学史指出："新感觉派小说之'新'在于其第一次用现代人的眼光来打量上海，用一种新异的现代的形式来表达这个东方大都会的城与人的神韵。"④而对张爱玲的描绘，该文学史则指出其现代性、先锋性与传统性、通俗性的杂糅："张爱玲小说的女性解剖和都市发现，都相当的具有现代性。但她写出来，既有传统的语汇和手法，也有意识的流动。她能在叙述中运用联想，使人物周围的色彩、音响、动势，都不约而同地富有映照心理的功用，充分感觉化，造成小说意象的丰富而深远（如'月亮'等意象）。"⑤这种对张爱玲的描绘也反映在对徐訏、无名氏的描绘中。这种对"海派"叙述描绘的"现代性"眼光，照样体现在对通俗文学的观照上，比如写"民国旧派小说"由传统向"现代"转化，写通俗小说的雅、俗转化与"现代性"提升。正是文学史叙述的"现代性"视角，以前被文学史否定的通俗文学堂而皇之地进入文学史中。

文学史叙述的"现代性"视角是 90 年代中后期直至当下文学史建构的普遍追求，朱栋霖先生主编《中国现代文学史（1917—1997）》指出："中国现代文学，是中国文学在 20 世纪持续获得现代性的长期、复杂的过程中形成的。在这个过程中，文学本体以外的各种文化的、政治的、世

---

① 钱理群等：《中国现代文学三十年》，北京大学出版社 1998 年版，前言第 2—3 页。
② 同上书，第 5 页。
③ 同上书，第 321 页。
④ 同上书，第 325 页。
⑤ 同上书，第 515 页。

界的、本土的、现实的、历史的力量，都对文学的现代化发生着影响。这些外因影响着它的萌生、兴起，影响着文学运动、文艺论争、文学创作，造成中国现代文学种种迅速、纷纭的变化，构成了一部能折射历史的方方面面、多姿多彩的中国现代文学史。"① 现代性追求是该文学史立论的基础，这是该文学史叙述者把这近百年的文学史称为"中国现代文学史"而不是"20世纪中国文学史"的潜在原因。程光炜先生编撰的文学史指出："在20世纪中国社会痛苦焦虑、忧患不断的历史进程中，贯穿着一个'走向现代化'的总主题。这必然会深刻影响到'中国现代文学'（1919—1949）的基本面貌和走势，赋予它现代化的文化内涵及其历史性格。"② 蒋淑娴的文学史也指出，"现代性"作为一种"元话语"或"全球意识"，伴随着"民主与科学"的口号，加入文学变革的实践之中。它既是民族再生文化整合互动的标志，也是对西方现代主义思潮冲击下勃兴的"现代性"问题的再思考。③

"现代性"作为文学史叙述的重要视域，也与"20世纪中国文学"的提出者把"现代性"作为20世纪中国文学怎样摆脱传统文学而步入世界文学轨道的重要标志有关。他们对"现代性"的理解与当时的时髦语词"现代化"相联系。钱理群先生即指出，"20世纪中国文学"包含两个侧面："既是现代化的，又是民族化的。"而黄子平先生更明确指出，20世纪中国文学，"既是'世界文学化'的，又是'民族化'的，两者互相联系又互相对立，在矛盾统一的运动过程中，实现文学的'现代化'"。④ 而他们在刚刚提出"20世纪中国文学"时也指出："中国文学的现代化同时展开为互相联系又互相对立的两个侧面：所谓'欧化'（其实是'世界文学化'）和'民族化'。"⑤ 黄子平先生还指出："现代化"这个概念所包含的意思："由古代文学的'突变'，走向'世界文学'"⑥，

---

① 朱栋霖等主编：《中国现代文学史（1917—1997）》上册，高等教育出版社1997年版，第3页。
② 程光炜等：《中国现代文学史》，中国人民大学出版社2007年版，第1页。
③ 参见《引言——五四新文学的现代话语》，载蒋淑娴编《中国现代文学史》，科学出版社2002年版，第1页。
④ 黄子平等：《二十世纪中国文学三人谈》，人民文学出版社1988年版，第51页。
⑤ 黄子平等：《论"二十世纪中国文学"》，《文学评论》1985年第5期。
⑥ 黄子平等：《二十世纪中国文学三人谈》，人民文学出版社1988年版，第35页。

由此看来,"20世纪中国文学"包含两个层次,即"20世纪中国文学"怎样摆脱传统文学的过程和它怎样步入"世界文学"轨道的进程:

> 1898年发生了流产的戊戌变法。就在这一年,严复译的《天演论》刊行,第一次把先进的现代自然哲学系统地介绍进来,以一种前所未有的世界历史的眼光和自强精神,影响了中国好几代青年知识分子。同一年,梁启超作《译印政治小说序》(翌年林纾译《巴黎茶花女遗事》正式印行),西方文学开始大量地输入,小说的社会功能被抬到决定一切的地位。同一年,裘廷梁作《论白话文为维新之本》,文学媒介的问题被明确地提了出来。与古代中国文学全面的深刻的"断裂"开始了:从文学观念到作家地位,从表现手法到体裁、语言,变革的要求和实际的挑战都同时出现了。暴露旧世态,宣传新思想,改革诗文,提倡白话,看重小说,输入话剧。这是一次艰难而又漫长(将近历时五分之一个世纪)的"阵痛"。一直到1919年的五四运动,才最终完成了这一"断裂",使"二十世纪中国文学"越过了起飞的"临界速度",无可阻挡地汇入了世界文学的现代潮流。①

因此,以"现代性"为标尺,"20世纪中国文学"的起始点定在1898年。它既是传统文学步入"20世纪中国文学"的临界起始点,也是"20世纪中国文学"开始步入"世界文学"的轨道,开始其"现代化"真正历程的起始点。而这种由"传统"向"现代"的变革,以及"20世纪中国文学"步入世界文学的"现代化"轨道的"现代性"视角渗透于文学史的叙述中有其"20世纪中国文学"语境。80年代中期,钱理群等撰写的《中国现代文学三十年》就明显渗透了"20世纪中国文学"有关传统文学的"现代"转变以及步入世界文学轨道的"现代化"主题。②

显然,以"现代性"视角建构"20世纪中国文学史"不同于50年代以来的中国现代文学史叙述,这明显是对"新民主主义性质"的文学指称"中国现代文学"的这一政治意识形态文学史观的解构。事实

---

① 黄子平等:《论"二十世纪中国文学"》,《文学评论》1985年第5期。
② 参见钱理群等《中国现代文学三十年》,上海文艺出版社1987年版,第1—17页。

上，"20世纪中国文学"所体现的文学史观本身即是对50年代以来所体现的政治意识形态的文学史观的解构，正如提出者所言："'二十世纪中国文学'这一概念首先意味着文学史从社会政治史的简单比附中独立出来，意味着把文学自身发生发展的阶段完整性作为研究的主要对象。"①"20世纪中国文学"，特别是它进一步延伸的"现代性"主题，是对以前文学史建构政治意识形态的否定，洪子诚先生指出："在近十几年中，文学史研究的一个'革命性'的方面，是在充分地'释放'以前由于政治意识形态和知识分子精英主义所'压抑'的'现代性'。"② 应该说，这种文学史建构有其自身的积极性，使90年代以来直至当下文学史叙述表现得相当活跃，甚至还将影响将来一段时期的文学史叙述。

可以说，"20世纪中国文学"，连同它的"现代性"视野所带来的文学史叙述既有其自身的积极性，但同时也有它自身的矛盾性与历史的局限性。正如"现代性"内涵本身的矛盾性与复杂性令人难以捉摸一样，用这一"舶来品"来衡量中国现代文学究竟有多大的合理性？正如前面所及，文学史叙述的"现代性"实际是80年代以来"现代性"热潮在文学史叙述的具体反映，它体现了改革开放后国人对"西方现代文明"的渴盼，带有强烈的"乌托邦"色彩！一旦西方后现代社会有关"现代性"的反思与批判流入中国，人们又将以怎样的眼光来看"现代性"，以及文学史叙述的"现代性"表现？作为"20世纪中国文学"提出者，持"现代性"视角叙述文学史的钱理群先生曾作自我反思与批判："如果联系我自己当时的基本思想倾向与追求，文学观念与文学史观念，今天看来，当时对'二十世纪中国文学'的具体理解与分析，又确实存在着一些问题。"③ 他将自我反思与批判概括为三个方面：其一，受80年代乐观主义与理想主义的时代氛围的影响，对中国社会与文学的现代化的理解和前景预设充满了理想主义与乌托邦色彩；认定西方的现代化道路就是中国的现代化的理想模式，西方现代化模式与现代化本身必然产生的负面影响，则基本上没有进入观察与思考视野，对现代文学史上曾经出现的对"现代化后果"的思考与描述，都被简单地称为"民粹主义"而加以否定。其

---

① 黄子平等：《论"二十世纪中国文学"》，《文学评论》1985年第5期。
② 洪子诚：《文学与历史叙述》，河南大学出版社2005年版，第147页。
③ 钱理群：《生命的沉湖》，北京三联书店2006年版，第4页。

二，受到"西方中心论'的影响，"撞击与回应"的模式的印记十分明显。其三，受历史进化论与历史决定论的文学史观的影响，认为新的总是胜过旧的；历史是沿着某种既定的观念、目标行进，即使有一时之曲折，也是阻挡不住历史发展的"必然趋势"等。① 以上三方面是80年代思想、文化、学术界，以及中国现当代文学研究的具体表现。因此，到了90年代，更多的是对西方的"现代性"、现代化模式及其相应的文学模式运用于中国现代文学的历史建构的反思与批判；也正因为这样，提出"20世纪中国文学"的当事者钱理群先生公开承认，在可以见到的日子里，他是无力完成写作"20世纪中国文学史"这样的使命的，而究其实质原因：没有属于自己的哲学、历史观，也没有自己的文学观、文学史观。② 事实上，这也是直至20世纪已经过去的今天，还没有一部真正的"二十世纪中国文学史"出现的潜在原因。

还有学者指出，80年代"20世纪中国文学"命题的提出，并不是一个历史分期的问题，而是一种"现代性"的思想表述。也就是说，它将现代性的追求视为20世纪中国文学的主题，并且现代主义又被视为现代性的最高表现形式。③ 当人们在张扬20世纪中国文学的"现代性"时，是否就压抑了其他文学的"非现代性"？比如，前面论及的"旧体文学""通俗文学"等过去被"新文学"否定的文学形式，它们有无"现代性"？它们该否进入"20世纪中国文学史"？该以怎样的"现代性"标准进入文学史？这些都有待我们进一步思考！以"通俗文学"而言，汤哲声先生指出："现代文学史当然要强调现代性，如果以新文学作为现代性的标准，通俗文学只有被批判的份。应该从其他角度上进行思考。"④ 而对"旧体文学"而言，我们更可看出"20世纪中国文学"提出者对传统文学的压抑与排斥：

> 当着世界的文学艺术已经克服了"欧洲中心主义"，开始用各民族的尺度来衡量各民族的艺术的时候，我们却可能误以为旧的就是好

---

① 钱理群：《生命的沉湖》，北京三联书店2006年版，第6页。
② 同上书，第7页。
③ 参见旷新年《现代文学与现代性》，上海远东出版社1998年版，第18—19页。
④ 汤哲声：《中国现代通俗文学的"现代性"和人史问题》，《文学评论》2008年第2期。

的，无法挣脱三千年陈旧的内部的桎梏。当着欧洲的新艺术的创造者已开始了对他们自己的传统勇猛的反叛的时候，我们因为从前并未参与世界的文艺之业，只好对这些新的反叛"敬谨接收"，便又成为可敬的身外的新桎梏。①

以上"现代性"观念造成了"旧体文学"该不该写入"20世纪中国文学史"的矛盾与悖论，仅就"20世纪中国文学"时间观而言，它理应包括此时期的"旧体文学"；如果用以上的"现代性"观念观照"20世纪中国文学"，"旧体文学"似乎应该被排斥于"20世纪中国文学"之外！正如前面论及，唐弢、王富仁先生就反对"旧体文学"入史，王富仁先生指出："在现当代，仍然有很多旧体诗词的创作，作为个人的研究活动，把它作为研究对象本无不可，但我不同意把它们写入中国现代文学史，不同意给它们与现代白话文学同等的文学地位。这里有一种文化压迫的意味，但这种压迫是中国新文学为自己的发展所不能不采取的文化策略。"② 这种"文化策略"实际是"现代性"与"20世纪中国文学"的集体合谋对"旧体文学"的压抑与排斥。事实上，"旧体文学"照样存在着"现代性"，有学者指出："如果用'冲击—回应'模式来解释中国现代历史和现代社会，把20世纪理解为作为后发国家的中国回应西方世界的冲击和挑战，追求现代化和世界化的过程，那么，旧体诗词中也不乏现代性内容。"③ 显然，"现代性"文学史观造成了"旧体文学"该不该写入"20世纪中国文学史"自身的悖论与尴尬，同时，这更造成了"20世纪中国文学史"与传统文学史的人为断裂，因此，"20世纪中国文学史"只是一断代文学史，它形成了"20世纪中国文学史"在时间分期中上限和下限临界点的模糊与尴尬，也使"20世纪中国文学"自身在文学史叙述中陷入尴尬与悖论。

---

① 黄子平、陈平原、钱理群：《论"二十世纪中国文学"》，《文学评论》1985年第5期。
② 王富仁：《当前中国现代文学研究中的若干问题》，《中国现代文学研究丛刊》1996年第2期。
③ 陈永康：《二十世纪中国旧体诗词的合法性和现代性》，《中国社会科学》2005年第6期。

第 六 章

文学的"人学"观念与文学史叙述

20世纪中国文学有自身的独立性,但它又与世界文学,以及悠远浩瀚的中国文学史有着内在紧密的深层联系,而其中联系的精神是什么?在近百年中国现代文学史叙述历程中,为追求新文学的合法性与学科独立性,特别是特定历史时期政治意识形态的干预,人们叙述的现代文学史相对于世界文学、传统文学,以及现代文学自身,都显得尴尬、突兀而不和谐,甚至与中国文学史长河形成明显的断裂!随着20世纪中国文学悄然逝去,人们应进一步反思、探究近百年现代文学史叙述的成败得失!20世纪中国文学与世界文学有怎样的联系?它与传统文学史是断裂还是有着内在的精神承续?一个民族的文学好似一条绵延不尽的,从过去延续到当下,并流向未来的永恒的河,20世纪中国文学作为这历史长河中重要的一段,它理应汇入中国文学史长河中!而汇入文学史长河的精神线索是什么?它有无存在的根据?朱栋霖先生文学史叙述"人学"观的提出,为我们思考和解决这些问题提供了重要途径与参照系,它使20世纪中国文学与世界文学、传统文学获得了精神承续,并与中国文学和世界文学形成了完整、和谐、统一的整体。

第一节 "人学"观与中国现代文学的内在律动

文学史叙述渗透着著者的文学观念,而文学的"人学"观念是朱栋霖先生主编《中国现代文学史(1917—2000)》的内在理论基石。他指出:"'人'的发现,人对自我的认识、发展与描绘,人对自我发现的对象化,即'人'的观念的演变,是贯穿与推动20世纪中国文学发展的内在动力。"① "人"作为宇宙中最重要的生命个体在其历史进化过程中凝聚着丰富而复杂的自然属性与社会属性。因此,"人"的观念具宽泛的内涵,它包括人对自我的认识,人的本质,人性、个性、人的价值、人的自由、人的权利、人的地位,以及人生观、人道观、义利观、荣辱观、幸福观、爱情观、婚姻观,人的自然属性与社会属性,甚至人类的未来与发展,等等。通观人类社会与文明的发展进程,它实质是人类一次一次地发现与认识"自我"的历史过程;人类社会与文明的发展史,是一部人的观念演变的历史,就是人类不断发现自我与实现自我价值的历史。文学是人学,人类对自我的发现与认识,也决定了文学的发展,而人的观念,人的自然属性与社会属性也就自然成为文学表现的重要内容,因而,"人学"观念理所当然地应成为文学史建构的重要理论基础。

20世纪对"人"的发现,"人"的观念的演变,这是贯穿与推动20世纪中国文学发展的内在动力。在朱先生看来,梁启超的"新民"说,猛烈抨击封建专制主义使人不成为其人,严复强调"任人而治",主张"鼓民力,开民智,新民德",康有为提出"人为万物之灵",等等,这些新的人学观解除了封建君主、宗法家族对现代人的束缚,拨开了笼罩在人本体之上的"天人合一""宗法人伦"的迷障,强调人的社会属性与国民性。"五四"新文学的核心——"人学"思想是对梁启超等所提倡的"人学"观的继承,也是对西方启蒙主义、个性主义的进一步发展与提升。"五四"对"人"的发现,被学者称为"个人主义的人间本位主义"。其人学思想以人文主义为思想基础,以个性主义为主体思想与特征,核心关键词是个性、人性、社会性。这些"人学"思想被用来解释中国现代文学现象,在他看来,正是"在这一人的理念基础上产生了五四文学的新的主题、新的人物。有《狂人日记》对'人'的历史、未来与现实的思考,有《阿Q正传》对'旧'的人即国民性的反思,有《女神》青春的放歌,有新月派等诗歌的人性抒发,有巴金、老舍、茅盾、曹禺、沈从文、丁玲、张爱玲、钱钟书、孙犁以及新感觉派作家等对人性的种种剖

---

① 朱栋霖等主编:《中国现代文学史(1917—2000)》,北京大学出版社2007年版,第2页。其"人学"观念分别散见于朱栋霖《人的发现和中国文学的发展》,载陆挺、徐宏主编《人文通识讲演录·文学卷(二)》,文化艺术出版社2007年版;朱栋霖《人的发现与文学史构成》,《学术月刊》2008年3期。

析。鲁迅对国民性的思考引发了乡土文学作家以及张天翼、沙汀、陈白尘等对国民劣根性的挖掘。以郁达夫小说《沉沦》、湖畔派诗为滥觞，表现形形色色爱情、婚姻、情欲的小说、诗歌、戏剧作品更是车载斗量，在现代文学史上波翻云涌，蔚为壮观"。① 这种"人学"观念还渗透于以"人"的视角来理解现实主义、浪漫主义、现代主义——注重人的社会性、人与人的关系、人与社会的关系。文学创作重在反映现实状态，表现人与社会的关系，解剖物欲驱动下人的心灵世界的涌动与挣扎，人的内心深处灵与肉、善与恶的冲突而生的心灵紧张状态的，就形成现实主义；着眼于人的心灵情感，表现对人的生命力的热切向往，张扬个性、扩张自我主体，展露被文明压制下的人的自然欲求和生命意志冲动的，则倾向于浪漫主义；而认定人的心灵真实、潜意识的深刻性，崇尚一种非理性的人本意识，深入心灵挖掘人的理性与非理性、道德与欲望、善与恶、灵与肉等冲突的极致的，就走向现代主义。② 现实主义、浪漫主义、现代主义这些不同的"人学"思想反映在文学中就形成不同的文学观念与文学流派。

人类社会由不同阶层的人所组成，这使人类社会的生命个体单个的人具有阶级身份与阶级属性，而朱栋霖先生的"人学"思想即承载人的阶级身份与阶级属性等。在他看来，20世纪30年代，现代文学在理论与创作上主要承续"五四"人文主义思想、现代人的观念和文学话语；而另一重要倾向就是带鲜明的革命政治倾向的一批文学新人迅速成为文坛先锋，即左翼文学出现于中国文坛。"'左翼'革命文学注重从人与社会关系角度考察人，以阶级性为人的本质。'左翼'文学按照人在经济关系中的地位来划分人，确定人的阶级属性。这是从'五四'新文化发现人的社会性进而发现人的阶级性，这一嬗变是由人的社会性向一极端推进的结果。"30年代的左翼文学是"人的阶级性"的重要表现，在他看来，"左翼文学对人的新发现，也为中国文学开拓了一个新的视角，展示了一个人与社会关系的新的天地"。而这也带来了另一个极端，"左翼文学进而以

---

① 朱栋霖：《人的观念与文学史构成》，《学术月刊》2008年第3期。
② 同上。

人的阶级性、革命性取代人性、对峙人情,否定人的个性的自由发展"。①

以上"人的阶级性"在"十七年文学"创作中更趋于极端,"社会主义现实主义"文学话语一统文坛,文学运动则全面政治化、阶级斗争化,而这一切源于毛泽东的"人学"思想,他主张从"阶级关系"的角度来分析论定人的社会关系,认为"阶级性是阶级社会中人性的集中表现"。他指出:"不同的阶级有不同的阶级性(人性)、不同的政治态度、不同的本质,从而对中国社会各阶级人的阶级性、革命性或反动性作出了深刻的、明确的、细致的定位分析。"毛泽东的"人学"思想决定了当时的文学观念与创作方法,强调文艺服务于政治,强调作家的政治意识和政治立场。而这个时期文艺观念的核心是"社会主义现实主义"创作原则,以阶级论、革命论为核心的人学观念。在这些规范下,"工农兵英雄人物""典型化""本质""阶级性""革命性"也成为该时期文艺创作的关键词与中心话语。固然,"社会主义现实主义"话语君临文坛,阶级的、革命的"人"的观念成为主流观念,但还是存在多种"人"的观念的对抗、冲突、交奏。这一主流话语在排斥与否定了"五四"个性主义与人文主义的"人学"观念的同时,还存在《我们夫妇之间》《洼地上的战役》《美丽》《红豆》《青春之歌》等作品发出真实的人的声音;而在理论界,则有秦兆阳、巴人、钱谷融等对"人性""人情"的思考而表现出对人文主义与人学精神的坚守。而在经历了"文化大革命"将文学中"人性"赶尽杀绝、以"革命性""阶级性"抹杀"人性"后,新时期文学从伤痕文学、反思文学、改革文学到文化寻根等一系列文化沿革,正是以对"人"的逐步再发现,"五四"的人的观念的逐步再寻找,而构成新时期文学发展裂变的内在律动。②

除以上"人学"观念外,在20世纪中国文学中还存在充分世俗化的"人学"观念,即传统世俗社会的"大众伦理道德"与"大众人性观"反映于通俗文学创作中,它承续着中国传统文化,又受到新文学与西方文化的影响而具有现代新质,其代表为徐枕亚、李定夷、周瘦鹃、包天笑、张恨水,以及金庸等的通俗小说创作。显然,朱栋霖先生文学史建构的

---

① 朱栋霖主编:《中国现代文学史(1917—2000)》(上),北京大学出版社2007年版,第4页。

② 同上书,第5页。

"人学观"具较强的睿智与包容性,他消解了过去文学史建构政治意识形态的单一性,以及"二十世纪中国文学"本身蕴含的意识形态性;既张扬了过去被抹杀、削弱的人文主义文学思潮,又客观地叙述了左翼文学、社会主义文学等,同时,过去文学史不正视的港、台文学,通俗文学,也在"人学"观念下,和谐地进入文学史中,这是其他相关文学史叙述鲜难匹敌的,由此,内地文学、港台文学,包括通俗文学,在"人学"观念贯穿下,共同组成1917—2000年这段时期中国文学的整体。正如有学者指出:

> 这种切入不但完全改变了过去单纯从社会、政治意义上着眼的极端性、狭隘性,也改变了政治性、艺术性这种机械简单的思维模式。它最重要的意义在于把政治、社会对文学的影响同文学自身固有的思维方式,通过"人的发现和认识"高度融和起来,从审美上把它们凝成一部新的文学史的浑然整体。这显然是更符合文学的本质的。作为一部高品位的文学史,应该在一个整体的文学观念、文学史观念审视与阐释中呈现出文学史演变的丰富性、多变性与完整性,显示出文学史的浑然整体性。[①]

此外,朱栋霖先生的"人学"观念不仅仅着眼于创作对象——文学形象,还包容着作家的参与,接受主体——阅读者与批评者,在朱先生看来:"文学史,就是在创作主体、创作对象(文学形象)、接受主体(阅读与批评)的三个层面上,实践与表现着对人的不断发现。中国现代文学史,就是由文学如何实践与表现这一不断演变着的人的观念,而构成着,丰富着,发展着。"[②] 这些观念构成朱先生文学史完整的"人学"观。

第二节 文学的"人学"思想与现代文学史叙述

有学者曾说:"文学观念史,就是关于人的美学的发现的历史。"[③] 因

[①] 郭铁成:《简评〈中国现代文学史(1917—2000)〉》,《文学评论》2007年第4期。

[②] 朱栋霖主编:《中国现代文学史(1917—2000)》(上),北京大学出版社2007年版,第4页。

[③] 包忠文主编:《现代文学观念发展史》,江苏教育出版社1992年版,第2页。

此，文学观念的演绎变迁，实际也是"人"的美学思想的演绎变迁，这正是朱栋霖先生文学的"人学"思想的基础。正如前面多次论及，文学史叙述模式改变的潜在动力源于著者的文学观念与文学史观，而任何有价值的文学史观都具超越以前文学史叙述模式的文学观念的单一狭隘性而具有较宽泛的涵盖性，并显示出自己的客观性、科学性与独特性。在近百年文学史叙述浪潮中，主要经历了民国时期新文学合法性与独立性的确立；50 年代文学史叙述；80 年代中后期"重写文学史"提出之后的文学史叙述。其中"进化论""新民主主义""20 世纪中国文学"是这几次文学史叙述的重要文学史观，这几种文学史观念本质上都蕴含了"人学"思想，但相对这些文学史观的狭隘性、意识形态性而言，更显示出文学"人学"思想的宽泛性、包容性。

一 "进化论"核心：立人

自新文学诞生开始，人们就尝试进行新文学史叙述，并试图寻找新文学的合法性与独立性，"进化论"是其潜在的文学史观。所谓新文学、现代文学，可以说都是在进化论这一理论预设与规范下，在旧与新、传统与现代的对立矛盾中彰显这一历史时期的进一步发展。进化论是新文学史叙述的理论基础，进化论最为典型的代表是胡适。他首先以"进化论"观念，来论证新文学的诞生、文学革命的历史必然，以及新文学的合法性。他的《文学改良刍议》《历史的文学观念论》就是这方面的重要文章。他还以进化论观点撰写《白话文学史》，进一步论证他的"白话文学"观念："白话文学史就是中国文学史的中心部分。中国文学史若去掉了白话文学的进化史，就不成中国文学史了，只可叫做'古文传统史'罢了……"[①]

这种文学的历史进化观念更体现在 20 世纪初文学史叙述中，谭正璧的《中国文学进化史》是以"进化论"写文学史的典型版本，该文学史指出："文学史所叙述的文学是进化的文学，所指示的途径是进化的途径，能够合于这原则的是好的文学史，否则便违反定义，内容纵是特出或丰富，绝非名实相符的佳作。"[②] 用进化论来阐释由传统文学向新文学的

---

① 胡适：《白话文学史》，东方出版社 1996 年版，第 2 页。
② 谭正璧：《中国文学进化史》，上海光明书局 1929 年版，第 10 页。

演进、文学革命的产生。新文学的合法性、独立性也渗透于赵景深的《中国文学史新编》、陈子展的《最近中国三十年文学史》对新文学的描绘,以及《中国新文学大系》对第一个十年新文学历史框架的确立,王哲甫的《中国新文学运动史》,李一鸣的《中国新文学史讲话》等新文学史叙述中。

"进化论"的核心即是立人,"进化论"作为新文学史叙述的理论基础也蕴含着"人学"思想,进化论盛行于当时的中国其潜在原因就是"立人"。严复翻译《天演论》,其宗旨是"立人",即救亡图存。"天演论"的核心理念是物竞天择:"物竞者,物争自存也,以一物以与物物争,或存或亡,而其效则归于天择。天择者,物争焉而独存。……天择者择于自然,虽择而莫之择,犹物竞之无所争,而实天下之至争也。"① 在翻译《天演论》之前,严复就曾向当时国人阐释进化论:"物竞者,物争自存也;天择者,存其宜种也。"② 这种适宜于动植物生存竞争的学说,也照样适宜于人类社会,而"物竞天择"的必然结果是"优胜劣汰"。进化论让当时国人看到了整个中华民族正处于"弱肉强食"的生存处境,这是康有为、梁启超、严复等要"变法维新"的潜在根源。进化观念亦反映在文学上,这就是梁启超的"诗界革命""文界革命""小说界革命"。他们之所以要进行文学改良,是因为文学妨碍了救亡图存的思想启蒙。其"新民说"的核心就是"立人","凡一国之能立于世界,必有其国民独具之特质。上自道德法律,下至风俗习惯、文学美术,皆有一种独立之精神,祖父传之,子孙继之,然后群乃结,国乃成"。③ 再看他的《小说与群治之关系》更把小说力量强调到决定一切的地步,尤其在"立人"中所起的重要作用:"欲新一国之民,不可不先新一国之小说……何以故,小说有不可思议之力。"④ 近代文学以进化论为基础的"立人"思想进而影响新文化运动,以及文学革命。

新文化运动更是一场救亡图存的思想启蒙运动,它承袭了进化论思

---

① [英] 赫胥黎:《天演论》,严复译,商务印书馆 1981 年版,第 2—3 页。
② 严复:《原强》,载牛仰山选注《天演之声:严复文选》,百花文艺出版社 2002 年版,第 12—13 页。
③ 梁启超:《新民说》,载《饮冰室文集全编》卷 1,上海广益书局 1948 年版,第 5 页。
④ 梁启超:《小说与群治之关系》,载《饮冰室文集全编》卷 2,上海广益书局 1948 年版,第 148 页。

想。新文化运动与文学革命的摇篮——《青年》杂志体现了进化论思想，提出了六点希望："自主的而非奴隶的""进步的而非保守的""进取的而非退隐的""世界的而非锁国的""实利的而非虚文的""科学的而非想象的"真是掷地有声，体现出"除旧布新"的进化精神。①《青年》杂志后更名为《新青年》也继续体现"进化论"思想。

"文学革命"作为新文化运动的重要一翼，进化论是其理论基础，它包含着思想启蒙的"立人"思想。新文学革命先驱之所以强调"白话文学"的重要地位，就在于"白话"更能担当思想启蒙的重要使命。《人之历史》是鲁迅探寻"进化论"的重要文章，是他"立人"观念的滥觞。鲁迅本人深受进化论影响，鲁迅人生道路的选择，特别是他的"立人"思想就受进化论思想的影响，他到日本留学选择学医就是为了救治他父亲那样的身体羸弱者，从而摆脱"东亚病夫"这一屈辱处境；之后的"弃医从文"更着眼于从精神上"立人"，这些都源于进化论。周作人"人的文学"成为文学革命的重要内容，其思想基础是进化论，他所谓的"人"包含了进化论思想，他指出，"从动物进化的人类"包含两个要点：（1）"从动物"进化的；（2）从动物"进化"的。而周作人所谓的从动物进化的"人"，主要是指"神性"与"兽性"统一的"灵肉一致"的丰富的"人"。②

由以上论述可看出，"进化论"文学史观，以及它所体现的"立人"思想作为文学革命的理论武器，它对新文学反对传统文学，以及新文学合法性、独立性的确立有重要的历史意义。但它作为特定历史时期的文学史观其历史局限性是非常明显的，它对传统文学的叛离与否定人为断裂了现代文学与传统文学的整体性，它忽略了传统文学作为现代文学发展的重要资源，以及现代文学与传统文学之间本身即存在的精神承续。但进化论文学史观所体现的"立人"思想正是现代文学延续传统文学的重要精神线索，这是人们过去所忽略的，而这又是与朱栋霖先生文学史建构的"人学"思想相契合之处。

---

① 陈独秀：《敬告青年》，《青年杂志》第1卷第1号，1915年9月15日。
② 参见周作人《人的文学》，《新青年》第5卷第6号，1918年12月7日。

二 "新民主主义"文学史观的核心:人民大众

1950—1980年是现代文学史叙述的另一重要历史时期,这时的文学史叙述主要采用了毛泽东的"新民主主义论",较有代表性的文学史是王瑶、丁易、刘绶松以及唐弢等的文学史叙述,毛泽东的《新民主主义论》《在延安文艺座谈会上的讲话》是他们文学史建构的理论基础。"新民主主义"文学史观带有强烈的政治意识形态性,它照样蕴含了"人学"思想,但其"人"的内涵被逐渐缩小。王瑶先生曾说:"毛泽东在《新民主主义论》中关于'五四'运动、新文化、新文学的一系列论述,更为现代文学研究奠定了马克思主义的理论基础。"[1] 王瑶先生的文学史建构采用了"新民主主义论",他说:"中国新文学的历史,是从五四的文学革命开始的。它是中国新民主主义革命三十年来在文学领域上的斗争和表现,用艺术的武器来展开了反帝反封建的斗争,教育了广大的人民;因此它必然是中国新民主主义革命史的一部分,是和政治斗争密切结合着的。"[2] 他根据毛泽东的《新民主主义论》进而指出中国新文学的基本性质:

> 它是为新民主主义的政治经济服务的,又是新民主主义革命的一部分……简单点说,"新文学"一词的意义就是新民主主义文学。它的性质和方向是为新民主主义革命的任务和路线来决定的。就作品的思想内容和作者所代表的社会阶层来说,它也和新民主主义革命一样,是统一战线的,包括各民主阶级的成分。五四以后,随着中国革命的进展和社会的急剧变化,很多作家都经过了思想上的进步和转变,由激进的民主主义进入马列主义思想的,由小资产阶级知识分子而和工农结合的……但就新文学进展的历史全貌说,却充分地说明了它的反帝反封建的统一战线的内容,它的基本性质是新民主主义的。[3]

---

[1] 《王瑶全集》第5卷,河北教育出版社2000年版,第137—138页。
[2] 王瑶:《中国新文学史稿》上册,开明书店1951年版,自序第1页。
[3] 同上书,自序第8—9页。

毛泽东"新民主主义论"渗透于蔡仪、丁易、刘绶松等的文学史叙述中，还渗透于唐弢、严家炎主编的《中国现代文学史》中，比如，该文学史认为，现代文学的主流是"无产阶级领导的人民大众的反帝反封建的文学，亦即新民主主义性质的文学"。[①]"新民主主义论"甚至在20世纪90年代出版的文学史还有体现："现代文学经历的30年历史，正是中国无产阶级领导的资产阶级民主革命时期，亦即新民主主义革命时期，反帝反封建是这一历史时期的基本任务。这就决定了中国现代文学的性质是无产阶级领导的人民大众反帝反封建的文学，亦即新民主主义革命的文学，这也是现代文学的主流和发展方向。"[②]

"新民主主义论"作为50年代现代文学史的理论建构，其实质是毛泽东文艺思想的具体渗透，而"社会主义现实主义"作为50年代中后期新文学史叙述的理论基石更是毛泽东文艺思想的具体扩大。"社会主义现实主义"成为丁易文学史建构的自觉追求，他曾撰文强调"社会主义现实主义"在中国现代文学的历史发展。[③]而在他的文学史著中，他说："中国现代文学，从'五四'发展到现在，它的主潮一直是现实主义，并且是朝着社会主义现实主义方向发展的。社会主义现实主义的方向，是'五四'以来中国文学运动的基本方向。"[④]他还说："无产阶级领导的人民革命的要求和创作上现实主义的要求相结合，这就构成了社会主义现实主义的倾向。正由于这样，就使'五四'时期中国文学中开始产生了社会主义现实主义因素；也正由于这样，就决定了中国现代文学的发展只有沿着社会主义现实主义的方向前进，而不可能有其他方向。"[⑤]"社会主义现实主义"更是刘绶松文学史叙述的主导力量，他说，出版其文学史的宗旨"仅仅是想给读者提供一点了解我国社会主义现实主义文学发生和发展的历史的参考资料"[⑥]，由此可见该文学史叙述的主观意图。看他对新文学的认识："我们所说的新文学，实质上就是指的那种符合于中国人

[①] 唐弢、严家炎主编：《中国现代文学史》（一），人民文学出版社1979年版，第8页。
[②] 朱金顺主编：《中国现代文学史》，北京师范大学出版社1996年版，第1页。
[③] 参见丁易《中国现代文学的社会主义现实主义方向的历史发展》，《光明日报》1953年10月29日。
[④] 丁易：《中国现代文学史略》，作家出版社1955年版，第10—11页。
[⑤] 同上书，第13页。
[⑥] 刘绶松：《中国新文学史初稿》下卷，作家出版社1956年版，第441页。

民的革命利益、反帝反封建、具有社会主义的因素，而且是随着中国革命形势的发展，不断地沿着社会主义现实主义的方向前进的文学。"① 这就是刘绶松所叙述的新文学性质。此外，他还将"社会主义现实主义"与新文学各个历史分期相联系，并得出如下结论："中国新文学的历史，也就不能不是社会主义现实主义文学的发生和发展的历史。"② 周扬在1962年"中国现代文学史纲要"讨论会上的讲话中强调了"社会主义现实主义"在现代文学史建构中的影响，他指出："'五四'以后，特别是第一次和第二次国内革命战争以后，中国政治上经济上出现了社会主义因素。文化则是反映了这一点，也出现了社会主义因素。""在文化方面的社会主义因素，无非是马克思主义书籍，宣传共产主义的宇宙观和革命论。这些都是社会主义因素。用社会主义观点写的文学作品，用马克思主义观点写的著作，也都是社会主义因素。""当时的左翼文学、社会主义文学，是上述社会主义政治因素和经济因素的反映。"③

无论是毛泽东的"新民主主义论"还是"社会主义现实主义"，它们作为现代文学史的理论建构，都打上了特定历史时期政治意识形态的烙印，它实际是以现代文学的新民主主义性质以及"社会主义现实主义"的孕育与发展来印证中国革命、新生的中华人民共和国、中国当代文学的合理性。其实"新民主主义论"与"社会主义现实主义"也蕴含了文学史叙述的"人学"思想，只是其"人"的范围从普遍宽泛的"人"局限于"工农兵"等人民大众。这一点可以在毛泽东对"新民主主义文化"的定义中看出：所谓新民主主义的文化，就是无产阶级领导的人民大众的反帝反封建的文化。④ 无产阶级的领导地位，人民大众的主体性，这些必然决定新文学史的结构与内容，而《在延安文艺座谈会上的讲话》更体现了这一精神：

> 我们的文艺，第一是为工人的，这是领导革命的阶级。第二是为农民的，他们是革命中最广大最坚决的同盟军。第三是为武装起来了

---

① 刘绶松：《中国新文学史初稿》下卷，作家出版社1956年版，第9页。
② 同上书，第16页。
③ 《周扬文集》第4卷，人民文学出版社1991年版，第230—231页。该文是周扬1962年11月3日"中国现代文学史纲要"讨论会上的发言，未曾公开发表。
④ 参见《毛泽东选集》，人民出版社1964年版，第659页。

的工人农民即八路军、新四军和其他人民武装队伍的,这是革命战争的主力。第四是为城市小资产阶级劳动群众和知识分子的,他们也是革命的同盟者,他们是能够长期地和我们合作的。这四种人,就是中华民族的最大部分,就是最广大的人民大众。①

应该说,毛泽东的"新民主主义论"与"社会主义现实主义"代表了20世纪50—80年代现代文学史叙述的理论形态,并将现代文学史叙述推向了高潮,这对"中国现代文学"学科的形成有重要的历史意义,且"无产阶级人民大众"的文学样式得到了张扬,并成为现代文学的主流形态。但"文学是人学","人学"内涵的缩小,文学史叙述仅局限于"无产阶级人民大众",这势必造成文学史叙述的单一性、残缺性,也造成了文学史叙述客观性的丧失,无产阶级文学的主流形态势必遮蔽中国现代文学本身丰富多彩的文学形态,这也是现代文学史逐渐演变为中国革命史,并成为特定历史时期为政治、政策服务的工具的潜在原因。

三 "20世纪中国文学":"人"的启蒙与现代化

80年代初的文学史叙述还处于徘徊状态,它主要表现对60年代以来文学史叙述的恢复,呈现出浓厚的政治意识形态。而突破文学史叙述政治意识形态模式的是来自海外及港、台地区现代文学的研究,特别是夏志清、司马长风等的文学史叙述模式的影响。最突出的表现是"20世纪中国文学"的出台与"重写文学史"的提出,这带来了文学史叙述模式的新改变,现代文学史叙述开始以"20世纪中国文学"作为文学史建构的潜在基础。钱理群等著的《中国现代文学三十年》开始以"20世纪中国文学"来阐释现代文学,其《序论》指出:"从'五四'新文化运动到中华人民共和国成立三十年文学的发展,构成了二十世纪中国现代文学的'上篇';中华人民共和国成立以后的文学,则可以看作是它的'下篇'。"②"20世纪中国文学"以宏观整体的视野,试图跻身20世纪世界文学,将中国现、当代文学打通而形成完整统一的整体。"现代性"作为"20世纪中国文学"的重要主题是80年代中后期"现代性"热潮在当时

---

① 《毛泽东选集》,人民出版社1964年版,第812页。
② 参见钱理群等《中国现代文学三十年》,上海文艺出版社1987年版,第1页。

文坛的具体反映，并逐渐渗透于文学史建构中。朱栋霖先生主编的《中国现代文学史（1917—1997）》指出："中国现代文学，是中国文学在20世纪持续获得现代性的长期、复杂的过程中形成的。在这个过程中，文学本体以外的各种文化的、政治的、世界的、本土的、现实的、历史的力量，都对文学的现代化发生着影响。这些外因影响着它的萌生、兴起，影响着文学运动、文艺论争、文学创作，造成中国现代文学种种迅速、纷纭的变化，构成了一部能折射历史的方方面面、多姿多彩的中国现代文学史。"[①] 文学史建构的"现代性"使钱理群等重新修订他们的文学史，他们指称的"现代文学"，即是"用现代文学语言与文学形式，表达现代中国人的思想、感情、心理的文学"。这种"现代性"追求主要体现为文学的"现代化"，即它与20世纪中国所发生的"政治、经济、科技、军事、教育、思想、文化的全面现代化"的历史进程相适应，并成为其不可或缺的有机组成部分。[②] 文学史建构的"现代性"是90年代直至当下文学史叙述的普遍追求，程光炜先生等撰写的文学史指出："在20世纪中国社会痛苦焦虑、忧患不断的历史进程中，贯穿着一个'走向现代化'的总主题。这必然会深刻影响到'中国现代文学'（1919—1949）的基本面貌和走势，赋予它现代化的文化内涵及其历史性格。"[③] 蒋淑娴等编著的文学史也指出，"现代性"作为一种"元话语"或"全球意识"，伴随着"民主与科学"的口号，加入文学变革的实践之中。它既是民族再生文化整合互动的标志，也是对西方现代主义思潮冲击下勃兴的"现代性"问题的再思考。[④]

"20世纪中国文学"以及它蕴含的"现代性"主题，都是对文学史建构政治意识形态的否定，洪子诚先生指出："在近十几年中，文学史研究的一个'革命性'的方面，是在充分地'释放'以前由于政治意识形态和知识分子精英主义所'压抑'的'现代性'。"[⑤] 应该说，这种文学

[①] 朱栋霖主编：《中国现代文学史（1917—1997）》，高等教育出版社1997年版，第3页。
[②] 钱理群等：《中国现代文学三十年》，北京大学出版社1998年版，前言第1页。
[③] 程光炜：《中国现代文学史》，中国人民大学出版社2007年版，第1页。
[④] 参见《引言——五四新文学的现代话语》，载蒋淑娴编《中国现代文学史》，科学出版社2002年版，第1页。
[⑤] 洪子诚：《〈中国现代文学三十年〉的"现代文学"》，见《文学与历史叙述》，河南大学出版社2005年版，第147页。

史观有其自身的积极性，会带来文学史叙述的活跃，也势必进一步影响将来很长一段时期的文学史叙述。而"20世纪中国文学"以及延及的"现代性"主题同样蕴含了"人学"观念，这进一步论证了朱栋霖先生用"人学"思想来建构中国现代文学史的客观性，它避免了"20世纪中国文学"由时间局限性所带来的尴尬，且其"人学"思想指涉的文学范围超越了"20世纪中国文学"。

"20世纪中国文学"的核心是"启蒙"，以及"人的现代化"。有学者指出，"现代性"体现在文化价值选择方面的核心是以"立人"为标志的启蒙主义。① 就"20世纪中国文学"提出者看来，"20世纪中国文学"的核心主题是"思想启蒙"，启蒙的基本任务和政治实践的时代中心环节规定了20世纪中国文学以"改造民族的灵魂"为自己的总主题，因而思想性始终是对文学最重要的要求，顺便也左右了对艺术形式、语言结构、表现手法的基本要求。② 由此可看出"20世纪中国文学"的核心主题"思想启蒙"的意识形态性。这反映在文学史叙述中，"改造民族灵魂"的文学所特具的思想启蒙性质，就成为现代文学的一个根本性特征，它不但决定着现代文学的基本面貌，而且形成了现代文学在文学题材、主题、创作方法、文体形式、文学风格上的基本特点。③ 而"改造民族的灵魂"即是"立人"，这在现代作家中，鲁迅与周作人最为典型，他们"在本世纪初所提出的'改造民族灵魂'的文学观，概括了中国现代文学的基本文学观念。尽管在历史、文学发展的不同阶段，不断有所发展，也产生过种种变体，在不同阶级、文化背景的作家之间，发生过种种争执，但其基本精神却是影响与支配了本世纪中国现代文学的整体发展的"。④ 特别是鲁迅的文学创作中，以"立人"为目的，刻画四千年沉默的"国民的魂灵"，以疗救病态的社会。⑤ 在有关"20世纪中国文学"座谈会上，难怪孙玉石先生不同意把"改造民族灵魂"作为"20世纪中国文学"的总主题，而认为"对人的价值的重视、对人的解放的思考才是本世纪文学的总主题"；与此相应和的是张钟先生，他认为，"人的解放"是20世纪中

---

① 参见吴晓东《建立多元化的文学史观》，《中国现代文学研究丛刊》1996年第1期。
② 参见黄子平等《论"二十世纪中国文学"》，《文学评论》1985年第5期。
③ 参见钱理群等《中国现代文学三十年》，上海文艺出版社1987年版，第7页。
④ 同上书，第5页。
⑤ 参见黄子平等《论"二十世纪中国文学"》，《文学评论》1985年第5期。

国文学的总主题,"改造民族灵魂"的理论涵盖量不如"人的解放"大。日本学者伊藤虎丸也把"人"作为考察文学史的根本,他认为包括中国在内的亚洲各国从文化上接受西方的历史,其文化的核心是人,什么是人,而这正是考察文学史的着眼点。① 由以上叙述可看出,朱栋霖先生所谓20世纪对"人"的发现,"人"的观念的演变,是贯穿与推动20世纪中国文学发展的内在动力,并由此把它作为中国现代文学史叙述的理论基础。

文学史建构的"现代性"也与"人学"观念有内在精神联系,中国现代文学的"现代性"实质是"人的现代化"的重要表现。因此,钱理群先生在写作他们的现代文学史时指出,在促进"思想的现代化"与"人的现代化"方面,中国现代文学发挥了特殊的作用,20世纪中国围绕"现代化"所发生的历史性变动,特别是"人的心灵"变动,构成了中国现代文学所要表现的主要历史内容。② 中国现代文学的"现代性"是"人的现代化",这照样体现在其他文学史叙述中。程光炜他们的文学史认为,把中国现代文学启蒙思潮中的"现代化"内涵继续扩充并进行极大深化的人是鲁迅和周作人。虽然他们二人的思路是循着民族、国家的现代化和人的现代化两个方面展开的,但显然这种思考的重心更偏重于后者,即个人的现代化。③ 在他们看来,人们之所以把鲁迅、周作人称为启蒙思想者,基本根据当然是他们,尤其是鲁迅毕生坚持的"立人"和改造"国民性"的思想信念,包括对科学、民主的信念;但周氏兄弟思想中与众不同的"个人"概念却使得这一思想追求同时具有反启蒙的特征,这无疑增加了中国现代文学中现代化主题内涵的复杂性。④ 但更为重要的是,"现代性"作为"20世纪中国文学"的重要主题是80年代中后期"现代性"热潮在当时文坛的具体反映,其蕴含了更多的"非文学"因子。因此,"20世纪中国文学"的启蒙主义与现代性主题蕴含了"人学"思想,这是与朱栋霖文学史建构的"人学"思想相契合之处;但朱栋霖文学史建构的"人学"思想避免了"20世纪中国文学"意识形态性,并

---

① 参见陈平原等《关于"二十世纪中国文学"的两次座谈》,《当代作家评论》1989年第5期。
② 参见钱理群等《中国现代文学三十年》,北京大学出版社1998年版,前言第1页。
③ 参见程光炜等《中国现代文学史》,中国人民大学出版社2007年版,第3页。
④ 同上书,第6页。

超越了其"非文学"命题的局限。

第三节 "人学"思想与文学史精神承续

一 "人学"观念与文学史根据

一个新的文学史观念能最终成立,应该有其自身的历史现实根据。从上面的叙述可看出,文学史建构的"人学"思想事实上本来就蕴含在近百年的文学史叙述中,这是其一;其二,20世纪中国文学的产生与发展确实与"人"自身有内在血肉关联,更重要的是20世纪中国文学的发展还有"人的文学"的理论支撑,这些是朱栋霖先生文学史建构"人学"思想的潜在理论基础与文学史根据。"人学"思想构成了整个20世纪中国文学发展的内在动力,这是朱先生文学史建构的潜在基础与精神线索,这一理论基础显然有中国现代文学发展的客观根据。高尔基曾做"文学是人学"的理论命题,而中国现代文学正是对处于"亡国灭种"这一语境下中华民族"人与非人"这一生命处境的思考与反映。

在文学革命中,周作人曾提出"人的文学"观念,他说:"我们现在应该提倡的新文学,简单的说一句,是'人的文学'应该排斥的,便是反对的非人的文学。"他的"人"的观念首先肯定了其"自然"属性,即"承认人是一种生物,他的生活现象,与别的动物并无不同。所以我们相信人的一切生活本能,都是美的善的,应得完全满足。凡有违反人性不自然的习惯制度,都应排斥改正。"同时,他也强调人的自然性向"神性"的发展与升华,强调"兽性与神性"的二重统一:"兽性与神性,合起来便只是人性。"他提倡一种"人的理想生活"——"一种利己而又利他,利他即是利己的生活"。而他的"人的文学"包含了这浓厚的人道主义思想:"用这人道主义为本,对于人生诸问题,加以记录研究的文字,便谓之人的文学。"[①] 此外,周作人曾作《中国新文学源流》的讲演,他认为"言志"与"载道"这两种潮流的起伏,便造成了中国的文学史。[②] 而文学革命诞生的新文学正是"言志"文学的表现,也正因为这样,他将中国现代文学的源头溯源于晚明,他推崇晚明公安派就是鉴于其"独抒性

---

① 周作人:《人的文学》,载《新青年》第5卷第6号,1918年12月15日。
② 参见周作人《中国新文学的源流》,上海书店1988年版,第18页。

灵"这一"言志"的表现，而这正与他"人的文学"观念有紧密联系。可以说，周作人对中国现代文学的贡献之一就是他对"人的重新发现"，并成为中国现代文学发展的重要理论基础。

在 50 年代，当阶级斗争笼罩一切之时，钱谷融先生又再次提出"文学是人学"这一理论命题，并强调这一理论在文学发展中的关键作用。在他看来："我们简直可以把它当做理解一切文学问题的一把总钥匙，谁要想深入文艺的堂奥，不管他是创作家也好，理论家也好，就非得掌握这把钥匙不可。理论家离开了这把钥匙，就无法解释文艺上的一系列的现象；创作家忘记了这把钥匙，就写不出激动人心的真正的艺术作品来。"他还指出"文学是人学"的普遍适应性。在他看来，这句话并不是高尔基一个人的新发明，过去许许多多的哲人、许许多多的文学大师都曾表示过类似的意见。而过去所有杰出的文学作品，也都充分证明着这一命题的正确性。高尔基正是在大量阅读了过去杰出的文学作品和广泛地吸收了过去的哲人、文学大师关于文学的意见后，才能以这样明确简括的语句，说出文学的根本特点。因此文学要达到教育人、改善人的目的，就"必须从人出发，必须以人为注意的中心；就是要达到反映生活、揭示现实本质的目的，也还必须从人出发，必须以人为注意的中心"。在钱谷融看来，"全人类共有的文学宝库，是一长列的人物的画廊，把这些人物的画像从宝库中抽去，这个宝库也就空无所有了"。①

经过"文化大革命"的浩劫，人们开始反思"人"自身，反思"人与文学"的相互关系，最典型的莫过于刘再复先生，他指出："一部人类文明史，就是人类在寻找自己位置和价值的历史。"② 而"文学是人学"这一理论命题又再一次被提出：

> 艺术的发展与人的发展是同步的，从它诞生的那天起，它就是作为人的心声，作为人类憧憬、追求、苦闷的灵魂的律动而出现的，但是，历史老人仍然把它逼上痛苦的历程，使它常常不得不背弃自己的本性。那些伟大的艺术家总是在寻找艺术的地位和价值。从本体意义上说，艺术的发展史，就是一部艺术本性的失落与复归激烈斗争的历

---

① 钱谷融：《论"文学是人学"》，《文艺月报》1957 年第 5 期。
② 刘再复：《性格组合论》，上海文艺出版社 1986 年版，第 2 页。

史。人们终于找到这样的结论:"文学是人学。"①

刘再复先生还以世界文学发展为考察对象,并把注重人与不注重人作为文学发展的正题与反题:"对人的肯定,在文学中把人的情感看作自己的本质,充分地发现人的内心世界,这可以看作文学的正题。而用理性或客观现实对人实行规范,使人的情感服从理性和现实,可以看作文学的反题。文学史上的后一个反题都是对前一个反题的深化。那么,我们可以归纳一下,整个世界文学史过程,关于人的变迁正好是一个正反不断交替的历史。"他进而得出结论:"文学发展的历史,在很大的程度,是人的观念变迁的历史。"他还说:"如果我们的文学研究能注意以人为思维中心,我们便会更深刻地把握这一历史。同时,我们也看到,无论什么时代的代表性作家,他们都在研究人,都有自己关于人的宏观性认识。"② 他指出中国现代文学史上对"人"的三次发现③,并进而对文学创作中的"人",包括人的内心世界、性格结构、情欲结构等作了详细而深刻的论述,这对新时期的文学造成了深远影响。

可以说,周作人的"人的文学",钱谷融先生的"文学是人学",以及刘再复先生的"人"的文学观念等,都是推动20世纪中国文学发展的内在动力,但钱谷融先生的"文学是人学",以及刘再复先生"人"的文学的再一次提出,实际是"五四"人的解放主题的恢复与回归。因此,朱栋霖先生以"人学"观念来贯穿20世纪中国文学,存在着20世纪中国文学历史发展的客观性与文学史叙述理论根据。

二 "人学"思想的时空延伸与文学史精神承续

任何文学史都是文学时空的呈现,任何文学史都是文学发展的共时性与历时性的具体表现。而这种文学史的时空呈现应该有相应的理论作支撑,而这理论也正是贯穿该文学史的精神线索。"人学"思想是朱栋霖先生阐释中国现代文学发展的理论基础,而他的"人学"思想正是在纵、横时空结构下呈现出来的。就共时性看,20世纪中国文学与世界文学既

---

① 刘再复:《性格组合论》,上海文艺出版社1986年版,第3页。
② 同上书,第17页。
③ 同上书,第18页。

有自己的独立性，又与世界文学有着紧密的精神关联，其关联就是"人学"思想，在朱栋霖先生看来，20世纪中国文学的"人学"思想主要来自西方"人学"观念的刺激与影响；而就历时性看，20世纪中国文学则主要源于中国传统"人学"观的精神资源。"人学"思想是20世纪中国文学承续传统文学，并与世界文学形成统一整体的精神线索。

世界任何有价值的文学都是对人及人类自我本体的关注，世界文学发展的历史可看作人的观念的演变史。而在朱先生看来，20世纪中国"人学"观念主要源于西方文化的刺激，"西方文化刺激着中国人不断发现人，启发着中国人不断发现人，启发着20世纪中国文学如何表现人"。[①] 在20世纪中国文化史上，易卜生、卢梭、尼采、弗洛伊德等人启发了中国人"重新发现人"，并从四个层次揭示了"人"的新内涵：

> 易卜生主义以理性主义的个人主义，使个人的自由、自尊、人格、人权在启蒙主义的辉耀下显现出耀眼的价值。启蒙主义者卢梭以理性主义思想呈现出人性的正面与负面的复杂性与丰富性。对人性复杂性与丰富性的揭示，使人的真实自我获得了理性主义的确证。尼采则把人的自我张扬到极致，并且颂扬了个人对传统社会的叛离精神。弗洛伊德则揭发人的深层意识，那在个人潜意识中涌动着的性欲，破天荒地向儒雅爱面子的中国人揭示了人性中的非理性的蠢蠢欲动。[②]

这四位使得"五四"时期中国文化、文学对于人的发现，构成一个完整丰满的、具有现代性的人学观。"五四"文学、"五四"文学观就构建于这一新的人的观念之上。而新时期的文学是对"五四"人的观念的寻找与恢复。而这时期对新时期文学影响最大的是西方现代主义文学，而尼采、弗洛伊德、卡夫卡、萨特以及海德格尔是对新时期文学影响最大的思想家。他们的思想观念渗透于新时期以来的文学创作中，也对"人"的观念产生了重要影响。

就某种角度看，西方文学对中国现代文学的刺激影响与"人"的观念对中国文学的刺激影响是互为因果的，也正基于此，这就使朱栋霖先

[①] 朱栋霖：《人的观念与文学史构成》，《学术月刊》2008年第3期。
[②] 同上。

生以广阔的中西文学比较视野来观照，并具体阐释 20 世纪中国文学，分析具体的文学运动、文学思潮、文学流派、作家受外国文学的影响，以及作家在创作中外国文学影响的具体表现等；在他主持下完成"20世纪中外文学比较史"，比如已经完成《1898—1949 中外文学比较史》。① 也正是基于西方视野，20 世纪中国文学与世界文学形成了统一的整体。

20 世纪中国的"人学"观念，其共时性源于西方文化的刺激，而其历时性则源于中国传统"人学"观念的继承，而这正是 20 世纪中国文学与传统文学承续的内在精神线索。在朱先生看来，传统的"人学"观念，决定了中国古典文学的发展。"天人关系是中国古代人学观的中心理念，天人合一论是中国古代人学观的核心。"② 上古时代原始朴素的"天人合一观"与原始自然人伦具体表现为原始人将对自然的恐惧、神秘、崇拜与憧憬，转化为种种抽象的神灵崇拜，于是就有种种自然图腾和各种非人格的自然神的产生。而在文学上就是一些原始神话的反映与表现，如"夸父追日""后羿射日""精卫填海"等神话文本就反映了先民对自身的探索以及改造天人关系的愿望。到商周时代，这种天人关系有了很大转变，这就是由信奉"天""帝"到"从民"的转变，周人重新解释"天"与"民"的关系是"天从民意"："民之所欲，天必从之"，"天视自我民视，天听自我民听"。(《尚书·泰誓》)这种"以人为本"的天人合一的人文主义思想开始占有重要地位，从中发展出儒家"民为贵，社稷次之，君为轻"的思想。到了汉代，独尊儒术。董仲舒的《春秋繁露》以天人感应学说为基础，结合阴阳五行学说，将新的"天人合一"说演绎成一个周密而繁杂的体系，并影响了中国历史两千多年。③

中国传统"人学"观念的另一重要内容是中国人的"宗法人伦"观念。中国的封建社会主要是以家族为主体的宗法制社会，而组成家族的重要元素则是血缘关系，而国家则是家族的进一步扩展。中国长期处于封建宗法制社会，这就产生了传统的"宗法人伦"：人与人之间的关系，人与社会的关系，人的社会地位主要由血缘的亲疏关系来确定。因此，在朱先

---

① 参见范伯群等主编《1898—1949 中外文学比较史》，江苏教育出版社 2007 年版。
② 朱栋霖：《人的观念与文学史构成》，《学术月刊》2008 年第 3 期。
③ 同上。

生看来,"中国传统人论中的人,是'人伦'的人。人不是孤立的,每一个人都与家族、民族、国家不可分离,永远是'子民'。"而古代作家就置身于这一封建"宗法人伦"的关系网中,它一方面使作家有所傍依,过得充实并实现自我的价值;但另一方面,则是人丧失了"自我"而产生矛盾与痛苦,传统文学中有很多作品就深刻反映了这种矛盾与痛苦。相反,少数作家逃离这一封建"宗法人伦",则显示出文学中的"隐逸"倾向。①

在朱先生看来,古代"人学"思想也影响与催发了中国古代文学,使其内涵丰富、美学风格异彩纷呈。有儒家"人学"观,就有古代灿若星汉的"抒情言志"之作;有老庄的"适性逍遥""虚静恬淡",就有陶渊明、王维、苏轼、马致远的清新脱俗之作;有禅宗"心性""禅悟"说,就有"以禅谈诗""以禅趣入诗",以及"妙悟""顿悟""性灵""神韵"等中国古典诗学。传统"人学"观念中,各家"人学"思想的对话、交融与激荡,激发了中国文学在各个历史阶段的发展、嬗变与繁衍。自宋代以降,宋明理学对中国文化的发展有深远影响,但在宋明理学内部也对违背"人性"自然发展的观念发出了挑战,即"天理"与"人欲"的交战。宋代的程、朱理学以"天理"为本体,"天理"与"人欲"是对立的,如朱熹说:"人之一心,天理存则人欲亡,人欲胜则天理灭","圣贤千言万语,只是教人明天理,灭人欲"。(《朱子语录》)这种违背人的自然本性的"存天理,灭人欲"的"人学"思想自然会受到质疑与挑战。对此首先开战的是他们同时代的陆九渊,他张扬"人心",反对"天理""人欲"的截然分离;明代王阳明创立"心学",认为"心即天理";此后的王艮、黄宗羲、王夫之更是张扬人的"心性"。而对遏制人欲的"天理"发出挑战的是明中叶以后兴起的一股张扬人性的"人学"思潮。这反映在文学上就有公安、竟陵派的"独抒性灵",李卓吾的"童心说",金圣叹独标"才子书",称《西厢记》为"天地之妙文",就有汤显祖《牡丹亭》的"情致"之作,以及张扬"人性""人情"的《金瓶梅》《红楼梦》等文学史经典。② 明代是中国历史的重要转折时期,而其中的"人学"思想,更具"现代性"特质。而这

---

① 参见朱栋霖《人的观念与文学史构成》,《学术月刊》2008年第3期。
② 同上。

正是 20 世纪中国文学承续传统文学的重要"关节点",这也是周作人将中国新文学的源流推溯至晚明的重要原因。朱德发先生在写他的文学史时也指出,"如果以'人学思潮'和'人的文学'作为现代型文学的价值尺度予以考察,那么中国文学向现代转型至少应追溯到明朝晚期"。[①]

以上是朱栋霖先生的传统"人学"思想,以及由此阐释的传统中国文学。显然,20 世纪中国正是在继承传统"人学"资源,以及吸收西方新的"人学"思想上"重新发现了人","20 世纪中国文学"因为"人的重新发现"展开了新的历程。

总观近百年中国现代文学史的叙述历史,它经历了"进化论"文学史观对新文学合法性,以及新文学史独立性确立的初级阶段;毛泽东"新民主主义论"文学史观对中国现代文学史政治意识形态的规范,"中国现代文学"学科的形成阶段;再则是"20 世纪中国文学"提出直至当下中国现代文学史叙述。经过这几个阶段文学史叙述的大浪淘沙,文学史"经典"渐渐结晶、析出,应该说,"中国现代文学"学科,中国现代文学史建构也正走向成熟。而随着"20 世纪中国文学"渐渐远离历史地平线,当下的文学史建构应该更多地考虑怎样处理"20 世纪中国文学"与世界文学,特别是与中国传统文学的关联。它怎样融入世界文学?又怎样回归中国传统文学而形成统一的整体?而朱栋霖先生中国现代文学史建构"人学"思想的提出提供了解决这一系列问题的重要参照系。正是文学史建构的"人学"思想,它成为贯穿中国文学史,以及融入世界文学的精神线索。有"人学"思想贯注的中国现代文学史,与中国传统文学不再显得突兀、断裂,因为"人学"思想的渗入,"20 世纪中国文学"与"世界文学",特别是"中国传统文学"形成了和谐、完整、统一的整体。

---

① 朱德发:《中国现代文学史实用教程》,齐鲁书社 1999 年版,第 1 页。

结语　回归"文学本体"的文学史叙述

　　从以上各章节的叙述可看出，在文学史叙述中，文学观念的潜在支配作用，以及文学观念的历史转型所带来的文学史叙述模式的变迁。从文学的"进化论"观念所带来的新文学的合法性、独立性的确立到新文学史的独立叙述；毛泽东文艺思想所确立的新民主主义思想及新中国成立后现代文学史的叙述和文学史叙述模式的变化与确立；以及"社会主义现实主义"与现代文学的历史叙述；文学的阶级性与"作家型"文学史叙述模式的形成；由"20世纪中国文学"的提出所带来的文学史叙述模式的新的大变动，等等，都可看出文学观念对文学史叙述的潜在支配作用，文学观念对文学史叙述模式的潜在支配关系，以及由文学观念的变动所带来的文学史叙述模式的演绎变迁，等等。不可否认，文学观念对文学史叙述的潜在支配，推动了文学史叙述模式的演绎变迁与更替，也推动了文学史叙述的向前发展，但这种文学史叙述是否就是科学客观的文学史叙述？我们知道，一个时代有一个时代的主流文学观念，而支配文学史叙述模式变迁的正是主流文学观念，而一个时代的主流文学观念是否就是对过往的文学史事件客观真实的认识？它支配的文学史叙述是否意味着这一定是科学客观真实的文学史叙述？而就具体的文学史叙述可看出，这样的文学史叙述并非科学客观真实的文学史叙述，鉴于此，本书提出回归"文学本体"的文学史叙述。

　　文学史是文学发展的历史，因此，回归"文学本体"的文学史叙述是文学史叙述的根本。所谓回归"文学本体"的文学史叙述，首先是以文学自身的"本体"特征来认识与阐释文学，来进行文学史叙述；其次，文学的历史发展离不开其外在依存环境与影响因素，因此，文学史叙述离不开文学发展特定时空的参照与阐释；最后，文学史叙述实际是叙述者对文学历史的叙述阐释。因此，回归"文学本体"的文学史叙述实际是文学自身的"本体"特征、文学史发展的特定时空、文学史叙述者三方面的协调统一，其中文学自身的"本体"特征、文学史发展的特定时空是文学史叙述回归"文学本体"的潜在基础，文学史叙述者必须以它们为基础，否则，会造成偏离文学历史真实的失衡。事实上，在具体的文学史叙述中，文学史叙述者对文学历史的阐释常受其特定语境的影响，甚至是主宰规范，这使他们常常偏离文学的"本体"特征、文学历史发展的特定时空来进行文学史叙述。克罗齐说，"一切真历史都是当代史"①，海登·怀特曾说："历史叙述可能伴随着为了说明构成这个叙述的各个历史环境而对其'意义'进行意识形态阐释。"② 因此，一切写成的文学史是著者所处特定语境下文学观念的呈现，并带有强烈的意识形态性，这成为文学史叙述者依照其特定语境来阐释文学历史发展的理论潜在基础，而这样的文学史叙述一般都带有强烈的主观性，甚至是随意性，尤其是特定时代主流因素的干扰、规范，文学史叙述甚至成为主流意识形态服务的工具。显然，这样的文学史叙述不是客观真实的文学史叙述。因此，回归"文学本体"，实际是文学史叙述者超越其特定语境，回归文学发展的历史现场，还原文学历史的"本体"，还原文学历史发展的特定时空，做到文学自身的"本体"特征、文学史发展的特定时空、文学史叙述者三方面的协调统一，回归文学史真实客观的叙述。返观现代文学史叙述，由于不同时代主流文学观念对现代文学史叙述的潜在支配影响，他们进行的文学史叙述不一定是客观真实的文学史叙述。

现代文学史叙述孕育于文学观念的现代转型中，正如前面所述，传统中国文学历史悠久而漫长，在文学发展过程中，虽然有《汉书·艺文志》《文苑传》《文心雕龙·时序》等带文学史性质的有关文学历史的叙述，但真正的文学史叙述却是在传统文学观念的现代转型中出现的。鸦片战争后，随着社会历史的转型，传统文学观念开始变化，并开始其现代转型，其中主要表现为传统杂文学观念向纯文学观念转变。比如，在中国传统文

---

① [意]贝奈戴托·克罗齐：《历史学的理论和实际》，道格拉斯·安斯利英译、傅任敢汉译，商务印书馆1982年版，第2页。
② [美]海登·怀特：《后现代历史叙事学》，陈永国、张万娟译，中国社会科学出版社2003年版，第90页。

学观念中，人们所理解的"文学"较为宽泛、驳杂，主要指文献典籍，以及对这些文献典籍的研究，即使到了近代也有学者持此观念，如章太炎："文学者，以有文字著于竹帛，故谓之文；论其法式，谓之文学。"（《国故论衡·文学总略》）正是在这种宽泛、驳杂的文学观念支配下，当时叙述的文学史并非真正的文学史，比如，林传甲、黄人、谢无量、曾毅等的文学史，经学、子学、文字学、史学等都是其叙述范围，于是有人指陈："在最初的几个文学史家，他们不幸都缺乏明确的文学观念，都误认文学的范畴可以概括一切学术，故他们竟把经学、文字学、诸子哲学、史学、理学等，都罗致在文学史里面……诸人所编著的都是学术史，而不是纯文学史。"并明确指陈这些文学史叙述"都缺乏现代文学批评的态度，只知撷拾古人的陈言以为定论，不仅无自获的见解，而且因袭人云亦云的谬误殊多"。[①] 显然，这里指陈的正是当时著者所持传统宽泛、驳杂的文学观念，而提倡的正是现代文学观念，现代文学观念指涉的文学，主要指带审美、情感的文学样式，比如，传统的诗文、小说、戏曲等。正是这种现代文学观念改变了传统文体结构，也改变了文学史叙述模式。该学者还进而从文学的广义、狭义的内涵来阐释文学的现代观念："广义的文学即如章炳麟所说'著于竹帛之为文，论其法式谓之文学'，即是说一切著作皆文学。这样广泛无际的文学界说，乃是古人对学术文化分类不清时的说法，已不能适用于现代。至于狭义的文学乃是专指诉之于情绪而能引起美感的作品，这才是现代的进化的正确的文学观念。本此文学观念为准则，则我们不但说经学、史学、诸子哲学、理学等，压根儿不是文学；即左传、史记、资治通鉴中的文章，都不能说是文学；甚至于韩、柳欧、苏、方、姚一派的所谓'载道'的古文，也不是纯粹的文学。我们认定只有诗歌、辞赋、词曲、小说及一部美的散文和游记等，才是纯粹的文学。"[②]这种带"进化"观念而认定"诗歌、辞赋、词曲、小说及一部美的散文和游记"才是文学的观念改变了传统文体结构，这使文学史叙述模式发生了重要改变。而现代文学史叙述正起步于文学观念的现代转型的语境中，它经历了不同时期文学观念转型变化，以及文学史叙述模式的历史变迁。

[①] 胡云翼：《新著中国文学史》，上海北新书局1947年版，第3页。
[②] 同上书，第5页。

文学的"进化"观念是新中国成立前的主流文学观念，从现代文学的发生，到之后的现代文学史叙述，文学的"进化"观念对现代文学合法性、独立性的确立，到不同时期具体的现代文学史叙述都有潜在支配作用，都有其独特贡献。但文学的"进化"观念并非文学本体的文学观念，进化论主要源于生物学研究，并进而渗透到政治、经济、社会、历史、文化、文学等诸多领域，而这一自然科学方法对复杂文学的认识、对复杂文学历史发展的阐释有重要的借鉴作用，但其适应性究竟有多强则值得怀疑，更重要的是，文学的进化观念对文学史叙述阐释至少有三个缺陷：后来居上论，认为任何文学史的发展在时间上居后者都比居前者在性质上有先天的优越性，导致一种文学史上的"厚今薄古"主义；有机联系论，认为任何文学史的发展流变都必须放到其社会背景及内身的有机整体中才能观照，这是生物进化论重族类轻个体观念对文学史学的一个侵袭；消长取代论，认为各种文学样式都要经历一个生长死亡的过程，一种新的品类的诞生就一定意味着一种旧的品类的消亡，导致文学史上的"断裂"，反对"继承"，持"创新"和"继承"的对立。[①] 还有学者指出，进化论容易导致一种简单化的二元思维，不是进步即是落后、不是革命即是反革命这样简单的二元思维模式。[②] 因此，文学的"进化"观念对文学史叙述的支配值得质疑与反思。事实上，进化论作为特定历史时期的文学观其历史局限性的确非常明显！它对传统文学的叛离与否定，人为地断裂了现代文学与传统文学的整体性，它更忽略了传统文学是现代文学发展的重要资源，以及现代文学与传统文学本身即存在的精神承续。更重要的是这种以生物进化的观念来比附文学的发展容易忽略文学作为一种审美样式的多维性与复杂性，以及新文学"自身"本质规定的独特性，这也容易忽略新文学历史发展"自身"的丰富性与复杂性。

中华人民共和国成立所带来的时代社会转型，毛泽东在特定历史时期对新文学的认识由此形成的新文学史观成为支配新中国成立后现代文学史叙述的重要力量，并通过第一次文代会、新中国教育体制、"教学大纲"的具体颁布执行以及历届整风运动，再经过政府意志用领导人讲话、会议文件等方式，进一步体制化，落实到具体的新文学叙述中。由此，新文学

---

① 参见葛红兵等《文学史形态学》，上海大学出版社 2001 年版，第 52 页。
② 参见谢应光《进化论思想与中国现代文学史观》，《社会科学研究》2004 年第 4 期。

史叙述成为新中国文化建设的重要部分，并纳入服务于新的国家意识形态的轨道中。这种新型的文学观念要求与之相匹配的文学史叙述模式，学者们为此作出了不懈努力，但事实上，以王瑶为代表的文学史叙述却与当时的主流文学观念产生了不可弥合的矛盾与分裂。而随后出现了"社会主义现实主义"对现代文学的历史图解；文学的阶级性与"作家"文学史叙述模式的形成；再到文学史变成革命史、阶级斗争史，文学史叙述与文学最终剥离。不可否认，新生的中华人民共和国应该有服务于新的时代与新的社会的新的文学样式，但"文学史"是已经发生并存在于特定时空的"文学的历史"，如果脱离它形成的特定时空而用新的时代社会语境去阐释过去的文学历史，尤其是用剥离了文学"本体"特征的政治意识形态来阐释文学史事实，显然不是客观真实的文学史叙述。

再看同时期的港台地区与"海外"现代文学史叙述，由于不同于内地的社会政治语境，其显示出不同于内地的文学史叙述模式。夏志清的文学史叙述依存于当时的西方政治语境，尤其是著者的西方文学语境，以及由这些西方价值体系所确立的文学观念与文学史叙述原则，使夏志清的文学史叙述不同于中国内地的文学史叙述。比如，文学史叙述"道德意味"与"宗教意识"的探寻，文学史叙述的比较方法、文学性与文本细读，等等，应该说这是一种注重文学"本体"特征的文学史叙述，但这是否是回归"文学本体"以及客观公正的文学史叙述？正如上面叙述，"中国现代文学"的发生发展有其自身特定的形成时空，因此，这种以"西方"标准来进行"中国现代文学史"叙述的潜在观念照样会失去文学史叙述的客观公正，叶维廉先生即指陈夏志清"用西方模子中的文化假定去审视中国的作品"[①]存在严重问题，在他看来，夏志清在排斥了一件文学作品的意义与形式乃源于历史、社会这一命题后，"把文学创作的成品看作超脱历史时空自身具足的存在物。如影响过他的'新批评'一样，他从所谓具有普遍性的一套美学假定出发；凡合乎西方伟大作品的准据亦合乎中国的作品"。[②] 在他看来，夏志清这种方法的背后，"还有一个为许多研究中国现代文学的学者赞同的假定，即既然某一特定的作品仿效了外来的模子，我们就可以用西方模子中的文化假定去审视中国的作品，仿佛合用

---

① 《叶维廉文集》第 2 卷，安徽教育出版社 2003 年版，第 228 页。
② 同上书，第 226 页。

于'母本模子'的也必然合用于移植的模子"。① 夏志清文学史叙述从另一侧面说明，文学史叙述虽遵从了文学"本体"特征，但若离开了"中国现代文学"自身的生成时空，这也不是回归"文学本体"的文学史叙述。同时，夏志清的文学史叙述也说明，这种用"西方"语境解读中国文学，正如以特定政治语境下的主流文学观念来解读已发生的文学一样，照样会失去其文学史叙述的客观公正。

不同于夏志清文学史叙述的"西方"观念，司马长风主要从文学的"民族性"观念入手来进行文学史叙述，并钟情于"纯文学"观念，痴情于新文学史叙述诗意想象。他曾自述他文学史叙述的两大信条：第一，打碎一切政治枷锁，干干净净以文学为基点写文学史。第二，以纯中国人的心灵写新文学史。司马长风之所以把以上两点作为他文学史叙述的信条，源于"痛感五十年来政治对文学的横暴干涉，以及先驱作家们盲目模仿欧美文学所致积重难返的附庸意识。为了力挽上述两大时弊，是我写这部书的基本冲动"。② 以上两大信条构成了司马长风文学史叙述的两种手段：其一，打碎一切政治枷锁，干干净净以文学为基点写文学史，这是其"纯文学"观念的表现；其二，以纯中国人心灵写新文学史，则是他文学史"民族"叙述的重要表现。这两种观念共同融合于他文学史叙述中。司马长风文学史叙述的"纯文学"观念明显有同内地、台湾新文学史叙述所表现的政治意识形态的对立；而文学史叙述的民族性观念，显然是对香港殖民语境的拒斥，相对于夏志清文学史叙述的"西方"观念，显示出其进步性与独特意义。这是否就说明司马长风的文学史叙述就无局限性可言？仅就司马长风文学史叙述的"纯文学"观念而言，他反对文学的"功利"观念，反对文学的"载道"功能，反对作家参与政治，反对文学服务于政治，等等，而注重文学"本体"特征，即注重文学"情感""语言""诗""诗意""诗情""诗画""意境"等。司马长风曾说："衡量文学作品，有三大尺度：（一）是看作品所含情感的深度与厚度，（二）是作品意境的纯粹和独创性，（三）是表达的技巧。"③ 应该说，反对文学的功利性，反对政治干预文学，注重文学"本体"应该是文学史叙述孜孜

---

① 《叶维廉文集》第 2 卷，安徽教育出版社 2003 年版，第 228 页。
② 司马长风：《中国新文学史》上册中卷，传记文学出版社 1991 年版，跋第 324 页。
③ 司马长风：《中国新文学史》下册下卷，传记文学出版社 1991 年版，第 100 页。

以求的，但这种追求一旦走了极端，它照样会造成文学史叙述的客观失衡。司马长风的"纯文学"观念，甚至到了排斥作品蕴含的思想性的程度，这显然走了极端；回顾"中国现代文学"所走过的历程，从文学革命时文学担当"启蒙"的历史使命，"左翼文学"的兴起与"红色"20年代，抗日战争与文学的"救亡图存"，再到解放战争时期现代文学的地域分割，等等，"政治"与"文学"的纠缠始终难以摆脱。因此，阐释"中国现代文学"，如若离开了"政治"视角，正如仅以"政治"视角来阐释中国现当代文学一样，走向了极端，都会丧失文学史叙述的客观公正。司马长风的文学史叙述实际还是脱离了"中国现代文学"发生发展的民族、国家的特定时空，这也不是回归"文学本体"的文学史叙述。

"20世纪中国文学"的出台既源于对20世纪50年代以来政治意识形态干预文学史叙述的反拨，也源于"海外"夏志清与香港司马长风文学史叙述的影响与刺激，而回归"文学本体"的文学史叙述是"20世纪中国文学"提出者的主要企图，并把文学史叙述推向一个新的历史高度。但我们从"20世纪中国文学"的时间维度、空间维度、文学维度进行进一步考察，会发觉这是一个充满矛盾、悖论的文学观念，且在具体的文学史叙述中并没真正回归"文学本体"，它所具有的文学史叙述的历史积极意义与消极性相伴相生。就时间维度看，"20世纪中国文学"在突破了近代文学、现代文学、当代文学的政治意识形态的历史分期的同时，亦照样堕入了意识形态。就20世纪中国文学史的叙述者而言，"20世纪中国文学"时间临界点的设置亦照样具意识形态，且时间的临界点并不稳定，它常常随叙述者的主观而随意流动。就空间维度而言，它难以协调内地、港台文学及"海外"华人文学在"20世纪中国文学"的身份与位置；而就文学维度而言，它带来文学"雅"与"俗"、"新"与"旧"的纠缠，特别是"旧体文学"、通俗文学入史的难题与尴尬。而"现代性"乌托邦风潮实际是用"西方"的现代性来观照阐释现代中国文学，它脱离了现代中国文学自身的发展语境，它照样带来了文学史叙述客观失衡的诸多问题。不可否认，"20世纪中国文学"相对于以前任何一个历史转型时期主流文学观念所带来的文学史叙述都客观、准确得多，并将文学史叙述推进到20世纪末所能够到达的历史高度，但这一文学观念主要脱胎于当时对"文化大革命"历史灾难的政治反思，以及改革开放这些主流意识形态语境，即这一文学观念并没超越当时的主流意识形态可能带来的对文学客观事实的蒙蔽,这使"20世纪中国文学"的提出者,以及文学史叙述者带有很强的主观随意性,这从上面论及的"20世纪中国文学"的时空维度、文学性维度即可看出。因此,"20世纪中国文学"很难,事实上也没能涵括现代中国这一特定历史时期文学发展丰富复杂的客观现实,因此,"20世纪中国文学文学史"叙述也不是回归"文学本体"的文学史叙述。

通过以上不同时期、不同地域的文学史叙述的梳理,可看出特定时代、特定地域主流文学观念对文学史叙述的潜在支配,正是文学观念的演绎与历史转型带来了文学史叙述模式的变迁。但由于特定时代主流意识形态的干扰、规范,甚至主宰,现代文学史叙述常偏离"文学本体",这样的文学史叙述显然不是客观真实的文学史叙述。朱栋霖先生文学的"人学"观以及相关的文学史叙述,为回归"文学本体"的文学史叙述提供了重要参照系。

朱栋霖先生文学史叙述"人学"观不是源于21世纪初社会、政治等外在主流意识形态的影响与规范,而主要是朱先生从"文学本体"角度来对中国现当代文学的认识、归纳与总结。他多处著文指出:"'人'的发现,人对自我的认识、发展与描绘,人对自我发现的对象化,即'人'的观念的演变,是贯穿与推动20世纪中国文学发展的内在动力。"[①] 这是对中国现当代文学发展的准确概括。正如上面的论述,回归"文学本体"并非就是指排除文学外在影响因素,只瞩目文学自身"本体"特征的"纯文学"观念,而是这两种因素共同交织的结果。再返观朱栋霖先生的"人学"思想,它蕴含了哲学、社会学、政治学、人类学等对中国现当代文学中"人"的多元认识,它具有强大的包容性。从梁启超的"新民说",到"五四"周作人的"人的文学",再到20世纪50年代之后,当阶级斗争笼罩一切之时,钱谷融先生提出"文学是人学"这一理论命题;及至"文化大革命"结束,刘再复再一次提出"文学是人学"这一理论命题。由此亦看出朱先生文学史叙述的"人学"思想的提出有潜在的文学史客观根据。再返观不同时期文学史叙述的主流文学观念,从文学

---

① 朱栋霖等:《中国现代文学史(1917—2000)》上册,北京大学出版社2007年版,第2页。其"人学"观念分别散见于朱栋霖《人的发现和中国文学的发展》,载陆挺等主编《人文通识讲演录·文学卷》(二),文化艺术出版社2007年版;朱栋霖:《人的发现与文学史构成》,《学术月刊》2008年第3期。

"进化论"的核心是立人,到毛泽东文艺思想的核心是人民大众,再到"20世纪中国文学"的启蒙主题的落脚点还是人,可看出,朱先生文学史叙述的"人学"思想与不同时期主流文学观念的内在核心有着潜在契合性。

由上论述可看出朱栋霖先生"人的"文学观念的涵括性与包容性。就中国现当代文学的发生发展的语境看,它关涉到这一特定历史时期社会、政治等外在因素,它不仅离不开世界文学的影响刺激,更离不开传统文学的滋养、积淀,这也是中国现当代文学发展的客观事实。随着20世纪中国文学渐渐远离历史地平线,当下的文学史叙述应该更多地考虑怎样处理中国现当代文学与世界文学,特别是与中国传统文学的精神关联,中国现当代文学怎样融入世界文学,又怎样回归中国传统文学而形成统一的中国文学史整体。朱栋霖先生文学史叙述的"人学"思想从中国现当代文学发展的共时性与历时性方面为我们提供了解决这一系列问题的另一参照系。就共时性看,现代中国文学既有自己的独立性,又与世界文学有着紧密的精神关联,其关联就是"人学"思想;在朱栋霖先生看来,中国现当代文学的"人学"思想主要来自西方"人学"观念的刺激与影响。而就历时性看,中国现当代文学主要源于中国传统"人学"观的精神资源,它与传统中国文学有着内在的精神关联。"人学"思想是中国现当代文学承续传统文学,并与世界文学形成统一整体的精神线索。有"人学"思想贯注的中国现当代文学史,与中国传统文学不再显得突兀、断裂,因为"人学"思想的渗入,中国现当代文学与"世界文学",特别是"中国传统文学"形成了和谐、完整、统一的整体。有学者指出朱栋霖先生"人学"思想的学术意义:"这种切入不但完全改变了过去单纯从社会、政治意义上着眼的极端性、狭隘性,也改变了政治性、艺术性这种机械简单的思维模式。它最重要的意义在于把政治、社会对文学的影响同文学自身固有的思维方式,通过'人的发现和认识'高度融合起来,从审美上把它们凝成一部新的文学史的浑然的整体。这显然是更符合文学的本质的。作为一部高品位的文学史,应该在一个整体的文学观念、文学史观念审视与阐释中呈现出文学史演变的丰富性、多变性与完整性,显示出文学史的浑然的整体性。"[①]

---

① 郭铁成:《简评〈中国现代文学史(1917—2000)〉》,《文学评论》2007年第4期。

因此，回归"文学本体"的文学史叙述实际是文学史叙述者怎样超越他所处语境主流意识形态对文学史认识的干扰、蒙蔽，甚至是主宰、规范，并进而怎样协调处理好文学自身的历史发展与其外在特定时空的关系的过程。若文学史叙述脱离文学发展的时代、社会、政治等外在因素，只注重文学自身的"纯"文学观念，或只注重文学发展的时代、社会、政治等外在因素，而不考虑文学自身的"本体"特征，都不是客观真实的文学史叙述。只有既考虑文学自身的"本体"特征，又不忽略文学发展的外在影响因素，并超越叙述者特定历史语境主流意识形态对文学史认识的干扰、蒙蔽，甚至是主宰、规范，这样叙述的文学史才是客观真实的文学史。

参考文献

蔡仪：《中国新文学史讲话》，新文艺出版社1952年版。
蔡元培等：《中国新文学大系导论集》，良友复兴图书公司1940年版。
曹聚仁：《文坛五十年》，香港新文化出版社1954年版。
陈炳堃：《最近三十年中国文学史》，太平洋书店1937年版。
陈国球：《文学史叙述形态与文化政治》，北京大学出版社2004年版。
陈平原：《文学史的形成与建构》，广西教育出版社1999年版。
陈思和：《中国新文学整体观》，上海文艺出版社2001年版。
陈子展：《最近三十年中国文学史》，上海太平洋书店1930年版。
程光炜等：《中国现代文学史》，中国人民大学出版社2007年版。
戴燕：《文学史的权力》，北京大学出版社2002年版。
丁易：《中国现代文学史略》，作家出版社1955年版。
复旦大学中文系现代文学组学生集体编：《中国现代文学史》上册，新文艺出版社1959年版。
复旦大学中文系1957级文学组学生编：《中国现代文艺思想斗争史》，新文艺出版社1960年版。
葛红兵等：《文学史形态学》，上海大学出版社2002年版。
古远清：《台湾当代文学理论批评史》，武汉出版社1994年版。
古远清：《香港当代文学批评史》，湖北教育出版社1997年版。
洪子诚：《问题与方法：中国当代文学史研究讲稿》，北京三联书店2002年版。
洪子诚：《文学与历史叙述》，河南大学出版社2005年版。
胡适：《白话文学史》，东方出版社1996年版。
胡适：《五十年来中国之文学》，《胡适全集》第2卷，安徽教育出版社

2003年版。

胡行之：《中国文学史讲话》，上海光华书局1932年版。

胡云翼：《中国文学史》，上海北新书局1932年版。

黄修己：《中国新文学史编纂史》，北京大学出版社1995年版。

黄修己：《20世纪中国文学史》，中山大学出版社1998年版。

黄子平等：《二十世纪中国文学三人谈》，人民文学出版社1988年版。

孔范今主编：《二十世纪中国文学史》（上、下册），山东文艺出版社1997年版。

李何林：《关于中国现代文学》，新文艺出版社1956年版。

李何林：《近二十年中国文艺思潮论》，上海生活书店1939年版。

李何林等：《中国新文学史研究》，新建设杂志社1951年版。

李辉英：《中国现代文学史》，香港东亚书局1970年版。

李杨：《文学史写作中的现代性问题》，山西教育出版社2006年版。

李一鸣：《中国新文学史讲话》，上海世界书局1943年版。

《梁启超选集》（上），中国文联出版社2006年版。

梁启超：《饮冰室文集全编》第2卷，上海广益书局1948年版。

梁启超：《中国历史研究法五种》，台北里仁书局1982年版。

林继中：《文学史新视野》，北京大学出版社2000年版。

林莽：《中国新文学廿年》，世界出版社1957年版。

刘登翰主编：《香港文学史》，人民文学出版社1999年版。

刘经庵：《中国纯文学史纲》，东方出版社1996年版。

刘绶松：《中国新文学史初稿》（上、下卷），作家出版社1956年版。

刘再复：《性格组合论》，上海文艺出版社1986年版。

刘正：《汉学在20世纪东西方各国研究和发展的历史》，武汉大学出版社2002年版。

陆侃如等：《中国文学史简编》，上海光明书店1932年版。

《鲁迅全集》，人民文学出版社1981年版。

罗钢、刘象愚主编：《文化研究读本》，中国社会科学出版社2000年版。

吕正惠等主编：《台湾新文学思潮史纲》，昆仑出版社2002年版。

《马克思恩格斯选集》第2卷，人民出版社1972年版。

《毛泽东选集》，人民出版社1964年版。

《毛泽东诗词选》，人民文学出版社1986年版。

牛仰山选注：《天演之声：严复文选》，百花文艺出版社2002年版。
钱理群等：《中国现代文学三十年》，北京大学出版社1998年版。
钱理群等：《中国现代文学三十年》，上海文艺出版社1987年版。
钱理群：《返观与重构》，上海教育出版社1999年版。
钱理群：《生命的沉湖》，北京三联书店2006年版。
钱中文：《文学发展论》，经济科学出版社1998年版。
任访秋：《中国现代文学史》上卷，河南前锋报社1944年版。
任天石：《中国现代文学史学发展史》，江苏文艺出版社2002年版。
司马长风：《中国新文学史》（上、下册），传记文学出版社1991年版。
司马长风：《新文学史话》，南山书屋1980年版。
苏雪林：《中国二三十年代作家》，纯文学出版社1983年版。
谭正璧：《中国文学进化史》，上海光明书局1928年版。
唐弢：《唐弢文集》，社会科学文献出版社1995年版。
唐弢主编：《中国现代文学史》（一），人民文学出版社1979年版。
唐弢主编：《中国现代文学史》（二），人民文学出版社1979年版。
唐弢主编：《中国现代文学史》（三），人民文学出版社1980年版。
陶东风：《文学史哲学》，河南人民出版社1994年版。
王本朝：《20世纪中国文学与基督教文化》，安徽教育出版社2000年版。
王德威：《被压抑的现代性》，北京大学出版社2005年版。
王丰园：《中国新文学运动述评》，新新学社1935年版。
王瑶：《王瑶全集》，河北教育出版社2000年版。
王瑶：《中国新文学史稿》上册，开明书店1951年版。
王瑶：《中国新文学史稿》下册，上海新文艺出版社1953年版。
王哲甫：《中国新文学运动史》，北平杰成印书局1933年版。
温儒敏：《新文学现实主义的流变》，北京大学出版社1988年版。
温儒敏等：《中国现当代文学学科概要》，北京大学出版社2005年版。
温儒敏：《文学史的视野》，人民文学出版社2004年版。
吴文祺：《新文学概要》，上海亚细亚书局1936年版。
夏志清：《新文学的传统》，时报文化出版事业有限公司1985年版。
夏志清：《中国现代小说史》，刘绍铭等译，复旦大学出版社2005年版。
夏志清：《中国现代小说史》，刘绍铭等译，传记文学出版社1991年版。
严家炎：《求实集》，北京大学出版社1983年版。

杨义：《中国现代小说史》第1卷，人民文学出版社1986年版。

杨义：《中国现代小说史》第2卷，人民文学出版社1988年版。

叶维廉：《叶维廉文集》，安徽教育出版社2003年版。

乐黛云：《比较文学与中国现代文学》，北京大学出版社1987年版。

张毕来：《新文学史纲》第1卷，作家出版社1955年版。

张京媛：《新历史主义与文学批评》，北京大学出版社1993年版。

赵景深：《中国文学史新编》，北新书店1936年版。

郑振铎：《中国俗文学史》，商务印书馆1998年版。

周锦：《中国新文学史》，逸群图书有限公司1983年版。

周宪：《现代性的张力》，首都师范大学出版社2001年版。

周扬：《周扬文集》第4卷，人民文学出版社1991年版。

周作人：《中国新文学的源流》，上海书店1988年版。

朱德发：《主体思维与文学史观》，山东教育出版社1997年版。

朱德发：《中国现代文学史实用教程》，齐鲁书社1999年版。

朱栋霖等主编：《中国现代文学史（1917—1997）》（上、下），高等教育出版社1999年版。

朱栋霖等主编：《中国现代文学史（1917—2000）》（上、下），北京大学出版社2007年版。

《朱自清全集》第8卷，江苏教育出版社1993年版。

朱自清编选：《中国新文学大系·诗集》，良友复兴图书公司1935年版。

［丹］勃兰兑斯：《十九世纪文学的主流》第1册，张道真译，人民文学出版社1980年版。

［俄］维谢洛夫斯基：《历史诗学》，刘宁译，百花文艺出版社2003年版。

［法］米歇尔·福科：《知识考古学》，谢强、马月译，北京三联书店2003年版。

［法］伊夫·瓦岱：《文学与现代性》，田庆生译，北京大学出版社2001年版。

［捷］普实克：《普实克现代中国文学论文集》，李燕乔等译，湖南文艺出版社1987年版。

［美］多米尼克·斯特里纳蒂：《通俗文化理论导论》，商务印书馆2001年版。

［美］海登·怀特：《后现代历史叙事学》，中国社会科学出版社2003

年版。

[美] 马泰·卡林内斯库:《现代性的五副面孔》,顾爱彬、李瑞华译,商务印书馆 2002 年版。

[美] 韦勒克、沃伦:《文学理论》,刘象愚等译,北京三联书店 1984 年版。

[美] M. H. 艾布拉姆斯:《镜与灯:浪漫主义文论及批评传统》,郦稚牛等译,北京大学出版社 1989 年版。

[美] 托马斯·库恩:《科学革命的结构》,金吾伦、胡新和译,北京大学出版社 2003 年版。

[苏] 季莫非耶夫:《苏联文学史》上卷,水夫译,作家出版社 1956 年版。

[英] 巴特·穆尔-吉尔伯特等:《后殖民批评》,杨乃乔等译,北京大学出版社 2001 年版。

[英] G. J. 威特罗:《时间的本质》,文荆江、邝桃生译,科学出版社 1982 年版。

[英] 赫胥黎:《天演论》,严复译,商务印书馆 1981 年版。

[英] 柯林武德:《历史的观念》,何兆武、张文杰译,商务印书馆 1997 年版。

[英] 特雷·伊格尔顿:《二十世纪西方文学理论》,伍晓明译,陕西师范大学出版社 1987 年版。

[意] 贝奈戴托·克罗齐:《历史学的理论和实际》,道格拉斯·安斯利英译、傅任敢汉译,商务印书馆 1982 年版。

后　　记

　　本论著系教育部人文社科规划项目《文学观念的历史转型与现代文学史书写模式的变迁研究》的最终成果，书中的一些章节曾发表于《社会科学》《南京社会科学》《人文杂志》《学术界》等重要期刊上。追根溯源，本论著源于我在苏州大学跟随朱栋霖先生做博士后期间博士后研究报告的提炼与升华，也是专著《民族·国家与文学史地理——1950—1980中国现代文学史叙述形态》的进一步深入与延伸，这主要表现在对本论著所涉及的文学观念怎样支配文学史叙述模式这一主题作进一步深入开掘；而在时间上则进一步向20世纪50—80年代前后纵向延伸，向前推溯至新文学史叙述开始，向后包括"20世纪中国文学"话语的出台，直至21世纪地平线开启展现之时朱栋霖先生"人学"思想的提出。主要探讨近百年来文学观念对现代文学史叙述模式的潜在支配，以及文学观念的历史转型怎样影响现代文学史叙述模式的演绎变迁，并提出回归"文学本体"的文学史叙述才是科学客观的文学史叙述。在博士后流动期间，与朱栋霖先生接触不多，但每次见面都畅谈甚欢，尤其是朱先生的睿智、豁达、儒雅给我留下了深刻印象，使我深受启悟与鼓舞，本论著凝聚了朱先生的心血与智慧，在此深深致谢！

　　2011年与2012年是我课题申报集中的两年，2011年在成功申报教育部该课题的同时，还成功申报成都市人文社科项目"成都市世界田园城市的生态美阐释"，2012年又成功申报国家社科项目"袍哥文化与巴蜀现当代文学书写研究"，课题申报使我最近几年一直处于忙碌、杂乱但又充实的人生中！由于课题涉及的范围相距甚远，各课题常相互干扰，再加上繁重的教学任务，课题的进展与思维常被打断，当课题不能如期进行时我如热锅上的蚂蚁，是父母、妻儿、亲人的鼓励、支持让我坚持下去，在本论题完成与书稿出版之际,我深深感谢你们!此外,本书的出版受到学院汉语言文学重点学科,以及国际汉语教育硕士研究生培育项目资金的资助,在此一并致谢!

胡希东
乙未孟春于尚云庭陋室